Ingrid-Barbarina Hoffmann
vorm. Hauptmann

Die ein letztes Mal leben

12 Erzählungen über alte Seelen

Wichtiger Hinweis

Es wird darum ersucht, die in diesem Buch zitierten Träume einzig nach den Regeln der anagogischen Traumdeutung zu betrachten.

Bibliographische Information der Deutschen Bibliothek:
Die Deutsche Bibliothek verzeichnet diese Publikation in der Deutschen Nationalbibliographie. Detaillierte bibliographische Daten sind im Internet über http://www.ddb.de abrufbar.
ISBN 3-900693-40-4

Alle Rechte der Verbreitung, auch durch Film, Funk und Fernsehen, fotomechanische Wiedergabe, Tonträger, elektronische Datenträger und auszugsweisen Nachdruck, sind vorbehalten.

© 2005 novum Verlag GmbH, Horitschon · Wien · München
Printed in the European Union

Gedruckt auf umweltfreundlichem, chlor- und säurefrei gebleichtem Papier.

www.novumverlag.at   www.novumverlag.de

„Kreativität muss auch dann erlaubt sein, wenn sie durch andere als festgelegte, höchst beschränkte, allgemein akzeptierte Kanäle fließt!"

(Gechannelt am 16. August 1990)

Inhalt

Sieben Abende mit einem Fremden	7
Die Kinder von Salem	30
Das Geheimnis der Rosen	63
Kraft und Macht und Herrlichkeit	80
SPIEL mit offenen Karten	108
Das Herz der Felder	122
Ein Engel flog nach Harlem	139
Der merk-würdige Spiegel der Madame Herzl	154
Ausflug mit Rita	168
Himmel und Donnerwetter	187
Die Schöne von Karte ELF	205
Sonnenseiten einer langen Nacht	216

Sieben Abende mit einem Fremden

„... im Anschluss an die Wettervorhersage für morgen noch eine Durchsage: In einem Altstadtviertel nahe der Donau tauchte am 14. Jänner des Jahres ein ausländischer Mann auf. Sein gepflegtes Äußeres verleitete manche dazu, ihn für einen jung gebliebenen Siebzigjährigen zu halten; dieser Mann war aber erheblich älter. Seine Identität konnte der Fremde den Behörden durch einen Diplomatenpass ausweisen. Er sprach akzentfreies Hochdeutsch, und wusste sein Inkognito bis zuletzt zu wahren. Die Nachforschungen ergaben bisher, dass dieser Mann hierorts so gut wie keine lebenden Verwandten hatte. Allem Anschein zufolge war sein Auftrag hier – innerhalb kürzester Frist – erfüllt. Fest steht lediglich: Dieser Mann hat ein beachtliches Vermögen hinterlassen, das für jedermann gleichermaßen, und ohne Formalität ..., ab heute zugängig ist. So weit die Meldungen."

Es war Sonntag, etwa 16 Uhr. Der Tag war etwas milder als der Tag davor. Ich machte mich schön: ... für die Einladung ins Kellerlokal, in die innere Stadt; denn dort würden, laut Ankündigung, sich Musik- und Gesangsstudenten an „Die Boheme" heranmachen. Ich kenne *das*: alles inoffiziell, für etwas Taschengeld; *zu* behelfsmäßig die Requisiten; ... aber 1A die Stimmen; viel Anlass zu großen Hoffnungen. Kurz: Ein Kunstgenuss ohne Etikette ... Vor allem freute ich mich heute: ... auf den *Dichter* aus der „Boheme", auf den „RUDOLF". Mittags hatte die Sonne das Außenthermometer auf dreißig Plusgrade hinaufgejagt; trotz dieses atypischen Wintertages hatte ich mich – zu Ehren der bevorstehenden *Veranstaltung* – in den alten Kaninfellmantel geworfen; ich liebte ihn heiß, seit zehn Wintern; Mode hin, Mode her: er machte mich zur Dame. Das gute Stück schon einigermaßen am Leibe, fasste ich mein loses Haar im Nacken zusammen, drehte es zu einem Tutt hoch, zwang es – völlig unpassend zur Haarfarbe – mit einer *schwarzen* Großmutterhaarnadel nieder, verschanzte das unkontrollierte Gewinde unter meiner weinroten Strickmütze: Sie verschluckte es einfach. 8-2-6-2 tippte ich die Nummer der Taxizentrale ins Telefon. Ich kam sofort durch. Der Spiegel aber neben dem Wand-Sprechapparat warnte: „*Noch* nicht okay!" Also! Ich zupfte unterm Strickrand Strähnchen hervor: an der Stirn, überm Ohr; ... und ich betupfte die Backen mit etwas Erdpuder. Es half. Ich wundere mich immer *wieder* darüber: Wie dieses Zeug hilft!

Gegen meine Pantoffeln tauschte ich nun die Stiefel mit den hohen Absätzen. Aus gutem Grund. Ich bin so groß, wie sonst im Durchschnitt eine Zwölfjährige. Während ich dann, stöckelnd, noch hundert eilige Handgriffe besorgte, überlegte ich pausenlos. Sagt man nämlich einem eingefleischten Opern-Fan die Stichworte „Puccini" und „Arie des Rudolf", so ist der Kenner *sofort* im Bilde. Ich hingegen? –Ich war dieser Arie des Rudolf – hinterhergelaufen: Ewig. Ein Vierteljahrhundert hindurch. Sie begegnete mir dann doch; eines Tages. Vor cirka elf Jahren. Heute endlich – werde ich die „Boheme" zu sehen bekommen! Endlich! Direkt *aufgeregt* war ich, aus lauter Vorfreude! Dieser RUDOLF – *Was* würde seine Glanznummer dem Publikum also verraten: Wie eiskalt Mimis Händchen sei ... das Suchen nütze nichts, zum Finden sei's zu dunkel ... ob das Fräulein erlaube, dass Rudolf sich kurz vorstelle; wer er sei, was er treibe und wie er hier lebe? Nun, er lebe! ... In diesen armen Räumen streue er Verse und manch Liedchen umher ... er baue Luftschlösser; ... wundervolle Augen stibitzten gelegentlich aus seiner Dichtertruhe – die schönsten Juwelen ... doch sei er drum nicht ungehalten ... Mimi würde den Grund schon begreifen ..., würde Rudolf singen, und dann: „So, mich könnt Ihr nun kennen –", nun aber solle auch die Schöne dem Poeten *sagen*, wie *er* sie nennen dürfe ... „Sprecht, wer seid Ihr?"

Mit *diesen* Vorgedanken war ich also durchs *Haus* gehetzt! An die beiden Öfen, um nochmals nachzulegen. Aber ich legte dann doch nur im *Studierzimmer* nach – Sollte ich etwa doch rasch noch Briketts aus dem Keller holen? Dann müsste ich nicht mehr in den Kohlenkeller, wenn ich von der „Boheme" zurückkehren würde! Wer hat denn Lust, nach einer Oper? Also, rasch *noch* vorher in den Keller! Mit diesen hohen Absätzen! Nun, wie es eben war!

Nun: links ein Zehnkilosack, und rechts ein Zehnkilosack, damit über sieben Stufen hoch – im *Kelleraufgang*, und dann nochmals über fünf Stufen, vom Straßenniveau zum *Flur* hoch. Gleich würde auch dieses leidige Kapitel für heute erledigt sein. Jetzt, schon am Flur, riss im ungünstigsten Augenblick von einem Sack der Henkel. Ach was! Hauptsache war, wenigstens mit *einem* Packen heil in die Stube zu kommen! Aber *so* weit kam ich nicht mehr. *Nicht* jetzt.

Unwirsch wurde am Strang der Hausglocke gezogen. Es bimmelte wie verrückt … Wenn *das* schon mein Taxi wäre? Wer sonst! Aber *wo* war nun meine Geldbörse? Und *wo* das weiße Kartonschild, das ich mittags mit schwarzem Filzstift beschriftet hatte? Ach ja! Alles wartete auf der *Briefablage* im Flur. Sogar ein paar Reißnägel. *Ja* doch! Jahaha! Bin ja *schon* unterwegs! Moment! Vor dem Tor wartete ein beiger Passat. Der Chauffeur stand am Gehsteig und wollte mir schon die *Wagentür* aufhalten. „Hallo … und grüß Gott!", strahlte ich den Fahrer an, und bat: „Würden Sie mir *behilflich* sein? Den Torschlüssel umdrehen! Noch *einmal*! Gut so, danke! – eine *klitzekleine* Sekunde noch …" Dann war am Tor zu lesen: „Gegen Mithilfe im Haus **ZIMMER ZU VERMIETEN.** (Allein stehender *Philanthrop* bevorzugt.)"

Einfach *himmlisch* war die Vorstellung gewesen! Meine Handteller waren ganz rot und gefühltaub vom vielen Beifallklatschen. Der PKW, aus dem ich *jetzt* stieg, war ein nachtblauer Mercedes; die Digitaluhr unterm Volant zeigte 19 Uhr 20 an. „Macht Zwoundneunzig Schilling!", forderte lässig der Typ am Steuer. Ich reichte ihm einen *Hunderter* hin. „Stimmt so!", sagte ich, freute mich noch an seinem breiten Grinsen, wünschte ihm einen guten Nachtdienst, schlug die Tür zu. Die *Reifen* heulten auf. Und *schon* war der Wagen in Richtung Wiental davon. Ich stand also an der Straßenecke zur Sackgasse, in der ich wohnte: Ich dachte, wie *still* doch der heutige Abend sei; ich reckte mir den Hals aus *danach*: Ob da über mir … vielleicht *irgendwo* ein Stern zu sehen wäre. Die Sterne der Großstadt aber leuchten anderswo. Während meinen Betrachtungen trugen mich die Füße dem *Haustor* entgegen. Die fremde *Mannsgestalt* im Gassenlicht vor dem *Tor* sah ich erst jetzt.

„Das *fehlte* mir nun gerade in meiner Raupensammlung", dachte ich. „*Den* hänge ich ab! Für männliche *Anmache* habe ich jetzt *absolut* keinen Löffel!"

Sein Gesicht wirkte im Abendlicht gut *rasiert*. Mit den Augen lächelte er, als er sagte: „*Schönen* guten Abend! Sie haben *wirklich* ein Zimmer für mich *frei*?" Seine Frage haute mich um. ER hingegen? Er deutete *hin*: auf den *Torschlüssel* in meiner verkrampften Faust. Dieser Anblick war offenbar Anlass zu seiner *Heiterkeit*?

Ich war *nicht* auf den *Mund* gefallen. Die Asse hier – hielt *ich* im Blatt. „Und *Sie*", fragte ich – so trocken als möglich, „... hat jemand wie *Sie* keine *Angehörigen*?" Ich musterte ihn von *Fuß* bis zum Kinn. Ich schlug *nach*: „Jemand wie *Sie* hat doch ein richtiges *Zuhause*!?" Er *schüttelte* den Kopf. Nur *zweimal*. Einmal hin, einmal her.

Fragen Sie bloß nicht, *warum*. Aus irgendeinem dummen *Grund* zog ich meinen Pelzkragen hoch. Wer weiß, *wie* hoch. Darauf kam ein Konter, den der Alte vielleicht sogar als *taktvoll* betrachtete, denn er *fragte*: „Hasenfuß?" Wenn etwas Besonderes an ihm dran gewesen *wäre*, so hätte er jetzt keinesfalls *grinsen* dürfen. Seine Augen lächelten *zuerst*. Dann auch der Mund. Und dann noch seine Wangen. Mich ließ dieses Lächeln spontan an den jungen Marcello Mastroianni denken. – Paaah! Mastroianni! – *Der* da! Dieser scharmgewaltige *Nachtschatten*, den ich hier vor mir hatte? Außerdem: der war ja gut um *dreißig* Zentimeter größer als ich! Ich kam mir jetzt vor wie ein Kindchen, das *einundvierzig* ist. Ich lenkte *um*. Vielleicht greift die *versnobte* Tour besser an!, überlegte ich. Wirklich *schneidig* platziert zog ich beide Augenbrauen hoch. Die rechte etwas höher. So gut der Abend es erlaubte, fixierte ich nun die Stelle seiner *Nasenwurzel* mit meinem Blick. Gelernt ist gelernt. Wäre *er* denn bereit, die Studierstube sauber zu halten? Das *ihm* zugeteilte Zimmer zu putzen? Die *Öfen* zu betreuen? Der alte Mann zuckte mit *keiner* Wimper. ER *vertrug* also einiges! Jedenfalls hatte ich keinen senilen *Streithahn* vor mir! Offenbar versuchte jetzt *er* zu meinen Augen *Zutritt* zu gewinnen. Mein psychologisch *richtig* angesetztes Spielchen fiel irgendwie *völlig* ins winterkalte Wasser. Meine Felle schwammen langsam *nacheinander* davon. „Wegekeln! Wegpusten! – werde ich diesen Menschen! *Verschwinden* soll er! Addio –, auf *Nimmer*wiedersehen!", wirbelte es mir durch den Kopf.

„Ein *wunderschöner Ring*, den Sie da tragen!", sagte ich dann.

DER ERSTE ABEND

„Wie gut *kennen* Sie diesen *Rudolf*, mein Kleines?", fragte er laut. Na, *dazu* gehörte eine *gute* Portion Frechheit! Erstens hatte ich diesen Menschen nicht ins *Studierzimmer* eingeladen, zweitens: seine *Schritte* nicht gehört. Und drittens: Ich wollte jetzt *klimpern*!

Störte es mich, dass er mich als Dilettantin sah? Schnurz war mir das! Es war mir ungeheuer und maßlos – egal! Kann *ich* denn dafür: *Niemals* werde ich eine Reihe von Noten fehlerfrei auch nur *abmalen* können! Keine. Nicht eine einzige. Und Schuld daran ist dieses blöde *Übel*: links und rechts …, so kunterbunt es geht, durcheinander zu wechseln! Na, also! Auch Klavierunterricht hatte ich niemals. Na und? Ist das ein Verbrechen?

Am liebsten wäre ich unters erstbeste lockere Brettchen im Parkettboden hineingekrochen. Dieser Eindringling versaute mir womöglich die ganze Freude an meinem Flügel? Scheinheiliger Besserwisser, aufgeblasener!

Eine der Männerhände fasste nach meiner linken Hand. Nicht unangenehm. Zugegeben. Unwillkürlich erinnerte mich dieser Griff daran, wie ich im vorigen *Frühjahr* – auf dem Lande – den Ast des blühenden *Kirschenbaumes* umspannt hatte. – „Wie *kalt* Ihre kleine Hand ist!", bemerkte er. Und ich bildete mir ein, es sei mir *unmöglich,* aus seinem Griff wegzukommen. In dieser Berührung lag etwas – Keusches? Und etwas *anderes* außerdem, das ich *bisher* nicht kannte. Der alte Mann – hatte jedenfalls eine auffallend angenehme, etwas dunkle Stimme. Er wiederholte jetzt: „Wie *gut* kennen Sie *Rudolf* wirklich?" Er ließ mir *Zeit*, bevor er sagte: „Ich *kann* – Rudolf sehen! Hier!, *hier* in diesem *Raum*. Nein, nein, Sie müssen mir *nicht* glauben!" Meine Hand hielt er noch immer *fest*. Er *rieb* mit beiden Daumen darauf auf und ab, auf und ab. Dieser Wichtigtuer! Dieser *Masseur* von eigenen Gnaden! Und plötzlich sah ich nur noch den *Ring*, den Ring an seiner rechten Hand; sah die ziselierten Ornamentchen und Verschlingungen, gelbgolden, silberfarben, sah *inmitten* den grünen, klaren Stein aus der Goldumfassung blinken, aufleuchten, *tauchte* darin unter, ja, *wohin*. Ich wusste nur von *ferne*: Mein Mund hatte *jetzt* zu reden begonnen.

Das alte Bilderbuch *überstürzte* sich jetzt: „… Mama! Schau doch! Diese bunte *Zeitung*! Wie heißt sie? Sie heißt: DIE WUNDERWELT? Und was hat der böse *Willibald* angestellt, Mama? Ach so! Er wird *was*? Aha, ‚arretiert' wird er! Ja: Ich sehe die Onkel Polizisten! Ja: Sie haben den Schlingel am *Kragen*! Und *was* steht in der Sprechblase vor dem schlimmen Mund geschrieben: ‚Wie eiskalt ist dies Händchen … wie eiskalt … wie eis … wie … *Bitte*, Madame Kraushaar: Eine Musiklehrerin wie *Sie* müsste diese *Arie* doch kennen! *Kennen* Sie? Kennen Sie *nicht*. Verdammt schade! … Ja bitte: *Packen* Sie mir die Joseph-Schmidt-Kasette in ein *Sackerl*! Wie viel macht *das*? Super! Vielen Dank! Auf Wiederseh'n!'

„Und *Sie* … haben sie natürlich *immer wieder* … gehört … und gesungen. *Nicht* wahr?", vernahm ich plötzlich wieder die Worte des „Masseurs". Doch *damit* nicht genug. Er befahl mir: „Also, *heraus* mit der Sprache: Womit, wenn ich fragen darf, bestreiten Sie Ihre *Lebenshaltungs-Kosten*!" *Das schlug* doch dem Fass die Dauben weg! Ich ballerte ihm meine Antworten hin; ich sagte: Ich sei Interviewerin, derzeit an der Volkshochschule, und befrage Menschen, warum Sie beruflich umsatteln; jedoch!!! innerhalb *dieser* vier Wände … da treibe ich, *was* ich wolle! Ich schmiede Verse, und forme mit Stift oder Schreiber: Reime! Und ich versuche von den alten *Meistern* alles zu erlernen, was die mir nur freiwillig geben *wollten*; wen *sonst* … sollte ich *fragen,* verflixt in alle Zukunft! Wen *sonst*!?

Für eine *Minute* … hing mein Wortgewitter *unausgelöscht* unterm Plafond. „Herrje!", dachte ich, „wann würde ich … *diesen* wiederum *weißen*! Vor Ostern?"

Da murmelte mein *Hausgenosse*: „Was Sie mir da an den *Kopf* geworfen haben, das ist *gar* kein übler Schlachtplan … für ein *Wesen* wie Sie, mein Kind! Nein! Übel *durchaus* nicht …" Ich *pfiff* doch auf das Urteil dieses – grauen Gentlemans! Und wie ich darauf *pfiff*! „Fuuiiit!", so *laut*, wie der *lauteste* Fiakerkutscher! Jetzt … sei der *unpassendste* Augenblick, ihm diese Tatsache einigermaßen schonungsvoll unterzujubeln, warnte mich dringend eine innere Stimme. Der Fremde, *der* spürte das. Haarscharf. Keine Kunst: Die Luft, die mich umgab, mochte zum *Schneiden* dick sein.

Von alledem unberührt, wie *völlig* Herr der Lage, fragte er:

„Wie würden *Sie* dieses Zimmer hier beschreiben! Können Sie *das* in gesprochene Worte umsetzen? Wäre ja *interessant*, zu erfahren, wie Sie als Hausfrau Ihr eigenes *Studierzimmer* sehen! Wirklich, Verehrteste!" Die „Verehrteste" ging mir genau so auf die Galle wie „mein Kind". *Trotzdem* ließ ich den Mann links lehnen und begann mich in diesem Zimmer umzusehen. *Was* sollte es da geben, das in Deutsch *nicht* gesagt werden könnte! Ich wollte schon wissen, *was!*

Vom Flur weg in der Mitte: die weiß gestrichene Tür mit den Glasscheiben; rechter Hand gleich die Sitzbank, furniert, Eiche; davor ein Bauerntisch vom Trödler, dementsprechend die Stühle: mit Maisstroh geflochten, uralt, spottbillig; dann ein Schrank, Fichte, auch bloß furniert, daneben die handbemalte Pendeluhr; dann der Flügel, den sonst niemand *gern haben* mochte; darüber: Waldmüllers Ochsengespann im ländlichen Wienerwald, etwa 50 mal 70 groß, das *auch* ein Ladenhüter war; über den *Fenstern* hatte es mich gereizt, eine Buchstelle zu installieren; sie wirkte nett …, und wenn ich jetzt mein *liebstes* Zimmer *noch* eine Weile schlechtmachen wollte, dann kostete der *ganze* Ramsch keine Eistüte mehr. Es war ein *urgemütlicher* Raum, und manchmal kam jemand *her*, bloß um hier ein *bisschen* ausspannen zu dürfen.

Zuletzt landete mein Blick *direkt* in den Sehlöchern dieses schrecklichen Mannes. Sollte er sich sein – ach, so samtenes Geschau – wer *weiß* wohin stecken! Ich würde nicht zulassen, dass er mich beherrsche! Ich *nicht*! Ich schrie ihn an: „Und überhaupt: In diesem Raum, da will ich *nichts* anderes als *schreiben*! Und, dass Sie es *wissen*: Ich bin im Zeichen des *Schützen* geboren! Und: Dass ich Ihre *Hauswirtin* bin, überzeugt Sie hoffentlich einigermaßen davon, dass ich *lebe*! Und nennen Sie mich, zum Teufelnocheinmal, nicht fortwährend ‚mein Kind'! Mein Name ist Minika!, und *überfällig* gerne möchte ich von Ihnen hören: Mit wem habe ich eigentlich das Vergnügen?"

DER ZWEITE ABEND

Ich gehe nicht gern alleine unter unbekannten Mitmenschen spazieren. Schon gar nicht abends. Es sei denn, dass der Trieb zu so etwas – mich grade *anfällt*. Heute war das – etwas *ganz* anderes: Ich hatte den *sonnigsten* Tag erlebt, der im Monat Jänner – in einer Stadt wie *dieser* – zulässig ist! Zur Feier – ging ich *aus*. Bis sechzehn Uhr. Sie dürfen mich nicht nach Gassennamen fragen, ich könnte sie Ihnen herunterleiern. Ich *sah* sie alle einfach nicht! Und ich könnte beim *besten* Willen nicht Alibi *darüber* abgeben, wie ich bei *solcher* Verlorenheit – meinen *Hauseingang* finden konnte! Seit ich um 15 Uhr aus dem Vortragsraum weg bin, hundste mich permanent *diese* Frage: Wie kam ich vergangene *Nacht* in mein Bett??? Nämlich: Als um vier mein *Wecker* ratschte, war es in meiner Kammer stockfinster, doch ich *spürte*, ich lag mitsamt meinem *Hauskleid* … Aber, das *gibt* es doch gar nicht! Entschuldigen Sie! Also *nein*! Trotzdem war ich *rundherum* eingewickelt, in meinen Bettüberwurf! Den hab ich *selbst* gemacht. Tunesische Häkelei. Bei Tage sind es etliche *hundert* kleine, bunte Kästchen aus Wolle. Ja, *selber* gemacht! Vor … na, so acht, ja: acht Jahren. Und bitte, *wann* hätte ich jemals – auf *solche* Art, wie schon gesagt – mein *Bett* benutzt! Wann! Undenkbar! Sehen Sie, *das* ist mein Rätsel.

„Wunderschönen guten Abend!", sagte ich, als ich jetzt zum Studierzimmer eintrat. Und es klang *durchaus* – nicht wunderschön. Es klang eher – verhalten. *Sehr* kleinlaut. Eben klappte der Alte ein *Buch* zu. Ich erkannte es sofort: Es war Loup Durands „Daddy". Fast unhörbar leise fiel das *Staubtuch* auf dem Parkettboden auf. Jetzt landete mit *einem* Schub – der „Daddy" in seiner *Kerbe*, zwischen all den *Artgenossen*, und der alte Mann sagte mit einem *Ton*, der Zerknirschung verriet: „Das Analphabetentum ist *tot* – es lebe der *geistesblinde* Leser! Vivat! – und d a s, liebe Minika, d a s – ist die arglistige Schlamperei des zwanzigsten Jahrhunderts!" Sein Gefühlsaufruhr zerknitterte mein Sonnenschloss zur Ruine. Und – die Dämmerstunde überfiel diesen Raum.

Mit *müderem* Schritt, als ich ihn *bisher* gekannt hatte, ging der Mann auf das Fenster zu, das mir und der Tür gegenüberlag, und zwar zum linken. Er lehnte dort, stützte seine rechte Körperhälfte dort ab. Er starrte wie geistesabwesend zum Fenster hinaus. Falls ich nicht irrte – ich hatte nämlich das Profil des Alten eben noch auf dem Korn gehabt. Mir war vorgekommen, ich sah seine Kinnlade ... Klipp-klapp, klipp-klapp machten meine Pantoffeln am Boden, während ich jetzt ans Fenster ging, an dem der Alte lehnte. Draußen war es finster wie im Labyrinth einer Pyramide. Ich schaute trotzdem sehr absichtlich in dieses Nichts. Hoffentlich lenkte das ... von meiner Hand ab, die rein zufällig, wie nach Hausfrauenart, übers Fensterbrett schlich. Zufällig. *Das* ... musste ungefähr die Stelle sein, über der der alte Mann den Kopf abstützte. Ich ertastete – zufällig – eine Ansammlung lauwarmer Tropfen auf dem kühlen, glatten Anstrich. Also – doch! Er hatte ein paar stille Tränen vergossen. – Stille lügt nicht. Er holte jetzt *tief* Atem, ging vom Fenster weg, während ich blieb. Dann hörte ich den Drehstuhl vor dem Flügel ächzen, als wenn jemand sich drauf *niederließe*.

„Minika –, was *wissen* denn die Menschen über das Seelenleben – eines Iwan Turgenjew. Eines Wilhelm Raabe. Eines Charles Dickens. Eines Remarque, Hesse, Twain, Uhland – und wie sie alle heißen mögen –. Was *fordern* denn schon die heiligen Texte aller Völker! Sie fordern nichts anderes als Ehrfurcht des Einzelnen – vor *allem*: das mit ihm und um ihn herum – lebt. Glauben Sie, in dieser Welt schlief je ein Dichter einen *sorglosen* Schlaf? Ich sage: zu keiner Nacht! Zu keiner! – Das Gehirn eines Dichters, meine Liebe –, das gleicht einer Brutglocke, die *unentwegt* auszubrüten hat, was für Gegenwart und Nachwelt von natürlichem Nutzen sein könnte. Ich sage – könnte! Die Küken sind stets gefährdet. Sie vertragen es nicht zu warm, nicht zu heiß. Was nützt also die wundervollste Mechanik der Glocke, wenn ihr das Thermostat fehlt!"

Was er sagte – war mir zu *hoch*. Und ich hatte Hunger nach elektrischem Licht. Ich tastete mich die Mauer entlang, hin zum Lichtschalter. Es dauerte einige Sekunden, bis die Augen die Helligkeit akzeptierten.

Der Alte ging jetzt an die Bücherstelle, an die über den Fenstern. Er zog daraus ein Buch hervor. Er begann – mich zu unterrichten:

„Hören Sie mir *gut* zu, Minika – und falls Sie etwas fragen wollen, oder einen Einwand haben, dann *fragen* Sie! Fragen Sie, fragen Sie, fragen Sie! – Gut?" Jetzt lächelte er. Ich war ein bisschen erleichtert. „Minika", begann er jetzt, „diese Zeit – ist *jedes* positiven Gedankens *würdig*. Sehen Sie, ich werde versuchen, Ihnen mein Anliegen durchschaubar zu machen; – also, Punkt A: Heute kann *niemand* in ganz Europa bestreiten, dass die Merkmale der *Jahreszeiten* extrem anders sind als vor Jahrzehnten. Bis dahin waren sie über Jahrhunderte hin so, dass man nach dem Kalendarium wusste, welches Wetter zu erwarten war. Punkt B: Die scheinbare Ordnung in dieser Welt gipfelt heute darin: das *übertolle* Vergnügen – allherrschend! – als oberstes Credo hinzustellen. Die tiefe, geistige Umnachtung einer überwiegenden Mehrheit bedeutet den Riesenprofit – einiger, nicht gerade zimperlichen, sogenannten *Schrittemacher*.

Klar – so weit? Und *jetzt*, Minika – jetzt zeigt sich auch: Die Entthronung der *Barbaren* ist unterschwellig allerorten mitaufgewachsen; so viel signalisierten in *allen* Teilen der Welt Blitzlichter, die bald da, bald dort aufzuckten. Und stellen Sie sich vor: Diese wurden in *allen Windrichtungen* als Botschaft des Friedens empfangen. Und das Wesentliche ist: ... Sie wurde auf ganz natürliche, selbstverständliche Weise – von *jenen* erkannt, interpretiert und ausgewertet: – von *jenen*, die einer uneingeschränkten Liebe zu allem Lebendigen – fähig sind. Darum hatten die Besten seit eh und je – zwei Seelen in ihrer Brust: die eine – um die Menschen zu lieben, die andere – um mit ihnen auszukommen. – Alles klar? Und genau deshalb, Minika – wird am *Ende* dieser Ära nicht das Wort „Selbstzerstörung" stehen –, wie einige befürchten. Denn *längst* hat das neue Jahrtausend – mit unüberhörbarer Lautstärke – seine Ansprüche an diese Erde ... kundgegeben; das sind: Lebensfreude statt Lebensangst –; Freude an der freien Natur und *nicht* deren Vergewaltigung –; ehrfürchtiger Genuss aller Gottesgaben und dergleichen mehr! – Alles klar?

Und sehen Sie Minika, diese *Zukünftigen* fordern den positiven, naturbedingten Einsatz eines jeden von uns. Und sie drängen darauf, den Menschen von jetzt zu *bewegen*, ihre Blenden abzusetzen – und ihre Aufgabe stillschweigend dort aufzunehmen, wo ihre tiefste Sehnsucht und ihr Talent sie führt. – Alles klar? Und *jedermann*, Minika – *jedermann*, der seinen Lebensunterhalt zu bestreiten weiß, mithilfe dessen, wozu die Natur ihn befähigte, der ist aufgerufen, sich getragen von seiner Sehnsucht vom Wahnsinn der Zerstörer loszulösen. Es ist *vollkommen* und *endgültig* – unnötig, während Ablauf dieses Prozesses irgendjemandem ein Haar zu krümmen. – Die Welle der Zerstörung wird ganz *von sich aus* stagnieren; der Globus sah über Jahrtausende hinweg ziemlich gleich aus. –Indes: die vandalische, infernale Ausrottung alles Lebens hat erst vor wenigen Jahrzehnten eingesetzt. – Minika! – Alles klar?"

Ich ging auf den Alten *zu*. Seine Augen brannten. Meine Arme hob ich hoch, schlang sie ihm um den Hals, drückte mich für einen Augenblick an seinen Körper. Und ging wortlos in meine Schlafkammer.

DER DRITTE ABEND

Als ich am Dienstag heimkam, da waren die Wettergeister – die milden, die sonnigen – schon *liegen* gegangen.Und mein Mieter hatte im Hause Licht angemacht, sobald das Haustor dynamisch ins Schloss rumpelte.

„Sie *sind* aber heute früh dran!", sagte er. Mit dem Hausschuh schob er die Brikettzange beiseite – offensichtlich hatte er sie kurz zuvor erst benutzt. Ich ging nicht zur Studierstube hinein. Ich drehte mich auf den Absätzen wie ein Kreisel. Mit weit ausgestreckten, fliegenden Armen. Jeder Umdrehung folgte ein übermütiges: „Joi! Joi!" Und endlich war ich völlig schwindlig und krachte außer Puste auf der Eckbank nieder. Ich kam mir *absolut* nicht albern vor. Ich bin so. Für gewöhnlich.

„Minika! Unterm *Flurspiegel* liegt die Tagespost! Haben Sie sie durchgesehen?" – Nein. Hatte ich *nicht*. Wieso nicht? Was nutzt das viele Gucken, wenn nichts kommt, auf das man dringend *hofft*. Das bleicht die Haare. Sonst ist es zu *nichts* nütze.

„Oh, Klasse!!! Ein ordentlicher *Brief* ist dabei! Ein Schreiben! Von meinem Bruderherz ... no, sagen wir, ‚Zieh-Bruderherz'." Ich überflog den Papierbogen und benutzte ihn dann als Fanfare: „Trö-tö-tö-tö! Morgen ist mein *freier Tag*, und ich fahre mit dem ersten Zug auf das *Land* hinaus! Vielleicht *übernachte* ich auch dort, und komme erst im folgenden *Mohohorgen* zurück!" „Schön für *Sie*!", bemerkte er in aller Ruhe, und hängte an: „Minika, dann haben Sie gewiss ein paar *Sachen* zu packen! Wenn Sie Lust haben – auf einen schönen Tee? Ich richte *gerne* einstweilen welchen an! Der Wasserkessel steht im *Rohr*!" „Tee? Nun, wenn *Sie* einen mittrinken? Gern!", sagte ich lachend, sprang davon und suchte im Gedanken schon den Reisebedarf zusammen.

Als ich den Kanin an die Schranktür hakte, da traute ich plötzlich meinen Ohren nicht! Was??? Da dröhnte mit einem Male ein lupenreiner, geübter *Akkord* über den Flur!!! Mich verließen augenblicklich alle Kräfte. Die Knie wurden wie Butter. Ich zitterte am ganzen Leib.

„Pam, Pam, Pampam!", ertönte es: „Geh aus, mein Herz!", *ertönte* es, und ich sprang mit Singstimme ein: „... und suhuchehe Freud, in *dieseher* lieben Sohommerszeit – an deines Gohottes Gaben; schau an – der schönen Gäherten Zier –", und mir wurde vor lauter Glückseligkeit ... übel.

„Wenn Sie so *weitermachen*, wird Ihre liebe Minika ganz schön bald einen Herzschrittmacher brauchen!", rief ich dem Virtuosen zu, und setzte mich zum Teegedeck. *Ihn* konnte ich nur kopfschüttelnd und völlig dahin vom Scheitel bis zur Sohle messen. „Ist was, Minika? Ich hab Sie doch nicht etwa – verletzt!" *Kein* Grund zur Sorge. „Und wann, sagten Sie, wollen Sie fort?" „Gleich in aller Herrgottsfrüh!" Er griff mit der Zuckerzange über den Tisch nach einem Würfel, hielt zuerst über *meiner* Tasse an, ich deutete: nein, nein, danke, obwohl ich eigentlich Tee ohne Zucker nicht *ausstehen* kann. Maßhalten ist reine Sache der Selbstdisziplin. Ich kämpfe nun einmal lieber gegen *Würfelzucker* als gegen Fettablagerungen. – Also.

Rührte der Mann seinen Tee mit dem *Löffelchen*? Es sah aus, als verwende er dazu seinen Ring.

„Dieses *Schmuckstück*, Minika – ist ein *Talisman*; so eine Art *Lebens-Ring*. Ist Ihnen das Märchen bekannt: ‚DIE SCHÖNE UND DAS TIER'?" „Ich habe es nicht *gelesen*", entgegnete ich, „ich habe die fantastische Verfilmung mit Jean Marais vor einigen Jahren aus dem Filmverleih ausgeliehen ..." Ich erinnerte mich jetzt an die *Geschichte* mit dem Ring.

„Dieser Ring, Minika, ist für jemanden bestimmt, der im Zeichen des *Schützen* geboren ist!" – „Der nimmt mich ja jetzt *gründlich* auf die Schaufel!", stieg es in mir hoch. Doch er fuhr fort: „... sein Kern ist ein Guss – aus einer Legierung von Kupfer und Zinn. Sie müssen wissen: Das Metall *Zinn* bringt dem Schützen, so sagt man, Erfolg. Vergoldung und Rhutenium – bedeuten *Streben*, das immerfort anhält. Der grüne Stein ist, allem widrigen Anschein zum Trotz: ein *Rubin*. Ich garantiere dafür. Es heißt, dass er Lachen, Liebe und Wärme an sich zieht. Das tragisch Lächerliche daran ist, ich weiß, sobald ich diesen Ring vom Finger abziehe ..." – Ich sprang auf: „Stoppstoppstopp! Ich *weiß*, was jetzt kommt! *Das* ist geschmacklos, wenn Sie mich fragen!" Ich war verletzt, verraten; dachte an den Krieg unserer *ersten* Begegnung.

Er öffnete den Mund wie zum Reden. Ich kam ihm zuvor: „Sagen Sie jetzt bloß das *eine* nicht, sonst schreie ich! Ich schreie, dass die Wände wackeln! Sagen Sie *bloß* nicht: ‚... dann sind meine Tage gezählt!'" – Er antwortete ruhig und sachlich: „Das haben *Sie* gesagt, Minika! – Übrigens, was ich Sie schon gestern fragen wollte: Warum drehen Sie eigentlich – keines Ihrer Radiogeräte an?" Ich zischte zurück: „Darum! Allzu vielen Meinungen Ohr leihen, erweicht den Verstand!" –

Ich *rauschte* aus der Stube. Wie ein aufgebrachter Pfau. Ach was, dieser Mann war ... Bin *ich* froh, den morgen *los* zu sein! Allesallesalles – war mir lieber als er: Kuh und Kalb und – meinetwegen die ganze Besatzung der Arche Noah! In meiner Kammer tunkte ich dann meine Feder – jawohl, meine Feder – ins Tintenglas, um ihm am Morgen eine sauber geschriebene *Kurznachricht* zu hinterlegen.

So sehr herzlich mein Ziehbruder mich auch empfing: ... ich hatte heute nicht *jene* Beziehung zu ihm, die uns sonst immer verbindet. Jedenfalls denke ich, dass *er* das dachte. Es stand in seinen *Augen* geschrieben. An der Stalltür, im Vorübergehen, hörte ich, wie er zur braunscheckigen „Mirza" sagte: „Weißt? Weißt, wer da ist?" – Und er erzählte seiner Braven: *Minika* sei heimgekommen; er fürchte aber, sie hätte, so weit *fort* in der Stadt, allein – in einem Stadtkoben – naja: Da hätte Minika wohl einen *Sprung* in ihrer Schüssel gekriegt! – Und das wäre wohl *kein* sonderliches Wunder.

Was wusste der Jörg, was wusste die Mirza: ... wie mir das *Blut* siedete in allen Adern! Was *wussten* sie, wie oft ich nachts in der Stadt „meinen" Bach gluckern hörte! Was *wussten* sie, wie mir *zumute* war, wenn ich Rudi Schurikes „Heimat, deine Sterne" auflegte! Was wussten Sie – von all den *Kindern*: ... von griechischen, serbo-kroatischen ..., rumänischen, bulgarischen, ungarischen ... *Kindern*: ... die gezwungen wurden, ihre *Wurzeln* auszureißen! Waswaswas? Und *störte* es jemanden? – Jetzt rannte ich auf den riesigen *Nussbaum* im hinteren Garten zu, und erinnerte mich, *wie* die Abende abgelaufen waren, *ehe* der Fremde angekommen war: Jeder Abend war bis in die Mitternacht hinein von diesem *Gehöft* hier – besetzt; von *dem* hier: ... wie von Friedrich Gauermann ins Ortsbild gebettet, wie von Hans Thoma umrahmt, wie ... Nun, das *hatten* wir schon: Im Buch WILRUN. –

Und wie sehr *liebte* ich diesen hagenbuchenen Ziehbruder! Herrgottnocheinmal! – Der Nussbaum setzte schon Blatt-Triebe an. Ich ließ den Baum an seinem Platz und stieg mit Wollust – grade *wegen* der samtenen Stiefel – in *jeden* Hühnerdreckpatzen, der mir in den Weg kam. Endlich kletterte ich zum Heuboden hoch, wo der Jörg alte, leere Schreibhefte aufbewahrte: ... für Minika. Am Stapel lag ein *abgebrochener* Zimmermannstift. „Jörg!!! Kannst du den spitzen?", rief ich zur Luke hinaus. Er kam schon aus dem Stall daher, tat einen Wink mit der Hand; bedeutete: „Wir werden's probieren!" Sein Messer hatte diesen Fall gleich erledigt. Ich hörte Jörg die Leiter hochsteigen. Er trägt Sommer und Winter Schaftstiefel, wie einer vom Militär. Den Bleistift, den dicken, legte er an der Lukenschwelle ab und verschwand mit kräftigem, verlässlichem Schritt an irgendeinen Arbeitsplatz im Hof. Von Jörgs Vater hatte ich den rauen, schweren Rock geliehen.

Von meiner Statur hätten mühelos *Dreie* darin bequem Platz gefunden. Ich hatte ihn mit einer Garbenschnur aus dem Mähdrescher fest um meiner Mitte herum zusammengebunden. So *über*bekleidet lag ich nun am Bauch – im kühlen Heu. Vom Duft der dürren Gräser und Blumen war ich völlig berauscht. Wenn Gras, wenn Brot, wenn Erde, Wasser, Baum – nicht *Heimat* sind, wo wollen wir sie finden. – Ein Fragenansturm nach dem anderen folgte. Ich notierte, schmierte in eiligster Lateinschrift. Endlich stand für mich fest, dass ich den *letzten* Zug zur Stadt noch erwischen könnte, wenn Jörgs Traktor damit einverstanden war.

Am Bahnsteig umarmte ich den Landmann, so fest und so mild ich die Kraft aufbrachte. Seine Arme bewegten sich nicht. Ich wusste auch so, wie es in ihm aussah. Wir sind von ähnlichem

Blut. Er trat nach dem Traktorreifen und schleuderte seine Rotzglocke nach dem Wind.

Im Zug brachte ich kein Auge zu. Unentwegt wechselte in meinem Kopf Jörgs liebes, sonnenverbranntes Gesicht mit jenem der Weisheit, die in der Stadtwohnung hocken mochte. – Die Hefte, die alten, in meiner Hand: sie stammten aus Jörgs letztem Schuljahr. Er hielt nie viel vom Heftverschmutzen. Die Hefte wurden in meiner Hand warm, wärmer, heiß. Die Notizen wurden lebendig, als hätten sie unversehens Feuer gefangen. Ich hätte in diesem Moment *abspringen* mögen vom Waggon. Mir wäre nicht viel Leid geschehen: ein Unfall. Ein glückloser Zufall. „Scheiße! Scheiße! Niederträchtige, mörderische Scheiße!", dachte ich. „Kindskopf, saublöder, der du bist!", sagte ich laut. Dass es nicht *nur* gedacht war, merkte ich, weil meine Sitznachbarin *sofort* aufgesprungen war. Schon war sie raus aus dem Coupe: Eine Zigeunerin. – „Rasse! Rasse! Klasse!!!", fuhr es mir durchs Hirn. „Meine *Zeit*! Was *ist* das nur für eine Welt!", sagte ich laut und klar. Ich nahm aus dem Mantelsack den winzigen Flakon ... Veilchenduft, das wusste ich, macht *Laune* – über viele Stunden hinweg. Ein winziger Tropfen. Ein Tropfen – auf der Haut. Ich fing plötzlich an – völlig entkrampft – zu lachen. Herzlich. Hell. Ich durfte. Ich war jetzt mit mir *alleine* in diesem Abteil.

Wenn man die *eigenen* Stärken und Mängel und Eigenheiten kennt, so ist das gut. Wenn man in der Lage ist, jedem *anderen* Menschen die nämliche Freiheit einzuräumen: ... so hat man seine Erziehung gewiss Menschen zu verdanken, die eine unsichtbare *Krone* auf dem Haupt tragen.

Ich weiß noch: ... dass ich dann am Südbahnhof keine *Rolltreppe* benützte, um rascher zum Ausgang zu kommen. Plötzlich aber wurden die Hefte wieder heiß. Ich stellte meinen Koffer für Augenblicke ab, um ihn ordentlicher im Griff zu haben, und fing an zu laufen. Doch der Taxistandplatz war leer. Ich lief, wie zusätzlich angekurbelt, in Richtung Wiedner-Gürtel. Hoffentlich kam bald ... Und schon winkte ich mit Heften und Koffer – nach dem Auto mit der Leuchtschrift: **„FREI"** –:

„Bitte bis zur Margarethenstraße ..., das genügt", keuchte ich, und wurde gar nicht ruhiger. Glühbirnen! Scheinwerfer! Neonleuchten! Zweihundertzwanzig bis zweitausend Volt! – Und dann:

ORANGE! ORANGE! ORANGE! Einen *so* lahmen Vogel wie diese Ente auf vier Rädern ... erwischte man gottlob *nicht* alle Tage. „Macht – wie viel?" Mit der Geldbörse zugleich hatte ich auch den *Torschlüssel* aus dem Säckel gezogen. Er fiel in den Rinnstein. Dabei – *sprang* er einmal an meinem Stiefel hoch und klingelte so *durchdringend*, wie Eisen klingen kann. Ich hob ihn auf und stopfte das Retourgeld weg. Ich wartete noch wenige Atemzüge lang. Bis der Enterich verschwunden war. Ich *lief* und lief und lief: ... die alten Hefte, den Koffer – und den Schlüssel stramm in meinen Händen. Als ich das Haus von außen so stockfinster sah, bekam ich Angst. Höllische Angst.

Ich fand *ihn* – sobald das Licht an war; Licht im Flur, Licht in der Studierstube. Mein Hausmensch lag, im Sitzen nach rechts umgekippt, auf der Bank: ... sein Daumen und der Zeigefinger seiner Linken ... hielten sich – am Nagel des Ringfingers fest. Der *Ring* – war fast vollständig abgezogen. – Dieser Tag hatte für mich tausende Bilder gehabt. Mir schossen jetzt – *im* Moment – Tränenbäche in die Augen. Ich wischte sie fort, um den grauen Kopf des Alten *genauer* zu sehen: Das Gesicht war kerzenblass. Und die Partie unter den Augen ... die Augen! Die Augen!!! Sie standen offen. Nur wenig. Kaum. – Und: ... Der Ring! Der Ring!!! Was *war* mit meiner Leitung los! Ich schob den Ring *zurück*, an die richtige Stelle: ... Der Ring war zurück. Und ich sah nach den Augen. Und *wieder* wischte ich Tränen fort. Und ich wollte, und wollte – nicht so unsagbar ohnmächtig – nur einfach – dastehen. Ein bisschen klaffte ich das *eine* Liderpaar auseinander. Sachte. Bloß mit zwei Fingern.

Der Kopf bekam plötzlich *etwas* Leben. Er bewegte sich. Nicht viel. Ich lachte jetzt auf, spürte, dass mein *Herz* zwischen Schmerz und Freude schlecht unterschied. Es schlug – zum Zerspringen. „So *tun* Sie doch was! – Bitte, bitte tun Sie doch was ...‚ Sie unausstehlicher Egoist, der Sie sind!" Ich wollte es *schreien*. Meine Kehle aber gab keinen Laut heraus. Ich kniete nieder. Ich fasste irgendwie – behutsam mit beiden Händen nach diesem Gesicht, bettete es – wie auf Veilchenblütenblätter. Der Duft auf meinem Handrücken hatte ja vorhin auch *meine* Sinne belebt. Das konnte nicht schaden. Auch hier nicht. Und plötzlich begann ich, wie man Säuglinge mit Lippen berührt, und immer stürmischer und gebieterischer – diesen Guten – unter meinen Tränen wachzuküssen. Doch *dann*, was bildete ich mir überhaupt ein, ließ ich den Graukopf aus meinen Händen gleiten. Ich war satt! Ich war so –.

Ich verschränkte jetzt meine Arme über dem Tischrand. Ich verbarg meinen Kopf – am Kreuz, das ich nun wohl oder übel vor mir sah. Die Flut war versiegt. Mein Gesicht klebte fest – auf dem Zettel, *den* ich am Morgen hier *hinterlassen* hatte, mit dem Hinweis: „ICH BRAUCHE SIE – NOTWENIGER ALS BROT."

Es kam sehr *dünn*. Es kam sehr *schwach*: „Minika?"

DER FÜNFTE ABEND

Von der vorigen *Nacht* bis zum folgenden Abend *wurde* es im Hause überhaupt nicht Tag. Ich hatte meinem Pflegling verboten, sich anzustrengen oder auch nur zu sprechen. Es sei denn, um mir einen Befehl zu erteilen. Die Rollos an den Fenstern blieben dicht. *Ein* Anruf genügte: „Gut! Und du bist so lieb und vertrittst mich heute? Danke!" Diese berufliche Abmachung war hieb- und reißfest. Zugleich mit dem Auflegen des Hörers stellte ich die Klingellautstärke des Wandapparates auf „Minimum". Es kümmerte mich keinen Gramm, ob und wann und weshalb es ab sofort in dem Kästchen krähen und schnarren wollte. Über das Dach dieser Welt bestimmten heute ein grauhaariger Herr und Minika. –

Ich wusste vor lauter *Liebesglut* nicht, *was Liebes* ich dem Alten antun sollte, *ohne* seine Besserung zu gefährden: In sein *eigenes* Zimmer wollte er nicht. Er lag zugedeckt, von der tunesischen Decke, auf der hölzernen Bank. Er litt *kein* Kissen unterm Kopf. Auch beim Schlafen nicht. Um so stille als möglich zu bleiben, zwängte ich mich am Fußboden zwischen Tisch und Bank, lehnte mein Ohr gegen den verhüllten Bauch des Alten, und ich hörte mit geschlossenen Augen den *Wildbach* eines Menschenlebens rauschen.

SECHSTER ABEND

„Naaa? Ist die junge Dame schon in *Pension*?", spreizte mir die feiste Oma aus dem Haus von gegenüber ihre Frage vor die Stirn. Ich schaute mich um, aber außer mir und ihr war da keiner. „Ich? In Pension???", fragte ich. Und hätte am liebsten angehängt: „*Ja,* du olle Gurke, man hat mir staatliche *Trottelbeihilfe* bewilligt, möchtest *du* sie nicht haben?" Doch – das hätte sich *auch* wieder nicht geschickt! Ich sperrte mit *Wonne* mein Haustor auf und drehte der Gurke eine lange Nase.

So *wieselmunter*, mein Philanthrop? Jedenfalls: Sobald er mich im Haus wähnte, *erdröhnte* vom Flügel ein Riesentusch. Er wiederholte sich – *übermütig* oft. Sie kennen vielleicht diese *Tonfolge*: … den Anfang vom „Postillon von Lo". Nein, anders 'rum: „Freunde, vernehmet die Geschichte …!" Aber *nur* bis zum – jungen Postillon.

Ta,ta,ta,ta!!!, war ich *selig*, in dieses Haus zu kommen, in diese Räume! Wenn – was Gott verhüten möge – dem alten Herrn etwas wäre!, keine zehn Pferde *könnten* mich hier halten! Auch nicht zehn mal zehn PS! Ich *könnte* nicht. Wahrscheinlich würde ich aufs Land ziehen. Am liebsten in die Berge, wo kein Aas mich finden würde.

„Naaa? Möchten Sie vielleicht einen *Tanz* mit mir unternehmen?", fragte er, und schmunzelte. Als er sagte, es sei *Damenwahl*, knickste ich vor dem Drehhocker nieder, und *er* – stand auf. Ich hielt noch dagegen: „Fred Astaire" dürfe sich nicht übernehmen, und *ich* sei nicht die schöne, paprizierte Marikka. Doch die *Schonzeit* schien aus zu sein. Mein Held war drauf und dran, Oberwasser zu bekommen. Mit geschlossenen Lippen begann er zu *summen*. Ganz fein. Ich erkannte beim dritten Takt: Das war das Musikthema aus dem Film JENSEITS VON EDEN. Wie eine *Taubenfeder* kam ich mir vor unter seiner Führung: Zweistimmig die Melodie. Einstimmig die Schrittfolge. Nullstimmig – die Welt da draußen.

Als Erstes – verstummten hintereinander die Stimmen. Die Schritte – irgendwann. Eine kurze – unendliche Ewigkeit verrann … Mein Tänzer küsste mir *nicht* die Hand … ich nahm sie ihm fort und klatschte und schrie aus purem Entzücken: „Bravo! Braavoo! Braaavooo!!!" Somit war die ganze schöne Ewigkeit … im *Eimer*.

„Junger Mann!", sagte ich kess, „Junger Mann, ich hab an Sie für heute noch tausend Fragen! Packen wir's an?" Der „junge Mann" setzte sich elegant auf seinen Stuhl nieder, rückte näher an den Tisch heran. Ich saß auf der Bank nieder.

Er beantwortete – von allen tausend – die ersten neunhundert Fragen auf *einen* Streich. Ohne es zu wissen. Ohne zu fackeln. Ganz von sich aus: „Minika", leitete er ein, „also, Minika, das *anpassungsfähigste* Chamäleon ist und bleibt der Mensch!" Ich –, ich –, ich –, ich war einfach platt.

Als meine Betroffenheit nachließ, fragte ich: „Etwas *ganz* anderes! Was *würden* Sie raten, wie der Mensch ein *Buch* lesen sollte, damit er davon persönlich profitiert?" Mein Lehrer erhob sich, ging vom Tisch, nahm *ein* Buch aus der Stellage, hielt es mir *entgegen*. In einer Hand das Buch. Die andere: aufzeigend mit gestrecktem, schlankem Zeigefinger. Und am Ringfinger funkelte am *Schliff* des Steines ein Feuerstrahl auf. Es war der Widerschein von 75 brennenden Kerzen, die sich da, *ohne* zu drängen, zusammengefunden hatten: auf einer *Glühfadenspirale*. Auf einem Röllchen: ein Millimeter im Durchmesser; Länge: drei Zentimeter; ja, Zentimeter. Also, 75 Kerzen auf einer Strecke von drei *Zentimeter*. Die von *damals* haben ja „schon immer"! gesagt: Dass dieser Edison und dieser Wolfram zwei ausgewachsene Hornochsen und *total* meschugge sind!

Alles, was mich jetzt interessierte, war die Antwort meines Lehrers.

„Merken Sie sich *dieses* Buch!", sagte er. „Und merken Sie sich vor allem die *Worte* des Napoleon Hill! Wissen Sie, was er sagt? Er sagt lediglich: *Meditieren* Sie über jede Seite! Minika! – Er sagt nicht, über *welche* Seite! Er sagt im übertragenen Sinne: über jede. Und – zerlegen wir diesen *einen* Satz – so fällt auf, dass die übliche deutsche Sprachlehre ihre Schattenseiten haben muss. Was fällt Ihnen für eine Lösung *dazu* ein?" Was für eine *Lösung*. Was für eine Lösung. Welche Lösung denn! „Ich *helfe* Ihnen auf die Sprünge, Minika! Das *Schwergewicht* dieses einen Satzes – ruht intelligenterweise – ganz besonders – auf dem *Tatwort*, und erst in allerzweitester Linie auf dem so genannten HAUPTWORT. – Minika! Alles *klar*?" –

Jajajajaaa! Irgendwie würde meine lange Leitung sich entwickeln! Aber ich hatte noch um *eine Frage* mehr als tausend vorbereitet, und diese stellte ich jetzt:

„Habe ich als Leser das Recht, die direkte Rede eines Autors auf mich selbst zu beziehen? Oder zählt das zum Irrealismus!"

„Minika! Minika! Bitte: ... Wenn Sie Ihren kurzen Verstand sauber halten *wollen*, dann rate ich Ihnen zwingend: HALTEN SIE SICH TUNLICHST JEDES WORT VON DER SEELE, DAS MIT ‚-ismus' ENDET. Bitte!!! Ich werde Ihnen gleich sagen, warum: Dieser ‚-ismus' ist ein Fleischwolf, der bis gestern Meere von Blut verspritzt hat. Keine friedliebende Vernunft wird sich d a r a u f *etwas* zu Gute halten. Alles *klar*? – Aber nun zum *Kern* Ihrer Frage – die Gegenfrage: Was glauben Sie, Minika, für *wen* ein guter, ich meine ein *handwerklich* guter Erzähler-Autor – egal, ob Meister, ob Geselle! – was *meinen* Sie, für *wen* der seine Sätze auf Papier sprechen lässt? Schreibt er etwa für Papiermenschen? Für die Papierkatze? Oder zugunsten der Altpapiersammelstelle? Ich spreche von Lesebuch-Autoren, wohlgemerkt! Ich bestreite nicht, dass manches Papier von manchen Lesern als Luft-Papier bezeichnet würde. Es geht sie nichts an! *Jeder* hat das Recht zu *lesen*, solches, wobei *ihm* wohl zumute ist. Dass sich die *Oberflächlichkeit* und *Gleichgültigkeit* und *Unwissenheit* bezüglich *qualitativer* Unterschiede in einer Weise breit macht, wie sie *heute* sichtbar ist, *das* liegt – *naiv* gesprochen – in der Hauptsache an zwei blutwunden Stellen: zum Ersten dient sie den Oberhäuptern diverser Ideologien, von deren *Gipfel* es nach unten zu erbärmlich schroff abfällt: etwa nach dem Schema: Vorsicht! Steinschlag! ..., sodass zwischen Geröllhalde und Höhenluftgenießern nichts weiter zu finden ist als undurchschaubarer *Smog*. Zum Zweiten wurde eine, wie *hier* zu verstehen: *naturentsprechende*, also Naturgesetzen entsprechende *Höherentwicklung*, verwahrlost – durch enttäuschte, anbiedernde, untreue, zum Teil kuriose *Auswüchse* – quer durch alle Schulsessel. Und *selbstverständlich,* Minika!, selbstverständlich bestätigt auch *hier* eine *große* Anzahl von Ausnahmen die Regel. Alles *klar*?" –

Mir schwirrte der Kopf. Wahrscheinlich hatte mein Freund wieder einmal – unschlagbar – Recht. – Aber *das* jetzt, *das* begriff meine lange Leitung: ... es *war*, nun ja, ich musste laut *gähnen*! – Es war also höchste Zeit – zum Schlafengehen.

„W a s *wollen* Sie hören? Lebensregeln??? Minika – nach *allem*, was ich Ihnen sagte! Kommen Sie mir doch *jetzt* nicht von der

Maschekseite an …, Kind Gottes! Nun, *warten* Sie eine Zehntelsekunde; ich denke, da *müsste* noch etwas zu *machen* sein. Augenblick! Lebensregeln??? Vielleicht kann ich Sie mit DREI KÜCHENSPRÜCHEN MEINER MUTTER zufrieden stellen. Sie sind auf *reimdichoderichfressedich* gefasst? Ja? Von Kopf bis Fuß? – Alles *klar*:

Spruch 1: „Jeder sei mit Hirn und Hand – seiner Seel' gelobtes Land."

Spruch 2: „Die Arznei – dieser Epoche wäre: jeden Tag der Woche zehn Minuten nur: studieren und darüber meditieren! Eins von 10 Geboten spricht: ‚Mach' es gut! – Vergiss mich nicht!' Wie zu *handeln* wäre? *Wie*? Ganz in *eigener* Regie!"

Spruch 3: „*Besser* geht es als zuvor, nimmst du einen Schuss HUMOR."

Alles *klar*? – Sie sehen also, Minika, dass selbst der *hinterwäldlerischsten* Küche noch *etwas* Dampf zu entlocken ist."

„Alles *klar*!", sagte ich. Und ich nahm *an*, ich dürfe die *nächste* Frage stellen. So tat ich es:

„Und woran erkennt der Mensch, welcher *Beruf* ihn am meisten – glücklich machen *würde*?" –

„Minika", fuhr er fort, „Sie haben die Frage *gar* nicht so unsachgemäß formuliert; Sie sagten: ‚*würde*!' – würde, würde, würde. Einfach: *würde*, aber mit *großem* Anfangsbuchstaben! – Klar? Und bitte, *wiederholen* Sie die Frage!"

„Woran *erkennt* der Mensch, welcher Beruf ihn am meisten glücklich machen würde!"

Mein Tausendsassa – zog die Stirnfalten kraus. Und in Querrillen. Seine Linke hakte mit dem Daumen nachlässig am Hosenriemen, mit der Rechten – grub er jetzt *endlos* – an seinen Stirnfurchen herum, als ob da noch *etwas* – heraussickern könnte … Er grübelte. Dann fuhr er auf mit seinem Ergebnis: „Minika, ich habe *keine* Ahnung, welches *Rindvieh* behauptet hat: das Wort BERUFUNG – stünde mit dem Wort BERUF in keinem eigentlichen Zusammenhang. – Ich möchte das Wort „Rindvieh" zu Ehren aller Rinder – *sofort* aus diesem Text *nehmen*; … umgehend; … sobald etwas Treffenderes einfällt. Wenn *Sie*, Minika, diese beiden Worte *übereinander* vergleichen, so *wissen Sie, woran Sie sind*. Sie müssen das wissen! – Sie! – Liegt Ihnen *noch* eine Frage auf dem Herzen?"

Ich brauchte Zeit. Ich überlegte natürlich – *sofort*, ob ich das Thema heute noch anschneiden sollte. Eigentlich war ich ziemlich ausgepumpt und geschafft. Mein rechter Mittelfinger malte hautfette, kaum sichtbare Kreuze und Karos und Ringe auf die Tischplatte. Ich *platzte* plötzlich los: „Was ist das: ein DICHTER, und *was* muss er tun!"

„Tja. Hm. Mit dem *Tatwort* – werden Sie sich nicht *zufrieden geben*, nehme ich an! Ein Dichter – nun; ich will es einmal leichthin zu *skizzieren* versuchen: Ein Dichter – dichtet. Er bringt etwas auf *einen*, ihm am *kleinsten* erscheinenden, gemeinsamen Nenner. *Undelikat* ausgedrückt, Minika, ist er ein *ganz* armes Teufelchen. Nehmen wir nur einmal aus Europa *jene* her, die um ihrer Bestseller willen – bis in den *tiefsten Hades* hinein – verrissen werden, verachtet; und *nehmen* wir an: … sie werden *über* die Spitze des Großglockners hinaus *verehrt* –

Nun also, Minika, so einer, der muss eine Nase haben …, wie eine Antilope. – Jetzt kommt dazu: dass er Hör- und Schallempfänger haben muss, wie ein Wal – in etwa …, auf die Sehschärfe eines Condors – kann er *keinesfalls* verzichten; … und er muss *fest* – in einem *guten* Sattel sein: … wie ein Rodeoreiter. – Der Dichter: Er muss an *jedem* Tag seines Lebens etwas a*ufschnappen* können, das er *vielleicht* irgendwann oder nie – brauchen kann; … jedenfalls muss er es *erfassen* und transformieren können. Außerdem braucht er einen Endlossatz *Siebe* … und einen Bund Qualitäts*feilen* – den legt er sich schon aus kluger *Voraussicht* zu. Dichten –, das geht ungefähr *so*: hält der Wille – fehlt die Zeit, ist dann Zeit – fehlt der Plan, steht der Plan – fehlt die Zündung, stimmt die Zündung – brennt das Dach, brennt das Dach – wird es ungemütlich, wird es ungemütlich – fehlt der Fluss, ist der Fluss vorhanden – fehlt die Nachtruhe, fehlt die Nachtruh: … dann kommen *Berge*! – von Zigarettenkippen zusammen … Es sei Ihnen *nur* noch erzählt, wie es aussieht, wenn die *Presswehen* eingesetzt haben. Dann geht es dem Dichter so: … er sitzt *zwanzig* Stunden, *30* Stunden hindurch *da* …, steht nur alle Seiten lang *kurz* auf, an *Schlaf* will er gar nicht *denken*! Was wäre das für eine *Geburt*. Ist der Dichter nun – ein *Mann*! Und brennt bei *ihm* nachts das

Licht ..., so lallt der Nachbar, der eben vom *Wirtshaus* heimtorkelt: „Ja, *schau* dich an! – dieser schwindlige Tunichtgut kommt erst *jetzt* heim vom Saufen!" Ist der Dichter eine *Frau*! – so suchen die Nachbarn: ... ob *irgendwo* am Vorhaus eine rote *Schummerlaterne* blinzelt. „Wissen Sie, meine liebe Minika, ich kann Ihnen *klipp und klar sagen*: ein Dichter? Wenn er sich *alle* guten Geister anlockt! und wenn er sie *dann* auch noch bei der *Stange* halten kann!, dann *kratzt* den das *überhaupt nicht*: ... wenn er letzten Endes auch einen *Lohn* kriegt für diese ganze Schinderei! Alles *klar*?" –

Der war ja heute richtig in *Fahrt*. So hatte ich ihn *noch* nicht erlebt. Ich glaube aber, er hält mich für zurückgeblieben. – *Wie* heißt es doch so schön: „Hübsch, blond und dumm wie Bohnenstroh." –

Mir bleibt *nur* noch übrig: ... Seinen „letzten Willen" zu erfüllen; auf einem schlichten Zettel wurde er mir hinterlassen; es steht *darauf*:

„VERMÄCHTNIS – AN MINIKA! Dieser Ring gehört nun Ihnen. Schreiben Sie bitte, so gut sie können, *alle* meine Worte auf – alles ... was *Sie* im Kopf behalten konnten! Ich schenke es den Menschen. – Setzen Sie den Spruch von Karl Kraus aus dem Jahre 1916 als Einführung voraus; ... Sie finden ihn in Hermann Pongs „Lexikon der Weltliteratur" auf Blatt 524, linke Spalte –

Machen Sie's gut, Senora!"

Ich, die Interviewerin Minika, habe *gelernt*: ... einen mir völlig Unbekannten zu lieben. – Zu seinem *Begräbnis* – genügten der Totengräber und – ich. Und was ich fand ... im Lexikon?

So hören Sie:

„Ich bin nur *einer* von den Epigonen, die in dem alten Haus der Sprache wohnen. Doch hab ich drin mein eigenes Erleben, ich breche aus – und ich zerstöre Theben."

Die Kinder von Salem

Alles, was ich an Doktor Sigmunds Worten sofort kapierte, das war: Ich musste noch *heute* los; Hals über Kopf; in die Verbannung; in das Ausland. An *meinem* freien, langen Wochenende! Auf Beschluss des Stadtschulrates! – Wofür hielten die dort mich eigentlich! – Wenn ich richtig begriff, so verfrachteten die mich nach irgendwohin. In eine Rätselmühle? – Und zwar: zusammengekettet – mit elf kleinen Biestern, die ich nicht kenne! Ist das in Ordnung? Und wenn mir vor irgendetwas in dieser Welt gruselt: dann stehen ekelhafte Miniatur-Monster – ziemlich an oberster Spitze. Ich verabscheue solches Gezücht! Wer ich bin? – Mein Name ist Minika Benedikt. Sie kennen mich schon.

„Doktor, das lasse ich mir nicht gefallen! Wissen Sie, was ich alles für die nächsten Wochen geplant hatte? Ich gedenke dieses Schuljahr so rasch als möglich hinter mich zu bringen und, falls es mir gelingen sollte: will ich noch *vor* den Ferien mein Haus zu gutem Preis verhökern! Ich bin mit Schlamassel eingedeckt bis über beide Ohren! Genügt das nicht!", bellte ich den greisen Schulpsychologen an.

„Wozu sich so aufregen!", entgegnete er mir. „Es hat doch gar keinen Sinn, sich aufzulehnen! Nicht, wenn Sie das Interviewen noch eine Zeit ausüben möchten! Meinen Sie, man wird sie je wieder an einer Schule einlassen, falls Sie diesen Auftrag ablehnen? Es sei denn, Sie wären einer akuten Krankheit wegen zu entschuldigen!" – Er hatte im langmütigen Tonfall eines gelernten Altwieners zu mir gesprochen. Ich verstummte, biss auf meine Lippen. Ich stand vor dem Doktor mit gesenktem Haupt, wie eine arme Sünderin, die nichts verbrochen hatte. – Ich schnaufte Luft in mich hinein. Eine Unmenge davon. Der Ballon war so und so vor dem Zerplatzen. Dieser große, weißbärtige Doktor Sigmund! – Ich sah ihm jetzt ins Gesicht. Seine Augen drangen in mich, und seine Stimme redete weiter auf mich ein: „Ich habe mir jeden Ihrer Schützlinge eigens unters Mikroskop genommen. Meine Tests waren kurz und schmerzlos. Ergebnis? Ein jedes dieser Kinder zeigt ein autistisch zu nennendes Gehabe. Autistisch. Aber sehen Sie – gerade *das* ist bemerkenswert: Sie sind es nicht! Ich könnte diese kleinen Personen nicht als Autisten im klassischen Sinne bezeichnen! Tatsache ist: Sie wurden aus ihren diversen Kindergärten gefeuert. Als asozial ausgegliedert!"

„Asozial? Na, wie putzig!", schnippte ich dem Doktor die Rede ab. Er missachtete meinen Einwand. Total. Er erzählte weiter: „– *erstaunlich* war für mich: Jedes kann bereits fließend lesen! Und *jedes* vermochte nach meinem Diktat einwandfrei Sätze niederzuschreiben! In diesem zarten Alter! Noch etwas: Jedes für sich erklärte mir kurz angebunden, es sei nicht bereit, in absehbarer Zeit eine Schule zu besuchen! Auf meine Fragen, warum nicht, klappte jedes zu – wie eine Muschel. – Verstehen Sie jetzt bitte die Sorge unseres Stadtschulrates! Die gesetzliche Schulpflicht kann und darf nicht – auch nicht in solchen besonderen Fällen – umgangen werden. Ihr Einsatz, Frau Benedikt, soll die Ursachen für das Verhalten dieser Kinder aufdecken. Wie viel Zeit man Ihnen dafür gibt, keine Ahnung. Doch wie gesagt, wenn Sie sich re-etablieren wollen, werden Sie alles Erdenkliche versuchen, auch, um diese Kinder umzulenken."

Damit überreichte mir der Doktor „seine" ersten Hinweise. Und einen gelben Briefumschlag. Ich öffnete, las. Da stand geschrieben: ORDER I.

„... heute, Freitag, 1. Juni ..., mit leichtem Handgepäck. Abfahrt: Wien-Westbahnhof, „Wiener Walzer", Klasse 2, um 21 Uhr. Ticket und Rabbit Card (tour retour) beiliegend. Ankunft: am Hauptbahnhof Zürich, morgen, 2. Juni., um 8.26 Uhr. Ab dort nehmen Sie ein Taxi (Spesenbeleg aufbewahren), und lassen sich zum Flughafen fahren. Melden Sie sich da bei der INFORMATION. Anbei SFR 200,– in Banknoten. Wir wünschen gute Reise."

Ja *hat* man Worte? Und für wie lange würde ich außer Landes sein? Davon stand keine Silbe im Auftrag! Mir langte es! Mir –. ... und dann fühlte sich der Doktor wohl außer Dienst, denn er begann zu plaudern. Völlig privat – sozusagen ...

Jedenfalls war ich „mit leichtem Handgepäck" – um Punkt 20.45 Uhr am Bahnsteig. Ich trug unterm Arm die Mappe mit den Unterlagen, die Doktor Sigmund für mich vorbereitet hatte. Papier. Formulare. Irgendetwas hatte er gesagt – von kurzer Personenbeschreibung, von Unterlagen, die mir „sicherlich sehr nützlich" sein würden.

Meinem Gefühl nach lief der „Wiener-Walzer" pünktlich aus. Ich sah auf keine Uhr. Mein leichtes Strickkostüm hatte ich an: das tannengrüne, mit den mausgrauen Mustern drinnen! Es knitterte nicht. Schon deshalb war es ein ausgezeichneter Reisegefährte, in dem ich mich ungeniert in den Fensterwinkel verdrücken konnte. Jetzt, im fahrenden Zug – kam mir erst wieder die Wut hoch. Eine Stinkwut! Am liebsten hätte ich die Notbremse gezogen, und alles, alles durcheinander purzeln lassen! Besser als dieser kurzsinnige Einfall erschien mir dann die Idee: meinen Kopf am Fenstervorhang zu verbergen, und schnell einzuschlafen! Und erwachen: erst morgen früh. Ich rauchte eine Flirt. Eine nach der anderen. Na, wenigstens einen *Fensterplatz* hatte ich ergattern können! Die Häuser von Wien waren längst vorbeigeflogen. Ab nun achtete ich nicht mehr auf die fliehenden Bilder am Fenster. Im Abteil waren, außer mir, drei weitere Fahrgäste, übermütige Burschen, Diskotypen mit Tiroler Akzent. Die Tiroler *sind* eben lustig! Ich hörte nicht zu, worüber sie lachten. Ich dachte jetzt, beim Geblödel dieser Jugend, an die Worte, die mir Dr. Sigmund auf meine Reise mitgegeben hatte. Nicht direkt. Irgendwie war er auf das Thema *verfallen*, während er sich am Stiegengeländer festhielt, den Griff versetzte, wie es notwendig wurde, die Stufen bedächtig abwärts schritt, mit mir an seiner Seite, um mich zu seinem Haustor zu begleiten. „Jaaah, *warum* habe ich zugelassen, dass man mich auf die Arbeiten aus meiner Frühzeit fixieren konnte! – Aber man hat sie mir auch … Keine gute Zeit, damals. Lassen wir das lieber beiseite. Doch Sie, Frau Benedikt: Sie sollen *wissen*, wen ich heute – immer mehr und mehr – verehre! Wahnsinnig verehre! Ich meine: Wilhelm Reich. Ein Mann, den ich vor ewiger Zeit gut kannte. Heute beschäftige ich mich vor allem mit einer seiner Theorien. Sie imponiert mir! Die ‚Orgasmus-Theorie'!" Also wahrscheinlich habe ich den schlohweißen Doktor – furchtbar blöde angegafft, in diesem Augenblick. Jedenfalls hakte Dr. Sigmund ein: „Ohooooh!

Nun machen Sie doch nicht so kugelrunde Augen!" Und jetzt begann der altehrwürdige Schulpsychologe zu lachen: Er lachte, dass das Stiegenhaus hellauf davon erschallte! Er lachte und riss mich mit – zum Lachen! Obgleich ich keinen Schimmer hatte, warum. Wann mag es gewesen sein, dass er sich *so* hätte vor Lachen ausschütten dürfen! – Als sich der Senior fing, streifte er die Tränen des Lachens mit dem Finger unter seinen Brillenrändern fort, und es kam aus ihm heraus:

„Auweh! Auweh noch einmal! Kinder, Kinder! Augenblick, ich erkläre es gleich!"

„Nun bitte: Das hat weniger mit Sex – im herkömmlichen Verstehen – zu tun", erläuterte mir der Doktor. „Sondern, es geht da in einigen Details um etwas, in das Sie sich vielleicht nächstens *einlesen* wollten! Wenn Sie von der Exkursion mit den Kindern zurück sind, dann werde ich Sie zu mir einladen; na, sagen wir: sobald mir Ihre Ergebnisse durch den Stadtschulrat zugegangen sind! Ich rufe Sie dann an. Einverstanden?" Der Doktor hielt am Tor noch eine *weitere* mündliche Überraschung für mich bereit: Kein leichtes Reisegepäck …

Ich glaube, bis Amstetten habe ich wacker durchgehalten. Das gleichmäßige, weichtönende Gerattere der Räder auf den Schienen beförderte mich irgendwann kurzerhand in den Schlaf. „Raaamtam, raaam-tam, raaam-tam …" Als ich es wiederum bewusst hören konnte, wurde es eben langsamer. Und es war Morgen. Ein heller Frühmorgen. Mein Zug fuhr eben den Bahnhof von Buchs an. Nun hatte ich also das ganze schöne „Land der Berge" verschlafen. Wie *kann* man nur – Österreich verschlafen! Und nichts war besser als das. Nur nicht denken! Nicht über dieses Land nachdenken! Wie es bei meiner Durchreise in Dunkelheit gehüllt gewesen sein muss, habe ich wohl nichts versäumt. Doch ich *schwor* mir jetzt: auf der Rückreise! Da würde ich *alle* seine Schönheit trinken! Trinken, mit meinen eigenen, blauen Augen! Allen Liebreiz, der mir auf dieser Westbahnstrecke entgegenlächeln wollte! In vollsten Zügen – trinken! Trinken – bis zur seligsten Besinnungslosigkeit! – Jetzt kam die Passkontrolle. Wann aber, hatten wir vorhin Liechtenstein passiert? Dieses berühmte, winzige Liechtenstein! Wie sieht das aus im Morgen? Ich hatte es leider verpasst. Jetzt kam die Schweiz auf mich zu. Am besten von allem, was meine Augen in der Folge zu fassen kriegten, gefiel mir da an der Strecke ein See. Ulkig war der! Richtig witzig fand ich den! Warum? – Vom offenen Waggonfenster hin sah es aus, als kippe dieser See jeden Moment vornüber, als möchte er einfach sein diesseitiges Ufer überschwappen, überschwemmen; vielleicht sogar die Schienen dieser Bahnlinie – schwuppdiwupp – unter sich begraben. Ich stellte mir das zum Wiehern komisch vor! Ich winkte wortlos dem Wasser zu: „Hoi! Hoi! Hoi!" Doch es geschah – nichts. Absolut nichts dergleichen. – Der Zug raste weiter. Raaam-tam, raaamtam, raaam-tam ... Und ich wusste: In ein paar Tagen würde ich den Doktor besuchen und über Orgasmus lesen ... Ramtam ... ramtam ... ramtam ...

Ich setzte mich auf meinen Platz und kramte jetzt die „Personenbeschreibung" hervor: um mich auf die kleinen Monster vorzubereiten ... Es wurde nichts daraus. Mir fiel jetzt eben ein, was der Doktor *noch* gesagt hatte: Eigentlich war ich in Gedanken schon unterwegs nach meinem verwaisten Zuhause. Zumindest das Allernotwendigste wollte ich mitnehmen. Wie ich das hasse: überfallsartig – zu packen! Doch es war noch nicht so weit. Noch stand ich mit dem Doktor auf der Gasse. Im neunten Bezirk. Auf meiner Uhr war es immerhin schon 17:10 Uhr! Der Doktor aber sagte: „Bleiben Sie noch einen Augenblick, Frau Benedikt! Weil ich zuvor – das Wort ‚wahnsinnig' in meinen Mund genommen habe; ein Wahnsinn – ist es, dass man heute so viel spricht – über die so genannte ‚Midlifecrisis'! – Ich bin ein alter Mann. Mit großer Lebenserfahrung. Und meiner Ansicht nach hat es *damit* etwas ganz anderes auf sich. Ganz kurz erklärt: Der Mensch hat bis zu diesem Zeitpunkt seines Lebens so ziemlich alles gehört und gesehen – was ihm eben nicht passt, wenn ich das so formulieren darf. Und jetzt dämmert ihm plötzlich, er habe bisher versäumt, *das* zu tun, was er eigentlich am liebsten tun wollte. Und die *Krise*, sie besteht darin: Entweder er kommt jetzt dorthin, wo er will, oder er versagt eben! Er sieht also nur diese zwei Möglichkeiten vor Augen! Und, dass ich ergänze: Dies ist ein Zustand, von welchem *niemand* verschont bleibt, der *nicht* seiner Sehnsucht entsprechend im Leben steht! Das liegt in der Natur jedes Menschen.

Nun, machen Sie nicht wieder diese runden Augen! Verstehen Sie: Es *braucht* seine Zeit, bis dem, sagen wir Schulabgänger, die Augen aufgehen. Denn: Erst glaubt er alles! Und dann merkt er allmählich: Auf ihn *selbst* bezogen – hat der nicht recht, und der andere nicht, und so weiter; und das steigert sich, verdichtet sich – mit den Jahren." Jetzt warf ich ein: „Na schön, Doktor Sigmund! Nur eine Frage: *Weshalb* vergehen dann so viele Jahre, ehe …", und der Schulpsychologe sprang wieder ein: „Nun, das Problem liegt darin, dass die Mehrheit eines Volkes *damit* beschäftigt ist, von Haus aus damit: ausschließlich Geld zu verdienen! Pinke! Kohle! Zaster! Der Nachteil dieser Einstellung ist diese besondere Ausschließlichkeit. Können Sie mich verstehen?"

Aber jetzt! Nichts wie ran an die schriftlichen Personenhinweise! Ich war auf das Schlimmste gefasst. Ja, ja:

BIBI (Bibiane), 4 Jahre/ dunkelhaarig, Ponyfransen, Pferdeschwänzchen/ Hat offenbar einen Katzentick/geht nur aus in Begleitung eines Katers; Langhaar, weiß-rot, Name: „Zwetschge". ABEL, 5 Jahre/ läuft in Japankleidung herum: Kimono, oder Tokaido/ tiefblaue Augen, schminkt sie gerne mit schwarzer Tusche/ Hat sehr helles Haar, heller als Hirsekorn, leichte Wellen, Prinz-Eisenherz-Schnitt. THERESA, 5 Jahre/brünett, Zopf – französisch geflochten/ Ist für ihr Alter auffallend klein, feingliedrig/ Strickt pausenlos – eine Art Socken. MIGUEL, 6 Jahre/ Kurzhaarschnitt, glattes Haar, ganz dunkelblond/ braungrüne Augenfarbe/ Ist stets bestückt mit einer alten Gummihupe/ Er wird überall begleitet von einer dackelähnlichen braunen, kleinen Hündin (Wuschelohren und Wuschelschwanz). Das Tier heißt „Puding" – (nicht: Pudding!) BERTFRIED, 5 Jahre/ Hört *nur* auf den Kurznamen „Berry"/Braunes, gewelltes Haar, über Kinnlänge/ Trägt auf Schritt und Tritt einen Aluminium-Geschirrdeckel – und eine alte Küchengabel mit sich herum. LEO (Leonhard), 5 Jahre/ Trägt stets einen Packen Kilometerpapier und Bleistifte mit sich/ Haarfarbe undefinierbar; hell erscheinender, konservativer Bubenhaarschnitt. HELOISA, 5 Jahre/ Blond, welliges Stirnhaar, zwei geflochtene Rattenschwänze/ Schleppt in einem kleinen Koffer stets eine Kreuzsticharbeit mit sich herum. MARIO, 6 Jahre / Drahtiges Haar, Kurzfrisur/ Trägt eine starke Brille. NORMAN, 5 Jahre/ Rotblonde Stoppelfrisur/ Hang zum „Sprachgenie". ADAM, 4 Jahre/

Bauernbub/kastanienbraunes Haar/ Sein Spruch während des Testes: „Mei Ruah will i hab'n, sonst nix!" NABOR, 5 Jahre/ Schwarzes Haar, Softyhaarschnitt/ Trägt um den Hals herum ein Lederband, Anhängsel: eine Dose, wie Tomatenmarkbehälter, eigentlich – Rohr, der Deckel und Boden sind entfernt worden. – Weiteres, nächstes Blatt ..."

Nun ja, wenn man es über den Daumen peilen wollte, so ergab das Ganze: einen Bund wildes Gemüse, dazu eine rotweiße Zwetschge und einen braunen Puding –

ORDER II.

Sie werden jetzt per Hubschrauber in den Süden gebracht; Route: Ab Zürich – Herrliberg ... über den Lukmanierpass hinweg zu einem Schutzhaus über der Valle Leventina; linker Hand – Blick gegen Pizzo Campo Tencia, rechts: Blick gegen Pizzo Campolungo. Vom Landeplatz sind nur 200 m zu gehen. Die Kinder folgen per Militärhubschrauber / gegen Mittag. Essen für alle – trifft täglich um 9 Uhr Vormittag ein: Warme Mahlzeit + kalte Verköstigung. Ihre Verpflegung erfolgt durch Einheimische aus dem Tal; stellen Sie Essensabfälle zum Abtransport – zeitgerecht in einem Eimer bereit. In einem Notfall – verständigen Sie die Bereitschaft im Tal durch anhaltendes Glockenläuten; Zeichen: – ... –, usw. Glocke ist am Schutzhausgiebel installiert. Im Umgang mit den Kindern lassen wir Ihnen freieste Hand. Ihre alltäglichen Berichte und Meldungen – tragen Sie im Dienstbuch ein; Sie finden es in dem Paket, das der Pilot Ihnen überreichen wird; es enthält außerdem: 1 Kassettenrekorder, dazu: 4 x 6 Stück Batterien, 1,5 Volt, und 30 Stk. Tonkassetten, Laufzeit à 90 min. Wir erwarten von Ihnen so viele Informationen als möglich.

Ihre Aktion – endet am Mittwoch, 6. Juni. An diesem Tag: **frühes Mittagessen!** Die Kinder fliegen ab: um ca.13 Uhr. Der Hubschrauber für Sie trifft um ca. 14:20 ein und wird Sie nach Zürich bringen. Auf baldiges, positives Wiedersehen in Wien ..."

Rotor-Geknattere ... Kinder-Kenn-Male einprägen und mitunter: dösen. Und plötzlich: „Nein! Wirklich? Das ging ja noch *flotter* als träumen!" Hier fand ich mich also im herrlichen Tessin? Genau: Es war oberhalb eines schwach besiedelten Alpentales, und unter mir, da, am sonnigen Hang: „meine" Schutzhütte! Richtig urig: mit Natur-Schieferdach und – die ganze Hütte aus altem, gutem Holz. – Ich stellte Sack und Pack in einiger Entfernung vom Hubschrauber ab, winkte dem Piloten Ade zu, ließ mir vom höllischen Knatterton dieses Hubschraubers meine Ohren sauberpusten; ließ mich durch Mark und Bein durchlüften. Der Rotor griff jetzt etwa elf Meter im Durchmesser um sich. Wie lang ist so eine Libelle? – Rumpflänge? Vielleicht: neuneinhalb Meter. Der Pilot hatte vorhin etwas von 240 PS gesagt. Im Schnitt, hatte er gemeint, seien wir etwa 150 Stundenkilometer geflogen. Ich winkte noch immer. Doch der Lärm des Propellers war im Blau ... in der Ferne – längst verstummt.

Diese massive, bergbäuerliche Tür da: sie war ... offen!!! Für mich! Diese Tür ging auf: für mich! – An die elf kleinen Monster dachte ich jetzt nicht; mit einem Schlag war die ganze übrige Welt vergessen. – Dass es so etwas wie *das* wirklich gab!!! An dieser Hütte ... war wirklich alles dran! Besser gesagt: Es war wirklich alles drin ... mehr könnte man nicht wünschen; und mehr hätte auch nicht Platz in ihr gefunden. Die Hüttentür, auf der Südseite des Baues, stand also offen; und ich trat ein in eine wunderliche, heimelige, kleine Welt; sie bestand in der Hauptsache aus Holz. Ich blieb stehen ... Meine Augen wanderten: von der Türöffnung an links beginnend. Da hatte die Holzwand zwei niedliche, geduckte Fensterchen nach dem Süden ... darunter verlief eine schwere Bank; sie streckte sich fort: unter den zwei westlichen Lichteinlässen; gut drei Meter lang ... alsdann bildete sie eine Ecke und reichte herein: fast bis zur Hälfte des Raumes ... Auf diesem Riesen-U aus Holz könnten acht Erwachsene bequem sitzen, wenn es darauf ankäme. Riesenhaft wie die Bank war auch der Tisch, den sie von drei Seiten her wacker umstellte. Im Durchgang des Raumes aber – warteten beim Tisch drei handgefertigte Stühle einladend. Da lehnte, im linken Nordwinkel der Hütte, eine dicke Sprossenleiter; die führte wohl zum Brettergeschoss empor; es konnte wohl als Stauraum dienen für Mitgebrachtes. Da, neben der Leiter, winkten zwei derbe Schemel: Leiter samt Schemel behaupteten lediglich etwa ein Rechteck von etwa ein Meter zu zwei Meter. Zwei Meter mochten auch die Bettstellen lang sein; sie schienen von der Nordseite in den Raum hereinzuwachsen; Schlafstellen, von der Leiter weg: bis ans

Ende der Wand, im Osten; genau: es waren Stock-Kojen! Sechs im „Stock", und sechs darunter; überall lagen reine Decken und Polster drinnen. Im Osten, gleich nächst den Kojen, flutete lichter Tagesschein: wiederum durch zwei Fensterchen. Und *so* einen Kachelofen: wie er im Anschluss daran … in diesem Raum protzte … ich denke, so etwas muss man suchen wie die Stecknadel im Heuhaufen: er schimmerte in bernsteingrüner Verkachelung, da waren eingemauert: Behälter für Warmwasser; und in seiner Mitte – gähnte ein großes Warmhaltefach. Dieser grüne Gigant ragte beinahe hinauf bis zur Holzdecke; allein das Trockengestell über ihm überbot ihn noch in seinem üppigen „Allesübertrumpfen". Mitsamt der Ofenbank ringsherum beherrschte gut dieser Ofen allein: den siebenten Teil der Gesamtbodenfläche. Dann: *noch* ein Fensterchen … Und ganz wichtig: die Ecke, die letzte, die noch zu bestaunen blieb; dort fand sich eine Tellerrehm, ein niederer Geschirrkasten mit Inhalt, und daneben verharrten da zwei Eimer: der eine roch nach Schweinetrank; der andere: nach Menschen. –

Meinen Koffer, die Tasche, das Dienstbuch? Ich schob alles das hinauf in die Ablage über den wundervollen, wilden Tisch. Zum Geschirrfach lief ich dann und zählte ein Dutzend Teller hervor. Und jagte sie auf die leeren Tischplätze. Heidijuchei! Und dann: den hölzernen Schöpflöffel! Was gab es denn heute Feines? Ich zog meine Stadtschuhe aus. Stellte sie neben das Bankende, nah der Tür. Meine Feinstrumpfhose warf ich in jene Koje, die der Zufall mir ausgesucht hatte. Und jetzt lief ich zur Tür hinaus, in die pralle Sonne, hüpfte über weichen, spärlichen Graswuchs, vorbei an Sträuchern dem Tale zu. Ein paar hundert Sprünge weit. Hier irgendwo konnte die Menage abgestellt worden sein? Im Schatten eines Strauches fand ich dann zwei Tragkörbe stehen. Sie waren aus Ruten geflochten. Voll waren die Körbe, übervoll, mit gekochten Eiern, Brot, Teebeutel, Speck, viel zu weicher Schweizer Schokolade und noch vielem mehr. Und von allem reichlich! Nur eben gar nichts, für das ein Schöpflöffel notwendig gewesen wäre! Also hatte ich für heute schon „warm" gegessen! Na und? Wow!, diese zwei Körbe hatten ihr Gewicht! Wenn der Himmel diesen Segen bescherte, *dann brachte* ich diesen auch in diese Hütte dort hinauf! Wollen wir wetten –? „Uuuff!", stöhnte ich, und Glück und Freude standen mir in Perlen auf der Stirn. Ich ging und holte die Schemel an den Tisch; und *nochmals* ein „Uff!", und noch einmal! Dann zog ich mir einen Sessel herbei. Im Sitzen macht Ausräumen besonders Spaß. Käsli gab's da! Käsli! Ich tippte auf „Graukäse". Stank ein bisschen – schmeckte himmlisch! Und als dann endlich alles auf dem Tisch war, fiel mir ein Tischgebet ein, aus meiner Kindheit. Ich sprach es aus. Es ging gar nicht anders. – Jetzt fehlte zur Speise – nur noch der Trunk. An der Lehne zum nahen Nadelwald hatte ich beim Heraufschleppen der Körbe etwas mit den Augen entdeckt! War das – eine Wasserrinne? Ich ging jetzt nachschauen. Es floss wirklich Wasser dort! Und gleich neben dem Rinnsal fand ich einen Kreis, gelegt aus Steinen. Nun einmal nachsehen! Da war eine Grube, rundherum Steine, darauf ruhte ein eherner Rost. Zeitgefühl hatte ich keines. Meine Uhr tickte irgendwo in der Ablage. Wenn ich mich beeilte, konnte der Tee früher fertig sein, als die Maschine die Kinder anbringen würde. Und bald flitzte ich ins Haus, und bald ans Feuerchen. Ich hockte mich an die Flammen, genoss, wieder spuckten die Späne. Und plötzlich hörte ich einen fernen Knatterton näher und näher rücken.

Ich schnappte mir den Teekessel vom Feuer, flüchtete ins Haus, schlug die Tür tüchtig zu. Mein Atem flog wie beim gehetzten Wildtier. „Ich gehe nicht hinaus! Nein! – Ich huste euch was! Ich bleibe jetzt, wo ich bin!" Draußen war Lärmen, als sei der Erde Untergang los. Ich rannte zum Kachelofen, und schrie – ungehört – in seine eisige Warmhaltehöhle hinein: „Bitte lieber Gott, mach, dass es keine Monster sind! Bitte, lieber Gott!" Der Lärm des Rotors ließ nach. Und ich klammerte mich noch immer an – am kalten Kachelofen. Ich hing daran, wie angemauert. Dann hörte ich Kinderlaute – wie *weit* weg vom Haus – durcheinander quaken. Jetzt schnappte ich aber meine Stadtschuhe! Sie waren gleich übergezogen, an den nackten Füßen! So stieg ich aus dem Schutzhaus. Warum meine Schritte unsicher schienen? Kann sein, dass das weiche Grün unter meinen Absätzen Schuld daran hatte. Die Bande hatte bereits festen Almenboden unter ihren Schuhen.

Der Pilot hatte ein braun gebranntes Gesicht. Er grinste mir freundlich zu, gab mir einen Wisch, salutierte, ging zur Maschine zurück. Die Kinder standen – wie zum Gruppenfoto versammelt – und blickten mir mit großen, stummen Augen entgegen. Der braune Puding knurrte bedrohlich. Er zeigte die Lefzen. Wenn Miguel ihn nicht bändigen konnte? Der kleine Puding hatte beschlossen, mich in große Schnitzel zu zerreißen! Natürlich irritierte mich die Kläfferei. Ich ging dennoch weiter, Schritt um Schritt. Ich konnte nur schauen. Schauen. Schauen. In meiner Kehle würgte irgendwas. Dann sagte ich dennoch: „Ich heiße – Minika!" Und meine Stimme klang unwirklich von mir entfernt. Ich verbesserte meine Tonart. Ich räusperte mich. „Kommt! Kommt alle! Das Essen wartet auf euch!" Da rannten alle, stürmten alle auf das Haus los. Außer Theresa. Sie schleifte eine pralle Plastiktasche an den Henkeln übers Gras – hinter sich her – und ging – ich weiß nicht recht, wie …

Bis Theresa eintrat, hatte jedes Kind einen Platz am Tisch und wartete. Niemand wollte essen. Nicht, ehe auch Theresa am Tisch dabei saß. Ich fragte: „Erlaubt Ihr mir, gelegentlich eine Tonbandkassette ‚mitlaufen' zu lassen?" Bibi schürzte die dunklen, kleinen Lippen und legte das Näschen in Ziehharmonikafalten. Alle anderen zuckten bloß desinteressiert mit ihren Schultern und sahen einander an und schmatzten weiter.

Irrtum ist Menschenvorrecht. Niemals irrt die Natur. Ich hatte beschlossen, den Ereignissen freien Lauf zu gönnen. Am Nachmittag legten sich etliche hin. Miguel als Erster. Seine Hupe blieb am Tischplatz zurück, sein Puding dackelte ihm hinterdrein, bis ans Fußende der äußersten Koje, vom Tisch aus gesehen links. Die Wuschelrute wackelte, dann drehte Puding sich dreimal um die Hinterachse, ringelte sich – wie zu Herrchens Füßen – unter der Sprossenleiter zusammen. Ganz *rechts* außen kroch nun Bibi zu einer Schlafstelle hinein, und ohne hörbaren Befehl setzte am Boden Zwetschge zum Sprung an, hielt inne, blickte mit goldgelben Lichtern zu mir her. Ich saß am Tisch und hauchte meine Fingernägel an. Da war die Zwetschge auch schon gelandet. Auf den Beinen der kleinen Freundin, die soeben unter die Decke gekrochen war. Endlich gähnte auch Berry, guckte nach dem Stockwerk. Er legte dort Deckel und Gabel ab und schwang sich hinterher. Nabor meldete sich ab, für einen Streifzug in Hüttennähe. Leo machte sich auf dem Tisch breit mit seinem Papierpacken und begann draufloszuschreiben; das Stillleben von Brot und was da noch lag, störte ihn nicht. Es sah noch immer appetitanregend aus.

Gleich nach dem Essen hatten Heloisa und Theresa unterm Geschirrkasten eine geräumige Plastikschüssel entdeckt. Jetzt rackerten sie darin mit den Tellern herum, wuschen sie ab. Wo war Abel? Er quirlte vor der Hüttentür herum. Mit seinen Armen und Beinen. Eben konnte ich sehen, wie einer seiner Füße ausschnellte und kräftig nach der Sonne stieß. Gleichzeitig hörte ich ein „Whhap!", einen Luftschlag. Es klang wie die Stichflamme einer Lötlampe. Norman? Er lag lang gestreckt auf der Bank. Er sah unentwegt zur Holzdecke hoch. Ein angestrengter Blick. Woran mochte er bloß denken? Plötzlich sagte er in Leos Richtung hin: „Ich meine, wir sollten diesem Schutzhaus einen ordentlichen Namen geben!" Dann war eine Zeit lang nichts zu hören als Tellerscheppern. Und zwischendurch drang ein fremdartiges „Iiit" mit messerscharfem „t" endend, oder ein „Sa!!!" und ein Luftschlag – von draußen her. Und plötzlich fragte Norman: „Wie wäre es mit dem Namen SALEM?" Jetzt war es prickelnd still. Kein Geräusch. Nichts. So lautlos war es, dass man gut hören konnte, wenn Puding im Schlaf ausatmete.

„Schutzhaus!", gab Norman auf einmal von sich, „Schutzhaus!" Er schien sich grade in eine Überlegung einzubuddeln, „SALEM – das wäre doch wenigstens ein richtiger Name! Und außerdem klingt er gut!" Norman kniff ein wenig die Augen zusammen und schaute, so sah es aus, durch Leo hindurch, ehe er beinhart die Feststellung traf: „Ich verstehe überhaupt nicht den Unterschied zwischen einem Haus und einem Schutzhaus! Der Eskimo baut ein Iglu, *das* ist *sein* Schutzhaus! Der Dschungelmann baut einen Kral, das ist *sein* Schutzhaus! Der Siouxhäuptling lässt ein Wigwam aufbauen, das ist *sein* Schutzhaus! Wenn es die Großen andauernd WOHNUNG nennen, wie sollen Sie *wissen*, dass es in Wahrheit Schutzräume sind!"

Mittlerweile hatte das Geschirr zu lärmen aufgehört. Jetzt klimperte zaghaft Theresas Stricknadelspiel. Und Heloisa saß auf einem Stuhl am Tisch. Das heißt, man sah vom Kind nur das obere Drittel. Alles andere von Heloisa war von einer groben Leinwand verdeckt; auf der Webe waren in Burgunderrot einzelne Girlanden und stilisierte Blumen gestickt. In Kreuzstichtechnik. Heloisa begann zu stichein. Wie es aussah, an einer Schnurgeraden, die schon durch Vorstiche gekennzeichnet war.

Dann kam Normans Frage angeschossen: „Naaa? Was ist! Bleiben wir bei SALEM?" Von nirgendwo kam ein Einwand. Ab jetzt hausten wir im Schutze von Salem.

Wenn jemand der Ansicht ist, es „gehe nicht" ohne Strom, dann muss ich ihn enttäuschen. Salem kam ohne ihn aus. Wir brauchten ihn nicht. Mit Sonnenuntergang vertrollte sich jeder in eine der Kojen. Die Nacht verlief ohne Zwischenfall. Nur Theresa war einmal nach dem Eimer umhergegeistert.

Nicht einmal das Morgenrot war noch richtig auf, da hörte ich – als wäre da eine Bubenstimme vor dem Haus – ein Singen! Singen? Nebenbei klang es wie Schlagzeug. So ähnlich! Hier schlief alles. Konnte ich aus der Koje, ohne zu stören? So *leiser* Sohlen hatte ich mich nie zuvor bedient. Ich hielt mich, angeschmiegt am inneren Eingangswinkel, vor dem Morgen versteckt. Das Tonband und ich belauschten Berry: „… the rooms were so much colder than …, and times were very hard, when I was young …, much louder, yeah! …, when I was young …" Wie es mich jetzt ins Herz stach! Dieser Bub ist ein geborener …! Das wird ein Musiker! Jede Wette!!!

Mir klopfte das Herz bis zum Gehirn. Es pochte überall in meinem Leib. Fast übergangslos verfiel Berry jetzt in einen völlig anderen Rhythmus und begann mit der Gabel, zuerst fein, auf den Deckel zu schlagen und formte seine Lippen, offenbar, um eine Art *Sturm* anzufachen, und legte dann los: „… Give me a ticket for an aeroplane, lonly days are gone, I am going home! – My baby just wrote me a letter …, when she wrote me a letter, than … Give me a ticket for an aeroplane …" Und auf einmal applaudierte ich, klatschte, wie besessen. – „Wieso …! Sie sind schon auf?", fuhr Berry herum, seine mokkabraunen Augen weit aufgerissen. So *verhalten* war seine Frage im Laut, wie ein Erschrockener eben fragen kann. Ich schlug mir beide Hände vors Gesicht, schloss meine Augen. Sie wollten sich vor Scham nicht so bald wieder öffnen. Oder war es doch etwas anderes?

Langsam wurde es in Salem lebendig. Ich hörte es. Jetzt kam Puding aus dem Hinterhalt gewackelt. Suchte das Freie. Im Osten stand der rote Sonnenball im Land. Bis zu seiner Hälfte. Feuerrot. Er war so breit, wie mir von weitem der ganze Trog der Valle

Leventina breit erschien. Der Ball schien sich aus fernen Nebelmeeren herauszuheben. Der Himmel über uns hatte nur noch *einen* funkelnden, großen Stern. Kein Wölkchen war zu sehen.

Das Frühstücksgeschirr räumten Norman und Miguel ab. Theresa erhob sich nach dem Frühstück gar nicht vom Sitz. Sie nadelte ununterbrochen. Norman fragte auf einmal: „Woran strickst du da eigentlich?" Während die Nadeln weiterhin aneinander klapperten, sagte Theresa ohne aufzuschauen: „Ich stricke Socken für Hilfspakete! Ich mache alle Socken gleich groß. Für Schuhnummer 41, Pariserstich!", erklärte sie. Als Norman sie zweifelnd anschaute und sich an der Stirn kratzte, sagte Theresa: „Meine Socken haben alle keine richtige Ferse, sieh her! Das hat viele Vorteile: Die Kinder können sie *so* weit zum Knie hochziehen, wie sie wollen, und die Erwachsenen finden auch *dann* noch Platz darin, wenn ihre Füße größer sind als Größe einundvierzig!" Norman fand, glaube ich, die Überlegung Theresas ziemlich praktisch. „Eine clevere Idee. Und kannst du noch etwas anderes, außer Wolle in Socken umwandeln?", fragte er dann. Theresa gab zu: „Ich habe noch nichts anderes ausprobiert! Ich finde, man muss etwas tun, damit die Menschen keine kalten Füße bekommen! Ich halte das zurzeit für das Allerwichtigste, vor allem für Katastrophen-Gebiete!"

Jetzt hatte Heloisa ihren Tischplatz sauber gewischt und setzte sich mit ihrer Stickerei hin. Leo schaltete sich ein: „Theresa! Dein Beispiel wäre es wert, ins Buch meines Großvaters eingetragen zu werden!" Und ehe noch *jemand* eine Frage stellen konnte, berichtete Leo über die Aufgabe jenes Buches: „Er hat das Buch vor vielen Jahren angelegt. Großvater schreibt nur *solche* Aussprüche ein, die ihm besonders gut gefallen. Der Opa hat am Eröffnungsblatt einen Spruch von Leo Tolstoi eingeschrieben. Ich denke jeden Morgen an diesen Spruch." Natürlich wollten wir alle wissen, wie der Spruch denn laute. Und Leo sah von seinem unvermeidlichen Papierpacken hoch und zitierte: „Wozu denn überlegen, was schon überlegt wurde. Nimm das Fertige und gehe weiter!"

Leos Worte schwebten noch überm Tisch, sonst war es still, als Heloisa plötzlich ihr Nähtempo mächtig zu steigern schien. Sie hielt nicht lange durch damit. Sie mäßigte ihre Nadel wieder und begann zu singen: „Wenn ich groß bin, liebe Mutter, werd ich alles für dich tun, und dann haben deine hm-hm, endlich Zeit, sich auszuruhn …" Da schritt Berry an den Tisch. „Du hast ja eine ganz fabelhafte Stimme, Heloisa!", stellte er fest, „Kannst du sonst noch was singen, außer diesem Lied?" Man sah es Heloisa an – sie freute sich wie ein Schneekönig über das Lob von Berry. Aber sie fragte vorsichtig: „Was willst du denn hören?" Berry zuckte bloß die Achseln und meinte, es sei ihm egal, was *sie* eben wolle. Einen Schlager vielleicht.

Heloisa meinte, singen *und* sitzen, das könne sie schlecht miteinander kombinieren; sie wolle lieber an die Tür gehen! Dort streichelte sie über das alte Holz, lehnte sich daran, und schaute –, wohl hinüber zum Pizzo Campolungo. Sie überraschte uns alle. Heloisas Singstimme war nun – längst über Kindesreife hinaus. Sanft. Voller Zärtlichkeit. Nicht zu laut, nicht zu verhalten – klang es nun: „Der Weg, den ich nun in Gedanken geh, führt am Fluss entlang zum See … unter Bäumen liegt ein Haus, es sieht wie im Märchen aus …", und wir Zuhörer waren hautnah mit dabei, wo die *beiden* waren: „… die Liebe und du. Am Blue Baju."

„Wow!!!", sagte Berry, „es klingt nicht grade wie Linda Ronstaedt, aber wenn ich mal eine *Sängerin* gebrauchen kann, dann werde ich dich anheuern! Willst du?" Der klugen Voraussicht fällt mancher Entschluss besonders schwer. Heloisa, jetzt brennrot im Gesichtchen, drehte sich fort von Berry. Sie sagte, sie wolle eines Tages einen Stickerbetrieb führen, sie wolle ein paar gute Arbeiterinnen einstellen, die vielleicht auch so fleißig arbeiten wie sie. Sie glaube nämlich, dass alpenländische Handarbeiten eine Seltenheit darstellten, mit denen man gutes Geld verdienen könne. Berry warf ein: „So was kann man doch heute maschinell herstellen!", worauf Norman sich meldete: „Ich glaube, du verwechselst da etwas, Berry! Hier war von Handarbeit die Rede! Es gibt sicherlich eine *Menge* vermögende Leute in der Welt, die sich den Besitz so einer Kostbarkeit gerne leisten würden!" „Du kannst Recht haben", gab Berry zurück. „Ich glaube trotzdem, dass Heloisa mit *Singen* mehr Kröten verdienen könnte! Eine ganze Wagenladung mehr als mit Nähen!", endete Berry. Adam saß am unteren Ende des Tisches, dort wo die Leiter im Hintergrund lehnte. Er kramte jetzt aus seiner Hosentasche etwas hervor.

Es waren sehr kleine Dinge. Er legte sie vor sich am Tisch aus. Es waren verschiedenartige Körnchen. Schweigsam betrachtete Adam bald dieses, bald jenes, griff nach dem einen Körnchen, legte es hin, nahm ein anderes auf und schaute es eingehend an. Vor der Tür hielt der strohblonde „Japaner" etwas ab; es sah aus, als wärme er seine Glieder auf.

„Adam, was spielst du denn da?", erkundigte sich Norman. Adam blickte nicht auf von seinen Körnern. Er sagte: „Ich spiele nicht!" „Und was ist es dann?", fragte Norman, nun noch neugieriger. „Norman, sie nehmen jetzt vielen Bauern ihre Felder weg! Sie behaupten, sie *brauchen* jetzt keine Bauern mehr. Ich heiße Adam! Und ich werde immer ein Adam bleiben!" Norman fragte weiter: „Und *was* willst du tun?" „Ich überlege grade, Norman, welche Saat auf meinen Feldern eines Tages aufgehen wird. Wenn es nicht Getreide sein soll. Ich bin sowieso für die Fruchtwechselfolge! Meine Großmutter sagt, es ist das Einzige, was sich seit eh und je bewährt hat! Sie sagt: wo die Agrarier Dürre und Verwüstung fabrizieren, da wäre es gut, einen Bauern hinzusetzen! Weil er – für die Betreuung der Erde – von Gott geschaffen wurde! Und jetzt denke ich nach, ob man nicht auch bei uns daheim vielleicht anbauen könnte: Na vielleicht Lavendel? Ich würde ihn gerne abwechseln mit Brotgetreide, und danach Erdäpfel anbauen!"

Und Adam erzählte. Vielleicht war er noch an *keinem* Tag – seit er reden konnte – so gesprächig gewesen. Salem lockte ihm die Worte nur so hervor. „Meine Großmutter sagt immer, sie könne aus Kartoffeln mindestens dreißig verschiedene Speisen herstellen! Ich hab noch nicht mitgezählt! Aber wenn *sie* es behauptet, dann stimmt es auch. Sie ist bestimmt keine Zauberin, meine Oma! Aber sie sagt immer: es gäbe *nichts* auf der Welt, gar nichts, das sie nicht zusammenbringen könnte! Sie macht sich auch *nur* an etwas heran, von dem sie ‚was versteht'! Sie sagt, alles andere – ist für andere da!" Und dann erzählte Adam:

Als sein Vater noch ein Schulbub war, da habe er Adams Großmutter ein Brettchen geschenkt. Vor vielen Jahren. Es müsse zu einem Muttertag gewesen sein. Das Brettchen existiere noch heute. Es sei etwa so breit wie ein Schülerlineal. Eine Art Spruch sei darauf eingebrannt. Die Großmutter hielte das Ding wie ein Heiligtum in einer Lade. Immer wenn etwas *brenzlig* werde, erzähle

Adam, dann hole die Ahne das Ding aus der Aufbewahrung hervor. Dabei gucke sie sich *sorgsam* um, ob niemand sie dabei „erwische". Sie drücke das Brettchen dann mit ihren mageren Händen gegen die hagere Brust und schicke einen Stoßseufzer nach „oben". Adam erläuterte: „Sie hat mich aber schon öfter lesen lassen, was da draufgebrannt ist! Da steht in Zierschrift zu lesen: „Gott gib, dass's Nocht war, und's Rindfleisch bold gsott'n war!"

Bisher hatte noch niemand von uns Leo *lachen* gehört. Wie er jetzt losprustete! Sich zerwuzelte! Seine Schreiberei war von Spuckebläschen übersät. – Norman kratzte sich wieder an der Stirn. Er ließ Adam weiter*studieren*. Herinnen, in Salem, hörte man wieder fast kein anderes Geräusch, außer jenem von Theresas Stricknadeln. Bibi saß mit lang gestreckten Füßchen am Holzboden und guckte mit großen, grünbraunen Augen kreuz und quer durch Salem. Auf Bibis Schoß lag Zwetschge zusammengekauert und schlief. Er rührte sich nicht. Jetzt marschierte Norman an die Hüttentür und fragte dort hinaus: „Hallo, Abel, hast du vielleicht gesehen, in welche Richtung Nabor, Miguel und Mario davon sind?" Außer Atem, nass vom Schwitzen, rappelte Abel sich aus Liegestützen auf. „Tut mir Leid! Keine Ahnung!", keuchte er.

Nicht lange, und die drei – Normans Gesuchte – kamen ins Haus gesprungen. Puding dabei, im tollsten Dackelübermut. Die Buben trugen jeder ein Häuptel Salat unterm Arm. Miguel trug zudem auch einen hellen Brotlaib, der gut zwei Kilo wiegen mochte. „Unten steht noch ein großer Topf, und eine Flasche dabei!", berichtete Mario. Miguel fügte hinzu: „Es steht auch ein kleiner Plastiksack dabei! Ich glaube, es ist irgendein weißes *Pulver* drinnen! Sollen wir es holen, Minika.?" „Wartet!", sagte ich. Ich wollte gleich *selber* gehen, um die Bescherung ins Haus zu tragen. Nabor bot sich an, inzwischen den Tischdienst zu übernehmen. Das weiße Pulver im Säckchen erwies sich als schmackhafte Trockenmilch. Der Flascheninhalt war fertige Salatmarinade. Im starkwandigen Topf duftete ein italienisches Nudelgericht; Käse war bereits untergemischt. Und wie das duftete! Nach Fleisch, Knoblauch, Oregano, Zwiebel, Tomaten, Paprika und nach einem Schuss Rotwein.

Genau! Das waren Nudeln à la Bolognese. Bald waren alle Kinder bis zu ihren Ohren paprika- und tomatenrot. Vom Salat blieb kein Blättchen über.

Auf einmal fragte Leo: „Theresa! Ist dir schlecht?" Sie saß wieder da und strickte, hatte ein leichenblasses Gesichtchen, und Schatten lagen um ihre Augen. In den Augen selbst hingen verbissene Tränen. „Wozu wird ein Mensch krank?", stieß die Kleine vorwurfsvoll heraus. Norman fühlte sich angesprochen und sagte: „Das Wort ‚krank' kommt von ‚kränken'! Schau Theresa! Nehmen wir einmal die Hautkrankheiten her! Wer wird hautkrank? Doch nur *jemand*, der sich aus irgendwelchen Gründen in seiner eigenen Haut absolut nicht wohlfühlt! Nicht wahr?" Theresa nickte zustimmend. „Aber, ich vermute, Theresa, du *bist* nicht krank! Du solltest öfter deine Socken stehen lassen und dich draußen in der Sonne richtig bewegen! Springen! Ein bisschen Turnen! Glaube mir: Wenn sich jemand *absolut* kalte Füße holen möchte, dann werden ihm auch deine Socken nicht helfen! Der Hilfebedürftige wird sie in diesem Fall wohl gar nicht anziehen!" „So? Meinst du?", fragte Theresa. Ihr Gesichtchen sah kläglich verzogen aus und sehr schmal. „Mir tut aber mein Bauch so weh!", weinte sie jetzt.

Ich sprang hin, nahm Theresa in meine Arme, hob sie aus ihrem Sitz und trug sie an die Sonne, wie Norman empfohlen hatte, setzte sie im Grase ab, als Mario sich anbot, Theresa Gesellschaft zu leisten. Er sagte: „Man darf sich nicht aus Liebe kaputtmachen, Theresa! Kennst du den Schriftsteller Thomas Bernhard?" Theresa nickte schwach und sagte: „Meine Mama hat unlängst gesagt: dieser Thomas Bernhard." Mario fiel ein: „Der soll ja erstickt sein! An der Liebe zu seinen Mitmenschen!" Mario schwieg einen Augenblick; dann fuhr er mit einem anderen Beispiel auf: „Da ist *noch* ein großartiger Schriftsteller! Wenn nicht eines Tages ein Engel auf die Idee gekommen wäre, dem zu sagen: ‚Mit dem Zeug, das *du* los hast, kannst du Brücken bauen und den Menschen Unterhaltung bringen und auch noch schönes Geld verdienen!' Wenn *das* nicht geschehen wäre, Theresa, dann wären heute viele Menschen ohne Hoffnung. Wenn der fremde Engel nicht gewesen wäre, Theresa, wahrscheinlich wäre der Schriftsteller eines Tages nicht mehr außer Haus gegangen, wäre in seinem Bett gestorben, verhungert. *Auch* an Liebe erstickt!" Theresas Blässe wich einem zarten Rosa. Und sie sagte dann: „Vielleicht kann ich doch noch etwas anderes außer stricken!"

Leo, am Tisch, sah nun *mich* an. Er sagte: „Ich werde hundertprozentig ein Schriftsteller!" Und dann sagte er: „Wenn wir aus diesem verflixten Drachenei unbeschadet herauskommen wollen, müssen wir uns ganz schön anstrengen!" Und wie ich es sah, setzte er damit sogleich eifrig fort. Er schrieb. Voller neu erblühtem Eifer.

Danach war Salem plötzlich kinderleer. Nur Leo blieb am Papier. Die Übrigen tobten sich im Freien aus. Das heißt, sie sahen zu, wie Abel eine Technik vorführte, die alle anderen nachzuahmen versuchten. Abel war unschlagbar – König aller Karatekämpfer. Jedenfalls in der Umgebung von Salem.

„Nein! Ich werde sicherlich nicht zur Schule gehen! Was ich brauche, das ist ein Trainer! Wenn er gleichzeitig Schullehrer ist, hab ich nichts gegen ihn! Was ich werden will? Na, das seht ihr doch! Ich werde eines Tages Kinder und Jugendliche ausbilden! Sonnenklar!"

Ja, hmmm! Sonnenklar. Mache *das* jemand einem Stadtschulrat weis! Ich bewunderte Abel mit meinen Blicken, genau wie die anderen. Er sagte plötzlich: „Weil Sie zuschauen, Minika, gebe ich eine kleine Vorstellung! Macht es jemanden was aus, sich solange ins Gras zu setzen?" Niemandem machte es etwas aus. Sogar Leo wollte sich die Vorstellung nicht entgehen lassen. Er kam aus dem Schutzhaus und setzte sich hinter Mario und Theresa. Wir saßen im Grase, so einmütig wie die elf Apostel.

Abels Gesichtchen erstrahlte in feierlicher Würde. Seine getuschten Wimpern betonten lebhaft Abels tiefblaue Augen; ein Glanz, erzeugt durch hingebungsvolle Ich-Bewusstheit. Abel kommentierte: „Grundstellung: Füße: Grätschstellung, Hände: leicht abgewinkelt/ Faust. Beine: Innenseite in straffer Spannung, Unterarme: Kreuzblock! Hände: geschlossen – seitlich anlegen! Kurze Verneigung!" Und jetzt sagte Abel an, wie die bevorstehende Vorführung im Fachjargon bezeichnet wird: „HEAN – JONDAN!" Und dann ging es los, *exakt* die Bewegungen, immer den Blick vorausgeschickt in Richtung eines unsichtbaren Angreifers; Augen geradeaus nach rechts und *erste* Figur. Kopf und Augen geradeaus nach links und die erste Figur – nur exakt *gegengleich* – ausgeführt.

Ich holte so lautlos wie möglich den Kassettenrekorder aus dem Haus. Das Band lief. Auf dieser Seite war noch Platz für eine Aufnahme von vielleicht zwanzig Minuten. Abel ließ sich durch nichts ablenken. Es ging immer weiter: Vorwärts steigen, wie eine Raubkatze, Block! Mit ausschnaubenden Nüstern, eisern Abels Blick …, Fußschlag/ Block/ eine Hand zum Schlag – und „Saaa –!", dass die Luft knatterte. Der erste Angreifer schien entmachtet worden zu sein. Da kam allem Anschein nach schon das nächste Übel angespurtet. Abel kam allmählich ins Schwitzen. Seine Wangen begannen zu glühen. Drei Schritte nach vor, dem neuen Angreifer entgegen, Abwehr: Kreuzblock! Mit unerbittlichen, eisernen Kinderarmen und Kampfgeschrei. Diesen Gegner hatte Abel jetzt *sicher* am Zylinder/ Wummm! Ob der noch einmal jemanden anfallen würde? Er würde sich das zumindest vorher genau überlegen! Zurück zur Ausgangsstellung, Füße: Innenseite in Spannung, leichte Grätsche/ Hände geschlossen, seitlich angelegt. – Kurze Verneigung. – Und ein rauschender, tobender Applaus!

Ich hörte mir später die Vorführung auf dem Tonband noch mal an. Es gab da nichts, was ein Stadtschulrat nicht verstehen könnte.

Theresa sah jetzt bedeutend besser aus. Heloisa sagte: „Willst du ein Stück mit mir zusammen spazieren gehen?" Berry schoss aus dem Wiesenuntergrund hoch und sagte: „Super! Gehts dir wirklich besser, Theresa? Na, und? Wäre das nicht ein Grund zum Feiern?" Und er schrie Miguel zu, er solle seine Hupe startklar machen! Und zu Heloisa hin fragte er: „Kannst du das Lied von der Sandy Shaw singen? Das: ‚Puppet on a String?'" Heloisa gab zur Antwort, sie könne keinen Text davon. „Macht auch nichts! Ihr singt einfach alle mit! Wollt ihr!?" „Ja!!!", kam es aus allen Richtungen zu Berry hin. Und Miguel war schon mit seiner Hupe da. „Was willst du denn mit dieser Pfoaz'n anfangen, Berry!" fragte er. „Ich hole nur meinen Deckel und meine Gabel! Bin gleich wieder da!" Und Berry *war* gleich wieder da. „Also, alle Mann singen vom Text, was sie davon wissen! Und sonst singt einfach Lalala! Okay? Und du, Miguel, musst hupen! Gut?" Es schien alles bestens zu sein. Berry hob die Linke wie zum Einsatzzeichen, doch er schlug noch den Takt an: „Pam, pam, pam, pam!"

Und schon begann Heloisa mit einem Anfang, der sich anhörte, wie: „Aaai …", worauf „tät-tät! tät-tät!" – die Hupe – und das Lalala aller Kinder einsetzten und stellenweise Heloisa mit einem

Vokalrepertoire auskam, ohne Lalala. Es war ein mitreißender Song. Mich wunderte jetzt überhaupt nicht mehr, wie Sandy Shaw damals *damit* den Grand-Prix gewinnen konnte! Damals. – Die Kinder sprangen barfuß wie Sandy; hüpften, wie ganz verrückt gewordene, kleine Puppets on a string. Puding bog die Schnauze zum Himmel auf und jaulte zum Herzzerreißen. Zwetschge sträubte in einem einzigen Durchgang sämtliche Haare, und floh verängstigt in den Schutz von Salem hinein. Bibi quiekte und hüpfte, dass die Ponyfransen flogen. Und alle patschten im Rhythmus, so laut wie irgendmöglich, in die Hände. Bis der Song zu Ende war. Er war aber nicht aus. Der gefinkelte Berry brauchte Heloisa nur anzuschauen und in einer kurzen Schleife in Heloisas Gesang begann der *ganze* Hokuspokus von vorne. Sogar Theresa begann zu hopsen, sprang jetzt wie zum Tempelhüpfen übers Gras. Sie schien in diesen Augenblicken alle ihre Fesseln fortzuwerfen.

Den Dingen freien Lauf zu gönnen, bedeutet nicht notwendig den Überblick und die Kontrolle darüber zu verlieren. Als sich alle wieder erfangen hatten, mich eingeschlossen, legte ich in den Rekorder eine neue Kassette ein. Die von eben war während „Puppet on a String" zu Ende gelaufen. „Weil wir grade so hübsch beisammen sind, Kinder! Ich wollte gern, dass wir noch ein bisschen vor dem Haus bleiben, ich hätte noch ein Thema, zu dem ich gerne eure Meinung wüsste!" Leo meinte, in Salem drinnen wäre es zum Schreiben bereits zu dunkel. Jedenfalls für diesen Tag. Er fragte, ob er Brot holen solle. Er meinte, wir könnten doch während der Diskussion zu Abend essen! Mir sollte es recht sein. Es war noch genügend Milch abgerührt. Norman holte den Stapel Holzschalen, aus denen wir unsere Getränke schlürfen wollten. Wir hatten gar keine „zivilisierten" Schalen in Salem! Als alle im Türkensitz oder sonst wie saßen und kauten, stellte ich meine Frage: „Wie ist das mit dem Weltfrieden! Kann jemand von euch sich vorstellen, wie dieser aussehen könnte!?" Ich ließ meine Augen über die Gesichter der Kinder wandern. Mario schluckte, und schien das Wort ergreifen zu wollen.

Alles, was er dann vorbrachte, hörte sich an wie eine glatte Themenverfehlung. Der Bub stellte uns vor: den Naschmarkt von Wien. Mario begann zu erzählen, breit und lang: von Düften aus allen Weltgegenden, von herrlichsten Obstauslagen, von lebenden

Forellen, von Nüssen, Oliven, Heidelbeeren und Blumensträußen, von fremd aussehenden Broten, von Honig und Gewürzen und von offenen Sauerkrautfässern. „Aber! Das Allerschönste kommt jetzt erst noch!", bereitete uns Mario vor, und schnalzte da bei mit seinen Fingern. „Das Schönste vom Wiener Naschmarkt kommt erst!", tat er außerordentlich wichtig. „Und: Was ist dieses ‚Schönste'?", stieß Miguel hervor.

„Das Schönste ist: Auf jedem Marktstand sind andere Menschen!" „Na, das ist ja *umwerfend*!!!", bemerkte Norman. „Ja, aber *was* für Menschen! Norman, *was* für welche!!! Auf einer Marktbude sind es vielleicht indische, auf dem anderen Stand vielleicht türkische, im übernächsten stehen österreichische Menschen, und überall, überall, freundliche, lächelnde Gesichter! *Vor* der Auslage und *hinter* der Auslage! Und alle können einander verstehen! Und alle wissen, was sie aneinander *Gutes* haben! Und dann sind noch die *Passanten*; da gibt es einmal: philippinische, chinesische, bayrische, indische, deutsche, slowenische, arabische, israelische, griechische, schweizerische, japanische, burgenländische ... und viele, viele – mit wienerischen Gesichtern!"

Norman zeigte auf: „Man könnte jetzt fragen: Ist das ganze heutige Wien eine Mischmaschine, die für überhaupt keinen mehr eine rechte Heimat sein kann?" Mario schlug sofort in diese Kerbe nach: „Eben das ist es gerade nicht! – *Gerade* nicht! Ich hab viele Leute sagen gehört: ‚Diese Stadt ist nie zuvor liebenswerter gewesen als heute! Wien bleibt Wien.' Bloß, Norman, die *Zeit* ist heute eine neue! Und die Menschen haben begonnen, *miteinander* zu leben! Die meisten Kinder dort – spüren das! Ich *spüre* das! Kein Zweifel: Es geht! Es klappt! Es haut hin! Und genau so stelle ich mir den Weltfrieden vor!"

Norman sagte jetzt zu Mario, der solle doch dieses Gebrauchsmuster mit Patentschutz belegen lassen. Anschließend kam Norman selber auf eine Idee. Er sagte: „Sie könnten in den Pflichtschulen im Sprachschnellsiedeverfahren *allen* Schulkindern mindestens *zehn* verschiedene Sprachen zugängig machen! Mindestens zehn! Natürlich, schränkte Norman ein, müsste man zu diesem Zweck – „alles, was kein Mensch jemals braucht" – einfach aus den Lehrplänen herausfiltern! „Bravo! Bravo!", schrien jetzt alle durcheinander. „Weißt du, dass du ein sehr kluger Bub bist,

Norman?", sagte ich laut. Norman ergänzte: „Wenn die Menschen miteinander *reden* können, dann haben sie auch keine Furcht voreinander!" Ich war überrascht, spontan einen Einwurf von Theresa zu hören. Sie sagte: „Dann geht es den Menschen genau, wie es *mir ergangen* ist! Bevor ich mit euch zusammenkam! Ich habe gedacht: Was soll ich in dieser fremden Schweiz, zusammen mit ein paar blöden Figuren! Und heute denke ich, dass ich euch *alle* nie wieder hergeben will!" Plötzlich wollte Theresa sich in Tränen absolut auflösen. Die Kinder von Salem waren also hochreif – zum Schlafengehen.

Es war stockdunkel im Schutzhaus. Alle lagen endlich unter den Decken, ich auch, als Miguel fragte: „Wollt ihr zum Einschlafen noch eine Geschichte hören?" Wie es sich anhörte, wollten wir. Miguel begann: „Ich hatte *auch* einen Großvater! Er ist vor zwei Monaten begraben worden. Er war Taxifahrer. Und er hat Puding immer mit dabei gehabt. Und der Opa wusste, dass ich unheimlich gerne mitfahre, und hat mich darum oft mitgenommen, besonders, wenn er eine weite Strecke zu fahren hatte. Meine Mum, also meine Mutter – also, meine Mum – ließ mich mitfahren, weil sie gewusst hat, dass keiner so sicher Auto fährt wie mein Opa. Und an einem Samstag, ich glaube, es war um Allerheiligen im Vorjahr, da hatten wir eine Fuhre in die Gegend von Mistelbach. Der Opa wusste schon: Heute wird es spät. Natürlich war sein Puding mit von der Partie. Beim Hinauffahren über Wolkersdorf schimpfte Opa furchtbar, weil der Schalter für das Fernlicht hin war. Es ging nicht so einfach anzuknipsen, wie der Opa es gewöhnt war. Unserem Fahrgast behagte das gar nicht! Trotzdem war der Schalter hin. Denn jedes Mal, wenn der Opa vom Abblender auf Fernlicht knipsen wollte, schaute das so aus: Abblender, knips – und ein schwarzes Loch war da! Und erst *dann* kam das Fernlicht zur Wirkung! Auf der Heimfahrt hatten wir keinen Fahrgast. Wir fuhren auch durch Wilfersdorf. An diese Ortstafel erinnere ich mich noch genau. Und der Opa schaute sich nach Puding um. Puding lag neben mir, auf der hinteren Sitzbank, und war ganz, ganz brav. Der Opa berichtete mir: „Seit *drei* Tagen ist das Klumpert schon hin, Miguel! Ich hätt' es längst repariert, wenn ich dir nicht was Besonderes zeigen wollte!" Und auf einmal fing der Opa an, ganz schriftgelehrt zu reden. Er sagte: „Mein Kleiner, in der Bibel steht: ‚Der

Mensch ist in seinem Leben wie Gras', und wenn er es nicht *lebendig* lebt, dann ist er ein Blindgänger!"

Und dann zeigte mir der Opa wirklich etwas Merkwürdiges. Ich verstand genau, was mein Opa meinte. „Schau jetzt *genau* hin!", sagte er, „du schaust jetzt *genau* hin, und ich sage dir nur genau das, was ich jeweils im Augenblick denke! Verstanden? Also: Zum Teufel mit dem schwarzen Loch! Das Fahren auf der Lebensstraße – ist ein Gleichnis: Abgeblendeter Scheinwerfer: Ich behindere niemanden, der dieselbe Straße benützt. Niemanden. Ich sehe auch – gerade nur 50 Meter weit. – Nur 50 Meter weit, wie vom staatlichen Gesetzgeber vorgeschrieben. – 50 Meter; mehr gesteht man uns nicht zu. 50 Meter. – Ich möchte aber weiter ausschauen! Will doch sehen, was *jenseits* der Markierungen, *jenseits* der harten Asphaltstraße vor sich geht! Dort sind sicher Bäume! Felder! Wiesen! Da grasen vielleicht Rehe! Rennen vielleicht Füchse! Schlafen womöglich Vögel – und Bächlein!

Nichts sehe ich. *Nichts* von alledem. Nur dieses Streifchen Piste. Grau. Abgegrenzt ist die Bahn: links vor mir eine Linie, in Gelb, ununterbrochen; Sperrlinie. – Rechts vom Wagen, schau: eine weiße Linie, durchgehend, Signalfarbe; ein Schutz vor dem Abirren in Nebelfelder. Vor mir: grau. 50 Meter weit. Grau. 50 Meter. Nicht weiter. Was machen denn diese unnötigen Nebelschwaden hier auf der Bundesstraße! Wer braucht denn die! So haut doch ab, verdammt! Jetzt: Ich drücke diesen Schalter! Eine entsprechende kleine Geste, um meinem Wunsch nach besserer Sicht Nachdruck zu verleihen! Das ist die Handbewegung! Nicht mehr. Nicht weniger. – Blödes, schwarzes Loch! Ehe ich den Hebel nicht *locker* lasse, verschwindet das nicht!!! Schwarz! Nichts sonst. Für eine sekundenlange Ewigkeit. – Aber jetzt, schau doch nur: Der Scheinwerfer leuchtet jetzt die Fahrbahn aus, aus, aus!!! – Wir sehen jetzt plötzlich – mindestens 100 Meter weit voraus! Merk' dir den *Unterschied* zu vorher! Siehst du ihn, Bub? Hundert Meter!!! Immerhin hundert! Nur 100 Meter weit. Und grau. – Als käme man nie ans Ziel. Aber ich *weiß doch*, dass es ganz anders ist.

Ich hab' doch meinen Straßenplan im Kopf! No, was denn sonst! Irgendwo muss jetzt die Abzweigung auf mich warten! Wann? Wo! Irgendwann. Bald, Miguel! Da kommt uns einer entgegen! Hat *auch aufgeblendet*! Hm. Und jetzt! Sieh dir das an:

Jetzt sieht der dort, jetzt sehen du und ich *und der* dort – gleich ein paar hundert Meter! Ein paar hundert!!! – Ja: Licht *zurücknehmen* ist angesagt! Licht zurück geht ohne Problem! In dieser Richtung klappts mit dem Schalter. Klaglos. Scheißdreck! – Wann kommt denn nur die Abbiegung? Der andere blinkt. Der blinkt ja! Wieso blinkt denn der! Aha, der biegt dort ab!!! Jetzt weiß ich, wo die Abbiegung ist! – Na Klasse! Wenigstens brauch' ich mir nicht mehr die Augen aus dem Kopf zu schauen!"

… das Band der Tonkassette spulte sich weiter und weiter auf, während Puding – wohl der Geschichte überdrüssig – laut gähnte; denn der Großvater hatte sie *„jedem"* erzählt, gleich, ob der auf sie *neugierig* war oder nicht. Miguel kannte die Worte seines Opas auswendig, und er würde der Empfehlung immer folgen. Immer von neuem hatte der alte Taxler seinen ehemaligen Fahrschullehrer auf die *Star-Bühne seiner Erinnerungen* geholt: „Der Berghöfer-Lehrer, der war einer, der nach Möglichkeit *gehirngerecht* unterrichtet hat", begann der Großvater, „… ich werd' es nie vergessen, wie ich in der großen Vorprüfung *mitten* in der *Benutzerformel zum Überholen* stecken geblieben bin.

Der Berghöfer schaute mich so *böse* an, denn meine Formel lautete, wie Taxler schon so reden: ‚ÜberholwegmalweißderScheiß'. Opas Kursleiter soll darauf gemeint haben, diese Formel sei so nicht ganz richtig, und korrigierte das, indem er ihm die *STRAßEN-KAMERADEN-FORMEL nahe* legte: ‚Jeder – alle sollten es *SO* machen: Sie alle hier im Kurszimmer: Sie reihen sich nach dem Überholmanöver erst dann wieder in die Kolonne ein, wenn *Sie* alle beiden *Scheinwerfer* des von Ihnen überholten Verkehrsteilnehmers im Blickfeld Ihres Front-Rückspiegels sehen. Sie reihen sich NICHT eher ein, in der Regel nicht eher, denn *das* ist fast ein Garantieschein dafür, dass *SIE* alle wohlbehalten ans Ziel kommen. – Und ‚verdammt noch mal', soll Berghöfer geschrien haben: ‚Leutln, blinkt doch – wo es geht – schon 40 Meter, *bevor* ihr wo abbiegen wollt! Denkt nicht: Rechter Blinker, rechts abbiegen, linker Blinker, links abbiegen! Das bringt euch nix!!! Diese Formel heißt *richtig*: Haut den Blinker nach derjenigen Richtung raus, in die ihr gleich *abbiegen* wollt! Verdammt, Leutl!', so Berghöfer, ‚so *macht* das doch! *Nutzt* diese zwei Garantie-Scheine, damit keiner dem andern und sich selber das Leben versaut!'

Bittschön, meine Damen und Herrn! Und: Sagen Sie's jedem, der es nicht weiß! Und haltet euch selber daran! Und **dann**: Schauen wir uns die Verkehrs/Unfall-Statistiken in ein paar Jahren an!!!'" Miguels Story vom Kursleiter Berghöfer war somit auf Kassette. –

Und dann hatte Miguels Opa noch gesagt: „Wenn ich einmal nimmer bin, mein Kleiner, dann nimm dir den kleinen Puding und behalte ihn stets in deiner Nähe. Weißt du, ein Mensch, der mit einem Vieh zusammenlebt, der wird erst durchs Vieh zum Menschen. Er lernt in Augen zu lesen und sich zu verständigen – ohne ein Wort. – Und dann, Miguel, musst du auf deine Mum gut Acht geben, denn du hast nur die eine. Und so, wie du deine Mum lieb hast, verstehst du auch, dass auch alle deine Mitmenschen eine Mum haben, die sie lieben. Und einen Papi, den sie lieben. Und *die* wieder lieben ihre kleinen Miguels. Und du, Miguel, bekommst sicherlich einmal ein herrliches Mädchen zur Frau! Du musst nur schon vorher genau wissen, wie sie sein soll! Und lass dich bloß von keiner anderen vorher einfangen! Das geht nicht gut. Selten geht es gut! Vielleicht triffst du eine, die nicht ganz so aussieht, wie du's dir vorgestellt hast. Aber *sein* muss sie so wie die aus deinen Träumen. Es gibt sie. Sie wartet schon auf dich, mein kleiner Miguel."

Träumen? – Die Abstände zwischen Miguels Worten wurden plötzlich länger. Als seine Erinnerung abriss und in die Kanäle der Nacht von Salem mündete, da hatte ich grade noch das Zeug, um den Rekorder abzuschalten.

Es war fast noch Nacht in Salem. Durch die Ostfensterchen kroch jedenfalls in diesem Moment noch kein Lichtschimmer. Aber in den Kojen um mich und über mir ächzten schon die Bretter. Es wurde getuschelt: „Guten Morgen!", und alles war bereits einigermaßen glockenwach. Alle außer mir? Auch ich wünschte einen schönen neuen Tag und schaltete das Gerät an. „Ihr könnt ruhig lauter sprechen!", sagte ich.

Bibi mahnte soeben Nabor: „Du wirst doch nicht schon wieder davonlaufen wollen! Über dich wissen wir überhaupt noch nichts!" Nabor antwortete: „Ich schule meine Augen im Erspüren von Motiven! Mit meinem kleinen Rohr fange ich gezielt Farben ein und Licht! Schau, Bibi, wo tausend Worte nichts ausrichten, überzeugt manchmal ein einziges Bild!" „Rede doch nicht in Rätseln, Nabor!", warf Mario ein, „darf *ich* erklären, worum es geht? Du willst doch mit mir zusammenarbeiten, sobald ich Journalist geworden bin!" „Wenn *du* willst, Mario, meinetwegen! Ich rede sowieso nicht gerne!"

Während alle aus den Kojen krochen, sich ankleideten, Puding zur Tür hinauslief und Zwetschge sich aufräkelte, fielen die ersten Zeichen der Sonne durch die Lichteinlässe. Und Mario begann zu berichten: „Wir beide haben ein gemeinsames Ziel! Wir wollen, dass Menschen, Tiere und Pflanzen wieder zu naturgerechten Lebensformen finden! Zum Beispiel werden wir alle Kunst darauf anwenden, damit man Bäche und Flüsse wieder zu Tage befördert, dorthin, wo sie ihr Land mit Leben versorgen! An die Erdoberfläche!" „Für diese Idee bin ich Feuer und Flamme! Ich werde euch nach besten Kräften unterstützen!", rief Leo aus. „Und wie sieht dein Plan aus, Nabor?", erkundigte sich Norman. Nabor antwortete, man müsse heute in Bildern sprechen, mit so genannten „Emotifs", nicht mit *herkömmlichen* Fotos! Er, Nabor, habe in der Wiener Opernpassage den Namen einer Werkstatt entdeckt, die wirklich super sei auf diesem Gebiet! Er wolle sich dort ausbilden lassen! Einen Brief und eigene Fotos habe er bereits fortgeschickt nach Holland, nach Utrecht, zu Armstrong Roberts. Wo anders wolle Nabor keinesfalls in die Lehre gehen. Und damit sei es brandeilig.

Plötzlich fragte Norman: „Und du, Bibi? Warum willst du nicht zur Schule gehen?" „Ich brauche keine Schule!", antwortete sie flott, „ich werde eine Frau Doktor Doolittle!" Als Norman entgegnete, das wäre Kinderei, so etwas gäbe es doch nur im Kino, da war Bibi nicht zu bremsen. Sie fing sich ihren Kater, setzte ihn vor sich auf den Boden, stellte sich kerzengerade auf und sagte: „Schaut alle her!" Sie streckte ihren rechten Arm gerade aus, auch die Hand, und spielte wenige Augenblicke lang mit ausgestreckten Fingern. Zwetschge streckte seinen Schwanz stangengerade nach hinten weg, machte einen Satz, einen Schrei, und, von Bibis Linker unterstützt, hing der Kater jetzt wie ein Äffchen an Bibis hocherhobenem, rechten Handgelenk. Norman brachte jede Menge Einwände vor. Endlich sagte Bibi: „Du kannst mich nicht aus der Ruhe bringen, Norman! Ich will dir sagen, was meine Mami mir beigebracht hat! Sie sagt: ‚Die Liebe zu etwas ist die ein-*zige* Feuerkugel, die das Gesetz der Ballistik außen geht; sie eilt *geradeaus* und *trifft* ihr Ziel präzise!'" Und dann erzählte Bibi treuherzig, wie sie dem „Ara von Onkel Hans" das Reden eingeübt und des „Nachbars Brandl sturem Tschiko" Hundekunststücke beigebracht habe. „… wie ich den Futterneid bei unseren jungen Hauskaninchen kuriert habe?" Natürlich wollten wir auch das erfahren. Bibi sagte voller Stolz: „Denen habe ich eine sooo lange Rinne gebastelt!" Sie zeigte dreimal die Spannweite ihrer Arme. „Eine sooo lange Rinne! Und jetzt hat jedes Geschwisterchen so viel Platz am Futter, dass es kein anderes anrempeln braucht! Mama sagt, sie fräßen seither auch um die Hälfte *weniger*!" Normans Antwort? Sie blieb diesmal aus. Tja: Ein gesunder Hausverstand kann einem in keiner Schule eingetrichtert werden. Damit hatte Bibi eindeutig Recht. Abel ging jetzt nach draußen. Zum Frühsport. Nur vor die Tür.

Jetzt schoss Mario über sich selbst los. Er sagte, er müsse dringend notwendig Journalist werden. Egal wie. Deshalb: Vor kurzem sei seine Oma im Altersheim gelandet. Mario sagte: Die Oma würde dort zugrunde gehen, weil sie ein selbständiger Mensch sei, der vom „Gepäppelt-werden" und vom „Bevormundet-werden" nichts halte. Norman wollte wissen, wie eine selbständige alte Dame im Altersheim landen konnte! Mario berichtete, was geschehen war: „Meine Omi hatte einen schönen Schrebergarten. In dem wachsen zum Beispiel Kirschen und Gemüse. Dieser Garten, sagte Omi, hat schon lange den Neid einiger Mitmenschen geschürt. Und alle Jahre war gute Ernte! Und alle Jahre war kein Kompott so köstlich wie das Eingelegte von der Omi! Heuer plötzlich sind alle frischen Kirschen in den Rex-Gläsern hin geworden. Zerfallen. Nach *einer* Woche. Ich hab' zuerst gemeint, die Oma schmettert mich an. Sie zeigte mir die Sauerei. Nach einer Woche war alles hin. Alles in Flöckchen aufgelöst. Ungenießbar. Die Oma sagte, im Glas sei Luft eingesperrt; dieselbe, die wir alle atmen. Sie ging zum Magistrat und meldete ihre Forschungsergebnisse. Man holte Oma ab und brachte sie auf die ‚Psychiatrie'. Und von dort kam sie ins Altersheim." Mario wusste noch viel mehr zu berichten:

„Aber ich habe auch das ganze *Gemüse* der Oma verrecken gesehen! Auf allen Blättern im Garten war Belag, wie von Wasch-

pulverlauge, schon während der Aufzucht der Jungpflanzen!"
„Genau, wie das auf den Straßen und Autobahnen aussieht, bei Regenwetter!", rief Heloisa, „Da rinnt es in die Abflüsse – wie Seifenwasser!" Mario pflichtete Heloisa bei: „Gut beobachtet! Genau so! Und würde es regelmäßig regnen, so wäre alles Grüne in Ordnung. Aber es kann nicht regnen, wie es will! Es geht einfach nicht! Die Wasser, die Bäche, die Flüsschen, die unter Beton verlegt worden sind, wie sollen sie verdunsten? Wie sollen sich Regenwolken bilden?"

Mario ließ jetzt die kleinen Schultern hängen. Er sagte traurig: „Und *trotzdem ist* der Schrebergaren jetzt futsch, und meine Omi auch. Ich hab' ihr gesagt: ‚Halte durch Omi! Ich tue, was ich kann, damit sie dich bald wieder frei lassen, ich überspringe für dich alle Pflichtschuljahre, denn sonst bist du tot, bevor ich was tun kann!' Die Oma weiß ja: Die Mama und der Papa können ihr nicht helfen, die haben einen Haufen Raten abzustottern; für den neuen Volvo und für die neue Wohnung! Leben müssen wir schließlich auch von was! Mein Vati sagt immer, er wird ohnehin nicht alt. Er bringt sich um, sagt Mama, damit sie nicht eines Tages als Schuldenwitwe zurückbleibt."

Die Kinder standen jetzt da, die Blicke zu Boden geheftet. Nur Leo ging ans Papier. Norman fand als Erster aus der gedrückten Stimmung heraus. Er rief Leo zu: „Hast *du* eine Idee, was könnte in Zukunft mit den Atomreaktoren geschehen!?" Leo antwortete: „Ehrlich gesagt, ich bin noch nicht so weit! Aber ihr seid ziemlich schlaue Köpfe! Vielleicht schießt ihr sie schon übermorgen auf irgendeinen unbewohnten Planeten! Das überlasse ich ganz euch! Und den Experten!" Norman rubbelte sich mit dem Handrücken über die Nase. „Jedenfalls – werden wir sie – wieder abschaffen", sagte er fest entschlossen.

Leo schrieb. Die emsigen Handarbeiterinnen nadelten. Bibi blieb im Haus. Die übrige Schar ging vor die Tür, um Luft zu schnappen. Doch gleich begann ein Höllenhallo: Jedes begrüßte auf seine Weise den Morgen der Valle Leventina. Bibi half mir das Frühstück anzurichten. Außer Brot und Milch war nichts mehr vorrätig. Da kam Norman plötzlich hereingestürmt und fragte:

„Wenn wir schon heute Mittag auseinander gehen, *wann* werden wir uns wieder einmal treffen, Minika? Ich meine, wir alle zusammen!" „Ich weiß nicht, Norman. Ich weiß wirklich nicht", gab ich zur Antwort. Da sagte Leo: „Ich habe mir schon etwas ausgedacht!" Er ging jetzt an die Tür und bat alle hereinzukommen. Und dann machte er seinen Vorschlag kund: „Jeder von euch hat zu Hause ein Radio?" „Ja, sicher!", kam es von allen Seiten. „Gut", sagte Leo, „das ist sehr gut! Wenn wir also keine andere Möglichkeit haben, so können wir in Gedanken zusammenkommen! Wir hören uns einfach alle den selben Sender an! Welchen wollt ihr?" Berry wusste sofort Rat: „Wir treffen uns bei ‚Blue Danube Radio'! Alle einverstanden?" Sogar Theresa sprang vor Entzücken über die Idee hoch und Berry an den Hals. „Auch wenn das *wunderbar* ist, musst du mich nicht gleich über den Haufen werfen!", sagte er und lachte. „Wunderbar. Wunderbar", wiederholte jetzt Norman, „Wisst ihr, was wunderbar ist? Ich sag's euch! Ich habe nächsten Sonntag Geburtstag, und da bekomme ich von meinem Vater ein Ursprungswörterbuch! Und wenn es mir einigermaßen gut gefällt, dann hoffe ich, dass so ein Buch bald in *alle* Kinderhände kommen wird. Wir wollen doch wissen, worüber wir reden, wenn wir schon über etwas reden! Nicht wahr?" Alle klatschten und setzten sich nun gemütlich zum Tisch.

Jedes der Kinder erschien mir guter Dinge zu sein. Bis auf Theresa. Sie wirkte ein bisschen – abgestürzt. Als sie bemerkte, dass ihr Zustand von mir entdeckt war, gingen ihr die Augen über. Sie fragte: „Warum müssen Menschen weinen?" Da ergriff Leo das Wort. „Theresa", sagte er, „Theresa, die Menschen weinen immer dann, wenn ein winziger Teil von ihnen stirbt. Aber *wir* bleiben einander *alle* verbunden, und deshalb kannst du jetzt wieder zu weinen aufhören! Wir alle trennen uns auch nicht gerne von *dir*! Und von Salem! Und von Minika! Aber wir haben viel Arbeit vor uns." „Stimmt, Theresa!", fiel Norman ein. „Wir wollen zum Beispiel den Weltfrieden erkämpfen!" „Du irrst, Norman!", verbesserte Leo, „wir werden zusammen mit vielen anderen Kindern auf der ganzen Welt den Weltfrieden, ich buchstabiere: e r o b e r n !" Bibi lachte hell auf. „Zählt meine Arbeit auch dazu?", fragte sie. „Und warum eigentlich nicht?", gab Norman zurück. – „Packt alle eure Sachen zusammen! Zahnbürsten und so fort! Damit ihr nicht in letzter Sekunde hektisch werdet!", riet ich den Kindern.

Abel und Miguel hatten unter Nabors Regie ein Stöckchen vor dem Haus aufgepflanzt. Es war eine Sonnenuhr. Sie zeigte etwa die zehnte Stunde im Tag an. Alle Buben bestaunten die Uhr. Adam sagte: „Gut! Dann muss ja irgendwo schon das Mittagessen stehen!" Und wirklich, die Buben rannten los, allen voraus Abel und Miguel. Und hinterdrein jagte wie toll der kleine Puding. „Wir werden das Essen schon ins Haus bringen!", rief Adam. Mir konnte es recht sein! „Essen? Schon wieder? Wohin denn?", fragte mich Bibi. Doch dann bei Tisch langte auch sie ordentlich zu. Es gab gebackene Teile vom Huhn, dazu Petersilienkartoffeln und Paradeissalat. Das zarte Fleisch war außen resch und knusprig, und innen, mmmh, saftig und weichfaserig. Zwetschge fraß Bibis Hühnchen und Puding verputzte, was ihm unter dem Tisch zugeworfen wurde. Theresa marschierte los um Wasser und füllte für jeden eine Schale voll. „Ich fühle mich jetzt wie Gott in Frankreich!", gab Miguel von sich. Norman überlegte wohl grade etwas. Er fragte: „Und *was* hast du vor, Miguel?" „Ich, Norman, ich werde zur Fahrschule gehen und ein ordentlicher Taxifahrer werden, wie mein Großvater! Ich glaube aber, ich muss noch viel lernen vorher! Ich möchte nämlich nicht eines Tages von einem betrunkenen Rowdy zur Strecke gebracht werden! Zahlt sich doch nicht aus, nicht wahr?" Jetzt sagte Adam: „Weil du grade das Stichwort Frankreich gegeben hast – dort wohnt eine Tante von mir! Sie sagt, dass man dort zu *jedem* größeren Essen französischen Wein trinkt. Sie sagt auch: ‚Aber deswegen ist noch lange nicht – ganz Frankreich – besoffen!'" „Sehr gutes Beispiel!", bemerkte Norman laut.

„Ich mache euch einen Vorschlag! Wir gehen noch vors Haus und machen zünftig einen her! Seid ihr dabei!?", sagte Berry und stand auf. Die anderen folgten, aber nicht so sehr übermütig. Berry spürte das sofort. Er drehte sich nach mir um und fragte: „Minika, kennen *Sie* ein Lied, das Sie gerne von uns hören würden?" Ich sagte:„Ja, Berry! Aber ich weiß nicht, ob ihr ‚Die Ode an die Freude' kennt!" „Ich schon!", sagte Berry, „Das ist doch vom alten Herrn Beethoven!", und er wandte ich an Heloisa: „Kennst *du* es auch?" Heloisa nickte eifrig, und strahlte vor Stolz. Dann sei ja alles okay, meinte Berry. Außerdem sagte er: „Ich kann Ihnen natürlich nicht garantieren, dass es eines Tages von allen weithin zu hörenden Glockenspielen – den täglichen Mittag einläuten wird! Aber wir werden ‚Das Lied der Freude' jetzt für Sie singen, Minika!" „Ihr müsst es für uns *alle* singen, Berry!", sagte ich. Er guckte mich an, als müsse er eine Sekunde lang nachdenken. Dann lud er ein: „Wenn Sie wollen, dann singen Sie doch einfach mit!"

Und los ging es. Und diesmal zeigte Berry, *was* in ihm steckte. Unerhört, wie geschickt er mit seinem Deckel, mit seiner Gabel pendelte, zwischen „Schlagbecken" und „Pauke", mal dies, mal das: „Laaasst uns alle Brüder werden, Freunde sein für alle Zeit! … Heut' beginnt ein besseres Leben, Tränen sind Vergangenheit! (Tschiiinnn!) … Alle Menschen werden Brüder …" – Und ich hatte ein lebhaftes Bild vor Augen, es erfüllte die ganze Valle Leventina: Ein Andenken an Meister Beethoven, das Bild VISION, eine Radierung von Sigmund Walter, eine Vision, von der ich hoffe, dass sie heute noch zu finden ist – im Bildarchiv der Österreichischen Nationalbibliothek. – Ich wusste, Minika Benedikt durfte jetzt kein Wort sagen. Nicht ein einziges. Das Tonband hörte mit.

Als der Zwanzigmannhubschrauber näher donnerte, standen wir im Schutzhaus wie angewurzelt. Nur wir Menschen. Puding bellte wie von Sinnen. Zwetschge floh unter den Geschirrkasten. Die Kinder waren wie erstarrt. Ich pflückte Puding, drückte ihn Miguel in den Arm. Zwetschge wollte sich nicht von mir angeln lassen. Er kratzte mich und fauchte. Erst in Bibis Armen wurde er gesittet. Plötzlich ging alles blitzschnell: Mario hatte eine dicke Brille auf, die ich in vier Tagen *nirgends* gesehen hatte. Miguel steckte seine Hupe fest in den Hosengürtel. Die Mädchen hatten ihr Zeug in ein und denselben Plastikbeutel geworfen. Theresa hielt ihn an einem Henkel, Heloisa am anderen. Dann hatte plötzlich jeder das Seine. Die Kinder blieben nochmals stehen. Stumm. „Lauft! Lauft, Kinder! Los! Schnell! Wir treffen uns ja bald! Bei ‚Blue Danube Radio'!, rief ich ihnen zu, und klatschte zum Verscheuchen mit meinen Händen. Ich drehte mich um. Ohne mit hinaus zu gehen. Ohne zu winken. Das Schutzhaus musste in blitzsauberem Zustand verlassen werden! Keine Frage!!! Das stand nicht in der Order. Bald hörte ich die Maschine krakeelen, toben – abschwirren …

In Zürich angekommen ... löste ich für meine Heimreise per Zug ... eine Platzkarte: „Klasse 2, Raucher-Waggon, Fensterplatz Nummer 86." Jemand klärte mich am Schalter auf: „Ihr Zug fährt erst um 21:34 Uhr ab!" Schade. Wieder Pech gehabt – mit Österreich bei Tageslicht.

Die vorige Nacht ... war ohnehin zu kurz ausgefallen. Im „Wiener Walzer" werde ich ausruhen. Schlafen. Bei meiner Ankunft am Westbahnhof wird es Vormittag sein. Zuhause werde ich meine Radios einschalten. Alle vier. Sie wissen, welchen Sender ich hören werde? Und ich werde an die Kinder denken: an Bibi, an Norman, an Nabor, an Mario, an Theresa, an Heloisa, an Berry, an Miguel, an Adam, an Leo, an Abel. Und ich werde mich erinnern – an Puding und Zwetschge.

Das Geheimnis der Rosen

Zu allen Zeiten übte die holde Königin der Blumen einen inspirierenden Reiz aus ... auf die Meister der Tonkunst ... auf die Meister der Dichtkunst ... auf die Meister der Malerkünste ... und ewig so fort.

Heute ... möchte ich, Minika Benedikt, Ihnen einen Fall vorführen, in welchem es der Rose gelungen ist, mühelos meine Anschauung über die Welt zu revolutionieren.

Es war an einem Samstag. Genauer: Es war der 1. Dezember 1984, ein Tag, der sich von vornherein von allen übrigen Tagen eines Arbeitsjahres grundlegend unterschied. Schon im Morgengrauen saß sie deshalb vor ihrem Haushaltsbuch. Sie kalkulierte: Die Wochenkämpfe in der Halle hatten ihr, der Arbeiterin, wieder *etwas* Geld eingebracht. Wenn sie weiterhin durchhalten wollte (anstatt Wiener Schnitzel an den Sonntagen Linsen mampfte), *dann* könnte sie mit den notwendigsten finanziellen Anforderungen zurechtkommen! Wenn *alles* glatt ging! (Möge es niemand auf der Welt schlechter haben, dachte die Arbeiterin bei sich.)

Sie tüftelte weiter: Dem amtlich verpflichteten Unterhaltseintreiber waren ihre Kinder innerhalb der sechs Monate des vorigen Halbjahres eine *einmalige* Monatsalimentation wert gewesen. *Das* will im Wirtschaftsrechnen einer Hausfrau und Mutter bedacht sein, denn *das* machte fette eintausendachthundert Schillinge Aufbesserung. Dieser Betrag lag seit Juli einsam auf ihrem Sparbuch. Wenn sie die Geldanlage *heute* antasten wollte, dann reichte diese für eine Ausfahrt in die achtzig Kilometer entfernte Großstadt und dort für ein dreistündiges Bildungsseminar und für die Fahrt zurück nach Haus. Und durfte man das? Die Ersparnis *antasten?* Wann wird es eigentlich so weit sein, bis Frauen für ihre Arbeitsleistungen den *gleichen* Entgelt-Anspruch haben wie ihre männlichen Kollegen?, zerbrach sie sich ihren Kopf. – Der Vormittag schwankte zwischen Nebel und Sonnenschein. Endlich reifte spontan der Entschluss: auf in die Großstadt!!!

Ein Parkplatz war gefunden. Ein Fußweg stand der Frau noch bevor. Wie sie sich in den Auslagen sah: eine Frau, irgendwo zwischen dreißig und vierzig, liebenswert anzuschauen, da dachte sie schon einmal an einem Auslagenfenster: „Du willst so bleiben, wie du jetzt ausschaust!", aber wer wünscht das nicht in solchem Jahrgang, und so trabten ihre, heute mit (neuen!, geschenkten!) Stöckeln beschuhten Beine – durch Gassen, durch Gässchen, rechts abbiegen, fragen, links abbiegen, wieder fragen, geradeaus, überqueren, und alles ohne Gassennamen zu lesen, so rasant war sie unterwegs. Da *kommandierte* ihr aus einer *Trödlerauslage* heraus ein winziger Gegenstand zu: „Halt! Stopp!", und riss ihr Augenmerk *vollständig* an sich. –

„Macht *fünfhundert* Schillinge! Einpacken?" Sie legte den Geldschein auf das Pult. „Ja, bitte! Einpacken!" „Entschuldigen Sie, gehört das Ihnen?" „Ja, für mich! Für mich selbst!" „Es passt irgendwie zu Ihnen", fuhr der Geschäftsmann fort. Und es klang aufrichtig. „Ja! Ich weiß! Oder eigentlich, nein!", verhedderte sich die Kundin, und wurde brennrot von einem Ohr bis zum anderen. „Sie glühen ja! Geht's Ihnen gut, ist alles in Ordnung?" „Ja, alles!" Jetzt, sie waren bloß zu zweit in diesem Laden, sagte die Kundin den ungereimtesten Satz, der ihr einfallen konnte: „Wissen Sie, ich habe heute Geburtstag, ich gäbe weiß Gott was dafür, wenn dieser Gegenstand sprechen könnte!" – Der Trödler *bremste* augenblicklich die Einpackerei. Er fragte ungläubig: „Sie gäben etwas darum, wenn waaas?" Er bohrte die Kundin mit schwarzen Augen durchdringend an. Und sie ließ es zu. Denn es war ein *guter* Blick. „Ich habe keine Ursache, Ihnen *nicht* zu trauen, aber haben Sie ganz bestimmt heute Ihren Geburtstag?" „Ganz, ganz sicher! Ich schwöre!" „Und Sie möchten tatsächlich wissen …?", damit wendete sich der Trödler von der Kundin für Sekunden ab, dann fuhr er herum und fragte: „Darf ich?", fasste ihre kleine Hand, ohne die Antwort abzuwarten, und forderte: „*Kommen* Sie! Vielleicht lässt sich da etwas machen!" –

Die Kundin folgte ihm wie ein Hundejunges durch zwei vom Tageslicht verschont gebliebene Räume; davon war *jeder* ein Lager, Büro und Bibliothek zugleich. Sie waren von einem Geruch erfüllt wie von orientalischen Salben. Man hielt vor einer verschlossenen Tür. Der Geschäftsmann wollte wissen: „Das Honorar kann sie *weitere* fünfhundert Schillinge kosten, ist es Ihnen das wert?" „Einmal abwarten! Wenn an der Sache etwas *dran* ist, dann gilt die Summe!" So wie die Antwort kam, klang sie sehr bestimmt. Die Kundin wollte durchaus bestätigt haben, dass sie vor der Auslage ein *Irrtum* genarrt hatte. Ja, ganz gewiss war es so! Diese *Auskunft* interessierte jetzt! Über den Preis würde sie schon noch klarkommen! Der Mann klopfte *forsch* an die Tür. Es schien eine Ewigkeit zu vergehen, bis eine reifere Frauenstimme sich meldete, mit den Worten: „Ja? – Herein!"

„Hallo, Mamaa! Da! – *Vielleicht* eine Aufgabe für *dich!*", sprudelte der Trödler der weißhaarigen Dame entgegen, die uns beide empfing. Dabei küsste er „Mama" eine Hand und drückte ihr die winzige *Ware* in die Linke. Madame hatte für die Fremde einen prüfenden Blick und ein merkwürdiges Grußwort parat: „Ach, diese Haarnadeln, andauernd habe ich mein Gfrett damit!" Sich so entschuldigend steckte sie an ihrem straffen Haarknoten etwas zurecht, während ihr Stirnhaar – auch an den Seiten – ihr feines Gesicht umrahmte. Angenehm, ruhig und sanft hatte diese Stimme geklungen. Gegen „Mama" wirkte der Trödler jetzt wie ein Lausbub, als er sagte: „Du weißt: Vor Neugier zerplatzen zuallererst *jene*, die eine Sache *zuletzt* etwas angeht! Also! Lasst mich nicht *zu* lange zappeln! Ich muss jetzt wieder hinaus!" Und schon war er davon wie ein Wirbelwind, und die Tür hinter dem Rücken der Kundin ins Schloss gefallen. Auch *dieser* Raum war vom Tageslicht kaum verwöhnt. Er zeigte sich als Bibliothek allein, mit Schnörkeltisch und zwei Stühlen. Die Fremde schnupperte. Es roch hier um Töne süßlicher als in den Vorräumen.

Madame fragte: „Ja *mögen* Sie den Duft von Rosenwasser? Es ist eine uralte Passion von mir, darin – sinnbildlich – zu baden!" So erklärte Madame und das klang nicht so, wie mit fremden Leuten gewöhnlich gesprochen wird. „Setzen Sie sich doch!", lud Madame ein und setzte sich selber. Noch einmal tat die Besucherin einen herzlichen Schnaufer, als Madame sagte: „Im Voraus kann ich nichts versprechen! Ihre Augen haben mir schon gesagt, dass ich mich auf Ihre Fairness verlassen kann! Das *muss* auch so sein, denn ich habe hinterher keine Erinnerung an das, was vor sich gegangen ist. Eine Frage *noch*: Haben Sie Ihr *Sitzfleisch* so weit im Zaum, dass Sie längere Zeit still sitzen können?" Was waren das für Fragen? Was sollte die Rederei! Wo war denn Madames Schublade, in der die *Fakten* verschlossen waren? Wie auch immer. Jetzt hatte das Geburtstagskind *kaum* noch Eile, denn für das Bildungsseminar reichte das Geld ja ohnehin nicht mehr. Dieses Opfer war der Gegenstand auf *jeden* Fall wert.

Nun schloss Madame plötzlich die Lider. Ihre knochigen Finger untersuchten den Gegenstand rundherum. Danach drückte Madame ihn gegen ihre Stirn. „Unterstützen Sie mich bitte dabei!", befahl Madame und forderte: „Denken *Sie* augenblicklich *nur daran*: dass wir beide über diesen Gegenstand etwas *erfahren* wollen! Nur daran! Und sprechen Sie bitte erst *dann* wieder, wenn ich es Ihnen *ausdrücklich* gestatten kann!"

Zustimmend nickte die Arbeiterin. Sie nickte heftig. (Ja, dummerweise!) „Wenn wir uns so fabelhaft verstehen", sagte Madame, „dann fangen wir an."

Jetzt kam eine große Ruhe über diesen Raum, so als nähme eine stumme Riesenglucke behutsam Menschen und Dinge unter ihre Fittiche. So etwas von *angenehmer* Lautlosigkeit war der Besucherin absolut neu. Die Nähe von Madame schenkte zusätzlich ein Gefühl von Behaglichkeit; vielleicht lag alles an dem Luxus: Ein einziges Mal im Leben zum Ausruhen und Ausspannen aufgefordert zu sein. Zehn Minuten oder eine ganze Stunde verstrichen: Beides war dasselbe, bis Madame ihre Lippen öffnete. Schubweise kamen Satzteile hervor:

„Moment, Moment – es schneit!" Nach unzähligen Atemzügen ging die Mitteilung weiter: Es schneie ... und *wie* es da schneie ... sei ja geradezu tierisch! Da sei ein kleines Dorf ... Schlossmauern ... ein Schlossgraben; ... in der Nachbarschaft ein ebenerdiges Häuschen ... ein riesiger Nadelbaum davor ... Schneegestöber, noch immer ... das Wetter ließe etwas nach ...

Nun herrschte eine atemlose Pause. Etwas in dieser Bibliothek knisterte, es hörte sich an wie Schneekristalle, auf die ein Vogelfuß tritt. Dann setzte Madame wieder ein: Vor dem Häuschen sei ein dick verschneiter *Vorgarten* ... eine Briefträgerin schiebe ihr Rad – auf der *Fahrbahn* – am Garten vorüber ... am Häuschen ginge ein Fenster auf ... eine junge Frau strecke den Kopf heraus ... die Postbotin winke ab: Leider! Nichts dabei! „… das Fenster schließt sich enttäuscht. Gott sei Dank!!! Diese grässliche *Polsterschlacht* scheint so gut wie vorüber zu sein!"

Der Mund von Madame schwieg ab jetzt zum *Ausflippen* lange! Endlich war ihre mütterliche Stimme wieder in der Bibliothek zu hören: „Jetzt die *Rückansicht* des Häuschens: ausgeschaufelt, ein kleiner Nutzgarten reicht von den Hausmauern bis zu einer Bachmauer hin …" Madame beschrieb, da sei ein Kaninchenstall aus Holz … Jutesäcke an seiner Wetterseite angenagelt … nun gehe eine Verandatür auf … auf … auf … Kinder würden herauslaufen: ein Bub – vielleicht zwölf … ein Mädchen, schätzungsweise zehn … das Schlusslicht – könnte *acht* Jahre alt sein … sie würden nun durch den Garten rennen … jetzt über die Bachmauer davonklettern … im Schneebett, den Bach entlang – auf Betonstufen zulaufen …

Die Pause dauerte – jedenfalls *zermürbend* lange. Sie schien sich immer *mehr* zu dehnen, sobald ihr Ende (wie die Besucherin bald herausfand) – wie auf Nadeln herbeizitiert werden wollte. So fügte sie sich wieder *mehr* in die Ergebung, mit *dem* Effekt, dass der Widerpart gelöst war. Und Madame kam wieder in Fahrt: „Die junge Frau sitzt jetzt in – einer Stube, ihr Atem ist zu sehen, es hat vielleicht nur wenige Plusgrade im Raum. Die Frau geht an eine Truhenbank heran, entnimmt dort Schachteln, es ist Christbaumbehang darin, sie breitet ihn vor sich auf dem quadratischen Tisch aus, der Tisch hat ringsherum breite Trittleisten …"

Gegen *diese* Pause, die sich *nun* einstellte, waren die vorherigen gewiss das reinste Honiglecken gewesen. Doch irgendwann kam Madame mit ihrer Berichterstattung wieder voran: … ein riesiger Schneepflug quäle sich die Gasse herunter … ja, gäbe es denn *so* *etwas* … ja, *sähe* der Mann denn *nicht*, dass dort unterm Schneehügel ein *Auto* sein könnte, ein Auto und doch sicherlich nichts anderes, es sei doch nirgendwo sonst in der Gasse ein ähnlicher Hügel zu sehen … *das* könne doch nicht wahr sein … rumms, rumms, rumms! … von drei Seiten her felsenfest zugemauert!

Es war jetzt so anhaltend still im Raum, dass die Besucherin fürchtete, sie könne jeden Augenblick *auswachsen*. Doch ehe dieser Fall eintreten konnte, begann Madame so ausgeglichen wie zuvor zu sprechen: „Jetzt will ich ihr einen *Namen* geben, damit das Ganze nicht *so* umständlich ist. Ich nenne sie einfach: ROSA! Also, ich sehe Rosa!" Und Madame beschrieb Rosas hellblonden Haarschopf ... Rosas Gesicht, das von einem großen dunkelblauen Wolltuch fast verschlungen sei ... Rosa trage Strickzeug als Kleidung: freundliche Norwegermuster oben ... einen einfärbigen Strickrock unten ... pechschwarze Schaftstiefel. – Dann war schon *wieder* Ebbe! Mamma mia!!! Nur ruhig Blut! Das war das *Einzige*, was hier einzuhalten war. Worauf Madame akkurat von sich gab: „Mein Gott, was sitzt denn das Mädel *stur* am Tisch!? Starrt vor sich hin, als ob es irgendetwas partout nicht begreifen könnte!"

Nun: Rosa hätte nicht *unbedingt* so dasitzen müssen. Wer drei gesunde Kinder sein nennen darf, der läuft nicht Gefahr an seiner Seele zu erfrieren!

Für drei Kinder war Rosa nun seit fünf Jahren der alleinige Weihnachtsengel, womöglich alle Tage, das ganze Jahr hindurch, und Jahr für Jahr und noch länger. Man könnte unterstellen, dass ausgerechnet Weihnachten eine Hochzeit in der Arbeitswelt der Weihnachtsengel darstellt. Doch weitaus gefehlt! In Rosa selbst wollte und *wollte* es nicht Weihnachten werden. Dafür gab es einen schlichten, handfesten Grund: Rosa hatte schon vor *Wochen* einen Packen schönster Weihnachtskarten – mit Segenswünschen ausgeschickt! Mit Segenswünschen! Vielleicht kommt von irgendwo ein Echo? Alle Jahre wieder – hatte dieses Verfahren *geklappt*! Doch *heuer* war da etwas phantastisch schief gelaufen. Auch „in letzter Minute" hatte die Briefträgerin nichts dabeigehabt.

Nun irrten Rosas Augen durch Eisblumenfenster hinaus in den Vorgarten: Verdammt!, so eigenartig weiß war der Schnee noch in keinem Jahr gewesen: öder als verlassen, bleich wie ein Sterbelaken. Zum Heulen! Rosas Augen hatten keine Tränen. Nein. Sie schrien nach einem Lichtblick im Vorgarten, möglich, dass dort ein erfrorenes Rosenkind auszukundschaften wäre, zu dem Rosa hätte sagen können: „Komm, du Einsame, ich scharr dich aus! Man muss etwas unternehmen gegen die Einsamkeit in dieser Welt! Es gibt so viele, die heute allein bleiben müssen! Du aber – komm! Wir wollen dich bei uns haben – in der Stube! Du sollst mit uns Weihnachten feiern!" Doch dann schimpfte Rosa sich selber aus: „Jetzt *reiß* dich aber an deinen sentimentalen Riemen! Ist denn *jetzt* die Zeit der Gartenblumen? Bedenk: Kann ohne Kräftesammeln und ohne dem Wirken, von dem du *nichts* siehst, eine Zeit der Blüte folgen? Rosa, du bist doch nicht bescheuert!"

„… sie ist jetzt an einem klotzigen Küchenherd, wendet einen Kaninchenbraten, öffnet das Herdtürchen – die Scheiter darin sind grelle Glut – Rosa hat eine Blechschaufel vor sich, schürt heraus, kann die Feuerstelle so viel entbehren? Jetzt kniet sie vor einem weißen Kachelofen, Funken spritzen auf, jetzt hockt sie an einem grauen Ofenmonster …"

Seit Wochen hatte *jeder* im Haus mit Brennholz geheizt. Und wie! Keines der Leutchen im Hause sollte in den heiligen Nächten und Tagen frieren. Die *Heizdecken* in den Betten? – In den Raunächten würde niemand auf ihren Dienst angewiesen sein.

„Endlich gezähmt, und ganz ohne Peitsche!", sagte Rosa zufrieden, denn sie hatte in der eisigen Waschküche draußen – ein Bäumchen im Holzkreuz festgenagelt. Kindersicher! Katzensicher! Ob *dies* endlich der entscheidende Auftakt sei? Rosa lauschte in sich hinein … Doch da war *Funkstille* nach wie vor, bloß von draußen her hörte sie ein lang gezogenes Pfeifen, ein Huiii, Huiii!, und das kam vom Sturmwind, der oben in Fichtenriesen zu brausen anfing. Sollte der dröhnen, der Sturm! Sollte er! Selbst der Kater würde darüber gelangweilt gähnen! Der Kater? Der war jetzt unsichtbarer als Luft. Er war ein „Kinder-Kater". Er *mochte* es nicht, wenn Rosa mit Stiefeln durch das Haus trampelte!
  Der Sturm riss jetzt die Feuer in die Kamine hinein, als müssten sie sofort und ungenützt durch die Schornsteine ausfahren – um die Himmel in Brand zu stecken. „Gong! Gong! Gong! Gong!" Rosa hörte die Wanduhr aus der Stube, schlug sich an die Stirn: „Wie geht das nur zu!? Immer läuft die Zeit am schnellsten, wenn man *am meisten* von ihr braucht!" Schon stellte Rosa das Bäumchen auf dem Stubentisch ab; auf der Prunkdecke; die hatte Rosa in tausend Stunden eigenhändig gestickt, schon deshalb trugen alle Kerzlein einen Sternen-Überschuh aus Folie. „Hier ist alles

bereit!", sagte Rosa sich vor, "alles in Seidenpapier verpackt: Hier liegen die roten, hier die blauen, dort die grünen Päckchen!" Daneben saßen drei lustige Stoffpuppen, zu ihnen sagte Rosa: "Benehmt euch ja *ordentlich* neben dem Krippenvolk!" In der Stube sah es also schon hochweihnachtlich aus. Nur: In Rosa wollte das *Flämmchen*, das entscheidende – nicht erwachen.

Wollen wir anerkennen, was Weihnachten für Rosa war: Es war nicht Baum, nicht Bäckerei, war nicht Braten, war nicht Weihnachtshalleluja von TV oder Tonbandkassetten. Weihnachten bedeutete: Frieden mit sich selbst, Frieden mit dem göttlichen Kind, Frieden mit allen Seelen, Frieden mit allem, was dem Menschen zur Verantwortung anvertraut ist. Weihnachten war – gute Wünsche aussenden – und empfangen.

"Das war schon bei mir so, und wird sich nie ändern: Kinder wissen doch niemals, wann es Zeit ist, heimzugehen!", sagte sich Rosa. Sie selbst war jetzt *auch* mit der Weihnachtsküche fertig: Angefangen vom Kaninchenbraten bis zur Salatschüssel, die von Rosas Oma stammte, daneben thronte die andere Schüssel, die mit den rosa Röslein im klaren Glasgrund. Die Glasblumen rankten sich jetzt herum um die Nusskekse, die mit hausgemachter Marmelade zusammengeklebt waren. Solche Kekse gibt es nur von Müttern, Großmüttern, Urgroßmüttern … Hier! Auf der Kredenz warteten noch die rohen, ausgehöhlten Äpfel! Alles in der Fülle? Honig? Nüsse? Rosinen? Ein Spritzer Rum? Auf eins und zwei standen die Äpfel gefüllt auf einer Blechtasse vorgerichtet. "Die sind bald durchgebraten. Ich stell' sie in den Herd, wenn ich zurückkomme, jetzt gehe ich die Kinder suchen!", entschloss sich Rosa, griff nach trockenen Strumpfhosen und Kinderschuhen und legte im Vorraum alles griffbereit auf die Bank.

Nachdem sie wie ein Storch bis zur Gartentür gestelzt und auf allen vieren über Schneeberge gerappelt war, freute sich Rosa: "Auf der Fahrbahn kann man ja richtig gehen!" Sie spürte unter ihren Stiefelsohlen Streuschotter, schritt jetzt fester aus, stapfte bis an die Mauern des Schlossgrabens heran.

"Sind hier *irgendwo* Kinderspuren?", fragten Rosas Augen. Dann schauten sie über die Dächer hinweg zum Giebel des ganz und gar verschneiten Häuschens. Aus den Rauchfängen dort schmorte tüchtig der Rauch heraus, und die Riesenfichte – dieses *überragende* Wahrzeichen der Gasse – hatte sich abgeschüttelt und stand jetzt mit regungslosem Wipfel da. Nanu? Wo war der Weihnachtswind hingeraten? Ach so! Er fuhr ja auch nicht mehr herum, in Rosas Haarschippel! Kein Lüftchen regte sich. Das Dorf lag in stillem Frieden, als habe ein großer Segen alles geheiligt.

„Die Gassen sind ja – wie ausgestorben!", wunderte sich Rosa. Sie zog ihr Wickeltuch noch enger zusammen und ging weiter. Jetzt wühlten ihre Augen wiederum ausschließlich im Schnee. Als sie die Straßenlaterne hoch über ihr bemerkte, und wie *blind* die vom Schneetreiben geworden war, da fauchte Rosa: „Wozu bezahlen sie dich überhaupt, du Glühwürmchen! Du bist mir *überhaupt* keine Hilfe!"

… Hilfe hin, Hilfe her. Da *waren* keine Kinderspuren. –

„… jetzt steht sie der Schlossmauer gegenüber – vor einem Gebäude – davor steckt ein Schild, da steht: ‚Betreten der *Baustelle* verboten!' Man kann es *erraten,* noch hat der Schnee die Schrift nicht ausradiert, ich habe allerdings *nicht* den Eindruck, dass dieses Gebäude eine Baustelle ist! Es erhebt sich über *alle* umliegenden Häuser zwar bescheiden, doch auf gewisse Art auch *majestätisch*. Ich will behaupten, bei diesem Gebäude handelt es sich um eine Synagoge! Wie es *aussieht*, drängt sich die Frage auf: Ist es seit der *Reichs-Kristallnacht* in diesem Zustand? Nun, das halte ich für *ganz* ausgeschlossen!"

Und ob! Und ob. Und es war *tatsächlich* keine Baustelle! Vielmehr diente – *seit* einem schwachen halben Jahrhundert – das Gebetshaus höchst bäuerlich aussehenden Taubenvölkern als Wohnpalast. Allerdings waren jetzt auch vom Federvolk keine Spuren zu entdecken, genau wie von den Kindern nicht: nicht die Spur einer Spur, außer den Stapfen von Rosa. Trotzdem! Wäre nicht der Heilige Abend gewesen, sie hätte wohl lauthals gerufen: „Gabrieeel! Annaaa! Raffaeeel!" Doch Rosas Erziehung erlaubte das nicht. Selbst dann nicht, wenn die Trauer – wegen *nicht* erhaltener Segenswünsche – einen störrischen Riegel vor „Weihnachten" schob!

„… einen Moment Geduld, die Synagoge ist kaisergelb, ein Sommertag! Jetzt – sie *muss* es sein! Ja, ich sehe Rosa! Am Portal winken ihr Kinder zu, alle drei in kurzen Hosen, auch das Mädchen! Rosa steigt durch hüfthohes Unkraut, kommt ans Portal, sie tritt über die Schwelle, sie bleibt stehen, wie völlig erstarrt …"

Im *Augenblick* war sie von einer Empfindung hingerissen. Hingerissen. – Dieser Zauber konnte durch *keine* Sehenswürdigkeit ausgelöst worden sein.

Während das Dorf sich um und um in Blumenschmuck *überschlug*, entfuhr es Rosas Mund: „Ist *das* zu glauben!? Gibt es in einem Land wie diesem – tatsächlich Menschen, die nicht wissen, wo Gott wohnt?" Wie dem auch sei. Dieser Gebetssaal, der war rußig, kahl und völlig leer … bis auf die wenigen anrüchigen Zeichen und Hinterlassenschaften aus jüngster Vergangenheit, dazu brummelnde Fliegen, die da und dort wohl lebten. Rosa kam sich vor wie gebannt, wie behext. Sie wusste es selber nicht besser zu sagen als: „Wie *das* auf mich *wirkt*, Kinder! Unbeschreiblich! Herzbluten könnte man bei diesem Anblick kriegen!" Es war ihr, als ginge diese Synagoge – sie ganz persönlich etwas an.

Jetzt war wieder die warme Stimme von Madame zu hören. Sie sagte jetzt zögerlich: „… das hier, das *könnte* noch eine Zeit *vorher* sein …" Die Besucherin war dem Schnörkeltisch jetzt etwas näher als noch vor Sekunden. Sie bewunderte jetzt, wie langmütig die alte Dame den kleinen Gegenstand nach wie vor an ihre Stirn hielt, und wie sie dabei die Bilder ihres inneren Auges mitteilte: … Könne es sein, dass Rosa hier noch auf Wohnungs*suche* war … das Häuschen sähe noch *anders* aus … es sei verwaist … sähe aus, als hätten es kürzlich Vandalen heimgesucht … eine solche Schweinerei! … jedes Haus sollte einen Hüter haben … –

Als Rosa zum ersten Mal ins Häuschen trat, da empfing sie in seinen Mauern (abgesehen von der chaotischen Schweinerei) ein *positives* Flair. Es war beinahe *dasselbe*, dem sie Monate später im Tempelsaal wieder begegnen sollte. Sie erkannte das Fluidum augenblicklich wieder! Vom Häuschen sei verraten: trotz aller Neuerungen hat es von seiner Ausstrahlung nicht und *nicht* gelassen! Eines Tages wurde die weiße Flagge gehisst. Eine harmonische Symbiose war geboren.

„… die Gasse ist … liegt das *noch* ferner zurück? Sie ist jetzt längst nicht so breitspurig wie auf den Winterbildern. Bäume, Linden, Kastanien, hier stehen auch ganz andere Häuschen, bis auf das von Rosa. Schlimm, wie die Gasse holperig ist! Halt, halt! Was steht da auf dem Gassenschild? – Das Bild verblasst! – Wie schade!"

Wenn auch das Bild verblasst ist! Alles Schöne ist schön – zu seiner Zeit. – Abgesehen *davon*: Es kann gut sein, dass schon *damals* im Vorgarten Rosenstöcke lebten. Vielleicht trugen sie damals schon Blüten, wie die es waren, denen Rosa heute für kurze Minuten nachgetrauert hatte, an diesem Frühnachmittag des Heiligen Abends. –

„Betreten der Baustelle verboten!", wandelte Rosa um in die Behauptung: „Betreten für Kinder – unmöglich!" Sie stiefelte jetzt die Hauptgasse entlang, der Dorfmitte zu. Sie wurde dabei unwillkürlich von *jener* Richtung angezogen, aus der – in bedenklich steifer Entfernung voneinander – die grell beleuchteten Türme zweier Kirchen zum Himmel hinaufgrüßten. „Lächerlich! Wie stehen *die* denn da?", fragte Rosa, „Schaut ja kindisch aus! Wie zwei betende Hände, die sich nicht vereinen, nicht falten können! *Hat* man *Worte*: Trotzdem spannt *darüber* der Weihnachtshimmel seinen frommen Abend? In das *Dazwischen* von Turm zu Turm – setzte er seine *strahlendsten* Sterne?" Nun, so übergerecht wie der Mensch – ist der Himmel nicht. Obschon Rosa das Gleichnis total richtig erfasst hatte, auch dieser Anblick war eindeutig machtlos gegen die Weihnachtssperre vor ihrem Gemüt. Die – lockerte sich nicht! Und nicht! – Nicht einmal *dann*, als da und dort hinter Gardinen Kerzenpyramiden zeigten, wo das Christkind bereits eingetroffen war.

„Guten Abend, Rosa! Suchen Sie Ihre Kinder? Ich hab sie vorhin zum Friedhof laufen gesehen!", rief jetzt aus einem dicken Auto heraus eine Dame in Pelz, und deutete nach dem Friedhof der Katholiken. Rosa hatte kein Auto heranfahren gehört. Autos wachsen nicht aus Fahrbahnen heraus. Saßen im Wagen *mehrere* Personen? Es ging Rosa nichts an. Ihr kam der *Hinweis* wie gerufen, sie rief zurück: „Danke schön! Und fröhliche Weihnachten!" Aber wie dumm: sie spürte nicht … was es bedeutet.

Madame schilderte nun, wie Rosa den Aufstieg zur Kirche hochstapfe … ob ihr *ein* Mensch erklären könne, weshalb Rosa um den Kirchhof herum einen so unnötigen Bogen mache! Es liege doch Schnee dort, knietief …, weshalb bliebe der Wollkopf denn nicht dort, wo ausgeschaufelt sei?

Nun folgte wieder eine jener Pausen, von denen die kürzeste Spanne sich wie ein Jahrhundert ausnimmt. Aber dann schien Madame wieder voranzukommen:

„… ja! Jetzt hat sie *eine* Kinderspur entdeckt! Wo sind die beiden anderen? Ja, ja! Ich sehe, *da* ist eine Spur – kann sein Größe fünfunddreißig – und zwei kleinere Sohlenabdrücke, direkt hintennach hineingerutscht! Jetzt klärt sich das Mirakel!"

Ach ja: es „gehörte sich auch nicht", am Weihnachtsabend – über Totenhügel hinweg – nach springlebendigen Kindern zu schreien. Und *was* wollten Rosas Rangen eigentlich auf dem Friedhof??? (Zum Kuckuck noch einmal!) Da schnarrte es hinterfotzig unter den Stiefeln, da duckten sich vor Rosa verschwiegene Lichterreihen, da spielten kreuz und quer Kinderspuren ein übles Versteckenspiel, und von der Meute selbst war am Friedhof nirgendwo ein Lebenszeichen.

„Seit *wann* sind so unselig *außerhalb* des Friedhofes – Grabstätten?", fragte sich Rosa. Doch es waren keine. Aufdringlich *außerhalb* der Hainumfriedung bewegte sich ein kleiner Zug von roten Lichtlein aus einer Schnee-Senke heraus. Wie viele, konnte Rosa nicht abzählen. Es waren etliche. *Worauf* steuern die denn *los*? Was? *Worauf*? Auf eine Gegend zu, die Rosa nicht erraten *wollte*. Wenn an ihrer Eingebung etwas dran war, dann war Rosa wirklich wild darauf, zu erfahren, was die Lichter – ausgerechnet an *diesem* Ziel – treiben wollten! Sie jagte einer Fährte nach: Verflixt! Ihre Stiefel versanken um Ellen tiefer im weißen Grund, als es den Lichtlein geschehen war! Jetzt hieß es: eine Böschung hinab! So eine Narretei! Wenn man in der Gegend nicht Bescheid weiß!

Natürlich rutschte sie mit ihren Ledersohlen einmal aus, und hopplahopp!, da wurde sie noch zur Not – von einem Hindernis aus Holzpfosten aufgefangen. Und *wie*, um Gottes willen – waren die Lichter *um* die Hürde herumgekommen? Für Rosa bot sich nur ein befehlendes „Darüber!" an.

Jetzt stieß sie an ein Dickicht: Was griff sie denn da? Wie konnte sie durch? Nun klar: Es war von schwebenden Lichtlein einfacher zu durchdringen als von einer unwirsch gewordenen Rosa! An ihrem Wollzeug rupften von allen Seiten unsichtbare Greifer. Dann schnalzte ihr etwas über die Augen. Jetzt wieder gab unter ihrem Schritt etwas nach. Von einer Falle raus, in die nächste hinein. Rosa war hart daran, nach ihren Kindern zu brüllen.

Doch nun, einen Steinwurf von ihr entfernt, hielten die Lichtlein an. Es sah aus, als wollten sie auf der *Stelle* verharren. Doooch? Hier! Auf dem *jüdischen* Friedhof? Der ist doch *verfallen!?* Die ganze Welt wusste: Hier stand kein Stein und kein Steinchen auf seinem ursprünglichen Ort! Wie überall in der Gegend hatte der Schnee in seiner Milde auch *diesen* Hain der Toten mit allem Ungemach ausgesöhnt. Was um alles in der Welt wollten die Lebenden *hier* anstellen!?

Die Lichtlein standen nun im Kreise völlig still. In ihrem Flackerschein begann es aus Kehlen zu dampfen, und drei Kinderstimmen fingen einmütig zu singen an: „Ich geh mit meiner Laterne, und meine Laterne mit mir, dort *oben* leuchten die Sterne, und *unten* leuchten wir …!" An dieser Stelle riss der Gesang jetzt ab. Doch die Stimme von Rosas Ältestem schrie plötzlich so laut, dass es hallte – zu den Wolken hinauf: „Und euch *allen* – wünschen wir gesegnete Weihnachten!" „Und ich auch!" „Und ich dazu!", folgte es. Und endlich drückten sechs Kinderhände alle ihre Lichtlein in den Schnee hinein. –

„… sehe jetzt in Rosas Augen etwas schwimmen …, wenn mich nicht alles täuscht, dann sind das ja richtige, kugelige Freudentränen, na also! Aha: jetzt macht sich Rosa den *Sprösslingen* bemerkbar, ja, und *jetzt* nimmt sie mit *Schwung* den Jüngsten huckepack ..., *wie* hat sie das gemacht? Und die beiden anderen haken sich links und rechts bei der Mutter unter ..." Madame erläuterte: Jetzt gehe es *dahin* durch eine weiße Wildnis, na du grüne Neune! Jetzt kämen die vier an einem Weihnachtsfenster vorbei ... jetzt an einem Tor, dahinter kläfften zwei Hofhunde ... sie liefen mit, bis ans Grundstücksende ... jetzt seien die viere beim nächsten Haus ... an einem Telefonmasten ... beim nächsten Stockhaus ... jetzt am Bach ... auf der Brücke ...

„Du Mutter", wollte Gabriel jetzt wissen, „machen wir es heuer *wieder* so wie vergangene Weihnachten? Dass immer eines dem anderen ein Päckchen austeilt, das *nicht* „seine Farbe" hat? Dann ist die Bescherung gleich zehnmal so spannend! Gell, Mutter!?" Nun war das ja Frage und Antwort zugleich. Gabriel ließ nun den Arm der Mutter los und stupste die Schwester: „Anna! Komm! Wir laufen um die Wette – bis zum Haus!" Die Schwester knautschte: „Mmm, nein! Renn' du nur!" Dabei lugte Anna neiderfüllt nach dem Buckel der Mutter. Ein Pech, dass Anna nicht das jüngste Kind sein konnte! Rosa war schon ein zünftiges, solides Pferdchen! Zum Nägelbeißen *im Vorteil* – war der Raffael! Nach Jahren gemessen, ergab das beinahe elf zu acht!

„Mutter, gib mir den Schlüssel! Ich renn' allein los!" Und schon war zwischen Gabriel und den anderen ein Abstand von zehn, fünfzehn, von zwanzig Bubenschritten. Und pardauz war der Gabriel über den Schneehaufen nach dem Garten verschwunden, als er blitzgeschwind am *Gassenschnee* wieder zum Vorschein kam. „Heee, Mutter!", stotterte er und japste nach Luft, „du Mutter, da sind von einem Mann Tritte bis zum Haus! Aber der muss *hinein* und dann wieder *fort* sein!" Gabriels Kundmachung regte auch die anderen auf. „Was? Da *war* jemand? Nur gut, dass ich die Innentür zugesperrt hab! Wer weiß, was sich da abgespielt hat. Es ist auch eine Schand', dass sich immer wieder ein Saukerl findet, der sich abends in fremden Gärten herumtreibt!" Und es entflammten allerlei Vermutungen zwischen den Heimkehrern. Doch Gabriel drehte bereits den Schlüssel herum. Im Vorhaus flammte die trübselige Glühbirne auf.

Nicht, dass im Vorhaus für gewöhnlich Stiefel ausgezogen wurden. Aber *patschnasses* Schuhwerk und Strumpfhosen, an denen Schneekrümel hafteten, die sind in Weihnachtshäusern nirgends hochwillkommen.

So warfen sie alles das von sich … Merkwürdig, dass währenddessen die Innentür noch *immer* wolfskältenweit aufgerissen stand. Sechs nackte Kinderfüße rauften um trockene Kleidung, Rosa war schon in warmen Socken, in Holzpantoffeln, rief nach dem Vorhaus Anweisungen zu, schob die Blechtasse ins Rohr, schürte die Glut, legte nach. „Gabriel! *Willst* du jetzt endlich die Tür zumachen!", wiederholte Rosa. Worauf der Bub maulte: „Warum denn bloß immer ich?" Da trat Anna mit halbbestrumpftem Fuß nach dem Türflügel, weil der Kater aus dem Nirgendwo dahergaloppierte. Gleichzeitig warf sich Gabriel dazwischen: „Warte!", schrie er, „siehst du denn nicht, du blinde Kuh! Da liegt doch etwas!" Er bückte sich jetzt tief, und als er aus der Versenkung herauskam, hielt er einen Briefumschlag hoch. Der war nicht *flach*, wie es Briefumschläge zumeist *sind*. Im Gegenteil. Er hatte ein sichtbares Bäuchlein. „He, Mutter!", rief Gabriel aufgeregt, „*schau*, was da war! Schau!" Hiermit trug er den Fund in die Küche herein und übergab ihn Rosa.

Der weiße Umschlag war zugeklebt, auf seiner *Vorderseite* war ein Stechpalmenzweig abgebildet. Um diesen herum standen vier Sätzchen gedruckt, davon jedes in anderer Farbe: das erste in Rot, das zweite in Blau, das dritte in Grün, das vierte in Gold. Hier stand es zu lesen, dass die halbe *Welt* es verstehen konnte: „God Jul!" „Buon Nathale!" „Jobeux Noel!" „A Merry Christmas!"

Und endlich kapierte auch Rosa. Noch nicht ganz, denn sie schüttelte schwerfällig ihren hellen Kopf. Dann griff sie nach dem Brotmesser und sägte und sägte behutsam die Oberkante des Umschlages auf. Daraus zog sie eine Faltkarte hervor, die sofort in der Mitte aufsprang. Jetzt langte Rosa nach dem nächstbesten Stuhl, ihre Knie wurden weich. Über der schriftlichen Nachricht war im Kärtchen eine Nadel durch und durch gesteckt und mit einer verzwickt angelegten Schließe umseitig verschlossen. „Rosen? Rosen! Eine Anstecknadel! Wahnsinn, schaut euch *das* an: diese winzigen Blüten aus rotem Gold und die Stängel und die

Blättchen! Das ist blitzgelbes Gelbgold! Hier kann nur ein *völliger* Irrtum vorliegen! Komm Gabriel! Nimm! Lies laut vor!"

Da hatte *sicherlich* jemand das Haus verfehlt! Rosa *wollte* nicht lesen, obgleich die Mitteilung in Druckschrift geschrieben war. Nun, Gabriel steckte im zweiten Jahr der Hauptschule. Er entpuppte sich jetzt vor den Augen seiner Familie zu einem jungen Mann, den nichts aus der Ruhe bringen konnte. Locker vom Holzhocker fesselte er seine Zuhörerschaft, wie er da im Schein der Küchenlampe saß und vorlas:

Please, wollen Sie annehmen this kleine present! Ich weiß Ihren garten aus dieser zeit, wenn ich war zu besuchen dieses dorf – mit Ma und Dad, wenn ich war fünfzehn. Sie können nicht wissen, wer wir sind. Doch Jesabell und ich haben Sie *gesehen*, einmal. Das war im garten vor Ihrem Haus, wenn wir zu gast kamen, im September, in der alten heimat von meinen Eltern. Drei Tage später – Jesabell und ich gingen spazieren. Und wir kamen auch wieder an *diesen* Garten. Jesabell wollte dringend eine Rose davon haben! Only one! Wir klopften, aber niemand öffnete. So ich ging alleine zu nehmen eine von Ihren Rosen – für Jesabell. Oh, please, nicht sein full Ärger nun! Morgen früh wir fliegen zurück in die Staaten. Wir möchten es nicht, ohne zu sagen Ihnen – vielen Dank für die Rose im September. Wollen Sie freundlich sein, so wir Sie niemals vergessen! Many thanks! (Unterschrift)

I s a a k   und   J e s a b e l l

Auf diesem Weg also waren die Rosen ins Haus gekommen. Wie sie es „verlassen" haben, ist mit zwei Sätzen erzählt: Es war im Frühjahr, nachdem Rosa einen netten Besuch verabschiedet hatte, da war mit dem Besuch – auch die Anstecknadel verschwunden. Eine Woche nach dem Verlust kam ein Scheck ins Haus, darauf stand:

„In Schillingen: FÜNFHUNDERT"

Die Kundin saß nun neben der weisen alten Dame. Sie *zitterte* dem Augenblick entgegen, an welchem Madame – doch aus ihrem Scheintod in den dämmerigen Tag dieser Bibliothek – zurückkehren *musste*. Sie wirkte wie leblos. Am Ende – war sie gar tot? Was ist zu tun!? „Bitte Madame! Was kann ich für Sie tun", wollte die Besucherin fragen, doch da war das *ausdrückliche* Sprechverbot. Madame! Um des Himmels willen! Madame! Fieberhaft nestelte die Aufgeregte jetzt in ihrer Handtasche herum, diese fiel zu Boden, so ein Mist, es war schon fast finster im Raum. Die Tür wurde geöffnet: Der Trödler trat ein: „Mama hat mit dem *Drücker* nach mir geklingelt! Und: Wie war's?" Er knipste eine Wandleuchte an, kniete nieder vor Madame, nahm die Hände der Mutter in die seinen; da fing Madame langsam zu sprechen an: „*Großartig!*", sagte sie laut und kräftig. „Ich glaube, es war *großartig!*" Die blöde Tasche! Wo war das Geldfach? – Ha! – Jetzt, stark erleichtert, zog die Besucherin den Geldschein für das Honorar hervor. Madame aber wehrte mit ihrer Linken das Angebot ab: „Es kommt *selten* genug vor, dass man *so* einen Tag erleben darf. Die wenigsten Menschen haben genügend Zutrauen in das Gute. Wer es sich erhalten will, der braucht das Herz einer Windharfe … und die Sturheit von sieben Maulseln. Meinen Sie, *unsereins* hat niemals Zweifel … Aber: Gott hat seine Augen überall. Und dass ER … gewiss sechs Milliarden Filialen in der Welt hat … das wollte er uns heute *erneut* demonstrieren. Viele, viele, viele davon – leben in *unserer* Zeit – ein letztes Mal –. Nun … brauche ich Ruhe", entschied Madame, „mein *Sohn* wird Sie hinausbegleiten. Leben Sie wohl." –

Die Goldnadel mit den winzigen Rosen wurde am Jackenaufschlag festgemacht … Die Fabriksarbeiterin hinterließ im Trödlerladen alle guten Wünsche, eilte davon, schleunigst ihrem alten Auto entgegen. Was ihr das Leben selbst – heute geboten hatte, das würde *kein* Bildungsseminar … sie lehren wollen. –

Um das Hauptereignis dieses denkwürdigen Tages in ihrem Arbeitskalender zu verewigen … fehlten ihr abends die Worte. Deshalb blätterte sie im Blumenkatalog und suchte nach einem passenden Bild. Es bot sich an. Sie schnitt es aus: fein säuberlich, jedes Blättchen, jeden Dorn. Sie überklebte damit den gesamten Notizraum für Samstag, 1. Dezember 1984: Ein Sinnbild. Ein Sinnbild: Mit Blüten in den Farben der Liebe … und der Morgenröte.

Kraft und Macht und Herrlichkeit

Hier ist Ihre Minika Benedikt. Aus meinen Unterlagen möchte ich für Sie heute einen Fall herausgreifen, der sich im Dorf K. vor einiger Zeit zugetragen hat ... 1) Schon möglich, dass wir *niemals* mehr erfahren, wie hoch der Intelligenzgrad von Frau Stein wirklich war. Jedenfalls: An *diesem* Morgen hatte sie zweifellos eine grandiose Idee gehabt. Das war, nachdem sie vom finsteren Vorgarten, vom Postkasten die abonnierte Morgenzeitung eingeholt hatte; eine Volkszeitung, eigens gedruckt für das Volk. Langsam und vorsichtig war Frau Stein durchs Dunkel im Freien gestiegen. Ihre Filz-Hausschuhe kannten blind jede Stufe, jedes Kieselkorn vor der Haustür. Mit dreiundsiebzig ist man nicht mehr eilig, nichts geht mehr wie beim jungen Blut. Das Alter hat Muße: Auch während des Gehens – auch im stockdunklen Morgen – kann es einen Gedanken bis zum guten Ende denken.

Dann, im Schein der Küchenlampe, als die alte Dame im Stehen die neuesten Meldungen überflog, da war die Idee plötzlich verschwunden; sie war wie von den Schlagzeilen verschluckt. Da *war* doch gerade vorhin noch etwas ganz Besonderes im Kopf gewesen!? – Es fiel Frau Stein nicht mehr ein. Zunächst nicht. Sie studierte am Küchentisch die *Morgengrüße* dieser Volkszeitung. Frau Stein benützte dabei einen abgegriffenen Rotstiftstummel. Anschließend ging sie gemächlich in den Nebenraum. Zwischendurch hielt sie sich irgendwo fest, immer die rechte Hand dafür frei. Sicherheitshalber. Aus Gewohnheit. Jetzt war sie am Lichtschalter, im blauen Salon ging das Elektrische an. Herr Stein musste die neuen Hiobsbotschaften *sofort* anhören. Unbedingt!

„Alfred, verzeih mir. Ich möchte dir den Tag nicht gleich in aller Frühe vergällen! Aber schau mich an: Deiner Jiska stehen die Tränen bis herauf zur Gurgel. Was die Ursache ist? Diese *Zeitung* schau dir an! Alfred, auf den ersten siebzehn Seiten hab ich alles Hervorstechende angekreuzt. Heiliger Himmel, was werden da für Zustände gemeldet!", lautete ihr Bericht. Frau Stein strich ihr rutschiges Silberhaar an den Schläfen nach hinten, auf die Haarschnecke zu. Das Haar rutschte nicht immer so. Es duftete jetzt noch nach der Kernseife von gestern Nachmittag. In Frau Steins dunkel erscheinende Augen stahl sich ein Anflug jugendfrischer Leuchtkraft, als sie ihrem Gemahl nun schilderte: „Allein aus dem Inland: *acht* Berichte über Mord. Ja, *acht* Menschen wurden umgebracht, Alfred! Und dann ... steht ... wo? – hier!, *etwas* über zwei ... *versuchte* Morde. Und hier, schau, eine Notiz über ein noch ungeklärtes Verbrechen; verbrochen an einem *lebendigen* Menschen! Und auf Seite vierzehn, da redet man schon wieder von Skandal, im Zusammenhang mit Gifttabletten in einem Altenheim! Alfred, Gott *stehe* mir bei, dass ich mit etwas Derartigem niemals in Berührung komme! Eher möchte ich hier, in deiner Nähe, krepieren, kurz, schmerzlos, stillschweigend, in diesem Haus. Was im *Ausland* los ist, Alfred?" „*Ausland* – sagtest du ..." Die alte Dame erzählte jetzt von zahlreichen Toten ... durch Explosion in einer Chemiefabrik; dort werde ein Metall erzeugt, ein hochgiftiges, soll Hülsen für Brennstäbe von Kernkraftwerken ergeben – Beryllium heiße das Zeug! Und in der Nähe von Johannisburg seien neunzehn *Bergarbeiter* ums Leben gekommen. Schlimm. Sehr schlimm. Und hier sei *noch* eine Meldung unterstrichen, Herr Stein solle doch schauen: Aus drei brasilianischen Städten zusammengezogen ... habe man errechnet, dass im Vorjahr vierhundertsiebenundfünfzig Kinder und Jugendliche getötet worden sein sollen. Und was solle man dazu sagen. Und wer wisse schon, wie viele es wirklich gewesen seien.

„Willst du auch das *Gute* hören, Liebster? Es stehen in dem Blatt auch zwei winzige Glücksmeldungen drinnen! Alfred! Willst du sie hö ...? Nein? – Tja, wen dürfe das wundern! Aber wir beide, wir waren stets ein Herz und eine Seele, ich weiß, *du* bist meiner Meinung: Diese Nachrichten zeigen auf, worin der große Irrtum der Erziehung liegt, das ganze Irr-tum vergangener Jahre und Jahrzehnte! Kann irgendjemand das übersehen, Alfred? Ich habe neulich mit der blinden Klientin gesprochen, die sie hergebracht haben, erinnerst du dich an sie, ich sollte die Karten für sie befragen. Sie erzählte mir dann: Im ganzen Verband der Blinden und Sehschwachen seien die Menschen einhellig derselben persönlichen Meinung, der nämlichen wie du und wie ich."

Jetzt war Frau Stein ausgelaugt. Wie durch die Meldungen selber erschlagen. Sie griff nach Halt an die Kommode; das Möbel füllte im blauen Salon den Platz zwischen zwei stattlichen Doppelfenstern aus. An der stabilen Stütze richtete Frau Stein sich jetzt auf, zur vollen Größe: Sie atmete tiiief ein, tiiief aus, fühlte sich jetzt besser, wurde stark, stieg mit den Filzpantoffeln, auf jeden Schritt achtend, durch den Raum. – Die Druckschrift hielt sie fest in der Linken.

Frau Jiska Stein steuerte auf den Ofen zu; der majolika-blaue Kachelofen stand herüben an der anderen Wand, der Kommode genau gegenüber. Frau Stein zerpflückte die Zeitung jetzt in alle Einzelteile und knüllte jeden auf der Ofenbank zu einem raschelnden Bällchen zusammen. Ihren geraden Rücken tief vornübergebeugt, öffnete die Hausdame jetzt das gusseiserne Türchen; man hörte, wie es laut *greinte* in seinen Angeln. Die Papierkugeln landeten im zugigen Ofenloch. Eine nach der anderen. Kienspäne wurden kreuz und quer darüber gelegt. Nachdem dies erledigt war, erhob Frau Stein ihr Haupt, wischte das Haar mit dem Handrücken der Rechten nach hinten. Adelig wirkte ihr fein geschnittenes Gesicht. Selbstsicher. Würdevoll. –

Die Bekleidung der Frau: der Leibrock, verwaschen marineblau, und die abgewetzte, schwarze Strickweste der Frau Stein – die nahmen sich plötzlich aus wie ein festliches Sonntagsgewand. Die Kniegelenke der Stolzen bockten jetzt, zeigten, dass sie längst nicht mehr wollten, wie sie einst gekonnt hatten. Man hörte es kurz knacken, die Scharniere schnarrten ein bisschen. Doch Frau Stein ließ nicht locker: Sie befahl so lange, bis die Knie ihr gehorchten. Endlich kniete Frau Stein vor ihrem Ofen, in ihrem blauen Salon.

„Nicht wahr, Alfred, solche Nachrichten sind es wert, dass man sie anzündet! Und sie sind wert, dass man betet, während das Zeug in Flammen aufgeht und zu Asche zerfällt! Dies ist das wenigste, was der Einzelne tun kann. Schau jetzt nicht so, nicht wie ein Mann kurz nach dem Zweiten Weltkrieg, Alfred! Ich bitt' dich schön: Bete mit mir. Gemeinsam, zusammen … sind wir stärker."

Das Streichholz flammte auf, versetzte das Papier in Brand. Frau Steins Hände falteten sich. Schlank sahen sie aus, und so milde, als wüssten sie nicht viel von Arbeit. Weg mit den Vorurteilen! Allzu oft trügt der Anschein. Die rechte Arbeitshand hatte ihre

Schwielen. Unausrottbar. Kaum sichtbar. Diese Male waren der Hand zur zweiten Natur geworden; sie saßen dort, zwischen Daumen und Zeigefinger, saßen an den Stellen, die jahrzehntelang eine nimmermüde Nadel geführt hatten: Mal war Garn eingefädelt gewesen, mal Zwirn, mal Seide. –

Frau Steins Lider waren jetzt ruhevoll und andächtig geschlossen. Die Stimme der Greisin klang gut, angenehm, selbst für ein kritisches Ohr. In Zimmerlautstärke kam jetzt ihr Gebet:

„Vater aller, der du bist in den Himmeln, heilig ist dein Name. Das All, die Gestirne, und alles Irdische … ist dein Reich. Dein Wille geschehe … Dir zur Ehre, wie im Jenseits, also auch auf Erden. – Das tägliche Brot sättige allen Menschen: den Leib und die Seele. – Und wo wir unwissend gegen dein Gebot fehlen, da rechne es uns nicht an. Lass uns nicht verurteilen irgendjemanden, sondern leite uns auf Bahnen, die deine Treue täglich bedanken. – AMEN."

2) „Hallo, Tante Jiska? Bist du im Haus? Halloo! Niemand da!?" Wie ein Windstoß war Nikolas zur Tür hereingekommen. Sein rundherum kinnlanges Haar war *wenig* zerzaust, das vordere im Schwung aus der Stirn nach hinten geworfen, die schwarzbraunen, großzügigen Locken baumelten noch im Nacken des Mannes. In den blauen Jeans sah Nikolas größer aus, als er eigentlich war. Und seine fünfunddreißig Lenze kaufte ihm niemand ab. „Haaalo, Nikolas? Im Garten bin ich! Hier hinten!" Frau Steins Gesicht leuchtete. „Wenn nicht wenigstens der Nikolas einmal die Woche nach Frau Stein schaute, so möcht' sich überhaupt niemand mehr um sie kümmern! No? Wie geht's, ‚Meister Angelo'?" Ein bisschen bedrückt sah der gute Nikolas jetzt aus. Frau Stein erkannte das sofort an seinem Blick. Sie lenkte ein: „Den Einkaufszettel, den habe ich schon vorgestern angelegt. Ist aber immer noch etwas hinzugekommen! Und ich *mag* halt nicht einkaufen gehen! Ich gehöre nicht mehr dazu; nicht in die Welt der modischen Konsumenten! Nicht umsonst hat dich der Herrgott in dieses Nest geschickt, Nikolas, gewiss nicht umsonst! Wie gut mir dein Anblick tut, junger Mensch, wie gut. Ich nenne dich nicht einer Laune wegen meinen Angelo, Nikolas. Du wirst eines Tages ein *großartiger* Maler werden! Du hast viel gelernt. Und wenn du noch eine Zeit lang auf der Tankstelle arbeitest, dann reicht dein

Erspartes auch bald für Paris, für die Akademie. Und dann muss ich dich ziehen lassen! – Du wirst mir fehlen. Ich werde nicht traurig sein. Mit dir werde ich mich mitfreuen, wo immer du bist! – Magst du jetzt *gleich* einkaufen gehen?"

Nikolas war bald zurück, war bepackt mit allem, was Frau Stein vorrätig haben wollte. Den Hausbrauch kannte er so gut wie seine eigene Hosentasche. Bald war vom Einkauf alles an seinem rechten Ort. Frau Stein hatte inzwischen am Küchenherd Malzkaffee überbrüht. In zwei derben Häferln dampfte jetzt Milchkaffee, und am Tisch lag der frische Brotwecken und das Wellenschliffmesser mit dem ebenholzfarbigen Griff.

„Hast du was, Nikolas? Dich bedrückt doch irgendetwas!" Frau Stein hoffte, der Sache auf den Grund zu kommen, während Nikolas' Augen gedankenvoll hinstierten, wo sich am Fenster zum Vorgarten schon der helle Tag zeigte. Nikolas kaute, schluckte Kaffee, kaute wieder ... Vielleicht hatte er Frau Steins Frage völlig überhört. Unvermittelt sprudelte es dann aus ihm hervor, sobald die weißen Mahlwerkzeuge in seinem Mund frei waren zum Sprechen. „Tante Jiska, ich hatte letzte Nacht einen schweren Traum. Ich nenne ihn: DAS SCHULHAUS DER DESTRUKTIVEN GEDANKEN. Ich werde eines Tages daraus eine Szene malen! Ich werde sie bis dahin *nicht* vergessen. *Bestimmt* nicht!" Frau Stein schüttelte jetzt nachdenklich den Kopf, stellte ihr Häferl auf den Tisch zurück, sah Nikolas direkt in die Augen. Sie waren groß und voller Wunder, wie die von einem reinen Kinderantlitz. „Du Nikolas? Du hast destruktive Gedanken???" „Das *ist* es ja grade eben, Tante Jiska! Ich leide manchmal Höllenqualen! Ich weiß genau, ich habe das Zeug zu einem wunderbaren Maler. Vielleicht steckt sogar ein Jahrhundertgenius in mir! Vielleicht. Aber dann stehe ich auf der Tankstelle! Niemand kennt meine Gedanken. Niemand weiß davon, wie viel und wie lange ich schon alle möglichen Studien durchexerziert habe! Ich sehe die Gesichter unserer Stammkunden, unserer Fremdkunden ... denke mir: ‚Sag doch einmal einen von denen, dass du nicht einfach Nikolas der Tankwart bist, der dreckige Autos putzt! Öl nachfüllt! Reifen wechselt, sag *denen* doch: Ich werde Nikolas sein, Nikolas Warimunt, der große akademische Maler! Ein Künstler!' Weißt du, Tante Jiska, wie mich die Kunden anschauen würden: ‚Der ist schizophren!', würde der Doktor sofort vorschlagen, ‚nehmt einen neuen Tankwart, bevor euer Nikolas endgültig ausrastet!', würde der Doktor empfehlen."

Wie gut kannte Nikolas „seine Pappenheimer"? Auf alle Fälle wusste er genug über die Redensarten, die sie dauernd auf den Lippen hatten. „Nun, Nikolas, erzähl' deinen Traum! *Was* ging da vor sich!" Der Tankwart außer Dienst schilderte in satten Farbtönen die lebendigen Bilder der vergangenen Nacht, er beschrieb DAS *SCHULHAUS DER DESTRUKTIVEN GEDANKEN*: Er sollte zur Schule gehen. Sie war ganz seltsam und unübersichtlich in Gruppen und Klassen gegliedert. Die Lehrpersonen (nur die Herren) waren Riesen; sie überragten die Schulpflichtigen gut um eine ganze Körpergröße oder mehr.

Aber da war nicht *wirklich* Unterricht in der Schule. Nicht *wirklich* Unterricht! Nikolas habe einen Lehrer gefragt, ob der sagen könne, wo die Klasse für Nikolas sei. *Diese* Schüler, hieß es, seien im Schulhaus unterwegs: nach dem *Ausgang*; sie sollten auf Exkursion fahren. Nikolas dachte, er werde sie schon noch im Schulgebäude irgendwo einholen! Die steinernen Treppen zum Ausgang führten hinunter. Es war, als schwebe man in *schwerelosem* Raum; Bewegung ohne verlässliche Schwerkraft. Diffuse Lichtverhältnisse, wohin Nikolas sah. Sobald er losging, strömten ihm seltsame, bleiche, verhärmte Schüler von hintenher entgegen. Es waren schwer kranke, ungeliebte Individuen. Verzweifelt reckten sie ihre Arme, als heischten sie danach, wahrgenommen zu werden. Sie führten sich erbärmlich arg auf. Etliche waren da, die wollten Nikolas mit ihrem schlimmen Virus anstecken. *Anstecken*! Er aber drängte nach unten und sah jetzt: Er hatte seine KlassenkameradInnen nun eingeholt; nun war er mit ihnen auf gleicher Höhe. Einige sah er scheitern, zu Kranken verfallen. Das sollte ihm, Nikolas, auf gar keinen Fall zustoßen!!! Er wollte – komme, was immer – *unversehrt* bis zum Ausgang gelangen! Nun begegneten ihm auch Tiere; die waren gleichfalls von diesem VIRUS gestört. Er aber, Nikolas, habe stur weitergekämpft, nur sicher der *richtigen* Richtung, unwissend, wo der Ausgang endlich sei. Er kämpfte und kämpfte sich voran. Im Erdgeschoss waren nur noch wenige Infizierte. Doch *anhänglich* waren sie wie Kletten ...

„... als ich plötzlich, für einen einzigen Augenblick, im Traum überhaupt nicht kämpfte, nichts dachte, da war ich aus dem

Schwebezustand raus, raus aus dem Schultor … war frei!" – „Und *welche* Szene, Nikolas, wirst du eines Tages malen?" „Diesen *Augenblick*, Tante Jiska, diesen Akt der Loslösung, aus dem *Schulhaus* … der destrukti …" – „Braavo, Nikolas! Ganz groß … Braavo!", fiel Frau Stein ihm ins Wort.

„Ich *liebe* deinen blauen Salon, Tante Jiska!", bekannte Nikolaus auf einmal, völlig überraschend. Breitbeinig stellte er sich unterm Türrahmen auf und fasste zusammen: „… der abgebeizte Flügel rechts vom Fenster, in der Ecke. In der anderen, gegenüber der Mauer: das alte Canapé, daran die Ofenbank und das blaue Kachel-Prunkstück inmitten. Davor: dieser Tisch; an seiner dem Fenster zugekehrten Front: der alte, geschwungene Stuhl. Und dann: Das Regal mit seinen fünf Etagen, das bis an diesen Türstock heranreicht! Und hier: links unterm Fenster … der Arbeitstisch meiner Tante Stein; nein!, das alles werde ich *niemals* vergessen. Auch im fernen Paris nicht! Was ich dich schon fragen wollte: *Wozu*, Tante Jiska, hast du übrigens unbedingt die *Schneiderpuppe* im Salon haben wollen?" „Das ist vorläufig noch eine Überraschung, Nikolas. Ich will vor dem Angesicht meines Mannes nicht darüber sprechen. Nur so viel zu dir, Junge: Herr Stein und ich feiern in fünf Wochen unsere goldene Hochzeit!" „Fabelhaft! Ganz und gar … fabelhaft!", schrie Nikolas auf. Mit einem Satz war er mitten im blauen Salon. Die braunen Locken wippten hin und her. Nikolas' ausgestreckter Arm zeigte bald hierhin, bald dorthin. „Zu Ehren dieses Ereignisses werde ich diesen *Salon* feierlich herausputzen!", rief er begeistert und beschrieb: „Dort an die Decke, dorthin kommt ein Riesenkreis aus blauen Schleifen, Bändern und Rosen, und ein kleiner *Engel*, damit ein Angelo bei Frau Stein ist, sobald ich nach Paris muss! Die Decke wird *jedes* Blau tragen, das sich nur irgendwie harmonisch aneinander fügen will! Die Wände? Die werden cremefarben bestrichen und diesen Bretterboden, den will ich lichtblau streichen, so azurblau, dass meine Tante Jiska sich fühlt wie im Himmel auf Erden!!"

Frau Stein schaute verstimmt. Sie schien an Nikolas' Plänen einiges *korrigieren* zu wollen. Sie polterte: „Und? Weißt du, ob ich einwillige? Wer wird denn den Saustall dann zu reinigen haben, Junge! Frau Stein natürlich! Die alte Frau Stein! Nein, nein, nein!" Nikolas widersprach, war von seinen Plänen völlig hingerissen.

„Ich hab drei Wochen Urlaub! Ich kann sie konsumieren, *wann* ich will! Wenn ich vorher *Bescheid* gebe, ist das Ganze überhaupt keine Hexerei, Tante Jiska!"

4) „Nanu? Du schon wieder, Nikolas? Du wolltest doch erst nächste Woche wiederkommen!" Nikolas stand mit gesenktem Kopf vor der Tür.

Im Vorgarten stand der Dorfabend. An der riesigen Blaufichte lehnte schlampig der Drahtesel von Nikolas. Der Mann sah jetzt auf, zu Tante Jiska; sie stand auf der obersten Stufe, vor dem Tritt zum Kücheneingang. Nikolas warf sein Stirnhaar mit einer Kopfbewegung nach rückwärts, legte die Stirnhaut in Falten, rubbelte wie überlegend mit einem Handrücken über seinen Nasenrücken. „Darf ich dich nur ein paar Minuten stören? Ich hatte wieder einen merkwürdigen Traum, Tante! Ich möchte *bloß* erfahren, was *du* dazu zu sagen hast! Darf ich reinkommen?" Nikolas zog einen Stuhl unterm Küchentisch hervor, ließ sich nieder darauf, streckte die lang erscheinenden Beine weit von sich, faltete über der Bauchgegend die Hände, seine Hände, die nach Sprit rochen, nach Motoröl, nach Dieseltreibstoff. Sauberer als rein wurden diese Hände nicht.

„Also, hör zu, Tante Jiska", begann Nikolas endlich zu erzählen. Er sagte, er habe sich in der Hauptschule in der letzten Nacht eine miserable Note eingehandelt. In einem sehr wichtigen Lerngegenstand! Es war ihm, als könne er sein Unrecht noch beizeiten ausbügeln. Aber das lief einfach nicht!!! Er, Nikolas, war mit Pauken und Fanfaren bei der Prüfung durchgekracht. Endlich stand das Urteil über ihn fest: „Ich musste zur Bestrafung jetzt ins Untergeschoss; es sah ein bisschen aus, wie, ja, wie ein VANDALEN-WALHALLA, wenn du dir darunter etwas vorstellen kannst. Einige waren da, die wussten, dass jetzt etwas Schreckliches an mir vollzogen werden würde. Einige davon brannten, geiferten schon darauf! Doch nur einer war der Macher! Er schritt breitspurig auf mich zu. Er befahl mir einen kleinen braunen Hund an die Waden; das Hündchen war unsympathisch, ausgesprochen unnatürlich. Als es mit seinen Mätzchen keine Macht an mir finden konnte, löste es sich *auf*, einfach in *Nichts*. – Jetzt, Tante Jiska, *jetzt* sollte ich über einen Holzaltan in die Tiefe gestoßen werden. Du kannst dir nicht vorstellen, welch entsetzliche Angst mich anpackte. Einige, es waren Schauspieler, die aus der Tiefe des Saales zu mir nach oben sahen; sie spürten, was in mir vorging. Als man mich nun wirklich packt, von hinten, und in die Tiefe wirft ..., da steht unten am Parkett *urplötzlich* eine weibliche Luciengestalt. Ich sehe mich stürzen, Tante Jiska, dann wird das Stürzende zu einem engelhaften Kindchen mit Glitzersternen im Pagenblondhaar; dieses ES hat ein weißes, blinkend leuchtendes Kleidchen an, fällt, fällt ... breitet die Ärmchen aus, wird von der *Luciä* mit milden, freundlichen Armen aufgefangen.

Und nun, Tante Jiska, nun kommt der spinnende Bärbeißer, der Macher, herzugetrottet! Er will mich der Luciä *entwinden*, entreißen! Denn: Die *Strafe*, die wird auf alle Fälle vollzogen, sagt er! Ich, Nikolas, das Kindchen jetzt, oder auch ich selbst, drücke, volle Kraft, gegen die Hand des Zerstörers, um ihn abzuwehren. Die Angst in mir ist unvorstellbar ... Ich drücke und drücke gegen seine zudringliche *Pranke*, drücke gegen seinen Zeigefinger, auch, um den Tyrannen zu zeigen, wie weh es auch ihm tut, wenn *er* Schmerzen erdulden muss, die jemand *ihm* zufügt! Vielleicht, so denke ich, *reagiert* der auf meinen gedachten Hinweis! Doch *keine* Reaktion! *Nicht* die Spur. Ich presse noch immer gegen den Widerstand, da biegt sich der Zeigefinger des Mannes nach hinten weg, bricht, bricht ... ab! – ‚Was: *Blech*???', denke ich überrascht. Ich sehe: Diese Hand ist inwendig völlig hohl! Oh, Gott, was hab ich nur angerichtet! Wie *konnte* ich ihm seinen *Finger* brechen!? Furchtbar!!! ‚Ob der *ganze* Kerl hohl ist?', denke ich ... Doch er ist *sehr* lebendig –, durch diese Verletzung *überhaupt nicht* irritiert! Offenbar fehlt ihm jegliches Empfinden. Sie zerren mich *jetzt* in die Nähe der Urteilsvollstreckungsstelle. Doch ich weiß: Die *Luciä* lässt mich nicht los. Sie wird mich dem Ruin *nicht* preisgeben, Tante Jiska." – „Und –? Wirst du auch *daraus* irgendwann eine Szene malen?"

Nikolas strählte mit den Fingern sein Haar aus der Stirn. „Klar doch, Frau Stein!!! Sicher! Aber das ist *nicht* mein Problem. Nicht heute!" „Und was *ist* heute dein Problem, Nikolas?" „Tante Jiska! Hältst du es für möglich, dass jeder Mensch im Notfall auf die *Hilfe* einer Luciä hoffen darf?" „Ich bin *überzeugt* davon, Nikolas. Ich bin *felsenfest* davon überzeugt! In *jedem* Fall! Besonders *dann*, wenn der Mensch eindeutig guten Willens ist! *Leuchtet* dir *diese* Erklärung ein, Junge?" Der Lockenkopf nickte ein unverkennbares

JA. Nikolas erhob sich erleichtert vom Stuhl. Und plötzlich überwältigte es ihn, *trotz* aller Ehrerbietung, die er gewöhnlich für die alte Dame hegte: Er *küsste* sie keck auf den Scheitel, umfasste ihre Mitte, war schon mit Frau Stein inmitten der Küche, drückte sie an sich, drehte sich rasch wie ein Kreisel. Frau Steins geplagte Beine beschrieben im Fluge einen großen Kreis. „Es scheint, du bist tatsächlich ein bisschen übergeschnappt!

Aus!!! *Absetzen*! Sofort *absetzen*, habe ich gesagt! Wenn du nicht *augenblicklich* gehorchst, dann sind wir geschiedene Leute, Nikolas!" Ob Nikolas es nicht so weit kommen lassen wollte, oder ob ihm soeben aufging, dass Tante Jiska kein Mädchen mehr war, er stoppte langsam seine kreiselnden Bewegungen und setzte Frau Stein ab, auf der Truhen-Eckbank am Küchentisch. Erst vergrub sie ihr gutes Gesicht in ihren Handflächen. Dann keifte sie: „Mir ist jetzt *schlecht*, Nikolas! Speiübel ist mir jetzt! War es *das*, was du unbedingt erreichen wolltest?" Fünf Minuten später, da hatte der Nikolas seinen Lieblingskaffee in seinem Lieblingsgeschirr vor sich stehen und biss herzhaft in einen Keil von Frau Steins selbst gebackenem *Rosinenbrot*.

5) Sie hatte an diesem Tag genug von der Näherei an dem Festkleid! Selbst für eine Königin Viktoria hätte Frau Stein heute keinen Finger mehr krumm gemacht! Nicht an diesem Prachtstück! Sie hob sich mühsam vom Hocker und prüfte, ob Herr Stein auch wirklich nicht zu ihrem Arbeitsplatz hersehen könne. Dann ging sie ans Regal. Sie suchte *Stickvorlagen* heraus, trug das *Indigopulver* zum Arbeitstisch, richtete Butterpapier, einen Bleistift Numero1 und ein Stoffbällchen zum Einreiben der Farbteilchen sorgsam nebeneinander auf. Dann, wieder am Regal, stöberte sie in längst vergilbten Büchlein und Heften herum. Was fand sich da alles, ach du liebe Zeit! Da fanden sich Büchlein darunter, die hatte noch die Mama gekauft! Und auf einem, da stand in zierlicher Kurrentschrift geschrieben: „Für unsere Prinzessin Jiska! Dein Papa sagt, für dich, Kind, sei nur das Allerbeste gut genug! Viele liebe Küsse aus dem schönen Dresden sendet dir Matschi!" Mama und Papa! Ja, die waren *damals* –, hier steht es: Da hatte Papa eine Vorstellung im Varietee, im schönen, alten Dresden. Ist alles Vergangenheit. Alles. Wo sind noch die Karten, die Papa an Matschi nach Wien geschrieben hat. Nur auf den Karten, da ist alles noch

lebendig; als wäre die Zeit kein bisschen vorwärts gerückt: JENA: Schillers Gartenhaus; „Hier hat Schiller WALLENSTEIN geschrieben! Herzliche Grüsse, Karl." VILLACH, 1945: „… Küsse auch Jiska von mir!" 1929, VIAREGGIO-ORA DEL BAGNO: „… bin gut untergebracht. Bestens. Viele Küsse, Karl. 12.12.1910 BREMEN, 19.2.1930, HAMBURG BEI NACHT, Alsterpavillon: „… diese Adresse kennt jeder!"

… und vom 3.8.1930: HELGOLAND – Westküste. KÖLN 1930. DRESDEN 1944. BREMEN – Restaurant Rutenhof, wer weiß, wann. 1928 VAALS: der Aussichtsturm – auf dem höchsten Punkt von Holland. 1944: WELTBAD KARLSBAD – Gasbad und Hotel Imperial. TAORMINA – Theatro Greco e veduta dell' Etna. BUCURESTI – Boulevarddul Elisabeta. Das gab's nur einmal. Das wird nie wiederkommen. Nicht für den *Varietee*-Künstler Karl! Nicht für die hochwohlgeborene *Matschi*! Nicht für *Jessi* heute: Frau Jiska Stein.

6) Während Frau Stein in *ferne* Erinnerungen abschweifte, da tickte es plötzlich in ihren Gehirnwindungen. Aber da war nichts. Nichts Fassbares. Frau Stein glitt *völlig* zurück, in jene Jahre: Wo alle Männlichkeit sich nach ihr umdrehte, wie nach einer Rosalind Russel. Herr Stein genoss das zuweilen. Wenn sie gelegentlich irgendwo zu Gast geladen waren. Dann *raunten* hinter vorgehaltener Hand die *Damen* der Gesellschaft: „Die beiden, die sind doch *kein* normales Paar! Er trägt sie auf Händen! Und sie? Die könnte doch an jedem Finger zehn haben! Aber, was tut sie? Sie *sieht* nur diesen einen, diesen Alfred! Pi-pa-po, muss Liebe schön sein!!!", schnatterten sie dann und stoben auseinander, bloß, um diese beiden zu *beneiden*: diesen ungekrönten König, diese wunderhübsche Teestunden-Königin! *Lustig* war das! Einfach *köstlich*!!! Aber man kriegte schon nach wenigen Stunden genug davon. Herr und Frau Stein zeigten sich selten und seltener auf Banketten, und *bald* blieben die Einladungen einfach aus. Dennoch, Herr Stein pfiff am liebsten das Liedchen durchs Haus: „*Du* sollst mein Glücksstern sein …" Er trug Jiska lange auf „Händen", solange es ihm nur möglich gewesen war. Es gab eine ganz und gar glückvolle Liebe zwischen diesen beiden. Und wenn an Winterabenden Herr Stein am Flügel spielte: „I can give you anything, but love, Baby!", dann *kniete* sich Frau Stein in diese Melodie, *in* diesen Text, so unver-

gleichlich, dass sogar eine Judy Garland gemeint hätte: „*Wonderful, beautiful! She is a singer!*" Oh, *no*! Nein, nein, nein! *Davon* wollte Frau Jessi Stein niemals etwas hören! Zu viele, *zu viele* der Allerbesten hatte dieser *Betrieb* kaputt gemacht! *Viel zu viele*! Eine Jiska macht *niemand* kaputt!!! Sie hatte die beste Modenschule Wiens mit Bravour gemeistert. Sie wurde, was die *wenigsten* von einer Frau mit *solcher* Ausstrahlung erwarteten:

Sie wurde Weiß-Stickerin! Weit und breit lief die Kunde: *Niemand* in der ganzen Gegend könne so traumhaft schöne Hochzeitskleider *entwerfen* und herstellen, wie ausgerechnet Frau Jiska Stein. Hatte man sich *vormals* um ihre Schönheit gerissen, so setzte jetzt der Trend ein, Frau Stein mit Arbeit bis hinauf zum Dach einzudecken! Sie blieb souverän: *Sie* bestimmte, für wen sie arbeiten wollte. *Nicht* umgekehrt! Irgendwann war es ihr absolut unmöglich geworden, unter irgendeiner Fuchtel zu dienen.

Für die Menschen, die heute am Gartenzaun an der Straße vorübereilten, für die war Frau Jiska Stein ein Fremdkörper. Ja. Bestenfalls eilte ihr das zweifelhafte Kompliment hinterher, sie sei eine *Undurchsichtige*. Eine Art von *Zauberin*. So nannte man auch das lang gestreckte Häuschen an der Straße. Sie nannten es: *DAS ZAUBERERHAUS*. Die wenigsten wussten wohl, dass der Herr Papa tatsächlich *Magier* gewesen war, in den Glanzzeiten des Varietees. Abfällige Zungen nannten das ebenerdige Haus: „Das Haus der *Zauberer-Jiska*", ganz egal, *was* diese Beizeichnung bedeuten sollte.

7) Meldete sich jetzt wieder der Einfall von gestern früh? Ja, jetzt *hörte* Frau Stein wieder diese innere Stimme! Konnte sich erinnern, *was* sie ihr eingeflüstert hatte! Der Spruch hieß: „Die *stillsten* Triumphe sind häufig die *besten*!" Was sollte sie schon mit dieser Eingebung beginnen! Sie stapelte die Erinnerungsstücke von *vorhin* in den Kasten zurück. Der Stapel kam ins Rutschen. Er riss den *anderen* sogleich mit jenen, den Frau Stein, wer weiß, wie lange *nicht*, berührt hatte, und: hurradiegänse!!!, stürzte schön aufgefächert, auch *dieser* auf den Fußboden im blauen Salon. Die Bretter waren seit langem nicht mehr *kräftig gescheuert* worden. Nur sauber gekehrt. Jedenfalls ergab das *keinen* Untergrund, auf dem Frau Stein ihre Schätze *lagern* sehen wollte. Natürlich passiert der größte Schmonzes immer dann, wenn man ihn am *wenigsten*

gebrauchen kann. So ist das immer! Wer kennt das nicht! Wenn jetzt bloß *Nikolas* hereingeschneit käme! Ein *Segen* wäre das! Frau Stein wusste: zu *schön,* um wahr zu sein! Hatten die kranken Knie *gestern* gehorcht, so würden sie sich heute *abermals* beugen müssen. Bald kniete Frau Stein. Auf einmal hielt sie ein Büchlein in der Hand, eines von *Matschi*. Datiert wie folgt: „Stehparterre, 3.12.1921."

Niemand muss glauben, *was* Frau Stein jetzt in Händen hielt. Niemand. *Glauben* oder nicht, ist hier nicht die Frage. Hier geht es darum, die Wahrheit der *Gegenwart* durchschaubar zu machen. Frau Stein brauchte nach Hilfsmitteln nicht zu suchen. Sie hielt ein stichfestes Zeugnis in ihren eigenen Arbeitshänden. Sie *blätterte* darin. Sie überlegte. Sie wollte die *Gründe* erfassen, die Gründe, die belegen konnten, *weshalb* diese Oper ausgerechnet so kurz vor der *Jahrtausendwende* „nirgends und nirgendwo" mehr in einem Spielplan zu finden war! Es wurde VIE DE BOHEME', dieses wundervolle Werk in vier Szenenbildern, vielleicht – mit *voller*, grausamer Absicht – unter irgendeinen fragwürdigen Teppich gekehrt. Doch nicht *etwa*, weil *diese* Oper *unmodern* geworden sein konnte!!! Nein, *das* sicher nicht! *Ganz* entschieden – das *Gegenteil* war der Fall. *Diese* Oper war nie *bedeutender* als *kurz* vor dem Jahr Zweitausend.

8) Frau Stein zog ihr *gabel-gehäkeltes* Umhängetuch vom Stubentisch zu *sich* auf den Boden herunter. Sie machte es sich darauf *bequem*. So komfortabel, wie es *diese* Situation zuließ. Eine besondere Vorliebe für „Bodenkultur" hatte Frau Stein noch *nie* empfunden. Sie las: Drucker und Verleger des Büchleins sind G. Ricordi & C., Leipzig, Breitschopfstr. 26. Es enthält Szenen aus Henry Murgers VIE DE BOHEME', von G. Giacosa und L. Illica. Deutsch von Ludwig Hartmann. Die Musik dazu komponierte Giacomo Puccini. Niemand muss *glauben*, dass es so *ist*. Zweifler mögen Erkundigung einziehen.

Frau Stein musste entdecken: Matschi hatte diese Oper *zweimal* gesehen: einmal am 9.12.1921; ein zweites Mal am 22.5.1928. Beide Male hatte die Rolle der *Mimi*, der kleinen Stickerin mit den faszinierenden Händchen, also *diesen* Part hatte eine Sopranstimme gesungen, zu der der Name FRAU KURZ notiert war; in Matschis Handschrift. *Rudolf*, den Poeten, hatte beide Male der Tenor

PICCAVER gesungen; den Musiker *Schaunard* besetzte beide Male der Bariton HERR MADIN. *Marcell*, den Maler, stellte einmal HERR THIEMER dar, und 1928 sang HERR WEIL diesen Bariton-Part. *Collin*, der Philosoph, eine Bass-Rolle, war beim ersten Mal durch HERRN ... ja, wer das lesen könnte ... besetzt. Und beim zweiten Mal hatte Matschi den Namen MAYR notiert. Wie gesagt: *Mimi* gefiel Frau Stein besonders *gut* ... Matschi hatte von dieser Rolle ihr Leben lang geschwärmt. Es gefiel ihr *hervorragend*, dass *ihr* Kind, ihre *entzückende*, kleine Prinzessin, eine *Stickerin* werden wollte. *Irgendwie*, auf Umwegen, erfüllte sich *so* Matschis Traum von der bezaubernden *Mimi*. Nur: Jessi sollte *niemals* krank werden. Nicht sterben. Niemals. Und schon *gar* nicht so jung, wie es Mimi ergangen war. Der armen *Mimi*. –

Frau Stein beschloss jetzt sich *aufzurappeln* und alles fortzuschlichten. Alles. *Bis* auf dieses kleine Textbuch. Zehn Minuten später faltete sie die Decke vom Canapé dort auseinander, blickte sich um: Alles war hübsch weggeräumt. Ordnung herrschte wieder im Salon. Frau Stein richtete sich auf ihrer *Liege* ein. Nun! Das war *schon* etwas bequemer als *die* Kultur von vorhin! Jetzt versenkte sich Frau Stein in die Gefilde der guten, alten B O H E M E : Nein, nein!!! Frau Stein sah die Dinge aus der Sicht des nüchternen *zwanzigsten* Jahrhunderts: *Mimi* ... war keineswegs *DAS IDEAL*! *Irreführung*! *Blödsinn*! *Flachester Unsinn*! Mimi und Francine? Das waren ... das war: *das Kleinbürgertum*! Arbeiterin *Mimi*: naiv, unverdorben, gutgläubig, ungebildet! *Francine* war das eine *mehr*, das *andere* weniger. Sie war eben *anders*! Und das süße *Leben* ... schien ihr *zu* verlockend zu sein. Auch *sie* war eine aus dem *gewöhnlichen* Volk, wenn der blöde Ausdruck gestattet ist. Und *jetzt* ... kam Frau Stein der Sache allmählich *verdammt* nahe. *Erschreckend* nahe. Ihre *Gewissheit* hätte sie durch *nichts* und *niemanden* je wieder *wegdiskutieren* lassen! *Nie*! Sie hätte ihre Karten befragen können. Sie kannte die *Antwort* im Voraus: Der *Philosoph*, der *Maler*, der *Musiker*, der *Dichter*: ein Kleeblatt. *Das* waren also die *vier*, die den *Horizont* der übrigen Welt *ohne* weiteres *überblickten*. Ihr *Oberstübchen* war also jenem der *übrigen* Stadt – wer weiß, wie hoch – in jeder Beziehung überlegen. In *jeder* Hinsicht. Und vielleicht, mutmaßte Frau Stein, *vielleicht* war das auch *heute* noch der Fall. Überall. Auf der ganzen weiten Welt.

Vielleicht musste *deshalb* diese Oper in der untersten Schublade *verkümmern*! Tja. Es *konnte* gar nicht anders sein! Wie sähe die Welt denn *aus*, wenn der *Poet*, der *Musiker*, der *Maler*, der *Philosoph*, wenn *diese* vier plötzlich in der Weltregierung mitzumischen hätten! Sie könnten womöglich für den Frieden, für Waffenruhe, für Gerechtigkeit in *dieser* Welt sorgen! Aber *bitte*, wo blieben dann die *Milliardensummen*, die *jetzt* durch das Gegenteil so reichlich zirkulierten. Und waren sie nicht *doch* die stillen Helfer der Welt: der Musiker, der Poet, der Philosoph, der Maler? Waren sie nicht *unermüdlich* dabei, diese Gegenwart zu *hoffnungsfrohen* Richtungen zu *geleiten*? „Oh, lieber Gott, hast du einen großen Tiergarten!", sagte sich jetzt Frau Stein *laut* und seufzte dabei. Aus ganzem *Herzen*. Dann fragte sie hinüber, in Richtung des Kugler-Flügels: „Hast du das *mitbekommen*, Alfred, worum es hier geht? Nein! Deine Augenbinde *kann* ich dir nicht abnehmen! Die ganze schöne Überraschung wäre zunichte! *Verstehst* du? Ich liebe dich! *Nichts* ist anders geworden zwischen uns beiden! Nichts, Alfred. Gar nichts. Nur, Liebster, ich *wundere* mich hier *besonders* über eines!

Horch zu: Da *kommt Mimi*, ihr *Kerzenlicht* ist erloschen; sie bittet den Poeten um *Hilfe* ... es geht ihr *überhaupt* nicht gut, sie bekommt bereits einen *Erstickungsanfall*. Rudolf ist ungeheuer besorgt, aber da fällt Mimi auch schon *um* ... Rudolf ist ratlos. Er ist aber auch *entzückt* von Mimi. Er kann sie gar nicht *genug* ansehen! Mimi bräuchte aber *unbedingt* Licht. Schnellstens! Rudolf hebt Mimis Kerze auf, die zu Boden gefallen ist, als Mimi fiel. Der *Poet* zündet die kleine Kerze *an*. Er *überreicht* sie Mimi. *Schweigend*. Ob sie *verstanden* hat, was es tatsächlich bedeutet?

Mimi ist schon im Fortgehen, kommt nochmals zum Poeten *zurück*, wie dumm ... einen *Schlüssel* hat sie hier liegen lassen. *Hier*. Irgendwo. Er muss *da* sein! Und *jetzt*, Alfred, jetzt *warnt* der Poet die kleine Mimi! Er sagt etwa: ‚Bleiben Sie *nicht* auf der Schwelle *stehen*! Gehen Sie ein *paar* Schritte *weiter*, Mimi! Näher her zu *mir!*' Der Zugwind löscht am Ende gar ihre kleine Kerzenflamme *noch* einmal aus! Und *jetzt*, Alfred, *ist* die Kerze auch schon – fffthhh – *ausgeblasen*! Der Poet solle noch *einmal* so freundlich sein und Mimis Kerze *wiederum zum* Brennen bringen! Aber wie dumm, da erwischt der *blöde* Wind der Zeit *auch* den

Sehbehelf des Poeten, löscht auch *seine* Kerze aus! Stockdunkel ist es jetzt in dieser kleinen Welt. Stockdunkel. Mimi sucht jetzt *verzweifelt* nach dem *Schlüssel,* der ja irgendwo hier herumkugeln *muss* ... Während Mimi auf allen vieren ... auf dem Boden kriecht, hält der Poet seinen eigenen Leuchter weiterhin fest. *Tastend,* behut*sam* stellt er ihn auf seinem ärmlichen Tisch *ab. Dann* sucht Rudolf mit *beiden* Händen nach dem Schlüssel für Mimi. Und *jetzt,* Alfred, *jetzt* passiert *etwas,* das ich ganz und gar und *überhaupt* nicht verstehen kann, schon *deshalb* nicht, weil der Poet das Fräulein doch *liebt!* Also jetzt, Alfred, passiert das *Unbegreifliche*: Der Poet stößt *tatsächlich* auf den Schlüssel!

Schon schreit er *aufgebracht*: ‚Ha!' oder ‚Heureka!' oder *sonst* etwas. Und Mimi *glaubt,* der Poet habe den Schlüssel für sie *gefunden!* Hat er nicht, *sagt* er! Wieso *sagt* er so etwas zu Mimi? *Warum! Alfred*! Er hat ihn doch *entdeckt!* Ganz *genau* hat er ihn gefunden! Ganz *genau!* Aber der gute *Poet* sieht ein, dass die kleine Mimi ihm *sofort* davoneilen würde, sobald sie den *Schlüssel* hätte. Verliebt, blind *verliebt,* wie Rudolf augenblicklich *ist,* steckt er diesen *Schlüssel,* der für Mimi *so lebensrettend* wäre, *heimlich* in seine eigene Tasche. Vielleicht, Alfred, geht dem Poet schon eine Minute später die Erkenntnis auf, und er ahnt, *was* er angestellt hat. Aber wie Männer nun einmal sind: Rudolf hat *nur* Augen für die reizende *Nähe* von Mimi ... und für Mimis zierliche, zarte Hände. Sie sehen nicht aus wie Arbeitshände. Der Poet *erglüht* vor Bewunderung, während die arme *Mimi* dem Poeten ihre Hand fortnimmt. Sie *macht* einen Schritt rückwärts. *Rückwärts*! Nicht einen Schritt nach *vor!* Nicht einen *einzigen,* positiven Schritt nach *vorn,* Alfred, macht diese Mimi! Und *schon* kommt sie zum Stuhl, auf dem sie *niedersinkt,* völlig erledigt! Nun, lieber Gatte, was *sagst* du! Wie *gleichen* sich die Bilder! Und *meinst* du, Alfred, sie sind dem Textdichter *nicht* aufgefallen??? Auch *damals* wurden Manuskripte für Opern nicht von totalen Idioten geschrieben! Da ist *noch* eine interessante *Stelle,* Alfred, eine, die auf die Gegenwart *passt,* wie maßgeschneidert: ... von allen *Seiten* drängen Menschen herbei, ziehen nach und nach, planlos spazierend. Die Verkäufer, Alfred, die *Verkäufer*! Die ewigen *Marktschreier!,* die hören *nicht auf mit ihren Anpreisungen!* Auch *gegenwärtig* nicht! Bist du jetzt *genau* im Bilde, mein Lieber?"

Frau Stein hatte wohl genug. Sie hob ihr flaches Kissen hoch, legte DIE BOHEME darunter, klopfte alles glatt, hob sich mithilfe aller gerade erreichbaren Vitalität vom Canapé ab. Sie schlüpfte in ihre Filzpatschen und machte sich heran … an den stabilen Arbeitstisch. –

9) „Halli-hallo, *hier* bist du also!" Wie Nikolas jetzt in der Tür zum kleinen Ziegenstall auftauchte, kam es Frau Stein vor, er habe *tatsächlich* irgendetwas von einem Engel an sich. Der Schein trog wohl die müden Augen: Im Ställchen war *zu* wenig Tageslicht! Und mit dem ungestümen Auftauchen des Lockenkopfes strömte *zugleich* das Licht der Vormittagssonne auf die Melkerin zu. Nikolas klopfte aufgeregt mit einer dicken Rolle aus Papier pausenlos auf den Handteller seiner Linken ein. „Ein *paar* Striche noch, Nikolas! Dann ist für jetzt ausgemolken! Was *hast* du denn da? Was ist denn so *brandheiß*, Junge?" „Gegenfrage: Ich könnte, bis du kommst, die Schneiderpuppe in die Küche heraustragen! Ich *brauche* den Platz im Salon! Darf ich?" „Muss das denn sein, Nikolas? Gut, wenn es *nicht* anders geht!" Und Nikolas war *schon* im Haus.

„Naaa? Was *sagt* meine Tante Jiska?" Fast hätte Frau Stein vergessen, dass sie in *diesem* Augenblick das Häferl mit der Ziegenmilch *noch* in der Hand hielt. Nikolas sprang noch rechtzeitig ein und stellte das Geschirr *samt* allem Inhalt auf den Küchentisch ab. „Na, was *sagst* du???", drängte Nikolas. Frau Stein ergriff seinen rechten *Arm*, hakte sich unter. Fühlte, dass ihr die *Füße* nachgeben wollten. „Ich hab's dir ja *immer* gesagt, Junge: Wenn du dich erst einmal ins *Zeug* legst, wird man *Wunderdinge* von dir erleben! Das *bedeutet* also, ich muss mich bald in die *drübere* Hälfte des Hauses zurückziehen! So *bald* wie möglich, Angelo? Gut, dann musst *du* mir heute ‚übersiedeln' helfen! Aber, möchtest du wirklich deinen *ganzen*, schönen, freien Tag mit *Abschleppen* verbringen? Und *wann* willst du *denn* deinen Urlaub *nehmen*?" Für alles, was Nikolas *tun* wollte … *heute* tun wollte, war ihm dieser Sonnentag gerade recht. „Du! Sobald das Chaos *anfängt*, will ich *außer* deiner Reichweite sein, Angelo!" „Nur keine *Bange*! Ich kenne dich jetzt *lange* genug, ich weiß, worauf ich achten muss! Aber ich hätt' jetzt gerne einen molligen *Kaffee*! Hast du auch frisches *Brot*?"

Nikolas konstruierte ein Durcheinander, wie es seit Jahrzehnten nicht los war im Zauberer-Haus. Frau Stein hörte Nikolas pfeifen, trällern. Wie *konnte* ein *so* junger Mann den *Gefangenenchor aus Nabucco* pfeifen! Brrr! Frau Stein *schauderte* es durch Mark und Bein. Sie nähte und sah das fertige Ergebnis in Gedanken bereits *vor* sich: Jaaa, das würde dem Alfred gefallen! Angelo kam jetzt herüber. Er stellte Lebensmittel herüben in der winzigen Teeküche ein, und war wie ein Pfeil fortwährend unterwegs zwischen den beiden Wohneinheiten dieses Hauses. „Für heute, glaube ich, ist alles okay, Tante Jiska! Ich möchte jetzt noch etwas anbringen, bei dir selbst!" „So, so! *Noch* etwas! Willst du mich auch von *hier* auswaggonieren, großer Meister!", tat Frau Stein schnippisch, doch es war nicht so gemeint.

„Du wirst gewiss die schönste aller *goldenen* Bräute sein, wenn du so weiterarbeitest, Frau Stein!" Sie mochte keine dick aufgetragenen Schönfärbereien. „Heuchler!", fauchte Frau Stein trocken. „Nöööh! Schmeichelkater!", korrigierte Nikolas und schmatzte Kuchen und köstlichen Ziegenmilchmalzkaffee. Und während Nikolas sich *so* gütlich tat, drängte Frau Stein: „Nun, ich dachte, du hättest noch eine *Überraschung* für mich! Ich meine, du könntest langsam damit *herausrücken*!" Nikolas wollte Frau Stein nicht länger auf die Folter spannen. Während er weiteraß, erzählte er: „Es war ein Traum, der war einfach *zu* köstlich! Ich hab mich zerwutzelt, gleich nach dem Aufwachen! Ich hab diesen Traum für dich aufgeschrieben, Tante Jiska! Vielleicht möchtest du herausknobeln, welche Szene ich daraus einmal malen werde!" „Aufgeschrieben, Nikolas? *Dann lass* mich sofort lesen!" Jetzt war nur das Schmatzen und Kauen von Nikolas zu vernehmen. Frau Steins Gesicht wechselte pausenlos das Mienenspiel. Sie las. Danach drückte sie den Zettel an ihr Herz. Diesen Traum. – Und dann sagte sie im Tonfall der Strenge, während sie *hinter* Nikolas stand, sodass er ihr Gesicht nicht sehen konnte … Sie sagte also: „Weißt du, was du *bist*, Junge? Ein *Rebell* bist du! *Das* bist du!" Entsetzt fuhr Nikolas herum, mit großen, erschrockenen Augen. Nach seiner Tante Stein. Die holte tief Atem. Sie blickte „hinüber" zu ihrem Alfred. Fast vermochte Frau Stein das Jauchzen nicht zu zähmen, es schwang mit, als sie laut feststellte: „Das ist ja himmlisch!!!" Jetzt verstand Nikolas überhaupt nichts mehr. Seine Tante Jiska mochte doch zotige Redensarten überhaupt nicht leiden! Was? Frau Stein begann *nochmals* von vorne zu lesen? Wie man sich täuschen konnte in alten Damen! Sie las *wirklich* alles ... alles noch einmal. –

Angelo begehrte auf: „Ich *bin* kein Rebell! *So* etwas bin ich nicht! Und du *weißt*, dass ich Recht habe! Es war, ist, und bleibt die Aufgabe der Kunsthandwerker: die blinden Herzen der Menschen sehend zu machen! Tante Jiska, *nie* ist einer ein bedeutender Maler geworden, der nicht gelernt hat, zu SEHEN und zu VERSTEHEN! Du kannst das in allen meinen Fernkursunterlagen *nachlesen*, wenn du willst! Soll ich sie nächstens mitbringen?" „Oh, ich *wollte* so etwas schon *lange* kennen lernen! Bring nur, Junge!", freute sich jetzt Frau Stein. Sie setzte sich mühsam auf einen Stuhl, richtete sich behaglich an seiner Lehne ein, grinste genüsslich vor sich hin, während sie jetzt nochmals von vorne zu lesen begann:

„An der Gasse wartete die Kirchendienerin auf mich, und auf noch einige andere Leute. Sie schnauzte mich an: ‚Ihr hättet schon längst hier sein sollen!' Ich warf zurück: ‚Wenns *gar* so hektisch ist, ja, dann gehe ich gleich auch noch vorher zum Frisör!' Die Frau hielt ihre Klappe. Es schien ein Kirchenfest im Gange zu sein; in einem Felsenmassiv waren, übereinander gelegen, drei geräumige Höhlen; in jeder sah man etwa so viel Platz wie in einem Dorfkirchlein. Darin standen cirka 50 Stühle. Hohe Lehnen. Dunkelroter Samt. Ich hatte den Eindruck: Gotik. Ich sollte, so wie alle anderen, über drei Hängeleitern bis zur obersten Höhle hinaufklettern. Die Leitern waren aus Blech gemacht. Und die Sprossen: miserabel verlötet! Die Leitern waren nur am Vorsprung zum Höhleneingang lose eingehängt. Ich sagte: ‚Wenn ich da hinauf soll, dann nur, wenn außer mir niemand gleichzeitig auf die Leiter klettert!' Man schien mit meiner Forderung einverstanden zu sein. Von der zweiten Leiter herab sah der Rückblick zum Erdboden Schwindel erregend aus. Trotz der Abmachung von vorhin war die Kirchendienerin hinter mir nachgeklettert! Sie hielt sich an jenen Sprossen fest, die direkt unterhalb meiner Füße waren. Die Sprossen-Lötstellen gingen auf. Ich rief zur Frau hinunter: ‚Du Trampel, siehst du nicht, was du da anrichtest?' Das war aber wohl vorsätzlich so eingefädelt geworden. Ich sagte: ‚Mich (verzeih, Tante Jiska!), mich könnt ihr am Arsch lecken!' Ich trachte, dass ich wieder Boden unter den Füßen habe! Ich glitt an der einen Hauptschiene der Leiter, wie an einem Tau entlang, dem Erdboden zu.

Die anderen, die staunten nicht schlecht, offenbar, weil es mir geglückt war, dieser Situation heil zu entgehen. Ich sagte: ‚Ich gehe jetzt in die unterste Höhle, zur Messe hinein!' Nun, die kleine Gemeinschaft da war schon auf ihren Stühlen. Anstatt eines Altares sah ich ein leeres Podium. Diese Bühne wurde soeben von einem Haufen Klerikern betreten; sie sahen aus wie vagabundierende Schmierenkomödianten; Kleidung: schlechte Brokat-Imitate in Goldgelb, mit zinnoberrotem Aufputz. – Sie trugen auch Requisiten in den Händen, mit denen sie Radau verursachten. Der *Ranghöchste*, der hatte aus Goldfolie eine Maske aufgesetzt. Die anderen schienen eigentlich Statisten zu sein; alle bis auf den Messner (oder Hofnarren?) … Er könnte auch den Zeremonienmeister dargestellt haben! Er dirigierte mit Gesten und Schellenstab: wann die ‚Gläubigen' aufzustehen hätten und wann zu sitzen. Das ging: Auf!, nieder!, auf!, nieder!; jedes Mal wankten die Stühle, als brächen sie zusammen; alle nach hinten weg, sobald die Leute aufsaßen … Wegen der überhohen Stuhllehnen sah das besonders arg aus! Ich dachte: ‚Auf so ein Klumpert setz' ich mich wirklich nicht mehr nieder – *bemerken* denn die anderen nicht, was mit diesen Stühlen los ist …'

Meine Gedanken gefielen dem Haufen auf der Bühne wohl nicht … ‚Der Goldene' und der Wichtigmann, die deuteten mir an: ‚Du setzt dich *nieder*!' Dabei bimmelte der Wichtigmann wild mit seinem Schellenstab, damit ich ja gehorchen sollte. Ich dachte (vergib, Tante Jiska!), ich dachte: ‚So *leckt* mich doch am Arsch!', und ich blieb stehen. Ich stand hinter jenen, die zuhinterst saßen. Ich dachte: ‚Jetzt fehlt nur noch, dass die das Lied *STILLE NACHT* singen, denn das wurde auch in meinem vorigen TRAUM VON DER KIRCHE gesungen!' Platsch!!!, da fingen sie schon an damit! Fingen an irgendwo, mitten im Lied. Ich sang mit. Ich konnte das Gefühl nicht wegbringen, hier sei ich der einzige Mensch, der den Gehalt dieses Liedes verstünde. Die anderen, plus dem geistlichen Mischmasch, die sangen einfach um mitzumachen. Die ‚Gelbroten', die sahen mich *wieder* so missbilligend an. Ich dachte wiederum: ‚Aber *leckt* mich doch am … ENDE.' Dies war also die neueste Neuigkeit, die Nikolas mitgebracht hatte.

10) Seit ELF Tagen war Nikolas nicht mehr hergekommen. Irgendetwas stimmte da nicht. Vielleicht war Angelo krank. Es

konnte nicht anders sein! Eier waren keine mehr im Haus! Kein Zucker! Kein …! Aber das *Kleid* war fertig! Frau Stein nahm es nun nicht mehr ab von der Puppe. Wie herrlich schön es geworden war: bodenlang, mitternachtsblau, schlanke Puffärmel; im Brustteil: Smok-Stickerei, mit Silbergarn gearbeitet. Die Taille: mit Fadengummi mehrmals fein gezogen. Der Rockteil – nach unten zu – ein wenig glockig im Schnitt, mit dem Silberfaden von der Smokarbeit: ein swingendes Monogramm eingestickt, etwa in Kniehöhe, nicht zu auffallend. Immer hübsch *dezent*. Immer elegant. So wie damals. –

„Jaaa! Dass man Siiie *auch* wieder einmal sieht, Frau Stein! Wir haben gemeint, Sie wären schon lange gestorben!", entfuhr es maulaffenmäßig der Frau vom Supermarkt, der Kassierin. Frau Stein machte sich nichts aus der Bemerkung. Sie sagte bloß, sie denke noch nicht ans Sterben; erst heute sei ihr Hochzeitskleid fertig geworden!

An diesem Abend! *Endlich!* Da kam Nikolas. Seine Augen wirkten schwer übernächtigt. Von *mehr* als nur *einer* schlaflosen Nacht. „Tante Jiska, ich muss nach Paris. Unsere Zeit drängt. Kann ich bei dir wohnen, solange ich am Salon arbeite?" *Das* war es also. Deshalb war Nikolas überfällig geworden. Er wollte seiner Tante Stein gar nicht in die *Augen* blicken. „Junge!!! Angelo! Und das hat dich jetzt so zusammengerackert? Nun sei doch kein Schafskopf! Du gehst ja nicht fort um zu sterben! Um zu leben, gehst du aus! Um zu leben! Um lebendig zu sein, und darum: In dir steckt so vieles, das du deinen Mitmenschen geben kannst! Also: Fort mit aller Traurigkeit!", verfügte Frau Stein, und strich dem sitzenden Angelo jetzt mütterlich über den Kopf. „Vielleicht, Tante Jiska, fühle ich mich gleich besser, wenn ich dich wieder im *Kreis* herumwirbeln darf … hmmm?" Sie hatten jetzt beide Tränen in den Augen und lächelten einander zu. Frau Stein entschied: Sie beide wollten innerhalb der nächsten Tage so übermütig sein, wie es die Gesundheit nur vertrug! Aber *dazu* müsse Nikolas gleich morgen früh einkaufen gehen. Denn seit wann verstünden leere Speisekammern etwas von würdigen Festtischen, fragte Frau Stein. – Der Einkaufszettel wurde gestrichen voll. –

11) Die Tage verrannen wie im Fluge. Alle Arbeiten im blauen Salon gingen prächtig voran. Frau Stein saß *herüben* an ihrer alten Singer-Maschine und nähte aus Viskose Vorhänge. In Blau. Selbst-

redend. Auf Befehl des jungen Künstlers. Der Gestank von Bodenanstrich wälzte sich schon hinüber bis zur Ausweichstube der Frau Stein. Was soll man dazu sagen, irgendwie überkam sie auf einmal der Drang, ihre Karten zu holen und auf dem Tisch auszulegen. Wir wollen hier nicht die Kartenkünste der Frau ausplaudern. Die Karten der Frau Stein zeigten *keine* rosige Zukunft! Sollte sie Nikolas davon erzählen? Nie und nimmer! – Mitnichten! –

Morgen. – *Morgen* würde sie so nebenher sagen: „Angelo, die Ziege wird langsam altersschwach! Wer soll sie schlachten, wenn du fort bist? Ich will doch nicht, dass sie irgendwann elend verendet! Das Fleisch kann ja lange lagern in der Tiefkühltruhe, in der Speisekammer." Und so geschah es. Allerdings, als Nikolas mit dem Schuss-Apparat in den Stall eintrat, da schien ihm die Milchziege zum Schlachten noch *viel* zu rüstig zu sein. Doch Frau Stein ... fand Argumente, diese Ansicht zu entkräften. – Gut! Wenn sie sich so entschieden *hatte*, dann gab es auch wichtige Gründe dafür, die er ungefragt akzeptieren wollte. –

Dann lag am Küchentisch eines Morgens ein Feldblumenstrauß. An den Blüten, Stängeln und Blättern haftete noch ein Hauch von Morgentau. Ein Zettel lag am Tisch, darauf stand:

Beste Tante Jiska! Weihnachten komm ich wieder. Wir feiern dieses Fest ganz sicher gemeinsam! Ich bring dir auch etwas mit aus Frankreich! Nur, verstehe: Ich kann dir nicht mündlich sagen: Lebe wohl!, ich kann nicht. Ich sag dir's auf Papier: Lebe wohl! Leb wohl! Wo hätte ich meinen Mut hergenommen ... für die Arbeit auf der Tankstelle, und wo den Mut zu allem, was mich jetzt erwarten wird! Ich denke an dich und an Herrn Stein. Euch bin ich verwandter als meinen eigenen Leuten. Jedenfalls gibt's da nur ein paar. Ganz wenige. Die Malkurse behüte, bis ich wiederkomme! Vielleicht brauche ich sie nach Weihnachten wieder! Und gib Acht auf dich! Und werd mir bloß nicht krank!

In Liebe – der Bengel

„ A N G E L O "

11) Frau Stein betete ihr eigenes VATERUNSER. Unerklärlich oft in den folgenden Tagen. Dann kam ihr auf einmal ein Einfall, der war nicht grade von schlechten Eltern! Sicherlich nicht! Frau Stein erinnerte sich, dass sie vorzeiten einmal ein Büchlein angelegt hatte. In diesem standen so seltsame Dinge drin, wie nur jemand

sie schreibt, der keine Freunde mehr hat. Das war, *bevor* Angelo anklopfte, damals: Er hatte gebeten, ob er für einige Nächte hier ein Zimmer mieten könne. Das ganze Dorf hatte damals kein Gästebett mehr frei, es war Festspielzeit, drüben im Schloss. Da kam so etwas schon vor. Selbst in einem Dorf wie diesem hier. Seit eh und je kannte Frau Stein diesen Ort als Zielpunkt für Sommerfrischler. Ja. Früher! Da hatte auch sie Gäste gehabt! Oft! Gab viel Arbeit, so etwas. Und manchmal Ärger. Und manchmal Schaden. Nicht häufig. Jedenfalls, ehe Nikolas Warimunt hier Hausfreund wurde, da hatte Frau Stein in ihr Büchlein eingeschrieben: „Du schwitzt, liebe Jiska! Wo warst du? Ich war draußen. Es regnet!" So weit kann *jeder* Mensch kommen. Ja. – Ganz leicht. – Sie hatte früher auch gerne einmal ein kleines Gedicht geschrieben! Ob sie sich wieder darüber wagen sollte? Wozu könnte das gut sein? Und sie dachte nach, ob sich vielleicht eine brauchbare Lösung einfinden würde.

Das große Bild von *Alfred*, das musste heute noch zurück an seinen Platz. Es gehörte hin: in die *Ecke*, doch sich *her*neigend übers alte Klavier. Es war ein großer, schwerer, schlichter Bilderrahmen. Darin Herrn Steins Bildnis, über das seit Wochen ein Tuch geschlagen war. Das Foto war von einem ovalen Passepartout, in dunklem Beigeton, umrahmt. Ja! Selbstverständlich hätte Nikolas das Bild „beizeiten" an seinen Ort zurückhängen können! Er wollte das durchaus! Doch: Wessen Gatte war Herr Stein eigentlich gewesen! Doch nicht der Gatte von Angelo! Aber wie, überlegte Frau Stein, kam man als betagter Mensch über diesen Flügel dorthin zu diesen zwei Haken an den Mauern? Wie! Hm? Nun! Erst morgen war Hochzeitsfeier! Erst morgen musste Herr Stein wieder an seinem Platz sein! – Erst morgen! –

Frau Stein kochte soeben eine fixe Idee aus: Sie wollte ihrer Nachwelt einen unversehrten Wildbach hinterlassen! Wer hält so eine Möglichkeit für absurd? Wer??? Bei Frau Stein rieselte der „Kalk" noch lange *nicht!* Sie *fand* eine Möglichkeit. Sie benannte sie genau als das, was sie darstellte: „VERSUCH, DER NACHWELT EINEN UNVERSEHRTEN WILDBACH ZU VERERBEN." Diesen Versuch hatte sie sich schon lange vorgenommen. Sie war da einmal im Salzkammergut an einem zauberhaften Wasser gewesen. Himmelhohe Tannen und Fichten rauschten dort. Sie ragten mit ihren Wipfeln hinauf bis zur eiligen Autostraße über ihnen; eine Straße, die nichts verstand von verborgenen Wundern. Und da kam die Idee auf: Vielleicht war es gut, diese Naturschönheit, diesen wilden Bach jemandem zu überschreiben. Wohlan!

„Der Morgen ist jung, und leicht wird der Schritt, den der Winter lange verdross: erwachende Schmelzwasser rieseln hervor aus Schneerosenblüten und Moos – sie gleiten an glitschigen Felsen herab zu Tiefe – und sprühen, und glüh'n!, und schlagen ermattet auf Schaumkronen auf, und – treiben es weiterhin kühn: Sie tanzen als Wogen bald schüchtern, bald keck, bald schmeichelnd – um schimmernden Stein, bald fließen smaragdgrün, bald silbern im Sand, bald rötlich, wie blassroter Wein. Wie Pfeile – jagen Forellen hindurch, und genießen ihr Hausherrenrecht: Zu verborgenen, grünblauen Grotten im Berg entfliehen sie unser'm Geschlecht. – Noch in dreihundert Jahren, (ich wünsch es euch so!), erlebt, wie es mir heut bekam! Euer Herz werde weit – und lebendig und froh, im Wald – an der träumenden Klamm: Euer Morgen – sei jung, und leicht euer Schritt, den der Winter lange verdross: Erwachende Schmelzwasser rieseln hervor aus Schneerosenblüten und Moos ..."

Und *wer* hätte in diesem Haus jemals eine Dichterin vermutet!

12) He! Hallo! Frau Stein solle aufmachen!!!, hatte jemand vor der Haustür gewütet. Wenn der nicht komplett verrückt war? Sie waren zu zweit! Einer sagte: „*Guten* Morgen! Wir kommen im Auftrag der Sozialfürsorge, dürfen wir kurz hereinkommen?" Nun, Frau Stein hatte keine so fürchterlichen Geheimnisse. Also sollten die Herren hereinkommen! Sie meinten dann: Wo Frau Stein jetzt völlig allein stünde in der Welt, da sei es für sie besser, wenn sie in ein Heim gehen würde. Man habe da schon zwei Familien, die in diesem Haus gut wohnen könnten; der Mietzins, der käme Frau Steins Tasche selbstverständlich zugute! Es könnte ganz leicht sein, dass so ein alter Mensch in aller Einsamkeit sterben gehe! Na, und was wäre, wenn die Leiche die längste Weile unentdeckt bliebe. Das könne niemand verantworten. Frau Stein kochte vor Wut; sie entgegnete, sie denke gar nicht daran zu sterben! Sie gehe in kein Altersheim! Sie habe erst jetzt ein Hochzeitskleid für sich genäht! „Eben! Genau das ist uns zu Ohren gekommen!", sagte der eine Mann. Er hatte für Frau Stein irgendwie kein richtiges Gesicht;

kein menschliches Antlitz. Der Zweite, der war wohl ein „Mitläufer"; er nickte bloß wichtig zu allem, was sein Kollege vorbrachte. Frau Stein zitterte am ganzen Körper; so fuchsteufelswild hatte man sie gemacht. Da äußerte sich der Mitläufer: „Sie erwecken den Eindruck, als stünden Sie unter der Einwirkung von ... ja, wie soll ich sagen?", fragte er den Hauptredner. „Sie meinen vielleicht: Ich stehe unter dem Einfluss der berechtigten Erregung, meine Herrn!" „So wie Sie zittern, könnte auch Alkohol die Ursache sein!", vermutete einer der Männer. „Es könnte *auch* das Alter sein! Finden Sie nicht?", wehrte Frau Stein ab und fuhr fort: „*Sie*, lieber Herr!, Sie mögen vielleicht an einem einzigen Tag die ganze Menge ins sich hineinschütten, die ich innerhalb von fast 73 Jahren verglückst habe! Und jetzt darf ich Sie ersuchen: Verschwinden Sie! Nichts für ungut, meine Herren! Lassen Sie sich bei mir nie wieder blicken! Adieu!" Rummms! – Die Tür krachte zu. „Ein *ganz* klarer Fall!", konstatierte einer der Wichtelmänner. „Was?" „Sie ist *vorbereitet*! Für *wann*? Für nächsten Montag!" Frau Stein war nicht schwerhörig. Sie würde sich wappnen. Sie wankte hinein in den blauen Salon, ließ sich nieder am Canapé. Unablässig schossen Tränen aus ihren rotgeäderten Augen. Wie gemein war das Leben. Wie niederträchtig. Wie bitter ... für manche Menschen. –

13) Frau Stein wusch an diesem Morgen zuerst ausgibig ihr Gesicht. Sie wusch es mit handwarmen Wasser. Danach den ganzen Körper. Mit duftender Speikseife; sie war ein Weihnachtsgeschenk aus dem Vorjahr. Von Nikolas. Von ... Angelo. – Dann legte Frau Stein schönste Wäsche an. Die war aus Batist. Sämtliche Lochstickerei daran ... stammte von Frau Jiskas eigener Nadel. – Sie konnte es noch immer! Und wie! An diesem Unterkleid hatte sie wohl über ein Jahr lang gestickt. Immer nur so viel, wie es den alten Augen in einem Durchgang gepasst hatte. Das Höschen aus Seiden-Charmeuse und die schwarzen Seidenstrümpfe? Billig war das Zeug noch nie gewesen. Gestern nicht und heute nicht. – Wie viele Deckchen hatte sie dafür „drucken" müssen! Und wie viele bestellte Monogramme hatte sie diesem Lohn zuliebe gestickt! – Der heutige Jubeltag war alles Gute wert! Das Beste! Das Unbezahlbarste! – Jiska Steins trauernde Gesichtszüge wirkten jetzt nicht mehr so verhärmt. Dieser Spiegel, der log einfach wohl tuend! Das Silberhaar saß bald tadellos; ganz leichte Wellen bilde-

te es jetzt an den Schläfen. – Frau Stein löste jetzt die nachtblaue Robe vom Schneidergestell und stieg von oben in ihr Kleid hinein. Bis der Zippverschluss endgültig zu war, verdampften kampfesmutige vierzehn Minuten. – Nikolas hatte *doch* Recht: Seine Tante Stein ... war die schönste Braut! Die allerschönste in diesem Hause! Jawohl! Sie hatte immer einen Rang unter den Hübschesten eingenommen. – Es würde nie anders sein. –

Was, wenn man sie *wirklich* zwingen konnte! Wenn man sie in eine Anstalt steckte? Dann würde sie alle Damen, die ihr zustimmen wollten, zu Königinnen ausstaffieren! Zu Schlossdamen! Jawohlll! Und wenn alle Textilien des Heim-Inventares dabei draufgehen sollten! Und dann ...! Dann sollten diese grünrotzigen Sozial-Heinis einmal sehen, was das *wirklich* war: dieser Alt-Menschen-Krempel, den sie da bevormundet hatten. Verdammt und zugenäht! Wenn auf der Welt so ein Heim für Millionen Menschen ein Segen war ... Frau Stein wollte nicht hin. Sie hatte ein Zuhause, das ihr gehörte! Ihr! Solange sie lebendig sein würde! Für dieses Haus hatten Menschen ihr Leben verblutet; letztendlich auch für Jiska. Papa und Matschi, sie hätten ihrer Jessi ein Palais gekauft. Zwei Weltkriege ... machten diesen Traum ... zu einem kleinen, unscheinbaren Efeu-Haus an der Dorfstraße.

Frau Stein schlüpfte jetzt mühsam in die schwarzen Schuhe; sie dufteten noch nach Schuhgeschäft. Innen hatten sie ein goldenes Markenzeichen, ein Kreuz und ein orthopädisches Fußbett. Der Absatz war breit genug, um fest und sicher darauf zu gehen, zu stehen. Wer Jahrzehnte hindurch auf hohen Bleistiftabsätzen durchs Leben gegangen war, der konnte nie ordentlich gehen ... in flachen Filzhausschuhen. Diese Absätze waren hoch. Vier Zentimeter hoch. Frau Jiska Stein sah berückend aus. Betörend. Heute: um zehn Jahre jünger, als die Fürsorger sie gestern im Hausgewand angetroffen hatten.

„Gleich, Alfred! Gleich ist es so weit! Gleich, sofort, kannst du mich anschauen!", verkündete Frau Stein, und ihre Augen glänzten. Sie glänzten schwach. Aber sichtbar! Jetzt holte sie forsch einen festen, quadratischen Schemel aus der Küche, sie rammelte ihn knapp heran ans Klavier. Den Deckel klappte sie auf; die Tasten mussten griffbereit sein. Das dicke Notenbuch stellte sie aufgeschlagen auf den Ständer. Sie schlug Herrn Steins liebstes Stück

auf. Welches war das? Es war eine Arie aus der Oper DIE AFRI-
KANERIN: „Land so wunderbar … Himmel so rein, Himmel so
blau, den entzückt ich nun schau!" – Ja, das war seine größte Liebe;
die edelste für Herrn Stein, außer seiner Jiska! Die aber krabbelte
nun erstaunlich siegesgewiss auf den Deckel des Klavier-Korpus.
Von elegant konnte nicht die Rede sein. War auch nicht Zweck dieser Übung! Sie brachte das Bildnis in seine Position! Ganz genau
hing es wieder an seinem Platz. Frau Stein stellte mit Genugtuung
fest, erst jetzt war er vollendet: dieser blaue Salon – eingeweiht war
das Neue. –

Plötzlich übermannte eine seelische Erschütterung die alte
Dame: „Warum? Alfred! Warum wollen die das mit mir machen!
Sie schneiden mir das Leben ab! Sie massakrieren! Überall! Um an
Güter heranzukommen, die ihnen keinesfalls zustehen. Nicht nach
dem Menschenrecht! Ja, nicht einmal nach ihrem Gesetzes-Eigen-
bau! Frag doch einmal nach bei uns in der Gegend! Frag nach bei
den Bauern! Melde das endlich bei denen da droben, Alfred! Melde das! Was sich hier unten tut, das übersteuert das dunkelste
Mittelalter! Alfred, wer darf sich nach *heutigem* Wissensstand
noch erfrechen, Mitmenschen zu entrechten! Wer! Wer wurde
hierzu von einem Volk gewählt! Habt ihr vergessen, was den heiligen Stämmen der Rothäute passiert ist? Ich klage nicht an! Ich frage: *Wann* wird dieser Hahn der Vernichtung endlich abgedreht!
Alfred, frag das deine Heiligen dort oben! Bitte, Alfred, frag doch!"
Frau Steins Worte erstickten. Sie war zutiefst verwundet. Vor Trauer war sie völlig außer Fassung. Ihre Augen sahen alles schwimmen. – Sie holte von neuem aus: „Alfred, wann wollen die Menschen begreifen, und wann das Wort verstehen: ‚Was du nicht
willst, dass man dir tu, das füge keinem andern zu!' Gar niemandem!!! Keinem Tier, keiner Pflanze, keinem Sein, das Gott ins
Leben gerufen hat! Gar keinem Nächsten! Nicht einem." Frau
Stein schluchzte. Voll der ohnmächtigsten Demut stieß sie hervor:
„So hilf! Alfred! Hilf! So helft doch, ihr dort oben …!" –

Frau Stein fühlte sich jetzt wie auf gewohntem Bretterboden. Sie
fragte jetzt: „Hörst auch du mein Flehen, Angelo?", und ruckartig
kehrte sie sich herum, dem blauen Deckengemälde zu, das schräg
über ihr irgendwo sein musste. Die Tränen überschwemmten
alles. – Kurz der Schreckenslaut, gellend der Aufschrei von Tasten,

ein dumpfer Aufprall. – Dann war es unendlich still im blauen Salon. So mochte es den Anschein haben. Für irdische Ohren. – Frau Stein aber blühte auf, vor Erstaunen und Entzücken: „Nanu! Du, Alfred? Du? – Wie jung du bist! Glatt zum Verlieben, Schatz! Lass dich betrachten! Rundherum! Blendend schaust aus! Und jener Mann dort? Ist er das? Nichts sagen, Alfred! Sag nichts! Wer kennt IHN nicht, den großen Sohn ... aus Galiläa?" „Küss die Hand, Hoheit!" –

14) Wer Frau Stein das letzte Geleit gab? Wer weiß das heute noch. Niemand erinnert sich daran. – Wir haben also freie Hand, diesen Abschied beliebig auszumalen. – Nehmen wir an, jemand habe nach Paris telegrafiert! Wenn nicht? Ja, was dann ... Vielleicht hat Nikolas Warimunt eine telepathische Botschaft aufgefangen, durch einen Traum? Wo Menschenklugheit schon ermahnt, dort hat der Geist noch tausend Steige offen. –

SPIEL mit offenen Karten

Ein Dichter kennt tausende Übel, kennt sie bis in ihre Wurzeln. Er bekämpft sie mit allen friedlichen Mitteln. Er weiß, er kann den Sieg erringen. Die größten Qualen bereitet ihm vielleicht dieses Phänomen: Da brennt ihm ein Thema unter den Nägeln, ein Thema, zu welchem er beinahe überhaupt keine Eigenerfahrung einbringen kann. Die Betonung lastet hier auf dem Ausdruck BEINAHE. Ein HOMBRE kann *jeder* Mensch sein. Man kann bei ihm sein. In Gedanken. Man kann empfinden wie er. Fast. Beinahe so. Bitter lebensnah. Das beweist die atemberaubende Sensibilität eines Charles AZNAVOUR; sie bezeugt dies ... in dem erfolgreichen Chanson: „WIE SIE SAGEN." Dieses Chanson ist eine Huldigung, eine ehrfurchtsvolle Verneigung vor einem gesellschaftlichen Problem, das auch mir am Herzen liegt. Dieses Chanson. – Es hat Wunderdinge hervorgezwungen. In meiner Welt: In meinem eigenen Bekanntenkreis entstanden mehrere Parallelen zu diesem kostbaren Lied.

Was *vordem* noch nicht exakt gestimmt hatte, das tauchte noch auf ... im Laufe weniger Jahre. Erschütternd faszinierend sind die Gegenstücke, als hätte dieses Chanson ihre Bilder vorgepaust. Naturgetreu sind die Nachbildungen. Im Detail perfekt. Über diesen Ursprung schweigt die folgende Geschichte. Doch die hundertfache Einwirkung eines Liedes auf den menschlichen Geist – sie hat einen zeitgemäßen, treffenden Fachausdruck. Der heißt schlicht: AUTOSUGGESTION.

1) Ja, er steht buchstäblich im Wald, dieser Mann! Fast völlig im Dunkeln. Bald wird die Sonne aufgehen, dort: vorne am Horizont. Der Mann kurbelt. „Wozu alles so komplizieren! Bei denen piept es ja!", denkt der Mann. Er hat doch Autotel ...! So komplizieren! Warum? Einen Apparat wie den hier hat er noch nie zuvor betätigt. Vielleicht kriegt er gar keine Verbindung! Obwohl er schon dreimal gekurbelt hat? Vielleicht stehen die gar nicht auf ihn! Auf ihn, den HOM ...

„Oooh! Ja??? Pardon! – 4:30 Uhr, HOMBRE wünscht KANAL FÜNF!" Jemand antwortet: „Hier ‚BAHNHOF ORSAY'!" „Bitte KANAL FÜNF!" Bahnhof-Orsay vermittelt: „KANAL FÜNF, ich rufe …!" Wieder hört man im Waldesdunkel aus dem Gerät Krachen, Funkstille, Rauschen: ansteigend, abfallend, ansteigend. Und jetzt: „Hier – KANAL FÜNF!" „Hier – HOMBRE!" „Hier BAHNHOF ORSAY! … Sprechen Sie noch? … Wird noch gesprochen? Ich *trenne*!" –

2) Diese Nacht hernach, die war voll gepumpt mit wirrsten Träumen; endlich hatte er sie satt gehabt, diese nächtliche Unruhe! Seit drei Uhr lief nun im Badezimmer die Kassette *RHAPSODIE IN BLUE* von Gershwin; Andre Previn am Klavier. Rampampam! Der Wassermann tauchte jetzt kräftig im Schaumbad unter, und dann … daraus hoch. – Er schüttelte jetzt die Badebrühe vom Gesicht, nach links weg, nach rechts weg. Uaah! Klasse!!! Was tat Leib und Geist wohler, als so ein handwarmes Bad zu dunkler Frühstunde! Was! –

HOMBRE kletterte aus der Wanne, Wasser klatschte zu Boden, schon stand er fest mit beiden Beinen auf der Badematte; sie war türkisblau. Er fasste nach dem Frottetuch, rubbelte damit Gesicht und Nacken ab, zog die Gummihaube vom Kopf ab. Sein loses Haar floss dem Mann auf die Schultern herab. Dann streckte der Mensch waagrecht beide Arme von sich und begann, sich um die eigene Achse zu drehen. Nicht zu rasch. Wie er es eben vertrug! Seine Drehung erfolgte im Uhrzeigersinn. Weshalb??? So drehte sich der *Großteil* aller natürlichen Ströme dieser Welt. Und so ließen sich auch die menschlichen Energieströme entreiben! Diese: für Geist, Leib und Seele! HOMBRE zählte einundzwanzig Umdrehungen. Das war das Maß für ihn: für einen durch und durch gesunden Menschen. „Brrr! Schwindlig?!", sagte Hombre zu sich selber. Augenblicklich faltete er seine Hände, konzentrierte seinen Blick für Sekunden über der Stelle, wo die Daumen einander kreuzten. Dann, voller Übermut … sprang er zum Badezimmerspiegel hin. „Ja! Ja!", schrie er jetzt ins Glas hinein, „ich *bin* einer! Und ob sie das sagen oder nicht, das ist mir wuuurscht! Ääätsch!" Er streckte dem Spiegel langmächtig die Zunge heraus und lachte dann. Um Punkt 4Uhr 30 meldete er sich erneut. Diesmal per Autotelefon.

2) „Ja, gewiss STIMME! Ich *habe* Sie verstanden! Hundertprozentig! Ich frage dennoch: *HABEN SIE KEINEN MÄNNLICHEN KOLLEGEN ZUR HAND, DEM SIE MEINEN AUFTRAG ZUTEILEN KÖNNTEN?* Warum hat man mir nicht *gleich* offen gesagt, dass ich ausgerechnet mit einer Frau … zu tun haben würde! Dann hätte ich ja erst gar nicht angefangen mit dem Scheiß! Also! Haben Sie nun einen Kollegen … oder ist die Sache für mich schon gelaufen!", löffelte er STIMME an. Die STIMME blieb freundlich und hell, wie zuvor: „Nein! Hundertmal mal: nein, HOMBRE! Nicht, dass ich gegenwärtig etwas wüsste! *Kein* männlicher Ersatz! Kann es sein, dass Sie lediglich ganz gewöhnlich *kneifen* wollen?"

Wenn ein Vogel sich einbildet, dass er verreckt, so verreckt er. Ganz bestimmt. – Aber so ein Flattermann … ist der HOMBRE nicht! Die Erde trug ja unvorstellbar viele seltsame Vögel, duldete sie. Warum sollte gerade er darauf verzichten, zu neuem Leben zu erwachen! Doch nicht wegen einer einzigen Frau! Nein! Deshalb nicht! –

„… Ja, HOMBRE! Selbstverständlich ist diese Sprechleitung durch Funk überlagert! Für Abhören haben die bei uns kein Verständnis! Aber Ihre Antworten, die muss ich auf Band aufnehmen, HOMBRE … Sie fragen: Wofür das? Was denken Sie, auf welche Weise man sonst zu einer Bewertung käme? Haben Sie einen besseren Vorschlag? Alles okay?, dann stelle ich Ihnen jetzt die neueste Aufgabe: HOMBRE!, bis morgen, 5:05 Uhr, wird das gehen? Gut!, dann überlegen Sie sich bis dahin gewissenhaft: Wie *heißen* all die Männer, die Sie bisher geliebt haben! … Ja! Ganz genau! Hmkmm, danke für das reizlose Kompliment! Möchten Sie noch etwas fragen? Ja, Entschuldigung angenommen, HOMBRE! Dann bis morgen! Alles Gute!" –

3) „Guten Morgen, HOMBRE!" „Hallo, STIMME!" „HOMBRE, ich will es Ihnen nur vorweg sagen: Für jedes herzhafte Lachen, das wir von Ihnen aufzeichnen können, gibt es einen Pluspunkt, der Ihrer Diplomarbeit zugerechnet wird! Ja, das ist generell so! Nun? Haben Sie sich vorbereitet? Nun keine Hemmungen! Bitte bloß das nicht! Die Jury ist auf Ihre Antworten sehr gespannt! Aber bitte, HOMBRE, vor einem *Skandal* müssen Sie doch wirklich keine Furcht haben! Doch …? –

Da legte HOMBRE los. – Er sagte: „Wen ich einmal *liebte*, den *liebe* ich mein Leben lang! Also fangen wir einmal an: ... Arnold Schwarzenegger!!! ... Hermann Maier!! ... Gershwin ... Porter ... Bernstein ... Disney ... Bergmann ... René Descartes, Goethe, Dumas, Alesandre, den Vater; Ray Douglas, Bradbury – mit FAHRENHEIT 451; Kleist, Stefan Zweig, Kishon, Lenau, Rosegger, Petzold, Simmel, Raimund, Hesse, Remarque, Exupery, weiter: Martin Luther-King, John Lennon; weiter: Glenn Miller; Anton Karras, Toby Reiser, Manfred Schuler/Klagenfurt; Andre Rieu, Kastelruther Spatzen, die Ladiner ..." „Weiter, HOMBRE! Weiter!" – „Gut! Also: Gustav Doré, Renoir, Chagall, Moritz Schwindt, Egger Lienz, Ernst Fuchs, Arik Brauer, dann: Manfred Deix, dann den ‚Bum ... oder wie'; dann: Queen; Drafi Deutscher, Udo Jürgens, Wilfried Scheutz, Van Faine, Lindenberg, Adamo, Tony Marshall, Sohn & Co, Junge Tenöre; ... Grönemeyer, Karel Gott, Jantje Smit; ... André Heller, Michael Heltau, Wolfgang Ambros, und nochmals Arik Brauer!; dann: Florian Silbereisen ..., dann: Gene Kelly ..., dann: Fritz Wunderlich, Rudi Hofstätter; Frankie Lane – ich bremse! – **Neustart:** Oskar Werner, Gründgens, Platte, O.E. Hasse, Albers, Rühmann, Heesters; *Otto Schenk*, natürlich den *Brandauer* ... weiter??? Ich könnte drei Tage und drei Nächte so *weiter*machen!!!", begann er sich zu zerknödeln, wie ein Brüllaffe, vor Lachen. –

Stopstopstopstop, HOMBRE! Das reicht ganz sicher ... für heute! Sie sind ja ein ausgewachsener Lustmolch, gestatten Sie die Bemerkung! Und wählerisch sind Sie auch nicht grade! Wenn mein Urteil etwas gilt, so denke ich, HOMBRE, Sie werden eine ganze Menge beitragen zum Jahrtausend der Liebe! Jahrtausend der Liebe? Was *das* nun wieder sein soll? Enttäuschen Sie mich jetzt nicht! Ich dachte schon, Sie wären gebildet! Jahrtausend der Liebe? Das wissen Sie wirklich nicht? Sollten Sie aber! Gerade Sie! Gerade Sie! Ich will es kurz andeuten: es begann in ELMIRA, in den achtziger Jahren. Nein, es stört nicht, wenn Sie bis heute nichts davon wussten! Es begann allerdings mit einem Mann und mit einer Frau! Das stört Sie nicht? Bravo, HOMBRE! Bravo! Dann merken Sie sich den Namen, besonders dieser einen Frau: sie hieß *Jane Roberts*! Ich wiederhole: *JANE ROBERTS*! Ja, genau! Mit dieser außergewöhnlichen Frau ist das Jahrtausend der Liebe über die Welt hereingebrochen; nichts daran ist verlogen, nichts daran ist verblendet, nichts daran ist Blasphemie. Nichts daran ist phantastischer Realismus! Ich korrigiere, HOMBRE: Alles in unsrer Welt, alles ist phantastischer Realismus! Alles, alles, HOMBRE! Okay? Dann rufen Sie *morgen* wieder an, um 5 Uhr 20! Alle guten Wünsche!" –

„Guten Morgen, STIMME!" „Hallo, HOMBRE!" „Ich habe über Sie nachgedacht, STIMME! Ich bin zu dem Fazit gekommen, dass Sie total irre sein müssen! Nun! Weil Sie Menschen lieben!" „Und Sie? Haben Sie nicht behauptet, sie mögen Simmel? Haben Sie doch! Dann wissen Sie, was er zu so einem Fall zu sagen hätte. Er vertritt die Ansicht, manche Menschen müssten schon von Berufs wegen schizophren sein! Wenn darunter der Spaltungsirrsinn zu verstehen ist, HOMBRE, dann frage ich: Wie gespalten ist heute jeder Arzt, wie gespalten jeder Chemiker, wie gespalten jeder Priester, wie gespalten jeder, der Denkarbeit leisten muss! Und wie gespalten sind erst jene, die unter den Folgen jener Ich-Spaltungen zu leiden haben! Entsetzlich und qualvoll zu leiden haben! Verstehen wir uns jetzt, HOMBRE!" –

„Ich weiß wirklich nicht recht. Ich halte diese Gegebenheiten einfach für gefährlich. Unüberbrückbar erscheint mir der Missstand, dass gerade viele Menschen mit niederem Bildungsniveau sich in der Welt gebärden wie reißende Tiere. Wie letzter Abschaum. Verwildert. Es gibt für *solche* Individuen keine Hoffnung! Und nicht viel besser sieht es aus bei vielen, die sich für ausgesprochen gebildet halten! Ihr schafft das niemals! STIMME, das könnt *IHR* nicht schaffen!" – „Pardon, HOMBRE, soeben haben Sie die Tierwelt ins Spielbrett geworfen. Sind Sie jemals einem Tier begegnet, das einen **guten Erzieher**, einen sorgfältigen Erzieher hatte und diesen nicht liebte aus ganzer Seele? Und dass es mit seiner Umwelt nicht in voller Harmonie lebte? Sind Sie je einem so verwerflichen Bastard begegnet, HOMBRE?"

Es blieb still. Man hörte vom Ende der anderen Leitung nur das Atmen von Hombre. – Dann kam seine Antwort durch: „Sie meinen also: Sobald die Fehler der Erziehung korrigiert sind, wird auch alles andere funktionieren? Ich glaube gar, ich muss Ihnen beipflichten. Das wird aber nicht von heute auf morgen geschehen können???" – „Oh doch! Von heute auf morgen schon! Schwierig ist noch das: dieses *VON VORGESTERN AUF HEUTE!* – Das Jahrtausend der Liebe ist noch sehr jung. Blutjung ... Es entwickelt sich in jeder neuen Minute ... Es reift unaufhörlich. Unaufhörlich ..." – „Aber STIMME, viele Menschen zweifeln heute, dass es Gott gibt! Sogar viele, die wirklich denken können! Wo liegen die Ursachen? Wie wollen Sie jemandem weismachen: wer Gott ist, was Gott ist oder wo Gott ist! Das können Sie nicht, STIMME, das geht nicht!" „Ihre Anschuldigung, HOMBRE, ist geradezu aufreizend zeitgemäß! Sie ist glänzend! Ich frage Sie jetzt etwas dagegen: Sie sind doch überzeugt davon, dass SIE leben? Dass Sie wahrhaftig lebendig sind? Mit allem Drum und Dran in dieser Welt stehen? Ja? Großartig!!! Und Sie fragen, wo Gott lebt? Bitte sagen Sie mir, HOMBRE, wo ist denn da der Unterschied?!"

„Verrückt sind Sie, Sie sind verrückt! Wie wollen Sie diese These untermauern!"

„Unwiderlegbare Beweise? Unwiderrufliche? Gern, HOMBRE! Schlagen Sie nach in der *FROHEN BOTSCHAFT!* Lesen Sie in den vier *EVANGELIEN!* Lesen Sie die Worte Jesu Christi! Dort sind sie festgehalten. Und noch eines, HOMBRE: Wenn Ihnen die übrigen Kapitel der Heiligen Schrift zu turbulent erscheinen, für diesen Fall rate ich Ihnen an: Nehmen Sie sich gelegentlich die Bibelauslegungen des *DOKTOR JOSEPH MURPHY* vor! Eine ganze Menge von Lichtern dürfte Ihnen dann von ganz alleine aufgehen. Man darf nur ihnen trauen! Immer nur den Lichtern! Vertrauen Sie dem Licht, HOMBRE, verbannen Sie aus Ihrem Leben das Dunkel, wo immer es nur aufmuckt. Sie haben die Kraft dazu, HOMBRE. Sie haben Liebe, HOMBRE. Sie sind ein Geschöpf, das rasiermesserscharf denken kann. Verzichten Sie auf kein Licht, das Sie unterstützen könnte. In erster Linie sind Sie in dieser schönen Welt. HOMO SAPIENS! Alle andere Kategorisierung wird für das Wohlergehen des Nachwuchses in aller Welt nicht zählen. Es wird von letztrangiger Bedeutung sein! Vergessen Sie bitte auch das Wort *HUMANISMUS*; wer damit prahlen will, der ist lange noch kein *ALLMÄCHTIGER!* Verstanden, HOMBRE?"

„Ich überlege soeben, STIMME, Sie haben vielleicht doch Vorurteile gegen homosexuelle Veranlagung! Vielleicht kaschieren Sie diese nur, damit es einfach besser aussieht!" „Bitte, was wollen Sie mit dieser Anspielung erreichen, HOMBRE?" „Nun, das sagt sich so leichthin: Ich bin ohne Vorurteil! Viele behaupten das von sich! Wenn es aber darauf ankommt, dann zeigt sich stets das Gegenteil! Fast überall, fast ausnahmslos!" „HOMBRE, bitte antworten Sie aufrichtig: Haben Sie stets damit gerechnet, dass Ihnen wieder und wieder so etwas zustoßen könnte? Oder gab es zwischendurch auch Ausnahmen? Keine! Keine???" „Sie wollen mir hoffentlich nicht einreden, ich habe zum Teil diese Erlebnisse als sich ‚selbst erfüllende Prophezeiung' vorprogrammiert!!!" „Gegenfrage HOMBRE! Gegenfrage: Taten Sie das nicht? Niemals?"

„Ja, aber bitteschön, wie lauten denn gemeinhin die Kommentare über unsereinen! Wollen Sie abstreiten, dass ..." „Trauen Sie der STIMME, es wäre bestens, HOMBRE, wenn die meisten Kommentare an Hüte gesteckt würden! An jene Köpfe, deren Gehirn sich solche ausgeklügelt haben. Solche Energien sind gewiss segensreicheren Dingen zuzuführen ... Mit Sicherheit, HOMBRE!" „Sprechen Sie jetzt von Kommentaren in Zeitungen oder wie? Ich kann jetzt nicht ganz folgen!" „Wir haben jetzt noch eine wichtige Kleinigkeit vor uns, lassen wir alles andere für diesmal ... lassen wir es beiseite ... Gut?" „Und *was* wollten Sie sagen?" „Können Sie sich morgen früh um 6 Uhr melden?" „Um sechs? Warum das? Unter der gleichen Verbindung?" „Unter derselben wie bisher. Also? Morgen um sechs?"

4) Irgendwann in dieser Nacht hatte es zu regnen begonnen; erst nur leise, dann wolkenbruchartig. – Pünktlich um 6 Uhr meldete HOMBRE sich am Telefon, er bekam aber nur eine Anweisung: Um 8:35 Uhr möge er auf der Autobahn ... Die Stelle hatte STIMME genau beschrieben, er hatte alles verstanden. Er konnte sich also noch im Bett wälzen. Hombre zog sich die Tuchent über beide Ohren und schlief einfach weg. Plötzlich überfiel ihn ein Traum – EINE REIBUNGSLOSE SACHE: Eine gigantische, moderne Fabrik; ein Werk, in dem Stahl und Roheisen verarbeitet wird. Ein Zug voller übermütiger, junger Menschen, bunt, fröhlich, modern, trifft zusammen, als es Tag wird. Sie wollen einen Plan, eine Mutprobe starten. Es geht los, alle sind wie Narren zum Fasching verkleidet. HOMBRE ist einer von jenen (es sind nur ganz wenige), die eine Schwimmhaut aus Gummi anhaben. Es ist, als führen sie in einer Art Lilliputbahn durch eine Prater-Aue ... Ein Höllentempo! Der Boxer ist als Erster am Scheitern. HOMBRE

ruft, schreit, feuert den Boxer an. Der Zug bewegt sich rasend vorwärts. In einer Kurve, die jetzt unterhalb des Boxers vorbeizieht, springt der plötzlich von oben her auf das Gefährt auf. Alles jubelt! Gottlob, keiner ist verloren! Ist ja nur ein Spaß!!! Ist ja nur eine Mutprobe!

Wer weiß denn, wie im Höllentempo ist ... wie die Zeit ... auch der Zug. Die Rückfahrt sitzt ein! Das Retour geht los! Umsteigen in einen neuen Wagen. Ein junger Bursche wird Lenker sein. Kann ... darf ... man ihm diese Aufgabe anvertrauen? Es geht um viele Menschenleben! HOMBRE liegt flach am Boden. Er hat den Auftrag, still zu liegen, noch immer die Froschmann-Gewandung aus Gummi ... Wenn alles präzise läuft, dann sind sie dazu imstande: in der Fabrik, im Zeitraffer alles so wiederherzustellen, als hätte die Aktion gar nicht erst stattgefunden ..., der Countdown geht los. In wenigen Minuten wird die Werksuhr dröhnen und damit zugleich werden die ersten Arbeiter ankommen, Leute, die von der Sache nichts wissen.

Die Sekunden rieseln ... Die *Mutigen* sind jetzt in den Kabinen des Aufzuges aufgeteilt; jeder Einzelne bekommt haargenau mit, wie es den Übrigen ergeht. Höchste Spannung. Werden es alle schaffen, wegzukommen? Schaffen sie es? Sie schaffen es? JA! Prima! Einer nach dem anderen!!! Nur HOMBRE und eine junge Frau mit langem, dunkelbraunem Haar und ihrem Freund, die sind noch immer in einer Aufzugskabine. Nur wenige Schrauben müssen noch zurück an ihren Platz. Dem HOMBRE fällt eine Schraube aus der Hand. Verflixt! Nicht so wichtig! Nur flott! Nur flott weiterdrehen. Nur noch wenige Sekunden bleiben zur Verfügung ... Außer den dreien ist die Fabrik jetzt menschenleer ... Drei Sekunden! Zwei! Eine! „DRRRÖÖöh ...!!!", lärmt es lang gezogen durch das Werk. HOMBRES Mitleute machen sich aus dem Staub, wer weiß, wohin sie wollen. Nur weg von hier! Wenn man erfährt, was da gelaufen ist, wird man sagen: „Bis auf die einzelne verlorene Schraube da lief alles glatt, wie vom Computer errechnet!" Die Liftkabine von HOMBRE fährt nach oben zum Erdgeschoss ... Von herinnen ist nicht zu eruieren, wann diese Ebene erreicht sein wird. Gleichzeitig sieht HOMBRE, wie durch das Tor zum Fabriksgelände Männer ankommen. Die tragen gelbe Schutzhelme. Plötzlich fährt und fährt und fährt der Aufzug nach oben. Die Arbeiter strahlen vom Erdgeschoss aus mit grellen Scheinwerfern die Kabinen nach Schäden ab. Der Schacht und die Kabinen sind nur mit klarem Glas verkleidet. Die Arbeiter sind verärgert: Sie können den Lift nicht benutzen! Verdammt! Er ist aber der einzige Zutritt zum Werksinneren. Vielleicht könnten sie über die Feuerleiter zu ihrem Arbeitsplatz eindringen. Weitere Arbeiter treffen am Gelände ein. Wieso der Aufzug dort hängt, will jeder wissen! Jetzt schaltet das Ding um und rast abwärts, ins Untergeschoss … HOMBRE ist noch immer in der Kabine … Er merkt, er ist von den Strahlen der Suchscheinwerfer schwer verletzt. Was waren das für Strahlen? Er fühlt, er beginnt daran zu sterben. So wie er jetzt drinnen steht, in dieser Kabine. Da hält sie plötzlich an, hält bei einem Werksraum, in einem lichtarmen unterirdischen Keller. HOMBRE sieht die zwei sofort: Da sind ja, da sind ja seine beiden Bekannten von vorhin!!! Kann er helfen? Hilfe holen … Sie schütteln den Kopf: Nein – sie halten sich umfangen; ein Liebespaar: hineingeraten in eine Quetschmühle; so weit verschlingt sie die beiden Liebenden, bis außer Blutsoße nur noch die Köpfe von Frau und Mann zu sehen sind. Jetzt erst sterben diese beiden. Der Anblick möchte HOMBRES Herz zerreißen. „So ein Irrsinn!", denkt er. Und jetzt geht ihm ein Licht auf, wie rettungslos er, HOMBRE, selber schon verloren ist: Wenn er aufgefunden wird, so wird für die anderen feststehen: Nur er, HOMBRE, kann diese beiden umgebracht haben … Nur er! Niemand sonst … Er will von der Stelle. Er wird ohnmächtig. HOMBRE denkt: „Diese furchbaren Strahlen, über die der Mensch verfügt! Herrgott, diese fürchterlichen Strahlen!"

Doch jetzt hat man HOMBRE gefunden. Fast ist er schon tot. Ein Arbeiter kämpft um HOMBRES Wiederbelebung mit allen Kräften! Mit vollem Einsatz! HOMBRE spürt, wie die Bearbeitung sich an seinem Zustand bemerkbar macht; er fühlt, wie ihm Blut aus dem Mund quillt … Den Kopf hat er in Seitenlage … „Dieser Schwule, der muss durchkommen! Der muss!", sagt schweratmig der Mann, der um HOMBRES Leben ringt … Blut quillt. Röcheln. Quellen. Röcheln, quellen … Dann ist augenblicklich alles vorüber, wie ein böser Traum. Ausweichen ins Nichts. Doch jetzt! Wieder Besinnung, kaum Leben, doch: Röcheln, Atmung, röcheln, quellen … Da ist HOMBRE wieder näher bei sich … „Dieses Schwein darf nicht sterben! Der muss für seine Untat an den beiden büßen!", hört er die Stimme des Stahlarbeiters, seines Retters ... Da! Sie stemmen HOMBRE hoch! Sobald etwas Leben in ihn kommt, werden sie ihn von der Trage, auf der er liegt, aus der Höhe einfach hinabkippen wie Dreck; dort hinunter in die Tiefe, wo ein brodelnder Schmelztiegel auf seinen Körper wartet. HOMBRE fällt freiwillig. Ein Todes-fall. Der Geist flieht vor der Katastrophe. Sterben ist Erlösung. ENDE. „Ja, sterben oder nie geboren worden sein! Das wären die zwei einfachsten Alternativen! Das wäre ja ... Zucker wäre das!", denkt der HOMBRE, während er allmählich munter wird. Er reibt sich die Augen. Richtet sich auf im Bett. Er späht hinüber nach der Digitalanzeige seines Weckers; die roten Ziffernzeigen: 8:05!!! Er hat verschlafen.

5) So Hals über Kopf war er noch nie in seinem Auto. Es gießt in Strömen. Immer noch. In HOMBRE zeigt es auf: „Du sollst nicht sterben! Du sollst leben! Nicht sterben! Leben! Leben! Leben ..." – Er wird in sieben Minuten an Ort und Stelle sein! In sechseinhalb Minuten! Er ist gut drauf! Er kommt pünktlich zurecht ... Er schon! „Scheiß Automatik! Warum ruckt denn der Kübel! Der will auf einmal nicht mehr?! Ja, wieso? Wieso denn auf einmal?" „So lauf doch zu Fuß! Nimm deine Füße in die Hand HOMBRE, lauf! Renn, renn, so schnell du kannst!", flüstert HOMBRES Gewissen. Aber es gießt doch in Strömen! Ist doch hirnrissig, bei solcher Witterung laufen! Auf einer Autobahn!!! Auf dem Pannenstreifen etwa? „Lauf HOMBRE! Lauf!"

Es prasselt, es schüttet. Und jetzt auch noch Sturmaufkommen!? „Bei diesem Dreckswetter kann man ja gar nicht die Augen offen halten!", schreit HOMBRE, schreit es dem Schauer entgegen, schreit es dem Sturmpeitschen entgegen, das die Wasserböen über die verwaiste Piste jagt.

Bis auf die Haut ist HOMBRE waschelnass. Das Werk von Augenblicken. „Oh, Gott! Oh, Gott! Wie misst man das: nichts als Beton. Beton, Beton; keinmenschkeinfahrzeug-weitundbreit! Oh Gott! Kann man es einfach AUTOSTRASSENEINSAMKEIT nennen? Genügt das??? Du schwarzer Himmel! Ein Scheißhaufen ist das ganze Leben! Ein niederträchtiger, erbärmlicher Scheißhaufen!", schreit der Mann. Schreit es nach oben.

HOMBRES Stirnhaar verklebt ihm die Augen. Der beißende Sturm schlägt sie ihm wund. In den Seiten sticht es höllisch. Mörderischer Schmerz – Aus! Aus! Aus!!! Der HOMBRE, der setzt sich hin ... Auf das schotterige Bankett dieser gottverlassenen Betonöde ... Aus und vorbei. Der Mann zieht beide Knie hoch. Er versenkt seinen Kopf tief dazwischen hinein. Dann packt ihn der Jammer an. Packt ihn an wie einen alten Schlosshund. –

Dann stellt es dem Mann die Lauscher auf! Was kommt da! Was ist da!!! Er springt hoch. Im Retourgang kommt da ein dunkler Schlitten auf ihn losgeschossen! Ein Wahnsinniger! Der fährt HOMBRE nieder!!! Bremsen leuchten? KREISCHEN? Der hält an? –

Der Wagenschlag auf der Fahrerseite öffnet sich. Eine weibliche Gestalt steigt aus. Vermummt ist das Gesicht. Die Tür bleibt offen stehen; der Wind rüttelt daran. Die Gestalt geht um den Wagen herum. Die Lichter brennen noch. Die Gestalt greift nach der *rückwärtigen* Tür, wie um da einzusteigen. „Dass Sie pudelnass sind, spielt keine Rolle! Sie sind zweifellos pünktlich, HOMBRE! Kommen Sie! Nun machen Sie schon!" –

Er konnte es nicht fassen! Er *konnte* es nicht fassen! Er stieg ein, begann lauthals zu lachen, drehte sich nach hinten, wo am Rücksitz die Gestalt saß, zeigte mit ausgestrecktem Finger auf sie, schlug sich auf beide Knie, zeigte wieder mit nacktem Finger auf die Gestalt, lachte sich halb tot und brüllte endlich auf: „Sie? Sie sind STIMME? Sie?" – Kaum konnte er sich fangen. Auch die Frauenstimme fiel jetzt in diesen Refrain ein. Es war der Refrain eines Sieger-Duettes.

6) „Ich habe jetzt noch eine Frage an Sie, HOMBRE! Vor dieser Fahrt! Wie kamen Sie eigentlich darauf, dass die Ansichten der Alltagswelt verbogen sein könnten! Wann war das zum ersten Mal? Erinnern Sie sich?" „Selbst Goethe hat einst behauptet, es sei Menschenpflicht, anderen nur *sooo* viel zu sagen, wie sie aufnehmen könnten. Fragt doch die Kinder! Bei mir war es durch Zufall dazu gekommen! Soll ich das wirklich erzählen?"

Hombre erzählte: Als kleiner Junge habe er oft bei seinen Großeltern geschlafen. Genau über dem Bett, seitlich an der Wand, an die Hombre sich gern kuschelte, da hing der Meisterbrief seines Großvaters ... Der Großvater war Zimmermann. Sein Meisterbrief steckte in einem einfachen Holzrahmen. Wenn der kleine Hombre nun im Bettchen *lag*, so sah er, dass die Girlanden, die den Meisterbrief schmücken sollten, dass die eine hässliche Fratze zeigten, einen höllischen Dämon! Wenn er, der kleine Junge, im Bett *saß*, dann allerdings schauten sie wieder aus wie schmückende Ornamente! Nichts weiter war im Sitzen zu sehen. Er testete das: Auch die anderen sahen nie etwas, keine Tante, kein Onkel – man sah es wirklich nicht, wenn man in Erwachsenenhöhe vor dem Bett stand (Hombre hatte das mit Großvaters Schemel getestet!) … Nur im Liegen, da war der teuflische Dämon wieder da. Immer. Ewig. –

„Gut, HOMBRE, das ist im Kasten! Bitte drehen Sie sich jetzt zu mir um, sehen Sie mir in die Augen, auch wenn dies die Augen einer Frau sind! Folgendes: Sie fahren jetzt gleich los! Vergessen Sie während dieser Fahrt alles, was Sie in herkömmlichen Fahrschul-Systemen gelernt hätten. – Es sind Normen. Alles Menschenwerk. Sie sollen fahren, völlig frei … Sie sollen antworten, völlig hemmungslos, völlig frei! Denken Sie daran: Es geht um Ihre Benotung, um die Beurteilung, die Ihr weiteres Leben bestimmen wird. Es geht ums Ganze. Nicht nur für Sie allein. HOMBRE, nicht nur … für Sie allein … Sie gurten sich jetzt an und ich bleibe, wo ich bin. Nichts in diesem Auto wird Sie irritieren. Sie werden nur ab und zu meine Stimme hören, wie gewohnt. Bloß nicht über Funk oder Kabel. Ich werde Fragen stellen, die die Zentrale für lebenswichtig hält, HOMBRE! Lebenswichtig! Es wird auf dieser Tour keinesfalls darum gehen, ob Sie ein HOMO sind oder einfach ein HOMO SAPIENS. Es ist völlig wurscht! Dafür lege ich meine Hand in alle Feuer dieser Welt, wenn es sein muss! Also? Zündung! Rückspiegel! Blinker! Start! Nach rechts geht die Fahrt, gleich vorne an der Kreuzung! HOMBRE, nach rechts: Es geht in die Zukunft. Was Ihnen die Vergangenheit noch an Positivem anzubieten hat, das können Sie nach diesem Test noch immer ergründen. Beachten Sie alle Ordnungszeichen! Gefährden Sie niemanden! Fahren Sie umsichtig und rücksichtsvoll! Okay?"

„Also wirklich, Sie verschaukeln mich! Wieso jetzt auf einmal: die Zeichen beachten! Haben Sie nicht grade eben das pure Gegenteil verlangt!"

„Stimmt genau, HOMBRE! Sie haben gut zugehört! Aber: Wenn sich Menschenwerk bewährt hat und wenn sich die allermeisten Fahrer dadurch sicher im Verkehr bewegen können, ist es dann gut oder nachteilig, diese Ordnungszeichen zu akzeptieren?"

7) Als wären sie ab der Kreuzung zur Sonnenseite der Welt eingebogen, rissen die Wolkenfelder auf. Reger Verkehr setzte auf einmal ein, wer weiß, woher die Wagen plötzlich kamen. Diese Straße mit drei Fahrspuren und die da drüben, für den Gegenverkehr: auch drei Spuren. Beide Verkehrsrichtungen einzig getrennt durch eine doppelzeilige Bodenmarkierung in grellweiß, eine so genannte *SPERRLINIE* –

Die Stimme sprach alle Augenblicke lang in ein Mikro. Es war lediglich eine Reportage für die Zentrale. –

„Ja! Selbstverständlich **dürfen** Sie *MIT LICHT* fahren! Natürlich, HOMBRE!", beantwortete die STIMME die Frage des Lenkers. „STIMME, ich fahre immer dahin, in dem Glauben, dass die *ENGEL DER STRASSE* alle mit Licht unterwegs sind! Auch bei Tage! Finden Sie das kindisch?" „Wer sollte die *ENGEL DER STRASSE* als kindisch empfinden, HOMBRE! Welcher kurzsichtige Geist möchte so eine Anschuldigung erheben! Es ist nicht zwingend, mit Licht zu fahren! Nicht bei Tageslicht! Ihre Rede ist immerhin aufgenommen, HOMBRE! Ich denke, sie wird gefallen! Aber nun: Bitte wenden Sie diesen Wagen! Wir fahren zurück zu Ihrem Auto!" „Das geht nicht! Das ist streng verboten! Hier kann ich unmöglich wenden! Hier ist eine doppelte Sperrlinie!" „Bis wir zur nächsten Abfahrt kommen, HOMBRE, da können Sie **HUNDERT** Jahre alt geworden sein! Ihre Zeit ist reif, Sie müssen wenden!", befahl die STIMME, und erklärte weiter: „Sie sollen noch heute Ihr *DIPLOM in Empfang nehmen*. Also HOMBRE, was werden Sie tun?" – „Ich fahre jetzt auf den Pannenstreifen, warte dann! Und so bald ich sicher bin, dass ich niemanden gefährde und ungehindert *HINÜBER* kann, fahre ich im Bogen auf die Gegenspur! Ja?" „Bitte, wiederholen Sie, HOMBRE!" „Sobald ich den richtigen Moment erkenne, mache ich kehrt! Das machen die Menschen übrigens auf allen Autobahnen der Welt so!" –

Nun, wir wollen doch gebührend unterscheiden: zwischen den Autostraßen dieser Welt und den Autostraßen des Lebens; denn auf den Autostraßen dieser Welt ist auch die STIMME **keinesfalls** für solche Wendemanöver! Wir wollen darüber hier nicht diskutieren. –

8) Während HOMBRE sich bereits an seinem Wagen zu schaffen machte, parkte vor ihm auf dem Pannenstreifen der nachtblaue

Schlitten, dessen Motor lief. Die STIMME unterhielt sich mit dem Autotelefon, und auf der Piste rasten Autos vorüber, Sattelschlepper, Lieferwagen und Tanker. – „Nun? Wieder alles in Ordnung?", fragte die Frauenstimme. Das Antlitz war nach wie vor verhüllt, von einem Baumwollumhang, wie die Frauen des Orients ihn zu gleichen Zwecken tragen. Doch jetzt hielt die Frauengestalt ein Dokument in der Hand, und ein Päckchen, das mit einem schmalen Goldband aufgeputzt war. –

„Herzliche Gratulation, HOMBRE! Sie haben mit Auszeichnung bestanden! Die Zentrale meint bloß: Mit dem Lachen, da hapert es noch ein bisserl! Rahmen Sie sich dieses Diplom ein! Es hat keinen höllischen Dämon aufgedruckt!" HOMBRE strahlte jetzt übers ganze Gesicht. Er sagte kein Wort. Der zahm gewordene Wind spielte mit seinem vom Sturm verfilzten Haar. Die Sonne lachte über der Autobahn. „HOMBRE! Hier ist noch etwas für Sie! Es sind die höchsten Auszeichnungen, die überhaupt vergeben werden: Hier im Päckchen werden Sie fünf Bücher von Jane Roberts finden; mehr gibt es derzeit nicht in deutscher Sprache, und hiermit ...", sagte die STIMME, griff jetzt tief in ihre Manteltasche und zog daraus einen Briefumschlag hervor, „... hiermit darf ich Ihnen dies hier überreichen: ein Flugticket nach Paris und zurück, dazu einen Gutschein für zwei Nächtigungen im Hotel Terminus und eine Freikarte für den Besuch im alten Bahnhof, genauer gesagt: für einen Tagesbesuch im Orsay Museum!" Die STIMME machte kehrt, stieg in den Schlitten, und Hombre – seine Schätze in den Händen – lief noch etliche Schritte hinter der Gestalt her. „Grüßen Sie mir die **Impressionisten,** HOMBRE!", rief die Gestalt. Sie schlug die Wagentür zu, gab Blinkzeichen und fuhr einfach ab. –

Vielleicht begegnet Ihnen nächstens ein Mensch, der Ihnen den neuesten, brutalen „Witz" andrehen möchte. Vielleicht ... vielleicht **diesen hier:**

„Was ist das: Im finstern Wald steht ein Homo und kurbelt ..."

Sie dürfen jederzeit *denken*, was Sie wollen! Jederzeit!!! Ich hoffe, Ihre Antwort wird *diese* sein:

„LÖSCHT UNS DIE SCHULD!"

Das Herz der Felder

Interviewer, besonders die nebenberuflichen, sind meistens unterwegs: am Feierabend, an Sonnabenden, an Sonntagen oder auch an Feiertagen. Fragen Sie einmal bei IMAS nach! Die allerseltsamsten Dinge erlebt vielleicht, wer im Grenzland in diesem Job von Haus zu Haus geht. Dort wird man auf alles gefasst. Doch was mir damals begegnete, Ende Mai, in einem alten Bauernhaus? Wissen Sie, was? Also das! Das werde ich im Leben nie vergessen! Da kam ich in eine uralte Küche! Dass ich im Vorraum auf einen Fußboden aus gebrannten Ziegeln stieß und auf eine offene Rauchküche, das konnte ich gerade noch verkraften. Jedenfalls war das eine Mücke, gegen den Lehmboden, auf dem ich dann in der „richtigen" Küche stand! – Das war schon nicht mehr ganz so harmlos. Aber, was ich über diesem Holzherd sah, der ein Eigenbau sein musste? Das wixte mir meine sämtlichen Fragebögen aus den Händen! Wummm! Hätte mir jemand mit einer ungehobelten Dachlatte eins übergeklopft, das hätte mich noch gekitzelt ... Also: Über diesem Herd hing an der weißgekalkten Mauer ein handbestickter Wandschoner. Nicht aus Hausleinen. Er war sicher von feinerer Webe; und diese war mit königsblauer Schlingwolle bestickt: mit Schwalben, die ihre Flügel ausgespannt hatten, mit üppigen Rosen und mit einem Spruch. Als ich den gestickten Text entziffert hatte, frage nicht! Da war es mit mir aus und vorüber! Da stand es verewigt, blau auf weiß:

Lass' deinen Mut nicht sinken, scheint auch der Himmel – tot, denn hinter dunklen Wolken – erstrahlt das Morgenrot!"

Nun? Ist das kitschig genug! Oder etwa nicht? Sie kennen derartige Wandbilder? Vielleicht aus Ihrer Kindheit! Doch räumen wir sofort jedes Missverständnis aus dem Wege. Diese Begebenheit trug sich zu: im Jahre 1990, am Christi-Himmelfahrtstag, am 28. Tag des Monats, an einem Donnerstag, um präzise zu sein.

Verkühle sich niemand und denke: Gerade der schlichte Ackermann – habe keinen esoterischen Draht nach oben. Meinen Sie, die

Türen einer Buchhandlung seien ausgerechnet für kleine Landwirte verschlossen? Fehlanzeige! Deren Draht ist heiß! Heißer, als jeder irdische Schmelztiegel aushalten könnte. Gerade in den alten Gehöften wurde mir diese Tatsache schier pausenlos vor Augen geführt. Nicht ein einziger Zweifel ist gestattet. Jetzt noch. – Für deren Verschwinden ist vorgesorgt. Beiallengutengeistern!, dafür ist sehr getreulich vorgesorgt. Verlassen Sie sich darauf! –

2) „Das ist würdig und recht!", sagt der Bauer. Er streicht sich über die sonnengebräunten Lippen, mit einer Ähre, die er seinem Weizenfeld entnommen hat. Er steht da, am Feldrain: unten, in schwarzen, kotigen Lederstiefeln, braunen Arbeitshosen vom Lagerhaus, und oben beschützt von der ewigen NATO-Jacke. Mit der Kapuze spielt der Ährenwind. „Das ist billig und heilsam!", raunt der Mann. Er beißt in den grünen Kern, den er der Ähre entnommen hat. Den Spruch? Den hat ihm die Kirche beigebracht. Diese zwei Sätze sind Michaels Heiligtum. Die Kirche selber? Die kann dem Landmann gestohlen bleiben. Er hält nichts vom „Pfaffenpack". Er kennt nur wenige Ausnahmen von dieser Regel. –

„Oh, Herr, ich bin *nicht* (?) würdig, dass du eingehst unter mein Dach?" Wozu soll er das beten! Seiner Meinung nach sind das doch die übelsten Worte, die man einem Menschen anbieten kann. Der Michl? Der betet ganz anders, himmelseitennocheinmal! Ganz anders: „HERR, lass mich würdig sein, dass du gern einkehrst unter meinem Dach! Denn sprichst du dein Wort, so ist meine Seele gesund!", so geht das Gebet! So geht es, liebes Rom! So! Und nicht anders! – „Pickt euch den alten Ramsch an den Vatikan! Oder von mir aus, auch an den Lutheran!", brummelt der Michl. – Oh, ja, er weiß das: In den Klöstern der ganzen Welt wurden großartige Taten geleistet. Ganz großartige! Immer. Bis heute. Wer weiß, wie die Welt im Jahr 2000 aussähe, wenn die Klosterarbeit nicht getan worden wäre. Er will es gar nicht wissen. Was hätte er davon. Er ist ein Dickschädel. Von Natur aus ist er unbeirrbar, stur, zäh. Einfach, wie Gott ihn erschaffen hat. Immer gleich, zahllos oft, in jedem Jahrtausend. Der ewige Ackersmann, der hält nicht viel von der so genannten Allgemeinbildung; vieles an ihr reimt sich nicht und haut ihm bloß seine „Sicherungen" durch! Er fischt sich selber, was er haben will. Er weiß Bescheid, über jedes Vieh, das zum Haus gehört, an jeder Maschine, ihm macht keiner was vor. So überzeugend kann einer gar nicht daherreden! Wenn der Michl schon einen feinen Anzug sieht und aus dem Anzug dann noch eine Lobespredigt über dies und das kommt, dann hat der Bauer schon gefressen. Dann lässt er den geschniegelten Anzug reden, denkt sich sein Teil, kehrt sich zwischendurch seiner Mistlacke zu und spukt in hohem Bogen hinein. Sämtliche Hallelujas, die mit dem wahren Herrgott nichts zu tun haben, die stehlen ihm nur die Arbeitszeit. Und irgendwann geht dann der Anzug aus dem Hof und denkt sich sehr seriös: „Dämlicher Hund, der du bist! Wenn du den Zucker nicht magst, wirst du die Daumenschraube kriegen!" Der Michl, der hat das nicht erst einmal erlebt. Wenn er einen feinen Anzug nur schon vor dem Tor sieht! Er kennt es gleich am Gesicht, das daraus hervor in den Hof schaut. Er sieht es gleich, ob einer ein Herr ist oder ob der einer ist, der ihn ködern möchte. Er hat dafür eine Hundsnase, er, der Michl, der dämliche Hund. Wenn er dort wäre! Wenn der sich wählen ließe in den Gemeinderat, der wäre schon – werweißwielang –, der beste Bürgermeister! Aber diese Auszeichnung, die lockt ihn kein bisschen. Auch nicht die Vorteile, die er dadurch hätte. Er meint, dann könnte er nicht mehr mit gutem Gewissen in seinen Schweinestall gehen. Den Viechern möchte sonst vor ihm das Grausen kommen, sagt der Michl. Für gewöhnlich. –

Jetzt steht er da und schaut hinauf zu den Wolken, errät ihre Bilder, und sieht, wie sie sich verändern. Er hat die Bedürfnisse der Erdoberfläche wahrgenommen. – Er und seinesgleichen. Er hat das Brot bestellt … Brot … Brot, für alles, was Nahrung haben wollte. – Der Mensch lebt nicht von Brot allein …? „Das stimmt schon, himmlischer Vater! Das stimmt schon!", gibt der Mann zu. Und der Weizenwind fährt ihm, von hinten her, durchs kastanienbraune Haar. Fast wie eine Liebkosung von oben her. Der Mann fährt fort zu reden: „War der Bauer nicht immer einer deiner treuesten Diener, Herr! Hast du nicht deshalb seine Hände mit Arbeit gesegnet? Früher, da haben wir uns einreden lassen, dass die anderen, die Herren über uns seien! Heute wissen wir es besser! Und deshalb diese unvorstellbare Gier, und deshalb ihr Totschlagen. Sie wollen alles, alles, alles, solange sie noch an den herkömmlichen Rudern sitzen! Schau herab, oh Herr! Schau herab, du, der du in allem Lebendigen lebendig bist!" –

3) Michael ... blickte noch immer hinauf, dorthin, wo die Luft flimmerte. Dorthin, wo ein schmaler Doppelstreifen aus weißen Wölkchen eine Spur zeichnete; wo zwei Kondensstreifen ineinander griffen, als wäre es nur ein einziger; ... wo eine menschliche Macht ... demonstrierte: Dort ist ein Mensch: Herr, über diesen Teil der Kugel Erde; dort ... hoch ... über ihm. Im unendlichen Blau. –

Will man erfahren, wer das wirklich ist, der Michl, so ist man mit dem berühmten „DEUTSCHEN MICHL" denkbar schlecht beraten. Man frage am besten den Kirschenbaum, der da neben dem Rain seine Wurzeln tief und fest in der Erde hatte; man frage seine gezahnten Blätter, die das männlich-schöne Antlitz jetzt beschatteten. Man frage die knorrigen Baumrinden; seine schwielige Hand steichelte jetzt darüber; den ganzen, treuen Stamm nach hinunter zu, den weichen, saftigen Gräsern zu, auf die der Mensch sich jetzt ... schwer niederließ. Die Halme ächzten nicht. Sie bildeten ein weiches, gutes Polster. Ein Geschenk der Natur.

Aber er schien es nicht auszuhalten unterm alten Baum. Er stapfte zurück an den Rain, beugte sein linkes Knie ins Erdreich hinein, das andere hatte die gefalteten Gebetshände abgestützt. Sie waren immer etwas verschwollen. Vom schonungslosen Arbeitswillen. Er betete jetzt, und nur der Pirol hätte es hören können, aber der sang. – „Lass mich dein sein und bleiben, du treuer Gott der himmlischen Heerscharen! Lass mich nicht aufgeben vor dem Anblick des goldenen Kalbes, um das die Welt in dummer Freude taumelt. Lass mich nicht wanken. Gib mir Beständigkeit. Hier steh ich und ich kann auch nicht anders! Herr, merke auf meinen Namen, der heißt: MICHAEL, heißt: *WER IST WIE GOTT;* so steht es in allen meinen Papieren. Auch in den Papieren meines Vaters. Auch in denen des Großvaters und wenn nicht gar auch noch in denen von meinem Urähnl. Du hast mich gerufen bei meinem Namen. Kaum, dass die Sterne waren und das Wasser und das Festland und alles Getier. Mir, Herr ... mir und meinesgleichen hast du geboten: *MACHT EUCH DIE ERDE UNTERTAN!* Die Erde!, hast du befohlen, *DIE ERDE!* Du hast niemals geboten: *MACHT EUCH DIE MENSCHEN UNTERTAN!* Niemals! Niemals hast du das irgendwem aufgetragen! Sie haben DICH bloß falsch verstanden, haben dir nicht zugehört. Und schau nur, was sie angerichtet haben ... Aber das Schreiben und das Lesen haben sie uns beigebracht. Das Lesen, Herr, das Lesen hat mich erst zum richtigen, selbstbewussten Menschen gemacht. Deshalb darfst du, Herr, den Blindlichtern nicht böse sein, darum bitte ich dich. Du siehst ja, langsam kapieren sie, was sie tun. Es ist ja auch gar nimmer zu übersehen! Nicht einmal von denen selber! Sie wissen ja gar nicht mehr, wie sie damit klarkommen sollen! Nur mich, Herr, lass nicht wanken! Sieh nur, wie das Land lächelt, und schau einmal voraus, zu den Bildern, die sie dir voraus nach oben gejubelt haben, Herr! Du weißt, dass es nicht so weitergeht. Aber sie sind stumpfsinnig. Herr, wenn ich mit dem Deutz und mit dem Anhänger auf der Bundesstraße fahre, dort stehen jetzt Plakate, auf Holzstäben, in die Böschungen gerammelt. – Ich denke da zum Beispiel an gestern Nachmittag: Da hat mich grade unterwegs ein Donnerwetter sauber erwischt! Und da, wie der Himmel so wild seine Tränen ausgeschüttet hat, Herr, da haben sich die lächelnden Gesichter auf diesen Plakaten in ganz kleine Fitzerl zerfleddert; das Lächeln ist auseinander geronnen, in Nullkommanichts. Herr und ich hab mir gedacht, so würden die Gesichter dreinschauen, wenn sie für ihr Sitzen und für ihr Kommandieren so viel Entgelt bekämen, wie bei meiner Wirtschaft herauszuschuften ist. Nach ihrer Vorschrift. Herr, gütiger Vater, gib mir Beständigkeit. AMEN. Das heißt: So sei es!" –

Dieser Michael, der kennt die Gesetze des Geistes. Er kennt sie genau. Peinlich genau. Wenn jemand etwas dagegenhielte, man müsste ihn charmant – im Jargon des Michl – ein Blindlicht nennen, eines, das besser noch ein Weilchen unter einem großen Scheffel bliebe, um dort so viel wie möglich geistige Nahrung zu sich zu nehmen. Erst danach sollte es wagen zu flackern. Erst dann.

4) Der Michael war unterm Kirschenbaum eingeschlafen. Und der Pirol, den hörte man noch immer. Wenn der Mensch bei Tage schläft, so hat er vielleicht einen Nebenerwerbs-Job, der seine Nächte in Anspruch nimmt. Dass man von der Wirtschaft, der kleinen Landwirtschaft heute nicht leben kann, wissen wir bereits. – Das *kümmert* keinen MICHAEL. Keinen! Nicht jenen, der das Herz der Almen ist; nicht jenen, der das Herz der grünen Ebenen ist; nicht jenen, der das Herz der Tiere ist; nicht jenen, der Land-

und Forstwirt ist; nicht jenen, der das Herz der Felder ist. Er weiß, was es bedeutet, unterdrückt zu werden; er weiß, wo Gott wirklich wohnt, immer gewohnt hat, immer wohnen wird. Das Lesen hat ihm die gutgläubigen Augen geöffnet. Nicht das Lesen seiner Schulbücher; das freilich nicht! Doch der Bauer malt innere Bilder, herrlich wie die des akademischen Meisters sind. Er denkt so geradeaus und auf den gleichen Wegen wie Sokrates. Er liebt die Musik, das Lied und weiß sich daraus seine Zukunft zurecht zu singen. Sollen wir frech sein? Wollen wir einem solchen MICHAEL ins Hausbuch gucken? Wollen wir? Erwarten Sie bloß keinen Poeten. Schon gar keinen wirklichen Texter! Ich bitte Sie! Er hat sich bloß einen Reim zurecht gelegt, nach einer Melodie, die ihn – vom Radio her – so unvergleichlich eingenommen hat. Und da der Michl nun einmal kein Englisch kann, hat er sich einen eigenen Reim auf diese, „seine" Melodie zurechtgedrechselt. Und er hat sie stets nur mit diesem einen Text gesungen:

„Weiß stehen Wolken ... im endlosen Bau, sieh nur: die Wiesen ... sind voll im Erblüh'n! Komm! Lass uns wieder ... am Waldesrand träumen, wo unser Glück begann, zieht es mich hin: wo wir im Herbstwind ... uns zärtlich geküsst, wo wir verliebt in das Land ringsum sah'n, das noch die Sonne mit goldenen Strahlen freundlich umspielte, ich denk oft daran. – Weiß zog ein Winter hin – über die Breiten, schmückte die Bäume mit Raureif und Eis, doch nun ist Frühling. Du liebst mich noch immer, und deine Lippen, die küssen mich leis'!"

Das hat sich der Michl zurecht geschrieben, als er zweiunddreißig war, als er immer noch keine haben wollte, wie sie ihm „angeboten" wurden. – ER hat mit seinem Herrgott geredet, im Stall, in der Scheune, in der Kammer und im Stillen beim Strohverladen. Er hat nicht nachgelassen. Auf einmal hat eine innere Stimme ihn gerufen. Da wusste der Michl: jetzt, fixnocheinmal! Jetzt ist es so weit!!! –

5) Unter diesem Kirschenbaum setzte der Mann sich sehr gerne hin. Um zu schlafen. Er war eines Tages irgendwie auf den Gedanken gekommen, das hier müsse ein Ort sein, der geheimnisvolle, himmlische Wunder geradezu magisch anziehe. Vielleicht ist das überall bei Kirschenbäumen der Fall? Vielleicht kann es unter *jedem* Baum geschehen. Könnte durchaus sein. Dem MICHAEL,

von dem hier die Rede ist, dem ging dieses Licht erst vor gar nicht so langer Zeit auf.

Es war am Namenstag von RUTH. Ein schöner, milder Nachmittag überflutete die frisch besäten Äcker. Saatkrähen krächzten, so laut, dass es vom Nopler – den die Einheimischen „das Biri", ihr Gebirglein, nennen – zurückhallte. Die sonnengesüßten Kirschenzibeben hatten längst die Vögel ratzeputz vom Baum geerntet. Der Baum trug noch reichlich Laub, genug, um den Landmann vor Sonnenbrand abzuschirmen. 1989 – war das Jahr. Und es war genau der erste September. Jener Nachmittag, an dem Michael unterm Kirschenbaum eingeschlafen war. Der Traum, den ihm der Himmel dort verehrte, war eine *Besonderheit*. Eine Himmelsgabe fürwahr. Bedenken wir, dass kurze Zeit nach diesem Datum zwischen Österreich und Ungarn der Eiserne Vorhang aufging, so fällt es ganz leicht, die Tragweite dieser himmlischen Eingebung zu ermessen. Es darf noch ganz ausdrücklich betont werde, dass dieser Michael, von dem hier die Rede ist, dass *dieser* Mann seit Wochen und Monaten *kein* Radio gehört und *keine* Zeitung gelesen hatte; er war mit Arbeiten bis zum Hals eingedeckt, Arbeiten, welche ihn von solchem Einfluss absolut abschirmten. Bitte dies zu bedenken, wenn Sie jetzt gleich Einsicht nehmen in dieses Traumerlebnis, das hier so brutal einfach wiedergegeben wird, wie die Notizen eines einfachen Menschen eben sind:

„Am Sankt-Ägydus-Tag: HELLER, BREITER FLUSS fließt pfeilgerade nach Ungarn hinunter, etliche Brücken waren zu erkennen. Das Flussbett war ohne erschaubares Ufer: Gleiches Höhenniveau der Strömung, mit der parallel laufenden Asphaltstraße. Die Fahrt erfolgte in einem breiten Floß, das hatte etliche weiße Segel ausgespannt. Die Fahrt wirkte auf mich sehr erfrischend. Wohl tuend. Belebend. Vorher fand auf dem Dock ein Kampf statt. Piraten haben gegeneinander gefetzt. Mich wollten sie auch mit hineinziehen. Bin aber denen irgendwie ausgekommen."

5) Es war dies ein Traum, der hier im Grenzland Österreich-Ungarn spontan die schlafende Bevölkerung heimsuchte; alle, die vom Saufen wenig hielten, und alle, die sich dessen bewusst waren, wie wesentlich so mancher Traum schon geholfen hatte, vor allem, wenn ein Traum als Warntraum erkannt worden war oder gelegentlich sonst ein nützlicher Hinweis durch Traumbilder einge-

troffen war. – Vor allem ältere *Menschen* aus dieser Gegend, solche, die keinem stressigen Berufsleben mehr unterworfen sein *müssen*, die rückten von sich aus heraus mit ihrer übereinstimmenden Sprache ... Vor mir: ... vor der Interviewerin, die mit ihrer Diensttasche und mit ihren Listen von Ort zu Ort, von Hof zu Hof, von Haus zu Haus, von Küche zu Küche ... die Schnallen drückte.

5) Vielleicht haben heute viele Menschen in der Welt den Mut, vor sich selbst zu bekennen, dass ihnen Ähnliches widerfuhr, als die DDR im Begriff stand, ein Volk von freien Bürgern zu werden. Hier im Grenzland, nahe vor Ungarn, also vor dem vergangenen EISERNEN VORHANG, da schlich sich in der Sache DDR ebenfalls ein merkwürdiger Sender ein; bis hin zu den einfachsten Traumantennen. Wie das aussah? Wollen wir nachblättern? Wirklich? Wir müssen aber diesmal davon ausgehen, dass die Sache diesmal schon geritzt war. Bloß, „der dumme Hund", der hatte sie nicht verfolgt; weder im Radio noch in der Zeitung. Auch seine Frau nicht. Auch sie war anderwärtig bis zu den Ohren mit Beschäftigung eingedeckt. Wenn da einer im Haus ein Radio aufgedreht hätte? Ihr Stress wäre imstande gewesen, das unschuldige Rundfunkgerät durchs Fenster, bis vor den fahrenden Autobus dort draußen, zu werfen! Also. Wollen wir? Sie sollen mir nicht vorwerfen dürfen, ich wäre neidisch. Ich behaupte: Ich bin es ganz und gar nicht. Nicht das. Nicht neidisch. –

Der Traum von *MICHAEL* war so: „TRAKTOR, HIMMELSERSCHEINUNG. – SIE ist mit meinem Traktor gefahren, auf einem schmalen Waldweg, fuhr ihn entlang, weil sie wenden wollte. Im Wald war es nicht sehr hell. *SIE* hat zum Hof ihrer Großeltern hin gewendet. Dort war an der Straße ein Laden. In Wirklichkeit war dort einmal ein Pferdestall. Aber jetzt war da ein Laden. Dort hatte eine dicke Pensionistin einen Ölofen eingekauft. *SIE* sagte zu der: ‚Wenn Sie wollen, transportiere ich gleich Ihre Fracht!' Denn SIE müsse gleich losfahren, käme sowieso bei der Wohnung der Dicken vorbei. Die Dicke schaute unschlüssig aus. Plötzlich gab eine Sirene Feueralarm. *SIE* stürzte hinaus in den Hof, zum Traktor hinaus. Konnte nicht sofort los, denn, wie blöd: *SIE* hatte den Startschlüssel abgezogen! Sie hatte den dort deponiert, wo früher einmal die Bretter lagerten. Sie wollte ja nicht, dass Unbefugte in einem unbewachten Moment mit meinem Traktor abhauen! *SIE* lief um den Schlüssel, doch da fuhr *ich* bereits ohne den los. Den Schlüssel noch in der Hand, lief *SIE* hinter mir drein. Dann sammelten wir uns auf der Brücke, auf der Hauptstraße, etwa 100 Meter vom Hof *IHRER Großeltern* entfernt: Jetzt war es, als wäre totale Sonnenfinsternis. Mit freien Augen konnten wir alle beobachten: am Himmel, am Nachthimmel – wohlgemerkt, da stand ein Stück *ERDTEIL*, wie von einem uralten Globus entnommen: dunkelgelb gezeichnet, also ein einzelner Erdteil: ROT begrenzt, in Schwarz bezeichnet und beschriftet: „D … D … R". –

So war es in den Himmeln zu erblicken: Bald schien der ERDTEIL heller und größer, deutlich erkennbar, bald lag ein dunkles Wolkenfeld darüber und die Grafik schien verdunkelt und kleiner zu sein, das heißt: zurückzutreten, aus diesem Blickfeld. Es war, als suche man ein Bild unters Lichtfeld eines Mikroskops zu bekommen. *SIE* ging mich jetzt an: „Bitte, was ist denn das!?" – Da kam aus dem Himmel die Mitteilung (männliche Stimme, wie Präsident der Vereinigten Staaten): *„DIE BEVÖLKERUNG MUSS SICH NICHT BE-UNRUHIGEN!"* … es sei dem Satelliten *dort* der Platz nicht mehr genehm – Dabei sah man dauernd das Bild, bald grell und rein und groß werden, bald dunkel und klein in die Wolken zurücktreten. Es ging weiter: *„… wir werden ihn einfach NEU platzieren!"* Plötzlich lag die Erscheinung mit einem Ruck auf einem neuen Punkt: Die Skizze da zeigte jetzt (nach dem Atlas mitgedacht): *„Etwas westlicher als zuvor …"* – *So* bot sich das Bild jetzt über unseren Köpfen: Über den Köpfen *aller*, die auf dieser *Brücke* standen. Unter diesem Himmel, in welchem sich das Wunderliche abspielte. ENDE.

6) Was die Freiheit des ernst zu nehmenden Esoterikers heute noch turmhoch übersteigt, gilt längst nicht als Grenze für eine einfache Interviewerin; Ihre Minika Benedikt ist übrigens nur „nebenbei" beschäftigt mit Esoterik … Naturbedingt … ich bin sozusagen in dieser Hinsicht vogelfrei. Doch es gibt eine Wissenschaft, die der liebe Gott mehr liebt als die meisten anderen. Welche es ist? Ich hätte das Thema nicht anschneiden sollen? Und wie soll ich erzählend zur Einsicht hinführen, dass ich *nirgendwo* festgenagelt bin?

Also mache ich es mir einfach: Minika liebt da am liebsten, wo Gott bedankt wird. Und damit sind wir wieder bei der Dichtung angekommen. – Doch nur beinahe. Eigentlich … noch nicht:

Also, zurück zur Realität: Vielleicht taucht bei jemandem die Frage auf: „Ja kann denn ein einfacher Bauer seine Träume wirklich – wie im Beispiel des MICHAEL – *eigenständig* berichten? Das fordert die Interviewerin heraus, eine Gegenfrage zu stellen: „Wenn ein einfacher Mensch täglich in seinem Dienstbuch Meldungen einzutragen hat, und das seit etwa zwanzig Jahren, wollen wir ihm dann auch zutrauen, dass diese präzise verstanden werden? Wir verstehen uns also. Wieder einmal mehr. Ich erzähle aus meinen Interviews, um der Wahrheit zu dienen. Nicht der Wahrheit des erhobenen Zeigefingers, nicht der Wahrheit, die bisher Leid über die Erde gebracht hat, nicht der Wahrheit der Finsternis. Sie haben das schon bemerkt. Hierbei *muss* ich gelegentlich „alle Gesetze der Erzähler-Kunst" brechen. So ist das Leben. Wer mir verzeihen kann: Ich MUSS –

Damit setze ich mit den feinsinnigen Möglichkeiten der Dichterkunst fort:

7) In meine Erzählung hat sich bereits gewaltig „der Hund" eingeschlichen. Es käme für Ihre Minika geradezu einer Todsünde gleich, diesen Umstand nicht *weidlich* auszuschlachten! Ein Verbrechen wäre das in meinen Augen. Wahrscheinlich ist ohnehin „jedem" bekannt, dass gerade DER HUND in der fortschrittlichen Traum-Symbolik eine herausragende Stellung einnimmt.

Auch den Iwan Turgenjew können Sie fragen oder all die anderen Dichter aus dem Buche: *DIE BESTEN HUNDEGESCHICHTEN*, Verlag Diogenes. Was meinen Sie wohl, wen hat der taubstumme *GARASSIM* ertränkt, als er seine geliebte MUMU in den ewigen Wassern des Stromes zurückließ und hernach seiner eigenen Wege zog. Seiner ganz persönlichen Wege. War es nicht ein Aspekt seines früheren ICH, von dem er da in so *erschütternder* Weise Abschied genommen hat? Ganz sicher war es so. Fragen Sie Turgenjew. – Fragen Sie. –

In dem Zusammenhang, der eben angerissen wurde, soll es uns nicht wundern und nicht kränken, wenn der Himmel bisweilen zu drastischen Maßnahmen greift, um ein Hündchen beizeiten zur Vernunft zu bekehren. *Nichts* ist so schlimm, als dass es nicht in Liebe geschähe. Denn vielleicht ist grade die „geprüfte Liebe" zu *besonderer* Hingabe fähig:

Lange Zeit war das schwarze, struppige Hündchen des MICHAEL ausgesprochen eigenwillig, eigensinnig gewesen. Es liebte seinen Herrn. Es war *trotzdem* der Ansicht: seine vier hohen, flinken Läufer dürfen es nach jeglichem Pfeiftmichnix in dieser Welt herumtollen lassen. –

8) „Horch Alte, wie sich die Kleine heute wieder aufführt!", beschwerte sich der Altbauer bei seiner Frau; sie wirkte eben auf einem bemehlten Brett herum, am Nudelteig für den Abendtisch. – „Lass den Hund bloß an der Kette! Lass den! Die kurze Zeit hält der schon durch! Wenn der Michl heimkommt, muss er gleich den Schrot mahlen, und wer weiß, ob er nicht noch einen Meter Holz schneiden möcht, heute: Die Kreissäge hat er schon aufgebaut unter der Hoflampe! Er wird ja gleich wieder daheim sein! Lass du den Hund bloß an der Kette, Alter!" Doch der alte Mann wollte nicht hören. Vor allem wollte er den Hund nicht mehr bellen hören. Der gäbe ja Ruhe, sobald er nur frei im Hof rumlaufen dürfe!

… und Bellas Läufe trugen sie, mit den Riesensätzen eines Windspieles vergleichbar, der weitläufigen Hauswiese zu. Dieses Grünland war nur wenige Sätze von der langen Hundekette entfernt. Die Kette lag jetzt im Nest aus frischem Stroh; ein Nest, das der Hund nur noch mit der jungen Katze teilen wollte, in die er innig verschossen war. Jetzt aber setzte Bella wie der Wind über Gräser und Maulwurfshügel davon, die Wiese so dunkel, das Hündchen so dunkel erscheinend wie die angebrochene Dorfnacht. Bella wusste genau, wo das Herrchen zu finden war. Es tat seinen Dienst immer getreu. Der Hund kannte die Uhrzeit auf die Minute genau. Wie sein Herrchen auch. Und da war die Straße, über welche Herrchen ihn stets hinübergetragen hatte! Herrchen hatte einen festen Griff, jedenfalls so lange sein Hündchen liebevoll in seinen starken Armen hing. Und dann leckte der Hund, er durfte das, die Hand, den Arm, der ihn so milde trug, immer hinweg über das Pflaster, auf dem für einen kleinen Hund das Verderben lauert. – Doch Bella … scherte sich nicht um die rasenden Blechhunde. Ssst, Ssst, rasten sie an ihr vorüber. So ein anmaßendes Pack! So eine Gemeinheit, einen kleinen Hund einfach nicht zu seinem Herrchen laufen zu lassen!!! Schwarz war der Abend. Gerade in diesem Bereich der Autostrecke. Schwarz der Abend. Und schwarz … die kleine Bella. –

Die Reifen kreischten. Der ganze Hund war zerschlagen. Sein Schädel eingeschlagen. „Wo bist du, mein Herrchen! Wo? Ich kann mich nicht mehr halten, Herrchen!" – Niemand kann sagen, wie der blutüberströmte kleine, schwarze Hund über die weit sich hinunterziehende Böschung kam, wie er hunderte von Metern in dieser Sterbensnacht zum eigenen Hof zurückfinden konnte. Als der MICHAEL heimkam, fand er die Kette leer. Wie am ganzen Körper zerbrochen, lag Bella ins Stroh vergraben. Wollen wir wetten, dass sie sich erholte? Sein Herrchen redete immer wieder ein auf Bella, nur: Berühren durfte sie niemand. Nicht mit dem leisesten Hauch. Sie starb tagelang und nächtelang. Und zwischendurch öffnete sie ihre schwarzen, klug gewordenen Äuglein, und fragte damit: „Du MICHAEL? Magst du mich wirklich noch?" –

Seit die kleine Bella von den Toten auferstanden ist, kennt sie nur diesen einen Gott: Er trägt Stiefel, so kotverschmiert, dass man ihr Schwarz kaum erkennen kann, kotverschmiert von guter Erde sind sie, er trägt braune Hosen und eine ewige NATO-Jacke. Er hat die gütigsten Augen, die Bella kennt. Bellas einziger Gott ist dieser Mensch. Er heißt: MICHAEL. –

9) Und wieder steht der Mann vor seinen Furchen. Die neue Saat ist eingeeggt. Die Winterfrucht. Der Septemberwind kühlt ihm die verschwitzte Stirn. Der Augustmond hat ihm den starken Vater weggerissen. – An gebrochenem Herzen ist der Alte gestorben, ist heimgegangen zu seinen Vätern und zu all den Nachkommen, die diese Erde eines Tages beleben werden. So tritt der alte MICHAEL vor die Schranken des Jüngsten Gerichtes: mit gebrochenem Herzen. Er tut es stellvertretend für viele Männer seines Jahrganges. Mit gebrochenem Herzen. Die schönsten Wiesen und Äcker dieser Region waren bis vor kurzem lebendig, unter dem treuen Pflug. Unter seinem. Unter dem des jungen Michael. Dann haben die „Allesrichter" den Grund einfach „zusammengelegt", nicht aus Ursachen, die höchst aktuell dem Wohl der Allgemeinheit dienten. Unter gar keinen Umständen! Die *UMWIDMUNG* von Bauernland auf Industie-Baugründe und Straßenbaugebiet lag schon im Verwaltungs-Schreibtisch, so klagt/e man überall, von Dorf zu Dorf, von Hof zu Hof. Und meistens (so ging's durch die Dorfschenken durch) haben ausschließlich „die Herrn aus dem Gemeinderat" die Liegenschaften des alten Michael zugeteilt er-

halten: Endlich ein Reibach!!! Und die Michls erhalten im Gegenzug dafür das „Braucht-keiner-Land". – So wird Judas über Nacht zum smart grinsenden Millionär ...

Just zu jener Zeit war Ihre Minika Benedikt weiter weg von hier ... spät abends auf einer leeren Dorfstraße mit ausgefüllten Listen zu ihrem Auto unterwegs: Ich trabte am gegenüberliegenden Gehsteig, an den warm erhellten Fenstern eines Schenkhauses vorbei: Da stürzte lärmend aus der Tür ein Kopf betuchtes Mütterchen. Halb schon heraußen, hielt es die Tür auf, und ich konnte den erbosten Zurückschrei aus dem tränennassen Mund beim besten Willen nicht überhören: „Der Schlag soll euch treffen, alle, so wie Ihr da sitzt!" – Ja, wer denn da drinnen sei, wollte ich dann vom Mütterchen erkunden. Da zechte also eine Runde frisch gebackener Gewinnler hoch her.

Sie feixten, soffen, schlemmten; sie feierten üppig, dass sie vorige Nacht die fetten Kräuterwiesen der „dummen Hunde" für sich umgepflügt hatten. – Mit der *außerordentlichen* Wucht ihrer Worte hatte die arme Bauernfrau vielleicht gar nicht gerechnet. – Als ich ein gutes Jahr danach mit Fragebögen neuerlich in jenen Ort kam, von Haus zu Haus, da musste ich die Berichte zu Kenntnis nehmen: aus der schallenden Runde jenes Abends hatte nicht einer das Jahr überlebt. –

So ging das zu in Forst und Land. Wohl im ganzen Vaterland. – Und für dieses Land hat der alte Michael zwei lange, unselige Kriege durch seinen eisernen Sturschädel hingehalten. Und er war gut heimgekommen. Immer hatten die Bilder seiner Heimat ihn über alle blutigen Wasser gehalten. Immer. Aus der verbrannten Erde würde neu der Weizen wachsen, die Gerste, der Hafer und alles, was Gott nur wohl gefallen wollte. Dies war ein Land der *Äcker*! – *Dieses* Land! Und alle MICHAELS sangen die Hymne dieses Landes gerne. Die Hymne. Niemand anderer hätte ihren würdigen Text zu schreiben vermocht, niemand anderer als die unvergleichliche Paula Preradovic. Sie waren ein Himmelsgespann: der Genius Mozart, die Paula Preradovic und diese gottgewollte Hymne. Ja, du Land der Äcker. –

Der junge MICHAEL, der wird sich seine Finger nicht dreckig machen. An der harten Arbeit, da ja! Nicht aber an den alten Untaten. Er wäscht seine Hände wahrhaftig in Unschuld: Er hält es mit seinem Herrn und mit dem Heiland. Und er weiß, dass die Heiligen lebendig sind. Nicht weil ein irdisches Gericht sie spät bedankt und in seiner Reue irgendwann zu Patronen ernannt hat. Wie heilig alles ist, alles, was lebt, das versteht nicht gleich einer so gut wie der, der da heißt Ackermann. Ihn hat Gott erschaffen aus dem unversehrten Erdreich dieser Erdkugel. – Ein Michael weiß: Gott lässt seiner nicht spotten:

Die Krankheiten dieser Welt – bezeugen das, die Krankheiten der Erdoberfläche – bezeugen das, die Krankheiten der Tierwelt – bezeugen das, die Krankheiten der Flora – bezeugen das, die Krankheiten der Meere – bezeugen das, die Krankheiten der menschlichen Psychen – bezeugen das, vor allem bezeugen das die Triumphe der geistigen Höherentwicklung, die sich spätestens seit den Vorfällen in ELMIRA weltumspannend Geltung erobert hat; eine große Gnade ist das: in so einer Ära am Leben zu sein. –

„Herr, das ist würdig, und lange Zeit war nichts so recht wie diese Begebenheiten, damals, 1982, im fernen Amerika! Herr, sie nennen das nicht ganz umsonst: DIE NEUE WELT. Auch wenn dort schon wieder mancher meint, er müsse dir ins Handwerk bushen. Und ich danke dir, dass mich wer das Lesen gelehrt hat!", sagt jetzt der Michl und wischt sich ein paar helle Tränen aus den Augenrändern. Dann kehrt er sich um nach seinem alten Deutz, der hustet, macht erst nur: tschiii, going, going, going, aber dann bringt er seinen Bauern sicher bis zum nächsten Acker. Da staunt der Michl nicht schlecht: Die Keimlinge ragen schon aus dem Erdreich, jung sind sie ... zarter als zart. Dieser Acker wird im nächsten Jahr als Erster abgedroschen! –

10) Ist Ihnen das vorhin *auch* aufgefallen: Der *eine* Michael, der mit dem Wind der Veränderung unter dem Kirschenbaum sein Traumgespusi hatte. Dieser schlimme Mensch hat seine Frau SIE genannt? Ist Ihnen aufgefallen! Ja, in diesen Jahren ist sie seine Frau. Nur *seine*! – Denn die gescheitesten Verbindungen werden immer und allezeit im Himmel beschlossen. Man muss bloß dem Himmel die Führung zugestehen: Was wir so kindlich „Himmel" nennen, das irrt sich nicht. Nur die Menschen können sich irren. Nur sie. Für eine gute Ehe garantieren, das kann niemand. Gar keine irdische Festlegung wäre dazu alleine imstande. Kein Zeugnis

aus Papier. Und kein Spiritus Sanktus aus dazu herbeigerufenem Mund. Nirgendwo.

Wollen wir an einem kleinen Beispiel erleben, was das ist: EIN FLEISCH –

Um ein Fleisch zu sein mit seiner Frau, da braucht der MICHAEL gar nicht und durchaus nicht: einen Trauschein! Der Herrgott, der hat sich gerade in seinem Fall ganz spezielle Dinge einfallen lassen. Und Sie dürfen gefasst sein auf *exklusive* Feinheiten! ER hat sie erwirkt, um damit selbst den Allerblindesten sehend zu machen. Will man das heilige Bibelwort ins Zeitalter der neuen Sprachen übertragen, so könnte eines davon lauten: *„EIN NEUES GEBOT GEBE ICH* EUCH: Immer sei das weibliche Weib der Schutzengel des männlichen Mannes. Immer sei der männliche Mann der Schutzengel des weiblichen Weibes. *IMMER SEIEN MANN UND FRAU* die *SCHUTZENGEL ALLER NACHKOMMENSCHAFT.“*

Innerhalb der vergangenen 30 Stunden hatte *SIE* in einem Zuge durchgearbeitet. Nicht auf dem Bauernhof. Ganz wo anders. Der Michl, der spürte das: Es war eine große Sache, die den Menschen dienen würde eines schönen Tages. Aber: Wie er jetzt, bei Nacht, auf ihr Auto zuging und sie drinnen sitzen sah und wie er ihre dunkelblau erscheinenden Augen sah, da dachte er, Gott verzeihe mir, da dachte der Michl haarscharf an die Augen des Heilandes, dachte an den jungen Mann, an den Einsamen aus dem Garten Gethsemane. – Der Michl, der sagte kein Wort. *SIE* machte die Beifahrertür auf und die kleine Bella war im Hechtsprung hinten auf der Sitzbank, die so schwarz bezogen ist, dass der kleine Hund bei Nacht darauf nicht ins Auge sticht. – „Mir ist so bang!", sagte sie ganz ruhig. „Mir ist so entsetzlich bang, Michl! Ich komm mir vor, als überstünde ich die bevorstehende Nacht nicht; nicht *unbeschadet*, wenn ich mir alleine überlassen sein sollte."

„Na, dann fahren wir los! Wenn die Kuh am Ausschütten wär, dann müsst ich ja auch im Stall sitzen und warten, bis das Kalb da wäre!" –

Sie schliefen immer nackt. Gott wollte Mann und Frau – als EIN FLEISCH. Das eigens hausgemachte Doppelbett maß in seiner Gesamtbreite nur 1,3 Meter. Das Unterbett gestaltete sich aus duftendem Leinenzeug zum Schlafparadies. Die Decke war eine Zudecke aus aneinander genähten dicken Schaf-Fellen; schon aus dem einfachen Grund, weil Schaf-Felle im Hochsommer den Menschenleib vor dem Schwitzen bewahren und in eisigen Winternächten die Körpertemperatur nicht aus dem Bett entlassen. – Fragen Sie alte Hirtenvölker! Die kennen sich aus. –

Der Michl, der lag da, lebendurchflutet und schön wie Adam im Paradies. Daneben lag Eva. Und wie dicht drängte sie sich heran an diesen Gottmenschen! Wie dicht. Doch dann kroch schon wieder ein Anfall in ihr hoch. Ein Anfall, der einem Kampf gleich kam, einem Kampf, in dem alle negativen Mächte auf einmal ihre Racheschwerter ausfahren wollten. Der Frauenleib begann erst leise zu zittern. Dann, wenn es anhub, ihn zu schütteln, da warf Eva sich mit diesem ihren Menschenleib auf den nackten, unversehrten Leib ihres ADAMS. Er verstand, dass ihm das Weib innere Kräfte entzog. Er spürte es stark. Sie hielt ihn so fest umklammert. So gottverflucht innig! So unvorstellbar der Liebe ausgeliefert. Der Liebe zu einer zukünftigen, schöneren Welt, die voll des gegenseitigen Respekts und voll des Bewusstseins sein würde, dass „jeder Mensch den anderen" brauche. Ja, eines Tages. –

Und wieder beruhigte sich der Frauenleib. Für ein kurzes Weilchen. Und schon kroch das Schreckliche wieder in ihm hoch: vom Solarplexus aufwärts mörderisch den Körper aufwärts schleichend wie reines Gift. Wand sich vorbei am Herzen, das es nicht zerquetschen konnte, erstickte jeden Laut, erschütterte den zarten Leib, bis er sich für Sekunden an der Zirbeldrüse zu schaffen machte, um unverrichteter Dinge langsam, im Retourgang, wieder für eine gesegnete Weile zu verschwinden. Während dieser Wehen, da hielt EVA sich fest; gottergeben klammerte sie sich an Adams lebendiges Fleisch, in dem so viel Kernkraft steckte, dass es auch für sein Weib noch Energie abzugeben hatte. – Drei Stunden später war EVA wie neugeboren. – Manche Menschen sterben tausendmal. Manche sterben ein Leben lang und kommen erst gar nicht dahinter. – EVA kennt die Geisteswissenschaften gut genug, um beurteilen zu können, was ohne ADAM in dieser verhängnisvollen Nacht geschehen wäre. –

Es gibt Stunden in der ganzen Welt, die mit einem einzigen Riss die menschenfreundlichen Gehirnfunktionen außer Kraft setzen;

diese Tatsache mag uns traurig stimmen, doch solche Energie wird entfesselt, wenn der Mensch schonungslos seine Kraftreserven überfordert, oder gar vorsätzlich missbraucht; wenn er sich viel mehr zumutet, als Gott seinem MICHAEL anraten würde. –

Und weil schon so wunderbar der Hund im Handwerk drin ist, so fragt Ihre Minika Benedikt jetzt *Sie*, sehr verehrte Gernleserin, sehr geehrter Gernleser:

Welches Tun erscheint *Ihnen* nützlicher: sind es A) Michaels Fragen an seinen Gott – oder ist es B) dieses: Man tankt einen Brandbeschleuniger in den Krater eines Vulkanes hinab, dort, wo bis zum *Mittelpunkt* der Erde die Urängste aller Menschheit brodeln.

Fragen Sie *mich*, was ich von dem Beispiel EIN FLEISCH ableite, so gibt es für Ihre Minika Benedikt nur eine einzige Erkenntnis: Dazu sind dem Menschen Energien gegeben, dass er sorgsam wirtschaftet damit. – Und dass er im Notfall auch seinem Nächsten aushelfen kann. Beispiele gibt es, die lügen nie. –

Kindisch, wie Ihre Minika Benedikt nun einmal ist, werde ich in meine Landwirten-Mappe ein Schutzblatt einheften, darauf wird folgendes Gebet zu lesen sein:

„Lieber Gott, bitte verzeihe den zahllosen getreuen Michaels, die gemeint haben: ‚Wenn sooo etwas sein darf!‘, dann gibt es dich nicht, und aus solcher Ohnmacht heraus ihren persönlichen Freitod gewählt haben. – Ich danke dir, dass du aus der Reihe deiner Getreuesten ausgerechnet den DUMMEN HUND auserkoren hast, um die positive Kernenergie zu präsentieren, mit der du uns Menschen ausgestattet hast. Dir sei Ruhm und Ehre dafür. – AMEN."

Darf sich Ihre Interviewerin für diesmal mit folgender, auf medialem Wege empfangener Duchsage vom Acker machen:

Viele sind berufen. – Doch ALLE sind auserwählt. –

Ein Engel flog nach Harlem

„MANHATTAN: Hellbraune Ex-Bardame aus Wien läuft New Yorks Spitzen-Berufsberatern mühelos die Ränge ab!" – So lautete die Schlagzeile von damals. Miss Millie sagte: der Zeitungsausschnitt stamme aus 1985. Genaueres wusste auch sie nicht mehr darüber.

Wie ich auf Miss Millie kam? Im Tagebuch aus 1989 steht: „Die heutige Zielperson habe ich mir in der Stadt aufgegabelt, im Restaurant des Wiener Franz-Josef-Bahnhofes." –

Wo auf dem Lande sollte ich *so* etwas auftreiben: „Weiblich, Alter: 65–70, aus selbständigem Berufsstand, höhere Pensionsstufe." (??) Auf Papier klingt die Anforderung läppisch einfach! Zu erfüllen ist sie! Ist sie zu erfüllen??? So überlegte ich beim Frühstück. – Zwei Stunden später hatte ich eine mögliche Lösung auf dem Visier. – Nicht, dass sie mir gefiel! Sie stach mir lediglich ins Auge: Ihre krebsrote Spülung im schütteren Haar? Und der erdbeerrote Mund?, der war ein einfach eine Frechheit zu diesem Jahrgang, zu dieser Pergamenthaut, zu diesem Gesichtsoval, zu dieser Art von Blick! Und wie konnte sie nur: einen Kohlestrich ziehen, wo Augenbrauen hingehörten! – Trotz alledem: auf mich wirkte sie versteckt damenhaft, seriös, daran war nicht ihr schwarzes Maßkostüm schuld. Den positiven Eindruck erweckte in mir: die eigenwillige *Weise,* in der die Frau dort drüben am Ecktisch saß und in einer Zeitung blätterte: angespannt liefen die Blicke über die Brille hinweg, über die Seite; ... am Blattende verzogen sich spöttisch ihre Mundwinkel; meine Zielperson spreizte dann beide kleinen Finger ab, wie jemand, der ein schmutziges Taschentuch loswerden will, und auf diese Weise blätterte sie um zu weiteren Berichten. –

Ich zahlte meine kleine Zeche, packte mein Arbeitszeug, trat an den Tisch der Frau herein, keilte sie an mit den Worten: „Verzeihen Sie, Madame ..." Sie hörte mir zu, ohne aufzusehen, ich stand daneben wie bestellt und nicht abgeholt. Plötzlich kam die Antwort: „Sagen Sie einfach MISS MILLIE zu mir!" Dann erforschte sie mein Äußeres und fuhr fort:

„Pension? Leider nicht! Aber sonst passe ich in Ihr Schema, mein Täubchen! Sie kriegen das Interview! Bleiben wir hier? Oder wollen Sie mitkommen? Meine Wohnung ist *gleich* um die Ecke ..." – Miss Millies Stimme klang warm, doch auch rau und dunkel. Wie manche Stimme tönt nach einem halben Jahrhundert Zigarettenqualm. – „Danke nein! Ich rauche nie!", lehnte sie mein Angebot ab.

Ob man es PENSION nennt oder sonst wie! Diese Dame lebte doch von irgendetwas! Für ihre Altersruhe war augenscheinlich gut vorgesorgt. Und was kümmerte das eine Statistik! Hm? Hat man davon je gehört? –

Am Ausgang zum Julius-Tandlerplatz empfing uns beide prompt ein Platzregen! Miss Millie zückte einen schwarzen Knirps aus ihrer geblümten Tasche, spannte ihn auf und sagte: „Ich beiße nicht! Das schaut nur so aus! Soll es auch! Haken Sie sich bei mir unter!" –

„Schockiert Sie wohl, dieser Vorraum?", fragte sie mich an der Tür im dritten Stockwerk. Ich wollte nicht einmal *eintreten* in diese abscheuliche Nacktheit! „Pure Absicht, Täubchen!", schnarrte Miss Millie, „vollste Absicht! – Denn: einen überkecken Mut, den schlägt die grelle Fassade in die Flucht, und wie es weiter ‚drinnen' aussieht, das geht keinen etwas an! Das hat doch auch der Franz Lehar schon gewusst! Nicht wahr?" – Ich stand noch immer wie versteinert in der Tür. Da stellte die Frau sich, ihren Rücken *mir* zugewandt, vor mich hin; das konnte bedeuten: „Komm, hilf mir doch aus diesem schwarzen Ledermantel heraus!" Ich trat also endgültig ein, drückte die weißlackierte Tür zu, half der resoluten Dame aus dem Zeug, hängte es da an der Wand an die hölzerne Garderobe; sie war schwarz gebeizt. Hier sah es ja grässlich aus. Dieser Raum war ein Schlauch mit Ausguck zu einem so genannten Lichthof, an dem einen Ende. Am anderen: eine weißlackierte Tür; rechts davon, in die Ecke gezwängt: eine winzige Einbauküche mit Abwasch; die war so erdbeerrot furniert wie der Lippenstift der Dame sein mochte. Auf der Wand gegenüber stand nichts als ein kleiner Esstisch mit weißgesprenkelter Kunststoffplatte, daran zwei filigrane Stahlrohrsessel mit Lehnen und Sitzflächen, die auch *knallrot* waren. Alles war sauber. Steril. – Auf dem Tisch lag Post.

„Nicht so schüchtern! Nur weiter gehen!", befahl Miss Millie. Und ihre Augen lächelten einladend. Sie drückte einen Schalter, öffnete die Tür zu *dem* einen Raum, in dem jetzt, bei Tage, die Jalousien heruntergelassen waren! Vier indirekt verlegte Lichtquellen machten aus dieser Dunkelkammer einen Raum mit wohl tuenden Blickfängen. „Tee oder lieber Kaffee?", fragte die rauchige Stimme.

Erst sah ich überhaupt nur bummvolle Blumenvasen; ihretwegen wirkte das barocke Blumenmuster der Tapeten kläglich verstümmelt. Dann lockten mich weiche, geschwungene Altmöbel, ich fand das blaue, in Gold geblümte Kaminsofa einfach todschick, auch den Luftbefeuchter: den kleinen, murmelnden Wasserfall, den eine elektrische Umlaufpumpe auf Trab halten mochte. Auch die volle Bücherwand interessierte mich brennend, auch die Schallplattensammlung und die Tonband-Kassetten. Doch dazu war ich nicht hierher gekommen! Der hochflorige Bodenbelag dieses Zimmers hätte jeden gewitzten Teppichhändler sowieso aus den Schuhen geschleudert. Ich wollte die meinen erst gar nicht ausziehen. Miss Millie hatte mir nichts dergleichen befohlen. Mein Interview wollte ich schleunigst abwickeln und dann abhauen aus dieser Stadt …

„Zuerst meine Post! Und nachher Ihre Listen und Fragebögen! Einverstanden?", fragte sie im Abgehen. Einverstanden – ja oder nein, Zeit ist Geld, das kann man drehen und wenden, wie man will!! Aber, wenn ich das jetzt sagen wollte, dann platzte womöglich mein Interview! „Ich weiß, mein Täubchen: Zeit ist Geld! Aber hier ist ein besonders kostbarer Brief dabei", erzählte Miss Millie und steckte den rothaarigen Kopf zur Zimmertür herein. Sie hatte jetzt ihre Maskerade abgewaschen und sah aus wie eine vornehme, reifere Lady. „Jetzt bin ich's wieder! Und das hier ist ein Brief von Elida", verkündete sie. Schon brachte sie ein Tablett an, mit weißem Porzellan, Kaffee, Milch und Zucker. – Irgendwie kam mir dieser Name bekannt vor: ELIDA; bedeutete das nicht „Schnelles Schiff"? Mir fiel ein richtiger Zusammenhang nicht sofort ein. Ich war jetzt scharf auf das Interview!

1) „Wissen Sie", begann Miss Millie zu schwärmen, „ELIDA war der Spross einer rasanten innigen Liebe. Ihr Dad hatte afrika-

nische Vorfahren gehabt; ihre Mami war ein süßes Wienermädel; war hier zu Hause: im *amerikanischen* Sektor der Wiener Nachkriegszeit." Doch Elidas Eltern starben. Beide, Schlag auf Schlag. Nur die Wiener Großmutter war noch da; die Schwerstarbeiterin verdiente kaum mehr als die Miete und hartes Brot. Also wuchs das Kind heran, in einem der Dörfer, die Hermann Gmeiner gegründet hatte – in der Schweiz. Das Kinderdorf war damals die gesegnetste aller europäischen Welten. –

Mit dreizehn zog Elida von dort aus. Mit dreizehn: da war ihre körperliche Entwicklung so gut wie abgeschlossen; der Teenager war kräftig, gesund, fröhlich. – In den Bewegungen der Gliedmaßen und insgesamt besehen war Elida ein Bild liebreizender Anmut. Ihre Schulzeugnisse fielen mustergültig aus ... ohne, dass sie strebte, daran kam auch die ungewohnte Heimatstadt nicht vorbei. – „... sie wollte Sängerin werden, vielleicht eine wundervolle ‚Billie Holliday – made in Vienna'. Sie ritt jedoch streng auf einem herum: Niemals! Niemals würde sie die mörderischen Texte der Billie in den eigenen Mund nehmen, niemals, darin war sie stur wie ein alter Bock. Sie wollte auch ihre mohnrote *Seidenblüte* nicht aus dem gebändigten Kraushaar nehmen. Sie sagte: Seit dem fünfzehnten Geburtstag ginge sie nicht mehr anders außer Haus. – Sie müssen das verstehen", erklärte mir Miss Millie, „... diese Blüte war Zeichen von Elidas Selbstbewusstsein." – Als Interviewer ist man ja ein bisschen was gewöhnt, doch ich zuckte furchtbar zusammen, als Miss Millie plötzlich mit der Faust auf die Couchtischplatte losfeuerte und flammend schrie: „Kapiert das endlich irgendjemand: Das Zeichen von *Selbstbewusstheit*!!!" – Dann schien sie ein wenig in sich zusammenzufallen und erzählte stockend weiter: „Vielleicht verschwiegen Elidas schwarz-braune Augen den stummen Traum von Atlas, Flitter und Karriere!" – Jedenfalls war Elida schon mit zwanzig zum hinreißenden Vollblutweib erblüht; so drückte Miss Millie sich aus. –

„Aber die Menschen hatten dem Paradiesvogel bereits die Flügel zerbrochen!", erzählte sie weiter, „der Engel machte die Bruchlandung genau vor unserer Eingangstür! Zum Glück vor *unserer*! Zum Glück gehörte dieses Etablissement mir! Ohne diesen *idealen* Landeplatz wäre die hellbraune Schöne mitsamt ihrer Großmutter in dieser Stadt krepiert." –

2) „Ich *kann* das niiicht! Es geht nicht! Ist die Welt *wahnsinnig*?", schreit Elida. Ihre Augen sind angsterfüllt aufgerissen. Mühsam erhebt sie sich, steht von unten herauf gesehen jetzt auf der siebenten Stufe vom Kellerlokal. Ihre Augen irren holpernd und stolpernd die Samt-Tapete hinunter zu. Gänsehaut steht auf ihren bloßen Armen. Kalter Schweiß bricht in Perlen aus Elidas Stirn hervor. „Weg! Weg mit diesem roten Saaamt!!! Luft! Luuuft! ... sonst *schnappe* ich über!", schreit sie und fasst sich bebend an die Kehle. Die hellen Innenflächen der braunen Hände umkrallen die Messingstange, die den Stufengang begleitet. Wie irrsinnig stiert Elida hinab auf die Mädchen. Sie rollt die Augen. In ihrer panischen Furcht übersieht sie die schwarze Tür, die aus dem Lokal auf die geschäftig bevölkerte Straße hinausführen möchte. „Verschwindet! Verpisst *euch* endlich! Das muss ein *Albtraum* sein!", wispern Elidas volle Lippen.

Das ganze Mädchen schimmert bleich wie ein leibhaftiges Gespenst. Das Eis dieser Hölle bricht die Quasselstimme der wasserstoffblonden Ricky: „Nun mach mal halblang, Schokoladekönigin! Bist *du* vielleicht kein gefallenes Mädchen? Wir haben dich doch grade aufgelesen, draußen auf dem Gehsteig!", brabbelt sie und zieht violette Strapswäsche über. Su Lin, gleichfalls erst halb „umgezogen", ihre Blößen verhüllt von der blauschwarzen Flut ihres Langhaares, wirft sich dazwischen, fällt hin auf die Stufe, unterhalb zu Füßen von Elida, kommt auf einem Teil ihres eigenen Haares zum Knien, es reißt ihr den Kopf wild nach hinten. Sie schreit hinunter: „Lass sie *zuflieden*! Alle!!! Geht! Lasst sie *zuflieden*!!!" Dann vergräbt sie ihre Augenschlitze in ihren filigranen Fingern, hebt endlich ihr tränenüberströmtes Angesicht auf, zeigt mit einem Finger erst auf sich, dann auf Elida, versucht ein Lächeln, und ladet ein: „Du wollen? Ich ... dein Schwester sein!"

3) „Sie lernte *es* nie", holte Miss Millie weiter aus. Elida wurde der Lokalmagnet, dadurch, dass sie bezaubernd singen konnte. Und die „Seelsorgefälle" kamen zu ihr.

Elida wollte keinen Decknamen. „Einmal kam sie zu mir ins Büro herüber und verlangte: ‚Miss Millie, bringen Sie die Mädchen dazu, sich neue, sinnvolle Namen zuzulegen! Das kann nicht jeder Mensch: seinen Namen ändern; hier ist das etwas anderes! Und es kann für die Mädchen ein Segen sein!' Wir schlugen dann gemeinsam nach; überlegten, so gut wir konnten, die Herzenswünsche der einzelnen Mädchen zu erfüllen, stellten eine Liste auf, die, wie wir meinten, Glück bringen sollte. *Scharenweise* sind sie im Laufe der Jahre abgehauen, kaum, dass sie richtig drin waren im Geschäft!" –

Es gab nie Schwierigkeiten mit Elida, erzählte Miss Millie: „Nur ein *einziges* Mal! Ich weiß nicht, *welcher* Teufel sie damals geritten hat! Das war, als der Lieferant die Kiste mit ‚Black&White' im Gang abstellte! Da rauschte sie von hinten her auf diesen harmlosen Menschen los und trat ihn mit voller Wucht in den Hintern …" –

„Warum du ‚es' nicht kannst? Weil du Wasser trinkst anstelle von etwas Richtigem! Weil du keine Tabletten schluckst! Und weil du gerade so tust, als ob Kokain ausgerechnet *dich* nicht aufmöbeln könnte!" – „Schon gut! Und *du* solltest auch lieber die Finger davon lassen, Patricia! Was meinst du: Sollten wir *alle* etwas tun für unsere Figur?" – „Und was kannst du vorschlagen?" – „Ich *schlemme* mittags immer! Ansonsten gibt es nur noch", und jetzt klang es fünfstimmig: „Maaalzkaffeee miiit Miiilch!!!" Und dann lachten und quakten alle durcheinander. Elida hatte eine Traumfigur. Einfach schön.

4) Miss Millie und Minika saßen also nun die längste Weile beisammen und ich hatte mein Interview noch immer nicht. Plötzlich schoss sie mich an: „Und *Sie*? Hätten Sie es gekonnt?" Ha, puuu, es gekonnt, plumps. Ich glaube, ich wurde feuerrot im Gesicht. Ich brachte gar keinen Ton heraus. „Sie sind blond, hübsch, ein graziles Persönchen!" „Eigenlob stinkt, Miss Millie! Nicht wahr?" „Mein Täubchen! Mit Eigenlob", sagte sie, „ist es wie mit Parfum! Ein bisschen was davon an die richtige Stelle, und schon belebt es alle Sinne! Zeigen Sie mir mal die Erfolge *eines* Menschen, der sich mit Selbsterniedrigung einparfümiert hat, sein ganzes Leben lang. Bitte verraten Sie mir: Wie weit ist er gesprungen? Und was hat es *anderen* geholfen?" –

Jetzt erst glitten meine Augen über die gemusterte Wand weiter: Dort dehnte sich in einem Rechteck von etwa zwei Metern zu einsdreißig – eine Pinwand aus Kork: darauf spickten glänzende Ansichtskarten aus allen Teilen der Erde; bunt und in allen in Frage kommenden Formaten und Größen. –

„Ohne Elida hätte ich diese Wohnung nicht! Ohne sie könnte Su Lins Sohn nicht studieren, ohne sie wäre Merlinas Tochter heute nicht Ärztin … Und vielleicht säße ich *heute* noch im Büro des feudalen Kellers", resümierte Miss Millie.

5) „When we walk hand in hand", summte Elida den Oldie der PLATTERS nach, „… the world becomes a wonderland. It's magic …", ja: Wenn wir Hand in Hand gehen, wird die Welt zum Wunderland. „Das ist ja das *Um und Auf* des ganzen Zaubers!", murmelte Elida, dabei bog sie in die Gasse, wo die Morgensonne schon einfiel. Die Augen der schönen Braunen, ihre Blicke eilten um eine Minute den Schritten Elidas voraus, erkannten: Der Trödlerladen des Exoten hatte die Roll-Läden schon aufgezogen.

„Suchen Sie etwas Bestimmtes?" „Ich bin auf der Suche nach einem großen Teller! Er sollte …" „Sie suchen etwas ‚Einmaliges'?" „Ja! Eine Art Mehlspeisplatte, möglichst mit vielen Blumen drauf: Rosen, Ehrenpreis, Himmelschlüssel, Freesien, Leberblümchen!" „Sofort! Kann ich Ihnen anbieten! Für Ihre Frau Großmama?" „Nein, nicht für sie, Oma liegt längst auf dem Friedhof." – Die *ganze* liebe Blumensammlung war inmitten des Tellers gruppiert. Die flachen Tellerwände schmückten drei Sträußchen aus pflaumenroten Primeln, Maßliebchen und ein winziges Heckenrosenmotiv, dazwischen gab es eine einzelne Wegwartenblüte. – Ohne Wimpernzucken berappte sie den geschmalzenen Kaufpreis. – Da steckte ihr der Chinese eine beachtenswerte Draufgabe zu. „Waaas. Gehört die jetzt mir?" Elida nahm die Kostbarkeit an sich, strahlte übers ganze braune Gesicht, konnte nicht „Danke!" sagen, packte den wunderschönen Teller und das Ding und trat in den menschenleeren, lärmarmen Morgen dieser Gasse hinaus.

Eine Glaskugel! Bleikristall? Etwa elf Zentimeter im Durchmesser! Ohne ein einziges Bläschen, grünlich im Farbton, klar wie Quellenwasser! Dieses Geschenk schlug einfach alles, jede Chinchilla-Robe schrumpfte gegen das hier zum Putzlappen zusammen.

6) Wände haben Ohren. Sie haben auch Augen. – Ach ja? Jedenfalls, die Holzverkleidung, die Elidas Bett der Länge nach von der kalten Ausstrahlung der Mauer abschirmte, diese Holzverkleidung, die *hatte* Augen. Ein Augenpaar! Es war das Augenpaar des APACHEN; so nannte Elida den Kopf, der da zu sehen war. Die Natur hatte ihn im Inneren eines Baumes wachsen lassen. Dieses

eine, dieses besondere Brett hatte da so eine Stelle, an der einst ein Ast gewachsen war. Jetzt sah das aus: nussbraun, wie von langem Haar umweht, ein Mannsgesicht mit Adlernase, und in Augenhöhe zwei stechende, dunkle Löchlein. Anfangs hatte Elida vermutet: „Ich werde schön langsam verrückt!" Allmählich fasste sie Zutrauen zu ihrer Entdeckung. Sie kam zu der Schlussfolgerung: „Mein Unterbewusstsein ist imstande, mithilfe des APACHEN mit mir zu kommunizieren!" Endlich genügte ihr das nicht mehr. Sie holte esoterische Hilfe aus der Buchhandlung herbei. Sie brachte den Apachen dazu: Antworten aus dem Überbewusstsein, dem Gesamtbewusstsein der Menschheit und allen Lebens, zu übermitteln. Als dieses gelang, dann auch die Probe und mehrere in der Folge, da fiel über Elidas Gewissen eine Marter her; sie überlegte: Diese mochte über *Generationen* weg eingeimpft worden sein; wer wisse, wie viele Geistesgrößen vergangener Epochen ihrem Terror erlegen waren. – Elida zog es vor, den Apachen nicht mehr zu beachten. Sie schloss mit ihm Frieden. Und er blieb stumm. –

„Hübsch bist du, Elida!", sagte sie in den Spiegel hinein und freute sich an ihrem Aussehen, „… und wann willst du deine Kristallkugel kennen lernen? Gib Acht, Elida! Sie schreiben, man wird zu sensibel und fahrig davon! Denke ausschließlich daran, was W. E. BUTLER dir anrät! Denke nur daran! Dann hast du *überhaupt* nichts zu befürchten! Lass dich nicht von anderen Autoren ängstlich machen, Elida!" – Sie dunkelte ihr Zimmer ab und arrangierte alles, was nötig war:

Elida brauchte keinen Hokuspokus, kein Magnetisieren, nichts dergleichen … Was Not tat, war: Sie sollte sich wohl fühlen, nicht zu viel im Magen haben. Und sie betete zum Schöpfer des Himmels und der Erde und wünschte sich den Segen des Gottessohnes, den Segen von Jesus, dem Gesalbten. Der hatte ja befohlen: „Lasset zu mir kommen alle, die reinen Herzens sind, und verwehrt ihnen nicht den Weg!" Das war vor fast zweitausend Jahren. Er sagte aber auch: „Siehe, ich bin bei euch alle Tage – bis ans *Ende* der Welt."

Elida hatte Bilder erwartet. Visionen. Die einzige Television, die sie erreichte, erschreckte sie: es war eine Art Druckschrift, eine Blockschrift vielmehr; in Dunkelviolett, die Buchstaben umrandet von einer schmalen, hellen Aura. Die Botschaft lautete: *BERUFUNG*. „Nichts denken, nichts fragen, nichts fühlen, nichts sehen, nichts hören!", dachte Elida und benutzte ihre Fantasie dazu: mit geschlossenen Augen an ein Bild zu denken, das in der Welt ihres Geistes sofort Gestalt annehmen konnte: „... da ist ein weites, ein abschüssiges Feld. Goldgelbes, reifes Korn wogt hin und her; ein milder Wind fährt durch die Ähren, er bringt sie behutsam zum Rauschen. Heroben, wo der Sommersegen beginnt, steht rechter Hand eine uralte Eiche; ihr Stamm ist knorrig, rissig rundherum. Es wäre schon eine Hand voll Männer notwendig, um dieses Rund zu umspannen. Wären Vögel hoch in den Zweigen, man könnte sie nicht hören; so sehr raunt der Gerstenwind in den wellenränderigen Blättern; sie erinnern an dunkelgrünes, dünnes Leder. Im Schatten des Baumriesen steht ein Häuflein Menschen, sie bilden einen wenig geordneten Marschzug. Sie entfernen sich, gehen den Feldrain entlang, geländeeinwärts. Zuletzt löst sich aus dem Schatten des Eichenriesen ein Mann mit dunkelrotbraunem, wehendem Haar, er trägt einen Kinnbart, am Leibe eine purpurfarbene Tunika, die mit einer Schnur um die Mitte zusammengerafft ist. Der Wind rüttelt ehrfurchtsvoll – ein wenig nur – an dem Gewand; nur so viel: Man sieht, der Mensch trägt Lederriemen an seinen Füßen, dünn ist die Sohle, es sind Sandalen. – Elida ruft mithilfe ihrer inneren Stimme den Namen des Herrn. Der aber holt mit weiten Schritten aus, um hinter der bunten Schar nicht in Verzug zu kommen, er ist derselbe treue Hüter wie damals. – ... dann wendet er ein wenig seinen Kopf und sieht nach dem Menschenkind um, dessen Rufen er vernommen hat. Mehr braucht es nicht." Ist Elida verrückt? Und was haben Sie, liebe/r Gernleser/in, im Geiste soeben erlebt?

7) Als es Woche für Woche so hinging und die Glaskugel nichts anderes wusste als das Wort BERUFUNG, war Elida auf sie stocksauer.

Sie holte ein großes Heft herbei und einen Numero 1-Bleistift. Sie setzte sich auf einen Schemel mitten im Zimmer, bat den Heiligen Geist alles Lebendigen um Führung, nahm den Stift zur Hand, schloss die Augen und wartete ab, wer weiß wie lange. Es war gleichgültig, wie lange. Elida hatte ihren FREIEN TAG; ein *anderer* Tag kam für sie, für „solche" Unternehmungen nicht in Betracht. *Schade* um die Zeit! – Sie wartete also in diesen Augenblicken ab, was kommen wollte. Es geschah nichts. Absolut nichts.

Auf einmal wurde die Hand schwer oder auch nicht schwer, bewegte sich, der Stift begann zu schreiben, setzte ab, tat einen Querstrich, schrieb langsam, langsam weiter, es war, als schriebe er ewig. – Als Elida ihre Augen öffnete, stand auf dem Blatt: „*B E-R U F – U N G*". „Beruf-ung! Beruf-ung! Beruf-ung!!! Was soll der Zirkus! Bin ich denn da bei der Berufsberatung, oder was?"

8) „Su Lin! Was will denn dein Kleiner einmal werden? Weiß er das schon?" „Der will Tlickfilmzeichner werden! Er kann aber wilklich überhaupt nicht zeichnen!", antwortete Su Lin hell kichernd. –

Elida bat Su Lin, ihr den achtjährigen Oliver zu überlassen, für eine Stunde an ihrem freien Tag. „Abgemacht!", antwortete Su Lin. Es sah ganz nach Reinfall aus. Elida wollte das Kind nicht erschrecken und erzählte ihm ein Märchen über Kristallkugeln und eine gute Fee. Die Kugel blieb still. Die gute *Fee* musste über alle Berge sein. Da fiel Elida plötzlich der Oldie von den PLATTERS ein. Wo sollte da ein Zusammenhang anzuknüpfen sein? „… hand in hand! Hand in Hand! Das war vielleicht die Lösung!!! „Tante Elida", fasste Oliver an der Hand, und nun befragten *sie beide* die *Fee*, und sprachen dabei kein einziges Wort. Da kam die Blockbuchstaben-Antwort: *VETERINÄR*. –

9) „… ja, und damit hat es eigentlich *begonnen*!", endete meine Zielperson, denn Minika Benedikt war jetzt wieder ganz hier in Miss Millies behaglichem Zimmer. Sie schlug jetzt vor: „Sie wollen doch eine *rauchen*, oder müssen Sie aufs *Klo*, oder irgendwas! Tun Sie, was Sie nicht *lassen* können, und ich drücke uns noch mal frischen Kaffee runter! Wollen Sie? Das WC ist draußen auf dem Gang! Der Schlüssel hängt dort!", wies sie mich an und zeigte nach dem Türstock ihrer Küchentür. Ich steckte mir sofort auf dem Gang eine Zigarette an und fraß sie sozusagen. Wenn ich Nichtraucherin wäre, mir würde es total *nicht* gefallen, wenn in meiner guten Stube jemand unbedingt rauchen wollte. Dazu ist jeder andere Ort im Hause mindestens ebenso gut genug. Deshalb wollte ich es auch der guten Miss Millie ersparen, Mitraucherin zu sein. Wie lange mochten solche Teppiche den Geruch von verbranntem Tabak an sich binden? Kam gar nicht erst in Frage!

„Nun: Dann einmal ran an den Feind!", motivierte mich Miss Millie. Ich holte die Listen von dem Sitz neben mir auf den Couchtisch, und das Spielchen mit dem Fragen und Antworten begann. Dass statistische Umfragen streng vertraulich zu behandeln sind, ist ein alter Hut, und die Bevölkerung weiß, was er bedeutet. Weil ich mit Miss Millie jetzt bereits über das gemeine Maß hinaus vertraut war, lachten wir gemeinsam, oft an den unpassendsten Stellen. Da wurde so viel M ... gefragt, wir führten uns auf – völlig ungehörig, albern, und daraus machten wir uns nichts, weil ja doch niemals jemand davon erfahren würde. Miss Millie hatte soeben wieder einen Lachanfall gehabt, räusperte sich, riss sich wirklich zusammen und forderte dann: „Täubchen, wenn Sie wieder einmal eine Umfrage haben, bei der ich Ihnen helfen kann, dann sehen wir uns wieder! Handschlag?" Ich begann nun meinerseits wiederum zu gackern und sagte: „Ehrenwort!" – Es war einfach unmöglich, dieses Benehmen für eine Außendienstlerin! Nein, hier durfte ich beruflich nie wieder herkommen! Ich hatte mich *artig* zu betragen und herzeigbar! Wir konnten uns vor Brüllen nicht halten, Miss Millie und ich. –

10) „Wie lange macht sie das schon, Miss Millie! Ich meine, wie viele Erfolge *konnte* sie erzielen!", fragte MONSIEUR, die Mädchen nannten ihn so. Sie wussten, dieser Stammgast war von Beruf ein angesehener Schuldirektor; seit Jahr und Tag kam er her, um mit Elida sprechen zu können. – Miss Millie sagte ihm damals: „Wie soll ich Ihnen Auskunft geben, ich glaube, sie begann damit 1969 oder 1970. Ich weiß das auch nicht mehr so genau!" –

Am nächsten Tag rief der Herr Schuldirektor im Büro von Miss Millie an und bat, die braune Elida möge eiligst in die Schule kommen, sie könne da sogleich im Lehrmittelzimmer Platz nehmen, er hätte da ein paar dringende „Fälle", die vor dem Schulaustritt stünden; doch sei für sie weder eine Lehrstelle in Aussicht noch habe man Vorstellungen, was mit diesen jungen Menschen in absehbarer Zeit Nützliches anzufangen sei. – Elida fand sich in aller Stille ein im Lehrmittelkammerl dieser einen Schule. Dann war es das Lehrmittelmagazin einer anderen Schule. Bald waren die Lehrmittelkammern aller umliegenden Grundschulen der wackeren Elida bekannt.

11) „Ich bin *null* interessiert, mich hier in irgendwelchen abseitigen Kammern zu verstecken, Miss Millie! Jetzt ist *bewiesen*, dass meine Hilfe gebraucht wird! Am allerliebsten würde ich losreisen

und eine kleine Praxis eröffnen, vielleicht im Norden von Afrika? Am liebsten dort, wo mein Dad aufgewachsen ist, am liebsten in Harlem!" „Und? Wie stellst du dir das praktisch vor?" „Sie *haben* doch zu einer Menge Leute eine gute Beziehung! Sogar bis nach Übersee!", stieß Elida impulsiv hervor. –

Als alle Luftschlösser in diesem Keller-Büro aufgebaut waren, kamen Miss Millie und die schöne hellbraune Elida zu dem Schluss: Das sind lauter Hirngespinste! Es mangelte nicht so sehr an den Beziehungen, aber wo sollte das viele Geld hereingeschneit kommen, das Elida unbedingt brauchen würde, um in einer Stadt wie New York Fuß zu fassen. Wenn sie dort ankäme, war sie faktisch splitterfasernackt.

12) „Ich *hasse* Gift!", motzte Elida, griff aus ihrem Bett heraus nach der Packung, die Pillen enthielt. – Gegen Mandelentzündung. – Und dann noch die andere Schachtel: Sie enthielt zwei mal zehn Tabletten. Elida fiel ein Spruch ein, den ihre Großmutter oft hergesagt hatte; da hieß es: „Alle Wünsche werden klein, gegen den: gesund zu sein!" Diese ständige Schnäuzerei! Eine ganz dicke Nase hatte Elida schon davon! Und sie tropfte und schnupfte! Und hörte nicht auf damit! Wer möchte schon so alleine herumliegen und warten, ob ihn die Grippe von sich aus wieder loslässt! Je eher man sie wegbrachte, desto besser für ihr Opfer! Die Ärzte hatten nicht ganz Unrecht, fand Elida. – Sie drehte dem stummen Indianer den Rücken zu und rollte sich in ihrem Bettzeug ein. Hoffentlich ginge es ihr in zwei, drei Tagen wieder viel besser. –

„Miss Millie! Was? Miss Millie! Ich komm ja nicht mit mit dem Schreiben! Also langsam, ich muss ja notieren: Also, wen alles soll ich anrufen?" Das Telefon dieses Keller-Etablissements lief sich in diesen Tagen die Kabeln wund. Es wurde „pausenlos" telefoniert: Irgendwer hatte immer Zeit, um Abmachungen zu treffen, dort zu arrangieren, da zu erklären und einzuladen. – „Wenn es sein müsste", rief Miss Millie den Mädchen zu, die sich nichts entgehen lassen wollten, „ich würde sogar das *Lokal* ihretwegen verkaufen!" –

13) EINE STEILE FETE / EISERNE MASKEN: Elida wollte allen zu essen geben. Die Festveranstalter waren bei ihren Vorbereitungen geradezu schimpflich nachlässig gewesen. – In einem kleinen Laden hatte Elida nur ein *bisschen* Essbares ergattern können, und da war so ein toller Haufen Leute auf den Rängen dieser

Festarena, unter freiem Himmel! – Es ging der Schönen so, dass sie spontan dachte: „… wie bei Jesus und der Speisung der fünftausend! Brrr!!!" –

Aber sooo wahnwitzig viele Menschen waren das hier wohl nicht. Überhaupt: Da gab es nur zwei Typen von Gästen: die Skinheads und Punker, und dann: die dezenten Konservativen mit den metallenen Masken; diese erinnerten Elida an den Grafen von Monte Christo. Manche der Masken waren auf die Kopfform direkt „aufgeschmiedet", andere machten den Eindruck, als wären sie direkt auf dem Gesicht, im Laufe der Zeit, entstanden. Die „eisernen Masken" verbargen sehr kluge Gehirne. Sie redeten ruhig und wissend und waren wie hundertprozentig vertrauenswürdig; sie waren nicht schön, nicht lieblich. Sollten nicht das wahre Antlitz verraten – es schützen. Es war die Zusammenkunft der Weisen – könnte man sagen. Aber da waren auf der anderen Seite die Punker in einer neongrünen und roten Aufmachung: Die waren nichts als laut, unreif und gefräßig. „Mann oh Mann! Wie sollte man denen bloß beibringen, was ihnen nützen könnte?", dachte Elida.

ENDE.

Elida setzte sich im Bett auf, zwischen all ihren Federkissen, die um sie herumlagen. Sie griff nach der Thermosflasche, die auf dem Beistelltischchen stand, drehte sie auf, schenkte aus. Aus der Teeschale stiegen zarte, durchsichtige Schwaden hoch. Der Tee war also noch gut heiß. Prima! Elida rubbelte ihre Triefnase, schnäuzte diese und überlegte:

… angenommen …, die Kristallkugel ginge durch einen Sturz zu Bruch …, angenommen …, es gäbe weit und breit keinen Bleistift …, angenommen …, der APACHE … wäre auch nicht greifbar …, angenommen …, das Bild vom wogenden Kornfeld kriegte einen Filmriss …, angenommen …, diese Pannen stellten sich alle perfekt ein! –

War sie nicht Sklavin all dieser Instrumente geworden? Und wie konnte man sich davon lösen? Was in aller Welt, was konnte man tun, um von sich aus für andere Menschen zu wirken? Ganz von sich SELBST heraus? Ganz von sich aus. –

Elidas Gehirnwindungen fanden keine Lösung. Wenn ihr nicht bald etwas Brauchbares einfiel, dann hatte die Parapsychologie einen erbärmlichen, unüberwindlichen Haken; dann war *alle* Grenzwissenschaft mit Sicherheit „für die Katze", dachte Elida.

Als sie Stunden später erwachte, fiel ihr auf: Sie fühlte sich praktisch pudelwohl! Sie sprang aus ihrem Bett, doch die Beine waren etwas wackelig. Hmmm. Jedenfalls ging es der „Schokoladenkönigin" so gut, dass sie in Hauspantoffeln losging, den einfärbig-ozeanblauen Frotteemantel überzog und eine Schallplatte auflegte: Auf den tausenden Rillen setzte sie den Saphir an, irgendwo, x-beliebig! Torkelig, wie Elida noch immer auf den Beinen stand, stieß ihre Hand unabsichtlich gegen den Tonarm, der schon Musik hervorlocken wollte. Raaatsch, fuhr der Hebel hin über die Rillen, und es war nur noch zu hören: „… this magic … is: my love for you!", und dann, im Chorus: „… this magic … is: my love for youuu!" – Dieser Zauber … ist meine Liebe … zu dir! Dieser Zauber … ist meine Liebe … zu mir! Dieser Zauber … ist meine Liebe … zu euch!!!

Elida wartete, bis der Tonhebel ausrastete, setzte ihn dann sehr absichtlich von neuem auf, holte einen Sessel an ihren Tisch, schlug die braunen Beine auf der Tischplatte übereinander. Die hellen Fußsohlen leuchteten auf – irgendwie. So sauber waren sie. Und dann sprang Elida plötzlich hoch, wie von der Tarantel gebissen. Sie drehte das Werkel auf Superlautstärke, sodass alles dünnwandige Glas dieser Wohnung davon vibrierte. Sie setzte den Hebel immer wieder an dieselbe Stelle; das ganze Stockhaus musste mithören, was da zu hören war: „When we walk hand in hand …," Wenn wir … Hand in Hand … gehen!!! Elida erinnerte sich jetzt genau, wie das war, als sie damals den kleinen Oliver befragte: Sie hatte einfach seine Kinderhand gehalten! – Und irgendwann hatte die gute Fee Antwort gegeben. Die Fee, die es nicht gab. Nicht in „Wirklichkeit" gab.

Die Kristallkugel war nicht mehr „notwendig". Der APACHE war nicht mehr „notwendig". Der Bleistift war nicht mehr „notwendig". Diese NOT hatte ein Evergreen gewendet. – Die gute Fee steckt in jeden Menschen. Und sie ist gottgewollt farbenblind. Das war es also.

14) „… ich erinnere mich noch genau an jenen Morgen!", fasste Miss Millie zusammen, „Elidas Gepäck hatten wir schon am Tag vorher in Wien-Schwechat abgeliefert." „Sämtliche Mädchen wa-

ren anwesend, wer hatte, mitsamt dem Nachwuchs! Das war um sechs Uhr früh: Alle Mädchen hatten fix vereinbart, sich zu diesem Freudensfestakt in Outfits einzufinden, die jedem Normalbürger die Haare zu Berge sträuben würden; ... das Motto dieser Szene hatte Su Lin sich ausgedacht; es hieß: ‚Sollen die Leute doch sehen, wo wir unser Geld zusammengerackert haben!' Nicht eine Träne fiel. Das Make-up war viel zu teuer. – Elida stand schon eine halbe Stunde vor dem Abflug parat, mit ihrer Bordkarte in der zweifärbigen Hand. Uns war noch nicht bekannt, auf welchem Flugsteig Elidas Maschine starten würde. Die Ansage hatte noch nichts verlautbart. Jedenfalls: Die Maschine sollte in Frankfurt zwischenlanden und am Kennedy-Airport ankommen, um 14 Uhr 05 Lokalzeit. Von da würde sie bald in Manhattan sein, in Harlem, wo es hauptsächlich Schwarze gibt. Sie würde untertauchen in der 125. Straße. – Aus Wien flog Elida ab – mit der TWA – um 7 Uhr 10."

Der merk-würdige Spiegel der Madame Herzl

Die Idee mit dem Spiegelvorhalten ist so alt wie die Steine. Vielleicht ist dies die vornehmste BESTIMMUNG der Dichtkunst. Eine unter vielen. Wollen wir mit M.Benedikt erwägen, was alles BESTIMMUNG sein kann?

Plumper Zufall ist: Ich lebte lange in unmittelbarer Nähe einer Synagoge. Reiner Zufall ist: Ich lebte da in einer Gasse, die JUDEN-GASSE hieß, bis zum Jahr 1938. Gesegneter Zufall ist: Ich lebte in einem wohl hundert Jahre alten Haus; diesem verdanke ich ein Mittelmeer voll Einsicht und Glück. Bis heute lebt der alte Gassenname liebevoll im Landvolk fort; dies ist absolut kein Zufall.

Dass ich Sie, verehrte Gernleserinnen und Gernleser, noch einmal in den Trödlerladen aus der ROSEN-NOVELLE hin verlocken würde, war handfester Vorsatz. Aus gutem Grund. Dort gibt es einen wundervollen, traumhaft schönen Spiegel! Ein Unikat. Ein Original. Der Himmel weiß es. Und was ist mit dem Spiegelglas von Madame? Eine seiner glänzendsten Eigenschaften mag im Voraus enthüllt sein: ... *niemand* wird es je zerstören. –

„Iiih-jöööh!, haben Sie mich jetzt erschreckt!", prallt Madame zurück, fasst mit zitternder Hand an ihre Kehle, erkennt mich, atmet durch, und fragt: „Wie sind Sie bloß ins Haus gekommen?" Wie hätte ich ahnen können, dass Madame im Begriff war, die Bibliothek zu verlassen! Justament dann, als ich an diese Tür klopfen möchte!

In einem Atemzug sagte sie dann: Friede möge mit mir sein, der Laden sei heute dicht, weil ihr Sohn einen Termin beim Steuerberater habe, und das sähe ihr ganz und gar nicht ähnlich, dass sie versäumt habe, die Hintertür abzusperren, das müsse sie sofort tun, jetzt gleich, aber keine Sorge, sie schmeiße mich schon nicht hinaus, sie vermute, dass jemand wie ich nur dann antanze, wenn es irgendwo brenne. –

„Grüß Gott!", sagte ich. Mag dieses Grußwort hierzulande auch momentan wenig hoch im Kurs stehen, ich halte es allezeit für populär. –

Außer dem Gruß brachte ich keine Silbe hervor, auch dann nicht, als Madame mir die Tür zu ihrem Arbeitszimmer, ihrer Bibliothek, offen hielt und selber schon fast eingetreten war. Ich verharrte auf dem Türstaffel, stand da, im Rücken den engen, Licht vergessenen Gang, und vor mir – nichts war verändert seit vorigem Dezember, ähnlich das Hinterhofdämmerlicht im Revier von Madame, mitverschuldet durch einen alten Kastanienbaum vor den Fenstern, die raumhohen Wandstellagen bummvoll mit Büchern und Wälzern, die Raummitte behauptet vom rechteckigen, breitflächigen Tisch, mit den Schnörkelfüßen in napoleonischem Stil, die zwei Stühle daran: auch wie damals … Alles hier atmete noch immer den Balsamgeruch einer fernen Welt, vereint mit heimischem Rosenwasser, dem Lieblings-Odeur von Madame. –

Sie sah mich an, schmunzelte, fragte, ob es mir lieber sei an Ort und Stelle Wurzeln zu schlagen, oder weiterzukommen, vielleicht meine Jacke abzulegen und gemütlich Platz zu nehmen? Und ob ich ihr verraten würde, wie ich nur den geheimen Hintereingang habe entdecken können! Langsam begann ich aufzutauen. „Zeigt nicht der Beharrlichkeit eine positive Hintertür sich ganz von alleine, Madame?" „Genau so geht das Spiel! Völlig richtig! Und was haben Sie heute auf der Seele, Rosa? Ich darf doch bei diesem Namen bleiben?" „Gewiss, Madame!", beeilte ich mich zu antworten, „und ich freue mich, dass ich auch *Ihren* Namen gelesen habe! Wo? Auf dem goldenen Schildchen, am Eingang zum Haus!"

Ich trat also ein, zog meine Jacke aus, Madame nahm sie mir fort, drückte die Tür zu, wies mir den Sitzplatz an. Dem Stuhl unter mir war mein Sitzfleisch sofort wieder verwandt. „Also, Rosa! Wo drückt denn der Schuh so höllisch!" „Madame, ich habe mich letzte Nacht um eine schwer wiegende Sache angenommen!" „Eine verbindliche Zusage?" – „Verpflichtend, Madame! Zu betrügen ist nicht Sache des Dichters."

Ich erzählte Madame, mir wäre nachts die LIEBE begegnet. Und ich habe derselben – zwei Mal laut und deutlich versichert: **„Daaas werden wir aufarbeiten!"**, nur: Ich sei eben davon überzeugt, dass ich unbedingt auf Mithilfe angewiesen sei, um mein Versprechen einhalten zu können. – Madame zog beide Augenbrauen hoch, blickte mir kritisch in die Augen; fragte, was mich so sicher mache, dass ich ausgerechnet mit der LIEBE gesprochen habe! Ob nicht ebenso gut eine Täuschung, eine Verwechslung meinerseits vorliegen könne! Es gäbe da der Möglichkeiten ... zigtausende! Ich bat Madame Herzl, mir zuzuhören und mir ihr Urteil nicht zu nennen. Sie rückte sich auf ihrem Stuhl zurecht, faltete dann in Erwartung ihre Hände im Schoß, saß aufrecht, erwartend da, blickte mich an, und ich begann vom Traumerlebnis zu berichten:

„Madame, ich war zu Fuß unterwegs in der U-BAHNSTATION GLOBAL. So war es da angeschrieben. Da stürmte aus dem Haufen der Passanten ein junges Mädchen los, und geradewegs auf mich herzu. Es war vielleicht knapp über die zwanzig. Top-aktuelle New-Age-Frisur, glänzendes, schulterlanges Dunkelhaar. Die Lippen waren gekonnt blutrot geschminkt; das passte zu dieser Gesamterscheinung, denn auch das Kleid des hübschen Mädchens war von blutroter Farbe. Diese Aufmachung stand dieser Person vortrefflich. Ganz bezaubernd. Das Mädchen kam also direkt auf mich losgeprescht. Es beschwor mich, unverzüglich mit ihm mitzukommen, beschwor mich mit lebhafter Gebärdensprache und Blicken. Also ohne Worte. Das Mädchen führte an, ich folgte ihm hinterdrein, konnte Schritt halten, trotz des Fußgängerstromes, der da uns entgegengesetzt unterwegs war. So gelangten wir in einen Hauptgang, der unterhalb dieser U-Bahnstation verlief. Nun hatte das Mädchen alle Hände voll zu tun: Es zeigte auf alles hin, was ich so zwingend notwendig sehen sollte. Es machte mich aufmerksam auf Schreckensszenen da und dort. Ständig tauchten im Blickfeld neue auf. An allen Ecken und Enden: Das fing an bei körperlicher Notzucht und endete im Unabsehbaren. Beim Anblick der diversen Gräuel sprach das Augenpaar des Mädchens wirklich Bände, es wüteten darin Kummer und unsagbarer Schmerz. Ich aber sagte zum Mädchen: ‚Gut! **Daaas … werden wir aufarbeiten!**‘ Hier hatten wir offenbar eine Welt der Erwachsenen eingesehen. Aber anschließend kamen wir in eine Welt der Kinder!!!"

„Können Sie eine der Erwachsenen-Szenen im Detail beschreiben?", unterbrach mich Madame Herzl. Ich antwortete: „Mir kommt das Risiko zu groß vor! Womöglich könnte meine Beschreibung die Missstände, die Übel zusätzlich fixieren, anstatt sie abzuwenden, Madame! (Denken Sie an die kreative Eigenmacht der sich selbst erfüllenden Prophezeiungen.) Ich halte es für überflüssig und für extrem verkehrt, hier zu verbreiten, was man in den gewöhnlichen Tagesmedien sowieso am laufenden Band serviert bekommt!" Ich setzte fort: „Mir, Madame, hat die LIEBE eine Szene schauen lassen, an die wir Sterblichen für gewöhnlich *nicht* heransehen! Und von dieser einen Szene zu berichten, so naturgetreu wie mir nur möglich ist, das erachte ich für *höchst* notwendig!" Madame schloss jetzt ihre Augen. Ich wusste, sie hörte mir jetzt genau zu, völlig auf das Folgende konzentriert. Alles andere ausschaltend. –

„… da war eine uralte Waschküche; ein derartiges Refugium würde jeder Tierschützer als Stall verbieten! So eng, so unbelüftet, so sonnenlos und elendsnackt, durch ein wenig Kunstlicht spärlich erhellt war dieses triste Waschküchlein. Es war eingerichtet zur Kinderpflege. Zur Kinderpflege! – Das schöne Mädchen im blutroten Kleid gab mir zu verstehen: „Das sind nicht *Ihre* ‚Kinder'! Sie gehören *anderen* zu!" – Da standen sie vor mir: abgemagert, dreckig, speckig, kaum bekleidet, verlottert, verwildert an Blicken, Haut und Haaren. Stumm. Ohne Emotion. – An der Mitte der nässenden Mauer, in einen Winkel gepfercht stand eine Babybadewanne; wie es aussah, war sie aus Kunststoff … und irgendwann einmal … war sie wohl … weiß gewesen. In diesem Behältnis lag ein Haufen Fast-Geborener. – Aneinander geschlichtet. Und übereinander geschichtet. Sie lagen noch in Fruchtblasen. Die Wanne war bis zu halben Höhe voll gefüllt mit totem Wasser; so viel, dass die Kindchen davon bedeckt wurden. Dass kaum noch Sauerstoff in der Lake enthalten sein konnte, das sah man ihr mit freiem Auge an … Eiweißfetzen … und schillernde Schlieren trieben faulend herum an der Brühen-Oberfläche.

Manche Fruchtblase war geöffnet:

Die offene Fruchtblase: Das Näschen da versuchte zu atmen. Ganz leise. Ohne viel Regung. – Wie viele Kindchen mochten da drinnen sein. Wer könnte die Anzahl von Ölsardinen schätzen, sobald sie in einen großen Bottich geschichtet und plangerüttelt worden sind. – Einige Kindchen in den oberen Lagen waren mit Sicherheit gestorben. Lebendes lag dicht beim Toten. –

Ich dachte an Abtreibungen, an Wesen, die an unserer Gegenwart erst gar nicht teilnehmen wollten. Ich dachte an Dichter-Kinder in der ganzen Welt, dachte: Soll dies nun das eine zeigen oder das andere? Oder beides! Beides??? Heftig nickte mir das Mädchen zu. Sein Mund blieb stumm. Die Sorge und die Pein in seinen Blicken schrien die Klage hinaus ins All. Meine Augen musterten die Pflegeperson! Sie hockte platsch-breit da. Mitten im Chaos: in „Liese-lau"-Manier, prustend vor Überlastung, schwitzend, selber dreckig, erbärmlich lethargisch in ihrer gesamten persönlichen Ausstrahlung. – Was ihr da an Behelfen ringsum zur Hand war, glich … einem radikalen Sauhaufen. Bis ins Mark hinein erschütterte mich dieser Anblick. Das Mädchen sah mich an: flehend. Fragend. – Ich hatte noch keine Chance gehabt, zu überlegen. Aber ich sagte fest: **„Gut!** *Das* **werden wir aufarbeiten!"** –

2) „Ihr Nachtleben könnte ja einem Mammut die Gänsehaut übers Leder jagen!", ließ Madame von sich hören. Sie erhob sich, ging an die Haken an der Tür, wo auch meine Jacke hing, eine schwarze Strickstola holte sie von dort. Sie warf die Stola um ihre Schultern. Dann kam sie zurück, setzte sich und meinte: „Das sind ja grauenvolle! Zustände, beachtliche Spiegelbilder! Wirklich außerordentlich beachtenswert!" – Madame begann mich auszufragen: seit wann ich Forschung betreibe. Auf welcher Hochschule ich denn studiert habe! Hm, wooo ich was? Ich entgegnete, dass ich ihre Frage nicht ganz verstünde, ich war nie auf der Uni, falls sie *das* meinen sollte! Ich sagte, weil es doch außer Madame niemand hören konnte: „Der Stubengelehrtheit stehen heute Internet- und Himmelstore offen; weltweit!" Da flog Madam wie ein Drachen vom Stuhl auf. Natürlich war ich erschrocken! Ich wollte sie doch nicht aufregen! Bitte fragen Sie nicht, was jetzt auf mich zugerollt kam!

Irgendwo und irgendwie musste ich Madame Herzl direkt unter der Gürtellinie hart getroffen haben. Ich kam nicht dazu, mir das ins Reine zu denken. Jetzt zeigte sie mir, dass sie nicht nur gütig sein konnte, nicht nur humorvoll und menschenfreundlich. Nein. Nicht nur! In ihren Blicken flackerten Zornesflammen, scharfzüngig fragte sie: „Wer!!! *Wer* hat Sie mir in Wahrheit auf den Pelz gehetzt!" –

Ich zog meine Schultern hoch, machte mich solcherart schmal, wendete meine Augen, fixierte damit eine kurze Reihe von, weiß nicht welchen, Buchrücken, irgendwo in der obersten Stellage. Auf diese Weise, die Augen weit aufgesperrt, verharrte ich. Schmalgepickt. In meinem Denken nur das eine: mein Versprechen, das ich der LIEBE gegeben hatte! Ich blieb so eine halbe Ewigkeit hindurch, bis ich meinte, Madame könnte die strafenden Blicke wieder besänftigt und abgewendet haben! Als ich wagte, meine Augäpfel nach ihr hinzudrehen, da stand sie noch genau so da wie vorhin! Und ich, Ihre Minika Benedikt, klammerte meine Blicke wieder stur an die Buchrücken, dort hoch oben.

Ab jetzt wurde scharf geschossen: „Spiegelbilder, ha?, meine Kleine!" – „Ich habe nichts von Spiegel gesagt, das waren Sie, Madame!" – Und wenn das Jüngste Gericht jetzt über mich hereinbrechen sollte, ich würde nicht ablassen davon, mich mit Augen dort oben festzuhalten! Es hagelte Feuerkugeln: „*Wann haben Sie Ihre Stubenklugheit begonnen zu studieren!!!*" „Es ist mein *unerschütterlicher* Glaube, Madame, dass jedes denkfähige Kind sein persönliches Werturteil aufstellt, spätestens ab seinem dritten Geburtstag! Ab da richtet es! Über sich und über seine Mitwelt! Seit Beginn jener Entwicklungsperiode habe ich mein Studium aufgenommen, es kaum jemals, oder nur für kurze Frist, unterbrochen. Ich habe keinen Grund anzunehmen, dass dies bei anderen Menschen um sehr vieles anders sein sollte als bei mir!" „Verraten Sie mir eines, woran haben Sie sich orientiert?!!!" „Ich erachte es als Vorrecht aller des Lesens kundiger Menschen: sich an jeder erreichbaren Literatur zu bilden! Insbesondere an jener Literatur, die aus tief empfundener Menschenliebe und aus Seelenverstand geboren wurde!" – „Und Klein-Rosa meint, mit solcher Methode sei der LIEBE gedient!", feuerte Madame noch einmal auf mich los.

Ich glaubte in ihrer Stimme einen winzigen Unterton von Wärme vernommen zu haben. Ich sprang vom Stuhl auf, kniete vor Madame nieder, hatte mein Haupt tief gesenkt und sagte: „So sei es; sooo und nicht anders." Und tief von Demut erfüllt schaute ich zu Boden. Ich schloss die Augen, fragte: „Wissen *Sie* eine bessere Lösung, Madame?"

Madame zog mich an meinen Armen empor vom dunkelbraunen Gummibelag ihrer Bibliothek. Sie drückte mich fest an sich. Einen Augenblick lang. Dann polterte sie: „Ehe wir auf das Thema

SPIEGEL zurückkommen, setzen Sie sich! Ich habe da noch einige Fragen an Sie!"

Madame schien sich nun in einer Überlegung zu ergehen; nämlich: ihre Augen wanderten den dunklen Boden entlang, vom Tisch weg ans Fenster, durch das ja doch kein richtiger Tag hereindrang. Ich dachte, was muss dieser Hüne von Kastanienbaum doch für ein prachtvolles Bild abgeben – im Frühling –, ein Bild, auf dem unzählbar viele Kerzenblüten leuchten mochten! Die Blicke von Madame wanderten ein und dieselbe Strecke fortwährend hin und zurück. Endlich, ohne sich mir zuzuwenden, schoss ihre Bombe mich an:

„Sind Sie so *unfassbar* naiv oder haben Sie tatsächlich vor nichts und niemandem Angst?" Meine Antwort brauchte ich nicht zu überlegen. Sie kam *automatisch*: „Madame, es war einmal ein baumstarker Mann, der zu mir sagte: ‚Kind, hätte man mir nicht von Klein auf die *Schuld gepredigt*, die *Erbsünde* und den *Teufel*, ich hätte wohl *niemals* zu trinken angefangen!' Eines Tages, Madame, fand ich denselben Mann so vor: gealtert, vereinsamt, ausgemergelt, kämpfend gegen den Säuferwahn; in den dramatischen Endrunden seines Todeskampfes: gegen das Innere seiner Klomuschel, die aus Keramik war! Und da erkannte ich, was die alten Bilder von Verdammnis und Wertlosigkeit des Menschen am Ende doch noch ausrichten können. ‚Klein Rosa' alkoholt nie, also wovor sollte mir bangen."

Abgesehen von meiner Sprechstimme, war es soeben gänzlich still gewesen in dieser Bibliothek. Bedrückend still. Wie Madame jetzt die Bücherreihen nacheinander mit Blicken abgraste, hatte sie vielleicht dasselbe Empfinden verspürt wie ich soeben. Während ich gesprochen hatte, war es, als hätten die Literaten da in all diesen Regalen auf meine Antwort gelauert. Auf unerklärliche Weise waren sie alle geistig zugegen. Anwesend. Unmittelbar. –

Madame schwenkte endlich ihre Blicke zu mir zurück. Sie sah mir streng in die Augen. Ich scheute nicht. Sie zündete mich von neuem an, indem sie mir flammend entgegenwarf: „Vergessen Sie nicht jene Bilder, die von einer Generation auf die nächste schon im Mutterleib, durch Chromosomen überliefert werden!" Ich wusste, wie berechtigt dieser Tadel war, doch den Trumpf von Madame Herzl konnte ich mühelos mit Ass überstechen. „Ich weiß ein Ass, Madam, dieses ist nicht im Leisesten über eine eigens von ihm herausgegebene Druckstelle gestolpert! Diese Stelle findet sich in einem mickrigen Büchlein; es enthält so genannte LEKTIONEN. Mithilfe solcher gibt das Ass vor, Menschen *aufbauen* zu wollen. Sinngemäß wiederholt, hart am Original lautet die Behauptung ziemlich so: Es sei einem *blind Geborenen* unmöglich, auch nicht annähernd möglich, jetzt funkt's: **sich einen Sonnenuntergang vorzustellen!** Ungläubig schüttelte Madame den streng frisierten, weißhaarigen Kopf. Sie fragte entsetzt: „Hat der Autor denn überlegt, dass auch Blinde Traumbilder kennen?" „Ich weiß nicht, Madame! Ich weiß auch nicht, was viele andere Menschen davon halten, die gleichfalls auf diese ‚Lektionen' gestoßen sind! Dieses Ass ist nämlich weltweit bekannt! Aber sehen Sie, Madame, mir war es um mein sündteures Lehrgeld durchaus und überhaupt nicht leid! Keine Sekunde lang war es mir leid darum! Ich dachte mir bloß: Wenn *solches* an Universitäten gelehrt wird, und wenn dadurch jemand zu Doktorwürden emporschwirrt, dann will ich mein Leben lang Loblieder singen dafür: dass es bei mir *niemals so weit* gereicht hat." „Jedenfalls ein derartiger Fehler hätte beizeiten korrigiert werden können!", zog Madame ihren Schlussstrich unter diese Debatte.

Tja, Madame. Man wird wohl nie erfahren, wieso der große Fuchs sich derartig in den eigenen Schwanz beißt. In seinen eigenen lukrativen Fuchsenschweif! Hm!? Warum!

3) „Sie sind das einfältigste Geschöpf auf zwei Beinen, das mir je begegnet ist!", stöhnte Madame auf. „Das glaube ich Ihnen! Mir selber geht es ganz genau so, Madame!", gab ich kontra, und fuhr fort: „Ich denke immer wieder an die Worte des Heilandes! ER gab zu bedenken: ‚Wenn Ihr nicht werdet wie die Kinder, so könnt Ihr das Reich des Höchsten nicht schauen!'" Und ich fragte: „ER war doch Fleisch gewordene Liebe? ER war doch Fleisch gewordenes Wort? ER hat doch unter den Menschen gewohnt? Etwa nicht, Madame?" Ich sah es schon: Sie war schon wieder nahe daran, auszuzucken! – Wenn jetzt abermals ein Sturmfeuer über mich hereinwüten sollte? Ich kehrte hastig zurück auf den Stuhl und zählte mir auf: Madame schlägt nicht mit der Hand; sie hat nichts herumstehen, das sie mir an die Birne werfen könnte, auch hatte ich nirgendwo etwas liegen oder lehnen gesehen, das getaugt hät-

te, um mich damit zu verprügeln. Ich rastete also spontan in dieselbe Position ein, die mir schon vorhin über die Runden geholfen hatte: die schmalgepickte Pose. Mir war alles gleich, was Madame im nächsten Augenblick tun wollte, solange sie mich nicht hopplahopp auf die Gasse setzen wollte. Plötzlich sagte sie laut: „Mein dummer, kleiner Goldengel." Ich konnte derartigen nirgendwo erblicken, und sie trat hin, an die rechte Bücherwand. Blieb davor stehen, schaute mich an, die Interviewerin. „Nun! Sie sind gemeint! Kommen Sie, ,Rosa'!" Als sie jetzt kommandierte: „Beten Sie!", da war ich völlig außer Fassung. Verwirrt schaute ich Madame an, sah die Bücherreihen an, erblickte nirgendwo den winzigsten Anlass, dem zuliebe ich stante pede ein *Gebet* hersagen sollte! Madame Herzl aber winkte mir: auf, auf! Und befahl: „Wenn Sie ein *Gebet* wissen, das sehr, sehr kurz ist, dann sagen Sie's ganz einfach dreimal hintereinander! Verstanden, ,Rosa'?" Ich, Minika, war ganz und gar überfordert. Absolut! Mir stockte das Hirn. –

Ein Kanon fiel mir ein. Aus meiner Schulzeit. Ein „Kettengesang". Ich begann die einfachen Worte mit der einfachen Weise zu singen. Die Worte, die Töne, sie kamen mir vom Mund; ich atmete sie gewissermaßen aus und hinein in diese Atmosphäre von geistiger Nahrung und dem Wohlgeruch ätherischer Öle. Ich dachte an den Auftrag, der mich hierher geführt hatte. Und ich sang: „Liebe ist ein Ring. Ein Ring hat kein Ende!"

Madame Herzl zeigte mir … mit einem Daumen an: das war EINS, und streckte nun Daumen *und* Zeigefinger zur Aufforderung vor! Ich wiederholte: „LIEBE ist ein Ring. Ein Ring hat kein Ende!", und gleich noch einmal**: „LIEBE ist ein Ring. Ein Ring hat kein Ende!"**

4) Madame Herzl lächelte mir zu, ohne ein Wort zu sagen. Mir kam vor, sie streckte jetzt ihre Wirbelsäule. Mehr als zuvor. Sie war für mich in diesem Augenblick das Abbild einer jahrttausendealten unbeirrbaren Würde. Sie griff ans Regal, fasste da ein Buch heraus, eines, das vielleicht vierhundert Seiten stark sein mochte. Es hatte einen schwarzen Buchrücken; darauf stand: „ABBA EBAN – **DAS ERBE**", und ganz unten saß eine winzige, schneeweiße Eule. Kaum hatte Madame das Buch gänzlich aus seinem alltäglichen Platz herausgezogen, da schwenkte der Mittelteil der Buchstellagen sich ganz langsam und völlig geräuschlos auf.

„Ja, hast du da noch Töne!", schoss es mir durch den Kopf. „Es ist nicht gerade die Bundeslade!", erklärte mir Madame. Sie führte weiter aus: „Ich habe keine Ahnung, ob das Ding überhaupt auf Sie, ‚Rosa', reagieren wird! Und falls ja? Wer weiß, was geschieht! Haben Sie Furcht?"

Wie sollte ich hiervor *Furcht* haben: Da hinten an der Mauer war nichts als Mauer; mit Eierfarben grünlich-dunkelblau gestrichen! Und da, an diesem „Torflügel", hinter den Büchern, da war ein Spiegelglas! Es war nicht viel höher, als ich groß war. Es war sauber poliert, klar, rein, war umrahmt von meisterhaft ausgeführten Holzschnitzereien; Darstellungen, sämtlich dem Alten Testament entliehen: ein endloser Reigen von Reliefen, Szenenbildern, umrankt, umflochten von Ölzweigen und Weinlaubgirlanden. Das Holz erschien mir schwarz. – Madame ging los, knipste die Wandleuchte der Bibliothek an, denn das Spiegeltor verwehrte dem alten Kastanienbaum jeden Zublick. „Den Spiegel der *Weisheit* … befrage niemand, ohne vorher zu beten!", belehrte mich Madame Herzl. Und ich dachte sofort: „Doppelt hält vielleicht doch besser! Denn, was wusste ich schon vom Gott der alten Israeliten? Wie ging man denn da auf Nummer „Sicher"!? Ich hatte der LIEBE versprochen: **„Das werden wir aufarbeiten!"** Vielleicht konnte mir auch hier das Gebet helfen! Jenes, dem wir schon bei Frau Jiska Stein begegnet sind. Ich sah mir diesen klaren Spiegel nochmals an, erblickte darin jetzt nur mich. Madame Herzl saß an ihrem Tisch. Ich faltete die Hände. Man hat mich gelehrt, dass diese kleine Geste eines Menschen Wort *beträchtlich* verstärken kann. Und jeder, der seine Hände zu falten gewohnt ist, soll ab nun wissen, wozu es gut ist! *Nicht* allen Menschen wurde es beigebracht. – Ich faltete also meine Hände, schloss die Augen und begann zu beten:

„Vater aller, der du bist in den Himmeln, heilig ist DEIN Name. Das All, die Gestirne, und alles Irdische ist DEIN Reich. DEIN Wille geschehe Dir zur Ehre, wie im Jenseits, also auch auf Erden. Das tägliche Brot sättige allen Menschen: den Leib und die Seele. Und wo wir unwissend gegen DEIN Gebot fehlen, da rechne es uns nicht an. Lass uns nicht verurteilen irgendjemanden, sondern leite uns auf Bahnen, die DEINE Treue täglich bedanken. AMEN."

Wenn nun jemand meinen sollte, dass jetzt etwas geschah! Ja, dann kann Ihre Minika Benedikt nur sagen: „Leider nicht!" – Der

Spiegel zeigte dasselbe, was jeder andere Spiegel zeigen würde, vor dem ich mich aufstellen wollte. Das mag vielleicht ganz wundervoll sein. Aber es bringt überhaupt niemandem was ein! Niemandem!

Madame saß auf ihrem Stuhl und drehte ihre Daumen übereinander, pausenlos. „Vielleicht stellte das eine Art Gebetsmühle dar?", fragte ich mich in aller Stille. Plötzlich stand Madame auf, als sei ihr soeben eine Erleuchtung gekommen. Sie ging an den Spiegel heran. Sie klappte da vom Relief einen Teil auf, ein Geheimfach, holte daraus einen siebenarmigen Kerzenleuchter hervor, suchte nach Streichhölzern, in einem Schächtelchen – offensichtlich fand sie keine. Da wies ich zu dem Türhaken hin, und Madame Herzl erfasste sofort, dass sie in den Taschen meiner Jacke stöbern sollte. Sie fand mein Gasfeuerzeug. Nun ja? Sie verzog ein wenig herablassend ihre Mundwinkel, aber gleich darauf erstrahlten nacheinander Kerzenflammen, sieben insgesamt. Als Madame jetzt das Kunstlicht ausdrehte, da war die Bibliothek in heimeliges Licht getaucht. Ich machte meine Augen wieder zu.

5) „Wuuh, Madame, ist das der Fluss JORDAN?", rief ich unwillkürlich aus, als ich all die vielen S-Windungen im Grün vor mir sah. Ich trat ein, zwei Schritte vom Spiegel zurück, um mir einen Überblick zu verschaffen, aber da wich die Ansicht von sich aus zurück. Rapide, sie wurde kleiner, noch kleiner, blieb stehen. Plötzlich blinkten Schriftzüge auf, zuerst an einem Gewässer im *Süden*, zeigten da auf: *TOTES MEER!* Es ging weiter: *BETHLEHEM, BETHANIEN, ÖLBERG, JERUSALEM, EMMAUS, JERICHO, PERÄA, SYCHAR, NAIN, BERG TABOR, NAZARETH, KANAA, GENEZARETH, KAPERNAUM, BETHSAIDA; SEE GENEZARETH, GALILÄA.* – Das Bild verlöschte sodann. Aber auch das Spiegelglas war nicht mehr der Reflektor von vorhin. Es war, als wäre da gähnende Leere, in die ich jederzeit mit meiner Hand hätte hineinfassen können. Offen eingestanden: Dazu war ich nicht mutig genug. –

„Wenn Sie jetzt die Augen *schließen* und Fragen stellen wollen, der Spiegel ist so weit, ‚Rosa'!" „Muss ich laut fragen, Madame?" „Artikulieren Sie, so deutlich Sie können!"

Ich dachte: „Wenn ich jetzt *wieder* etwas falsch mache!?" Im Affentempo überschlug ich das unsichtbare Notizbüchlein in meinem Gehirn, und fuhr volle Tube darauf los:

„Wozu sind KLAGELIEDER gut; was bringen sie den Menschen ein!" Da nahte eine Antwort, akustisch nicht unbedingt wahrnehmbar. Doch genau so wirklich, als wäre es gesprochen, drang es da an mich herzu:

„Zu entnehmen bei Amos 6, 12: Wandelt das Recht in Galle, und die Frucht der Gerechtigkeit in Wermut." Nach kurzer Pause ging es in Donnerworten weiter, wie folgt: „Betrachtet es doch, Herr der Vorväter, noch einmal!!! vom Standpunkt der *Power-Emotion-Eigendynamik* heraus." –

Das war alles gewesen? Ich lauschte, renkte mir schier die Ohren aus. War also: *Ende* der Durchsage! Ich schaute auf, sah hin zu Madame, auch sie hatte wohl soeben erst die Augen aufgetan. Sie sahen mir danach aus. Madame winkte mir zu, mit einer ausgestreckten Hand, die Handfläche mir zugewandt; eine Abwehrgeste; die konnte bedeuten: Halt! Einen Augenblick warten, ‚Rosa'!" Madame Herzl zog unter der Tischplatte eine Lade hervor. Entnahm ihr einen Papierblock. Einen Schreibstift ebenfalls. Schob die Lade dann zu. Madame winkte mir jetzt, ihren Handteller nach obenzu offen, winkte eigentlich nur mit ihren Fingern: Hopp auf! Weiter! Nun denn. Dann wollte ich meine Augendeckel wieder zumachen. –

Nach kurzem Anlauf rückte ich meine nächste Frage heraus: „Was ist zu verstehen, unter: *AUFERSTEHUNG – IM GEISTE?*" Es blieb still. Unvorstellbar lange. Entsetzlich lange. Ich weiß nicht, wie meine Gedanken urplötzlich abgleiten konnten. Abgleiten, anstatt der Antwort entgegenzu*warten*, einfach abgleiten! Mir fielen die *Plakate* ein, die bei meiner Herfahrt mit dem Auto an den Fahrbahnrändern auf meine Augen eingedroschen hatten. Alle paar hundert Meter weit! Ich sah die Formel endlos aneinander gereiht: *EINSTEIGEN-UMDENKEN!-EINSTEIGEN-UMDENKEN!-UMDENKEN! Umdenken!* Aus dem Spiegel kam die Unterbrechung: „Die Auferstehung *IM GEISTE* hat mit der Erfindung einzelner Lettern durch Johannes Gutenberg ihren Siegeszug *angetreten!* Daniel, Kapitel 12, Vers 2+3: Und viele, so unter der Erde schlafen liegen, werden aufwachen; etliche zum Leben, und etliche zu ewiger Schmach und Schande. Die Lehrer aber werden leuchten wie des Himmels Glanz, und die so viele zur Gerechtigkeit weisen, wie die Sterne immer und ewiglich." Das war's für den

Augenblick? Ich nahm mir spontan vor: Sobald ich bei mir daheim ankommen würde, da käme mir die Bibel *nicht* aus! Ich würde unbedingt wissen wollen, wie es weitergeht bei Absatz 4! Doch ich war noch längst nicht bei mir daheim. Ich versuchte auszuloten, wie die Stimme zu beschreiben wäre, die mir eben geantwortet hatte. Sie hatte geklungen, als könnte man sie einem gestandenen Fünfzigjährigen zuordnen. Wenn er irgendwo vorhanden gewesen war, so musste er ziemlich weit vom Spiegel entfernt gewesen sein. Die Stimme hatte geklungen wie über Telefonvernetzung.

Ich dachte grade: „Was heutzutage alles *sprechen* kann!", und dachte an mein Zuhause, an die elektronische Schreibmaschine, an ihr Anzeigefeld, das konnte auch sprechen, konnte sagen: „*Fettdruck EIN – Fettdruck AUS*", konnte mich fragen: „*FARBBANDKASSETTE?*", und vieles andere mehr. Doch hier war meine nächste *Frage* fällig. Über-fällig? –

„Wie ist das zu erreichen: Übereinstimmung mit dem, was dem Heimatlande dient, Bruderschaft mit allen Menschen und soziale Gerechtigkeit! Gibt es dafür einen PERSÖNLICHEN SCHUTZBRIEF!?"

Madame fragte jetzt zu mir herüber. Ich ließ die Augen zu. Sie wollte wissen: „Was werden Sie in Zukunft machen, ‚Rosa'?" Sie hatte halblaut gesprochen. Mit gleichwertiger Lautstärke gab ich zurück: „Ich weiß nicht, Madame. Das allerletzte Kapitel für das Novellen-Buch liegt fix und fertig in meiner Tischlade. Seit gut einer Woche. Was mein nächster Auftrag sein wird? Keine Ahnung, Madame." Dann blieb es still. Bis eine Meldung durchdrang, die von einer Stimme gesprochen wurde, die etwas jünger anmutete als die von vorher. Sie teilte mit: „Die Antwort lautet: Lukas 9, Vers 55: Jesus aber wandte sich, und sprach: ‚Wisset ihr nicht, welches Geistes Kinder ihr seid?' Dazu: Lukas 10, Vers 56: Des Menschen Sohn ist *nicht* gekommen, der Menschen Seelen zu verderben, sondern zu *erhalten*. Es folgt noch: Lukas 10, Vers 27: Er aber antwortete und sprach: ‚Du sollst Gott, deinen Herrn, lieben vom ganzen Herzen, von ganzer Seele, von allen Kräften und von ganzem Gemüte, und **deinen Nächsten wie dich selbst.**'"

Nun, eine einzige Frage brannte mir momentan noch im Herzen.

Es war mir furchtbar schwer, meine Frage in Worte zu fassen. Ich hatte nichts anderes zur Verfügung. Nur Worte. Wie sollte ich ihre Bedeutung unmissverständlich machen? Wie? Ihre Minika Benedikt fragte drauflos: „Wem ist es zu *verdanken*, dass die Kraft der Liebe die Menschheit niemals verlassen hat, selbst dann nicht, als die Herzen völlig blind und taub waren für das Gute?"

Die Antwort kam postwendend: „Ein Rätsel ist zu lösen; es lautet: *DER STEIN, DEN DIE BAULEUTE VERWORFEN HABEN.*" Ich mochte noch so lange hinhören. Da kam nichts mehr! Schließlich kniete ich nieder, und sage nur: „AMEN." –

Als ich hinüberschaute zu Madame Herzl, da hafteten ihre braunschwarzen Augen an den heiligen Kerzenflammen der Menora. Die Augenbetten von Madame waren von Anzeichen der Anstrengung grau umschattet.

Ich stand auf. Trat an die schöne, alte Dame heran. Sie sah mich an. Ich drückte ihre beiden Hände zum Abschied. „Tausend mal Dank, Madame, für Ihre Unterstützung", sagte ich. Dann trabte ich zum Haken, nahm meine Jacke an mich und lief aus der Bibliothek hinaus auf den schmalen Gang. Madame Herzl schrie mir nach: „Sofort, ‚Rosa'! Gleich lasse ich Sie hinaus!"

Ausflug mit Rita

Es geschah in jenem strengen Winter: Die Ebenen und die buckeligen Waldungen lagen, nicht wie sonst, bis weit in den März hinein unter Schnee. Schneite es nicht, so trieb der Wind weiße Wirbel daher, auch bei Sonnenschein. Schneepflüge mühten sich beharrlich, die Landstraßen frei zu halten. Einigermaßen. Wer da kein *Auto* hatte! Meines war fort zur Reparatur. Ende nie. Und jetzt noch *dieses*: Vierundzwanzig Stück *Winterbälger* hatte ich beisammen, einer wie der andere gleich tadellos, ja, umsonst werden Kaninchen *winters* nicht durchgefüttert.

Im Frühmorgen hatte ich endlich die Streckklammern aus den Bälgern entfernt; sollten sie nicht *doch* noch Schaden nehmen, so mussten sie heute zum Präparator. Tja, ja, sonst holte *der* die Ware ab; immer zum selben *Stichtag*, seit drei Jahren, immer gleich. Warum *diesmal* nicht? Der Gegenwert hatte mir jedes Mal zwei gute, flauschige *Schafsfelle* eingebracht. Was also *tun*. Wollte ich die Schafsfelle diesmal *auch*, so musste ich mich aufs *Fahrrad* zwingen. Wie weit sind sechs Kilometer? *Sechs* Kilometer mit dem Rad. Da war das Interviewen-Fahren, mit dem weißen VW 1600, schlicht eine *Schihütten-Gaudi* dagegen: Ich fühlte mich heruntergekämpft, als hätte ich fünfmal so weit getreten. Immer wieder hatte der Wind *gegen* mich gespielt; so oft und woher er gewollt hatte, mit Vorliebe: im kindischen *Frontalangriff*.

Endlich! Das *Präparator-Haus*! *Endspurt*: zu Fuß. Dabei bekam ich langsam wieder *Atem*, konnte Wolltuch und Wollschlauch vom Kopf ziehen und die nassen *Kristalle* leidlich abbeuteln. Und mit energischem Klopfen *gegen* die Stufe bekam ich auch die *Stiefel* halbwegs schneefrei. Ich läutete an. *Empfangen* wurde ich nicht. Nicht, wie zuletzt vor drei Jahren. Da die Haustür *nachgab*, trat ich ein. Ein *quiekender* Schrei hallte durchs Haus. Dann tauchte die alte Frau Einöder auf: Sie erkannte mich wieder, grüßte kurz und rief nach *Ilonka*. Aufgelöst kam das Hausmädchen angeschossen; das hoch gesteckte Braunhaar in Strähnen ums Gesicht wehend, die Blicke die Holztreppe hinauffliegend, ängstlich: zum oberen Teil des Hauses. Ein Tschinnern war von dorther zu hören. Und Scherbengeklirre, als werfe jemand mit Geschirr. Wieder gellte ein Schrei. Ilonka eilte mir voraus der Kellerwerkstatt zu, sie schnäuzte sich lautmächtig und jammerte unausgesetzt: „Oooh Schock, *diese* Kind …" – Einen Plastiksack zum Einpacken gerichtet, stöberte ich im Fellelager, während Ilonka heulend die Bälger kontrollierte und klagte: Gestern sei Ritas Mutti in eine *Nervenklinik* gekommen; der Hausherr wäre seither aus dem Wirtshaus noch nicht daheim gewesen.

Im Fortgehen, an der Haustür, fragte ich Frau Einöder: Ob das Enkerl die Familie schon *länger* so terrorisiere. „Aber wo, Frau Benedikt!", wimmelte sie ab. Sie brach in Tränen aus und erzählte: „Ritas Mama hat vor ein paar Wochen einen Abortus gehabt, und *da* hat das so angefangen." Es ging *automatisch*: Ich kehrte *um* und legte am Boden meine Felle ab.

„Darf ich sie sehen, die kleine Rita?", fragte ich. Ich solle hier warten, sie wolle *schauen*, ob das Kind auf die Treppe käme, antwortete Frau Einöder und rief nach oben: „Kleines? Komm einmal! Da ist wer, der dich sehen will; eine Dame!" Augenscheinlich geschah nichts. Da kommandierte die Großmama: Rita solle an die *Stufe* kommen! Als auch dieser Aufruf nicht fruchtete, schaute Frau Einöder zu Boden. Erst nun fiel mir auf: Unter ihre Augen waren tiefe Ringe eingegraben. Wie eingeprägt von Gram und Kummer. Endlich straffte sie ihren *Rücken* und stieg mit schwerem, langsamem Tritt die knarrenden Treppen hoch.

Ich stand da: die Hände vergraben in meinen Manteltaschen; meine Finger drückten darin herum an Papiertaschentüchern. Dieser Mantel ist übrigens wadenlang. Außen: geraues Leder in dunklem Moosgrün, an den Rändern mit dunkelbraunem Webpelz schmal verbrämt; innen durchgehend warmes Lammfell. Mir kam jetzt vor, der Mantel wurde von Sekunde zu Sekunde schwerer auf meinen Schultern. Auch hatte ich draußen im Nordwind überhaupt nicht gefroren … Jetzt durchjagte ein Frösteln meinen Körper.

Frau Einöder hatte die drittvorletzte Treppe noch nicht erstiegen, als oben am honigfarbenen Geländer zwei rotbestrumpfte Kinderbeine und ein Kleidchensaum zum Vorschein kamen. Vermutlich machte die Treppe dort eine Kehre nach dem Dachboden zu … von herunten sah es so aus. – „Na komm, Kleines, komm her!", bat Frau Einöder. Ihr Tonfall hatte so gütig geklungen, dass es schon an *Demut* grenzte, *nicht* an Schwäche! Die helle Kinderstimme drosch zurück: „Ich komme, wenn *ich* will!" „Du kommst bitte *augenblicklich* herunter, Rita!!!", befahl jetzt ich und hängte sofort die Nothilfe an: „Ich möchte doch sehen, wie hübsch du bist!" Zögernd stiegen die roten Beinchen zwei Stufen abwärts. Dann die dritte, die vierte … Ich sah Rita nur an. Sagte *kein* Wort. Verzog keine Miene. Aber sie sah hinreißend aus; einfach liebreizend. Sobald das blasse Gesichtsovals aufgetaucht war, hatte ich ohnehin nur die scharf gezeichneten, großen Augen gesehen, danach: die leichtgeschwungenen Stirnfransen in hellem Braun und das Näslein, das stolz zur Höhe gereckt war. Erst *hinterher* fiel mir der rote *Strich* auf, und dass er in zwei abwärts weisenden Winkeln auslief: der zugepresste, kleine Mund. Jedenfalls hielt Rita auch jetzt noch das Kinn vom Hals weggereckt, wie über alles hier erhaben. Ihre Mähne war gewellt, wie vom Zopfflechten.

Als hätten meine Augen, gleich Magneten, das Kind die Stufen heruntergeleitet, stand Rita vor mir: in nordisch-kariertem Wollstoffkleidchen; die Webe: taubenblau, gelb und schwarz durchschossen.

Ich kniete vor ihr auf den Fußboden hin. Ihre Augen zeigten: Sie hatte nicht nur auffallend lange, dunkle Wimpern. Die Schatten *darunter*, die denen der Ahne glichen, taten es mir an. „Du bist wirklich wunderschön, Rita", bekannte ich, sah sie an, besorgt, und fragte, ob ich ihr vielleicht einen *Wunsch* erfüllen könne? Fast schien es, als hätte ich vor ihre Pupillen einen dunklen Riegel schieben gesehen. Trara, da ätzte sie auch schon los: „Ach! Ihr *Großen*! Du kannst mir den Buckel herunterrutschen!!!" Wie ich nach Ritas Oma sah, die noch immer wie angenagelt auf der Treppe verharrte, tat *die* ihren Mund auf. Aber ich wehrte mit einer Hand beruhigend ab und entgegnete: „Nein, Rita! Das werde ich ganz bestimmt nicht tun! Ich werde dir keinesfalls den Buckel runterrutschen! Ich bin mir zu *gut* dafür!", und hängte nach einer kurzen Pause an: „*Überleg* es dir doch! Vielleicht *hast* du einen Wunsch!" Auf das, was eintrat, war ich nicht gefasst. Es kam ohne Ansatz. – Platsch, und ich hatte fünf von Ritas Fingern mitten auf meiner

Wange kleben, dass es da brannte. Was folgte, kam gleichfalls ohne Ansatz. Ich klebte zurück. Und sagte dann: „Wir sind quitt, Rita, aber wir sind nicht böse deshalb aufeinander, abgemacht!?" – Schon verzog sie den Mund und auch die Äuglein. Wie zum Losplärren. Für eine Sekunde. – Dann glätteten sich die Züge. Rita wurde entspannt. Mir schoss ein Vorschlag ein – mich selber hätte der als Kind spontan begeistert, bloß: Niemand hatte mir das je angeboten! Ich rief zu Frau Einöder hinauf: … ob im Haus ein Kindersitz wäre, den ich am *Fahrrad* montieren könnte? Frau Einöder, überrumpelt, nickte mit dem Kopf. Ich fragte Rita, ob sie Lust habe, mit mir durch den Schnee zu fahren. Ihre Augen verrieten mir: für Abwechslung habe sie einiges über. Trotzdem hielt sich Ritas Begeisterung schwer in Grenzen. Sie machte ein Gesichtchen, in dem so gut wie keine Regung vor sich ging. Ilonka hatte uns beobachtet!? Sie löste sich von der Tür zum Kellergang und stob mit erhobenen Armen davon. Ihr verebbender Ruf teilte mit: Sie wisse, wo „die Kindersitz" seien, und wo „das Schrauberschlissel"! Frau Einöder, wie plötzlich aufgezogen, brachte einen dick wattierten Overall und Kinder-Moonboots über die Treppe herbei.

Man soll den Wind nicht tadeln vor der Heimfahrt. Meine Güte, war das jetzt eine Guttat! Er hatte sich seit vorher noch immer *nicht* gebessert, der Wind, und tauchte nun von *hinten* beim Fahren kräftig an. Rita spürte ich kaum. Sie hielt sich auch nicht fest an mir. Nirgendwo. Das machte nichts aus, denn ihr Sitz verfügte über eine meterhohe Anlehne. Anfangs hatte ich mich darüber gewundert: wie „speedy" dadurch gleich mein Damenrad aussah! Es bestand also kaum Gefahr, Rita unterwegs zu verlieren. Zu *reden* hatten wir nichts … auch hätte der Wind jedes Wort verdreht, verweht … zu anstrengend wäre es auch gewesen für mich, zu reden. – Ich dachte beim Fahren noch einmal daran: Ritas Omi hatte mir das Wirtshaus genannt, in dem Ritas Vater sein müsste. Ihrer Prophezeiung nach würde er auch heute und morgen dort irgendwie zubringen; die Wirtin wäre ihm ohnehin nicht gewachsen, wenn *er* einmal sage: „Aller guten Dinge sind drei!", dann seien auch der „guten" Tage dreie und er schlafe nicht übel auf einer Holzbank! Wenn *das* als Erklärung reichte für Rita? Sie saß fest hinter mir. Im eigenen Sattel. Plötzlich, es fehlte vielleicht noch *ein* Kilometer bis zu meinem Wohnort, da wackelte von hinten her gewaltig das Rad. Rita schrie gellend auf. Fast hätten wir einen Stern gerissen. Einen „Schneestern". Ich drehte mir sofort den Hals aus nach hinten. Mit beiden Stiefeln – links und rechts des Radrahmens – *zugleich* aufspringend. Rita hielt alle viere auf einmal hoch. Gerade das Rad noch *abfangend*, fragte ich, was los sei! Das Kind, wie eben erwachend, schaute erschrocken und sagte: „Oooch, es war nichts!", und rappelte sich zurecht. „Geht's dann wieder, Süße!?", fragte ich und stieg neuerlich auf die Pedale. Und der Wind machte sich pfeifend noch einmal stark für uns beide; und wie sehr dankte ich ihm im Geheimen dafür. –

2) „Schaut ja steil aus! Nicht so *ungebraucht* wie zu Hause!", hatte Rita beim Eintreten in die Schreibstube ausgerufen. Es gefiel ihr einfach alles: die Schreibmaschinen, das alte Klavier. Sie war überall dran. – „Es ist nicht verwöhnt, mein Klavier, Rita! Aber wenn du ihm wehtust, so weint es. Und du *hörst* das auch, nicht wahr? Du musst die Tasten behutsam anschlagen, *dann* wird es dich lieben!" Erst sah sie mich fragend an. Dann *horchte* sie ins Klavier. Rita widersprach mir nicht. Ihre Augen sagten mir: „Verstanden!"

Als ich zusicherte, ihr das Maschineschreiben beizubringen, sobald sie Druckbuchstaben lesen könne, da war sie für die Bänder und Tasten Feuer und Flamme. Ohne sie zu berühren. Sie sah die Maschinen nur noch an. „Magst du etwas *essen*? Es ist gleich Mittag, Rita!" „Essen? Nein, nichts! Am liebsten möcht ich im Schneewald spazieren gehen! Aber sag mir: Wie heißt du eigentlich?" Ich heiße Minika, antwortete ich. Rita wollte wissen, ob das ein richtiger *Name* sei. Sie kenne ihn nicht. „Es ist eine Abkürzung von ‚Dominika', Rita!" Rita hielt sich ein Nasenloch zu, griff sich an die Ohren und fragte noch einmal: ob wir denn zusammen in den *Schneewald* gehen könnten?

Als ich sie ansah und an den Winter dachte, der sicher kniehoch in den Wäldern lag, da überlegte ich. Schwer war Rita ja nicht, sie wog vielleicht gut zwanzig Kilo; das verteilte sich am Buckel auf zweimal zehn, oder gar auf sechseinhalb mal drei Kilo? „Gut, Rita!" „Gut? Sehr gut! D*ann* werde ich dich ‚*Nini*' nennen!" Dann kam ihr auf einmal eine Schnapsidee: *meinen* Mantel wollte sie anziehen, unbedingt! Sie begriff aber sofort, dass ich schwer in ihren Overall passen könnte, sie saß nun da, am Schreibtisch, und überlegte. „Ich will *auch* ein *Lamm* sein, wenn wir in den Wald gehen!", muckte sie auf. Als mir zu dieser Forderung nichts einfiel, *ermahnte* mich Rita, an das, was ich ihr am frühen *Vormittag* versprochen hatte: den Wunsch!!! Also, da war jetzt guter Rat teuer. „Ich kann ein *Schäfchen* aus dir machen, reicht das, Rita?" Als sie überzeugt nickte, holte ich eine Nadel und dicken Faden. „Hilf mir bitte, die zwei Felle zu halten!", sagte ich. Wir legten sie aufeinander, mit dem Haar nach innen; mit großen Stichen nähte ich links und rechts eine Strecke von zwanzig Zentimetern etwa zusammen, ließ danach eine gute Handspanne weit aus und schloss im Übrigen die beiden Seiten bis an ihr Ende mit Stichen fest zu. Dann wurde das Fell nach außen gewendet. Wie Rita sich alsbald im großen Wandspiegel bestaunte, fand sie sich als Schaf: „Bedeutend kesser als als grünes Lamm, Nini!" Als Rita mir endlich noch das große Wolltuch abgeschwatzt hatte, war das Wollschäfchen fertig. Es konnte losgehen. Ich rechnete aber *damit*, dass in der Harzluft der Hunger uns ungefragt anfallen könnte. Dem Ärgsten vorzubeugen, steckte ich in meine Manteltaschen gelbe Winteräpfel; die waren vom Lagern seit dem Herbst schon verhutzelt und etwas eingeschrumpelt.

Ritas *Gaul* wurde ich erst, nachdem ihr *endgültig* aufgegangen war:

Mit sooo kleinen Füßen *käme* man nicht durch zum Wald. *Nicht* einmal in Mondstiefeln! Bald aber wollte sie durchaus „*auf eigenen*" Beinen gehen. Also schlugen wir uns in den *Jungwald*. Ein Vorteil für das Kind! Das grüne Lamm musste gehen, in so *gebückter* Haltung wie sonst kaum jemals. „Wohin gehen wir eigentlich, Nini?" Während Rita mit sicheren Stapfen über wenig beschneiten Nadelboden fortzog, gab ich an: Erst würden wir den kleinen Bach entlanggehen, dann zur Jagdhütte am Wiesental kommen, und der Reihe nach zu den Hochständen der Jägersleute, und wir würden ja sehen, wohin es uns trage!" Auf einmal hörte ich Ritas Magen knurren. Ich zog einen der Äpfel hervor, rieb ihm am Rauleder und reichte ihn ihr. Rita aber rümpfte das Näslein und machte eine abwertende Schnute. „Ein *Apfel*, das ist ein Sinnbild für *Leben*, Rita!", verriet ich und biss selber ins verhutzelte Obst. Im Gehen *stoppend*, sah sie mich ungläubig an. Ich schmatzte herzhaft weiter, bis ich Putz und Stängel ins Papiertaschentuch einwickelte, für meine Kaninchen. „Also, Nini, ich will *auch* ein Leben haben!", forderte das Kind. Es kriegte *natürlich* einen Apfel. Und ich bekam in mein Taschentuch bald einen zweiten Putzen dazu, samt zweitem Stängel. Was mich aber insgeheim *brennend* attackierte, war: Welche *Ursache* hatte jenen wilden *Aufschrei* auf dem Hintersitz ausgelöst?

Wir kamen ans Jagdhaus und schauten, so gut das ging, ins grellweiße Wiesental. Uns beiden fiel auf: Der Wind war beinahe verstummt. Kaum, dass meine Stirnhaare noch durch ihn bewegt wurden, scheinbar auch die von Rita nicht. Der Schnee blendete die Augen; sie konnten *kaum* etwas sehen vom Bächlein, dort im tiefsten Grunde, weitab von uns ... nur eine *endlose* Doppelreihe – Erlen und Kopfweiden abwechselnd – zeigte: Das ist die Au. Darüber klärte ich Rita auf. „Nini!", sagte sie unvermittelt, als sie in die Talschaft blinzelte, „ich habe vorhin im Schlaf gesehen, wie mein winziger Bruder ermordet worden ist!" Mir *stockte* schier das Blut. „Wie, Rita! Wie wurde er ermordet, wie du sagst!" – „Er wurde durch ein *Medikament* getötet, Nini!", beharrte Rita und verzerrte das Gesichtlein. Sie warf sich in den Schnee. Sie schluchzte zum Gotterbarmen. Ich konnte nichts sagen, nichts tun. Ich hob sie heraus aus dem Schnee. Sie rieb an ihren Augen. Tränen *rollten* nur so übers Gesicht. „Vielleicht irrst du dich Rita?", hakte ich gleich später nach. Sie sagte: Nein! Daaas könne *nicht* gut sein, denn der Doktor habe zur Mutti gesagt: Bevor sie *so* etwas irgendwann *noch* einmal mache, da solle sie vorher doch besser mit ihrem Hausarzt reden!" Ich fragte Rita, ob sie das ganz sicher *so* gehört habe. „Ich bin doch nicht taub!!!", schrie sie mich wild an, und es hallte aus der Au mehrmals zurück. – Hm, dasselbe gelte auch für mich. Ganz genau das Gleiche, gab ich tonlos und ziemlich leise zurück. Und bald, ich merkte es erst, als wir schon ganz nahe dort waren: Uns hatte der Weg bis an den Fuß der Bergkuppe geführt, auf welcher, in den nächsten Wald hinragend, die *Burgruine* thronte. –

3) Schwerwiegende Probleme fordern großartige Lösungen geradezu heraus; und je menschlicher der Einzelne ist und je sensibler, desto leichter begreift er das Unbegreifliche. – „Hoi, Nini! Ist *das* da oben, ist das nicht der alte Klepper, den ich immer bei

Abendrot sehen kann?!", schrie Rita plötzlich erfreut los, außer Atem vor Begeisterung. Ich *kannte* mich gar nicht aus, im Moment. Da erklärte Rita: „Dort, wo hinter dem Baum der verfallene Torbogen aufragt! Wenn die rote Abendsonne dahinter steht, dann sieht es aus wie der Klepper von Don Quichote, wenn das Tier still steht!, Nini!" – Wie ich es so betrachtete und betrachtete, da brauchte es nicht viel Fantasie, mich in Ritas Vorstellung einzufinden. „Ja, das *ist* der Klepper, Rita! Hast du ihn noch nie aus der *Nähe* gesehen?" Sie sagte: Nein, aus der Nähe nicht, bloß vom Balkon von daheim aus, da habe sie ihn schon *oft* beobachtet, zusammen mit der Oma! Ob Rita ihre Oma lieb habe, fragte ich. „Nein", sagte sie, „*jetzt* nicht mehr; die Großen stecken alle unter einer Decke, wenn was Furchtbares *passiert*, und am Ende hat *keiner* Schuld an nichts!", gab sie mir Auskunft. „Gut, Rita, du kennst also den Gaul. Wusstest du aber, dass unterschwellig von hier aus ein Stollengang führte zur Zentrale, also zum fürstlichen *Schloss*? Aus allen Wehrkirchen, Burgen, Meierhöfen und anderen wichtigen Einrichtungen trafen *dort* solche Gänge zusammen!" Rita wollte wissen, *wozu* das. Ich erklärte: Durch solche unterirdischen Gänge waren Nahrungsmittel transportiert worden, Botschaften und vieles andere. Diese Gänge wären *einer* der Hauptgründe gewesen, wodurch das Land sich trotz Belagerung durch feindlich gesinnte Horden retten habe können. Ob man von hier aus Zugang habe zu einem solchen *Gang*, bohrte Rita. Mir wurde allmählich mulmig. Das Ruinengelände zu *betreten* war bei *Strafe* untersagt. Darauf wies ich hin. Und ich sah schon: Rita *kümmerte* das nicht! „Hast du noch einen Apfel für mich, Nini?", fragte sie und guckte mich an.

„Ich kenne ein Stückchen *Gang*; von ihm weiß ich bestimmt, dass es völlig ungefährlich ist, Rita!" Mit *diesem* Satz hatte ich die Autorität über Rita haushoch verspielt. Mir war das nur noch nicht klar, als ich ihn aussprach. –

„Was sind das für komische Wände? Iiih!, und *nass* sind die auch, Nini!" Da erläuterte ich, es seien Wände aus Natursteinen. Und die Nässe entstehe vermutlich durch die unterschiedlichen Temperaturen zwischen draußen und herinnen. Ich erzählte ihr, dass mir aus diesem Gang zuweilen, wenn ich früher hergekommen war, Tiere begegnet waren. „Welche denn?", wollte sie wissen.

Ich berichtete vom alten Dachs, von Fledermäusen, Kröten und Igeln; als Rita um Näheres fragte, versuchte ich, dem Kind die Tiere so lebensgetreu wie möglich zu beschreiben. „Wir müssen jetzt umkehren, Rita!", stellte ich fest. Sie meinte: Es störe sie überhaupt nicht, wenn sie nichts mehr sehen könne, und tun würde uns sicherlich niemand nichts, argumentierte sie, denn da sei keiner drinnen, das wisse sie von mir, und fragte: „Wer wird schon einem sehr kleinen Schaf und einem Lamm Böses tun?"

Und plötzlich war Rita nicht mehr neben mir. Sie war einfach weg. Ich hörte noch ihre Schritte trappeln: gangeinwärts. „Rita! Rita! Bitte, komm sofort zurück!", schrie ich. Die Kinderstimme schrie zurück: „Wovor hast du Angst, du stehst ja im Licht, Nini!" Umso besser, wenn sie mich im Licht sehe, dann solle sie *da her* schleunigst zurückkehren!, herrschte ich sie an. „Wenn du *willst*, dass ich komme, so musst du mich *holen*!", tönte es heraus. Ich rief: „Ich gehe *niemals* weiter, als ich mich dabei wohl fühle, und das gilt für *sämtliche* Gänge; auch für diesen hier!" Ob sie kapiert habe!!? Rita blökte nicht noch einmal zurück. Kein Laut war zu hören. Niemand frage warum? Als es so *vollkommen* still blieb im Dunkel vor mir, von dem ich nichts wusste; außer: *Rita* musste darinnen sein, da zog ich einen Apfel hervor und biss verärgert zu. Und kaute. Kaute … Und ging mit jeder Mahlbewegung meiner Kiefer einen Schritt vorwärts ins Unergründliche. Der Schrecken fuhr mir in alle Glieder, als ich mit dem rechten Stiefel jäh direkt gegen etwas Weiches stieß. Gegen etwas Nachgiebiges. „Alle guten Geister!", dachte ich und drehte mich um, sah das Tageslicht weit hinter mir am Zustieg. Zaghaft in die Knie gehend, fühlte ich mich irgendwie wie steif am ganzen Körper und bekam heftig Magensausen. Sehr zurückhaltend tastete ich nach dem Boden. Mein … Hier hatte Rita mein Umhängetuch angebaut! Sollte mir das vielleicht egal sein? Ich hatte wochenlang daran gestrickt.

Meine Entdeckung hatte mich unmittelbar in Rage versetzt. Ich schrie „verflixtnocheinmal" ins Irgendwo hinein, recht laut, zornerfüllt. Da meldete sich Ritas Stimmchen vielleicht einen Schritt weit von mir. Wie es sich anhörte – voller Gleichmut: „Du hast ja richtig Schiss, Nini!" Über diese Bemerkung war ich nicht empört. Doch ich antwortete: „Wenn *du* umso vieles mutiger bist als ich, Schäfchen, dann kannst *du* alleine hier zurückbleiben. *Ich* kehre jetzt um!", und wendete; mit dem Strickumhang und einem halben Apfel in den Händen. Zügig strebte ich dem Ausgang zu. Mochte Rita an meinem Mantel zerren, so viel sie wollte! Sie hielt krampfhaft daran fest! Mir sollte das durchaus genügen! Plötzlich aber ließ sie mich los. So viel Lichteinfall hatten wir bereits an dieser Stelle: Ich hätte Ritas Gesichtchen wieder *sehen* können. Es interessierte mich jetzt nicht! Da aber sagte Rita, und es klang wehmütig: „Nini, ich hab mir gedacht: Das *hier* ist vielleicht ein *Märchenstollen*, einer, in dem man einen wirklichen Wunsch sagen darf; einen, dem einen die Großen doch nie erfüllen können. Und ich hab *erwartet*, hier würde er trotzdem in Erfüllung gehen!"

Rita drückte mit einem Fingerchen ihr Nasenloch zu und hielt ihre Augendeckel gesenkt. Ich ging in die Hocke vor dem Kind. So tief wie möglich. Das Stricktuch mit den Wollfransen legte ich Rita wieder um den Kopf und schlang es ihr kreuzüber um die kleinen Schultern herum. „Rita", fragte ich, „wie *lautet* dein Wunsch?" „Am liebsten würde ich meinen kleinen Bruder fragen, wie es wirklich gewesen ist!", sagte sie. Gerade noch. Sie warf sich jetzt gegen meine Erwachsenen-Schulter. Und Ritas Weinen drang auch durch mich hindurch. „Das ist eine verdammt heikle Sache, Kind", sagte ich, und strich Ritas Tränen aus der zugängigen Gesichtshälfte. „*Wie* kann ich an die Wahrheit kommen, Nini? Wie! Gibt es denn überhaupt das Märchenland?"

Während mich ihre Fragen bombardierten, richtete Rita sich auf und setzte sich auf den *Sitzblock* hin, den meine Knie für das Kind bildeten. Sollte das Schäfchen nicht abrutschen, mussten meine Hände es umfangen. Ich erklärte Rita: Das Märchenland ist ein Land der *Fantasie*. Das *akzeptierte* sie! Sie meinte: *Das* genüge ihr aber ganz und gar nicht. So war ich denn gezwungen, ihr zu sagen: „Rita, du musst nicht denken: Das grüne Lamm wisse nicht recht, was es wolle. Noch *vorhin* befahl ich dir: Komm heraus da! Aber jetzt, Kind: Nimm du *mich* an der Hand! Wir gehen, solange *du* dich wohl fühlst!"

Der Widerklang der Schritte hörte sich gut an. Auch das Trappeln von Rita. Stark und flott tönte es auf vom erdigen Grund. Schon konnte man die Steinwände nur noch als unbestimmte Masse erkennen. Mit jedem Schritt wurde es dunkler. „Marschieren wir jetzt ins Märchenland, Nini?", hörte ich Rita fragen. „Rita, ich denke, in *deinem* Fall wäre jede halbherzige Bezeichnung unangebracht! Jene Bilderwelt, die deinem Problem abhelfen könnte, die gehört sicherlich nicht dem Reich der Märchen zu!", antwortete ich. Wir schritten weiter. „Hat dieser Stollen einen sinnvollen Namen, Nini?" –

Mir war, als hätten Ritas Worte von den Wänden zurückgeschlagen. Während rechter Hand Rita mich gängelte, grub ich aus dem linken Mantelsack zwei Äpflein, reichte *eins* davon an die Kinderhand weiter, die mich lenkte. Schon hatte im Dunkel *damit* ein weiterer Wechsel stattgefunden, denn ich hörte, wie Rita in den Apfel biss, dass es knirschte. Ich machte dasselbe. Stockdunkel war es nun, neben uns, vor uns. Zurück schauen? Das fiel uns jetzt gar nicht erst ein. Allerdings: So *forsch* waren die Schritte nun nicht mehr wie zuvor. „Hier! Der Apfelputzen, Nini!", zwitscherte Rita, blieb stehen und tastete nach meinem Mantelsack. „Gib mir gleich deine Hand, Rita, wir wollen kurz *beten*", schlug ich vor. Ritas beide Händchen haltend, kam mein Gebet wie von alleine: „Alles was ist, wirkt derselbe eine Geist, dafür danken wir dir, himmlischer Vater. Amen." „Meinst du, Nini, dass ER uns hört von hier herinnen?", fragte das Kind. Sanft drückte ich die Händchen und antwortete nur: „Wenn *nicht*, Schatz, so würdest *du* jetzt nicht atmen und *ich* auch nicht!"

Dann wollte ich wissen, ob Rita denn noch genau im Kopf habe, *was* sie *alles* fragen *wollte*, wäre die Möglichkeit *dazu* gegeben. Es folgte eine Antwort, die nicht zu widerlegen war: „Mein Hirn ist doch kein Nudelseiher, Nini!" Für wenige Sekunden noch hielt ich Ritas kleine Hände und dachte daran: Die *meisten* Menschen sind *mindestens* ebenso schlau wie das grüne *Lamm*; und *das* hat es gaaar nicht gerne, wenn jemand versucht, es zu täuschen! Die *meisten* Menschen aber würden jetzt *ebenfalls* mit Rita weitergehen, komme, was wolle! „Gut, Rita, wir gehen also wieder!", sagte ich und ließ das eine Händchen frei. Wir entdeckten *gleichzeitig* den Anblick: Vor uns, unbestimmt *ferne*. Wäre er *zuvor* schon bemerkbar gewesen, er wäre uns *garantiert* aufgefallen!

Ehe wir auch nur irgendwie *reagieren* konnten, war es *nahe* gekommen, hatte *angehalten*, war da wie in eigenem *Licht*, wie eigens *gemacht* – nur um da zu sein – etwa zehn Erwachsenenschritte vor unseren Augen: ein massiver *Bogen* aus hellem

Gestein; vielleicht Kalksteine. So *fest* schien er mit dem Erdboden *verankert*, als wären die Fundamente, wer weiß wie lange, schon an diesem Flecken in die Erde gemauert. Gut *mannshoch*. Höher war der Bau nicht. Ich sah nach Rita. Sie war da. Neben mir. Im Schafsgewand. Hielt meine rechte Hand fest. Ich träumte also nicht. Die Augen noch immer ans Unfassliche geheftet, drehte Rita ein wenig ihren Kopf und fragte zu mir herauf: „Du, ist das die Unterwelt oder ist *das* „Sciencefiction", Nini?"

4) „Es ist das Unterbewusstsein alles Lebenden!", ertönte die Antwort; sie war wie von einer greisen Männerstimme laut gesprochen. Darauf bekamen wir ihn zu sehen: Er trug eine rohleinene Kutte, gut nackenlanges, weißes, nach hinten gekämmtes Haar. *Bart* hatte er keinen, aber grauweiße, sehr buschige Brauen. Als er sagte: „Ich bin der Hüter am Eingang! Ihr beide werdet schon erwartet!", da stand ein verschmitztes *Lächeln* in seinen hellfarbigen Augen. Noch dazu machten diese an den Seiten lustige Falten. Da fand Rita die Sprache gleich noch einmal; möglich, dass sie es vom Fernsehen aufgeschnappt hatte; sie quiekte triumphierend: „No, da kiekste, Nini!, was???" Mir aber *fehlten* die Worte. Auch das soll vorkommen. „Zuerst müsst ihr beiden was *essen*!", meinte einladend der Alte. Er winkte uns zu: „Folgt mir nach!" „Au, fein! Was *Richtiges* futtern?!", freute sich Rita. Und hüpfte dem Greis hinterdrein. Er wies uns an: „Nehmt Platz!" Da waren zwei einfache Bänke ohne Lehnen, einem grobschlächtigen Tisch der Länge nach beigestellt. „Brot gibt es und Fisch!", verkündete der Alte. Mir sollte es recht sein, ich esse gerne. „*Wo* wollen wir uns setzen?", überlegte ich. Rita kam angehopst, fasste nach meiner Hand, wartete meine Entscheidung ab, kletterte neben mich, und ihre Moonboots baumelten neben meinen Waden.

Wenn der Alte Platz nähme, auf der Bank, wo er jetzt herumhantierte, so würden Rita und ich ihm beim Essen gegenübersitzen, Auge in Auge.

Der *Tisch* war zu hoch! Was genau der Mann *tat* auf der gegenüberliegenden Bank, konnte ich nicht sehen. Rita hatte mir eben mein Wolltuch verehrt und kegelte sich schier das Genick aus beim Umschauen im höhlenähnlichen Raum. Mir schien der Raum recht grob verputzt und mit Kalktünche geweißt zu sein, vermutlich schon vor einiger Zeit, denn *reinweiß* sah das nicht mehr aus, es lag vielleicht auch am Licht hier: Es war da, man konnte gut sehen, doch *woher* es kommen mochte, *das* entzog sich jeder Neugier absolut. Ich hatte Recht behalten: Der Mann setzte sich uns *gegenüber* zu Tisch. Was er vorbereitet hatte, deckte er nun vor uns auf, auch Trinkbecher ... mehrere. Er stand auf. Seine Handbewegung forderte: „Erheben bitte!" *Gesagt* hatte er es nicht. Doch Rita stieg sogleich auf die Sitzfläche auf und war jetzt ziemlich gleich groß wie ich, die Erwachsene. Was nun stattfand, das geschieht an vielen Esstischen der Welt, sogar an ganz armen Bauerntischen. Und deshalb fand ich es auch *hier* nicht überraschend. Rita blickte mich anfangs kurz an, schien zufrieden und verfolgte nun gleichfalls das Tun des Alten mit wachem Interesse: Er nahm das Brot, dankte dafür und teilte es. Er nahm den Fisch, dankte dafür und teilte ihn. Er schenkte Wasser ein, einfach so. Er nahm vom Salz und streute etwas davon über die Speisen.

5) Sie kamen uns *entgegengerannt*, gleich beim Eintritt in den neuen *Gang*: Die drei stupsten einander an, tollten und kicherten. „Das sind *Alvaro*, *Bonifaz* und *Cyriak*, die ihr hier seht!", stellt der Greis vor und weist mit ausgestrecktem Zeigefinger nacheinander auf sie hin. „Thimmy, wo bleibst du! Der *Besuch* ist da! *Rita* und noch jemand!", ruft Cyriak, nun mit dem Rücken zu uns, und winkt: Dort vorne, rechter Hand muss eine Nische sein; denn der Kopf eines *weiteren* kleinen Jungen kommt zum Vorschein. Er wirft einen Blick zu uns her; ich werte diesen sofort als sehr scheu. Als *auffällig* scheu. „Wenn Sie *das* annehmen, Minika, haben Sie sich geschnitten!", antwortet mir der Greis. Aber wieso denn, was? Ich hatte doch nur *gedacht*, überhaupt kein *Wort* von mir gegeben! Wirklich nicht!!! Kopfschüttelnd sehe ich den *Alten* an, dann wiederum hin zu dieser *Erscheinung* am Mauervorsprung: Das Kind dort hält mit einem Fingerchen sein linkes Nasenloch zu. *Ganz* die gleiche Geste. Kein Zweifel! Das ist Ritas kleiner Bruder!

Also *so* was, wundere ich mich, wie diese Kinder *aussehen*, das würde ein Foto- und Filmentwickler klar als „Negative" von lebenden Bildern einstufen! Aber es wirkt hier *total* gewöhnlich, deshalb sage ich nichts. „Es ist, wie es ist, Nini! Ich sehe dasselbe wie du!", meldet Rita, als habe sie meine Gedanken eben hören können. Der Alte fällt ein: Pardon, aber der Ausdruck „negativ" sei grade in *dieser* Region ein äußerst wenig beliebtes Vokabel! Was wir hier sehen können, sei feinstofflicher Natur. Der Alte: ist der *Hüter*, na, dann muss er ja wohl wissen, *wovon* er spricht! Ich *will* ihm glauben, warum nicht. Auch Rita scheint die Wortwahl des Mannes zu verstehen; irgendwie völlig natürlich; als verstünde sie sich beim Anblick dieser Jungen ganz von selber. Thimmy rennt los: *geradeaus* auf Rita zu. „Duuu bist die Einzige gewesen! Dich zu verlassen – hat mir wehgetan!", ruft er, fällt dem Schwesterchen um den Hals. Rita hebt ihren Kopf, so gut das geht bei dieser Umarmung. Sie blickt auf zu mir. Bächlein rinnen plötzlich über ihre Backen. Ritas Stirn ist in Falten geschoben. Ritas Augen sprechen zu viel auf einmal. „*Hallo*, Rita", keucht Thimmy endlich, löst die Ärmchen von der Verwandten und lächelt sie breit an. Mit dem *einen* Unterarm wischt er über die eigenen Wangen, dann mit der Hand die Tränen aus Ritas Angesicht. Thimmy atmet tief durch, es könne „*losgehen*", sagt er, und fragt, ob wir alle zusammen am Tisch *draußen* sitzen wollen, oder lieber hier stehen bleiben wollen. Doch der Alte geht schon voraus, der lichten Höhle zu.

Ich verstehe bloß noch *immer nicht*: Was haben *Alvaro*, *Bonifaz* und *Cyriak* bei der bevorstehenden Unterredung zu suchen? Da dreht sich der weiß gekleidete Greis nach mir um. „Diese drei wollen nächstens zur *Welt* kommen!", erklärt er mir, und jede Vorbereitung sei also wünschenswert! „Heiliger Nepomuk!", ruft Alvaro aus, „So ein langer Tisch! Wo darf man sich denn da setzen?" Alvaro ist der mit dem Haar, das aussieht, wie nackenlang, glatt, links völlig in die Stirn fallend und auf der rechten Hälfte streng aus dem Gesicht nach hinten gekämmt. Übrigens: Bonifaz hat kurz geschnittenes Ringelhaar, so sieht es aus, hingegen: Cyrias Haar sieht auch glatt aus, er trägt es im Nacken zu einem Schwänzlein *geknotet*. Der Alte winkt die Jungs auf jene Bank, wo vorhin *er* gesessen hat. Thimmy streift mit einer Armbewegung die stark gewellte Strähne aus dem Gesichtchen und streckt Rita seine *beiden* Händchen über den Tisch hin zu. Die Geschwisterhände halten einander fest. „*Erst*, Rita, will dich dir sagen: WARUM es geschah!", hebt Thimmy an.

Alvaro kniet auf der Bank, den *einen* Arm am Tisch aufgestützt, lehnt er seinen Kopf darauf, neigt sich wissbegierig so *weit* wie möglich vor: offenbar um Thimmy beim Sprechen *sehen* zu können. Neben Alvaro hockt Bonifaz: Ich vermute, er hat eines seiner

Beine unterm Gesäß, denn er *überragt* den neben ihm „*anständig*" sitzenden Cyriak um ein schönes Stückchen. Der *Alte* hat seinen Sitzplatz eingenommen, zwischen Cyriak und Thimmy. Während Thimmy spricht, bewegen sich die kleinen Arme und die von Rita mit. Er hebt sie etwas an, lässt nach damit und hebt sie wieder an …

„Rita", beginnt Thimmy, „die Umgebung, die deine Heimat ausmacht, die ist mir *bei weitem* zu wenig positiv eingestellt! *Zutrauen in die eigenen Seelenkräfte* scheint für die Menschen dort ein *Fremdwort* zu sein; für *viele*!" Mir fällt *das* soeben auf: ALVARO hält mit einer Hand die *Augen* zu, BONIFAZ hat *beide* Hände an die *Ohren* angelegt, CYRIAK hält eine Hand vor den *Mund*. Alsbald kehren alle Hände auf den *Tisch* zurück. Thimmy fährt fort: „So Leid es mir tut für dich *und* für mich, Rita, aber bevor nicht einigermaßen *feststeht*, dass in fast *jedem Haushalt* ein solches Buch existiert, mit dem Leute sich Selbstunterricht geben können in POSITIVEM DENKEN, ich *schwöre* dir, Rita, *solange* sieht mich dort *kein* Mensch und *keine* Sau!" ALVARO hält seine *Augen* zu. BONIFAZ hält seinen *Ohren* zu. CYRIAK hält seinen Mund zu. Thimmys und Ritas Hände sinken auf den Tisch nieder. Der alte weise Mann findet meine Augen, wir sehen einander an. Ich frage Thimmy, ob er denn bestimmte *Vorschläge* machen könne? Ritas Bruder antwortet sofort: „Das *Angebot* reicht von Emerson bis zu David J. Schwartz, vorrangig zu nennen ist der weltberühmte Dr. Josef Murphy und der unschlagbare Napoleon Hill, um nur einige Autoren aus der großen Anzahl zu erwähnen! Und im *Übrigen*, Minika: Jeder wird genau das finden, *wonach* er wirklich sucht!" Der Alte lächelt und nickt beifällig, als meine er: Stimmt genau! ALVAROS Augen sind wieder geschlossen. BONIFAZS Ohren sind zugehalten. CYRIAKS Mund ist zu. „Und wie war es *wirklich*, Thimmy? Du *weißt* schon …!", fragt endlich Rita.

Ich, Minika, schaue nach dem Licht an den rauen Wänden umher. Gespannt horche ich. Aber Thimmy spricht nicht weiter. Mein Auge nimmt von der Seite her wahr: der Alte gebietet ihm mit einer Geste: *Einhalten*! Er ermahnt die drei anderen: diese *Unsitte*, die sie grade demonstrieren, mögen Sie *ab sofort* unterbleiben lassen, und falls *nicht*, müssten sie *nach* dieser Sitzung *üben* und *trainieren*, bis der Unfug *abgelegt* wäre. Bloß, als er Cyriak anschaut, zeigen seine Augen, dass der Alte etwas überlegt. Doch er gibt Thimmy durch ein *Handzeichen* kund: Bitte fortsetzen! Während Thimmy zu erzählen beginnt, setzt auch die Bewegung der Geschwisterhände auf dem Tisch wieder ein ...

„Es war *viel* anders, als du in deiner Aufregung verstanden hast, Rita! Mama wusste gar nicht, dass sie schwanger war. Zu dem stark kurzsichtigen Doktor ging sie, weil sie leichten Ausfluss aus der Scheide hatte; das war ihr natürlich zuwider, nicht wahr. Aber der Doktor setzte auch bei der Untersuchung seine *Brille* nicht auf, und ich dachte noch: Hoffentlich *besinnt der* sich nicht *anders*. Du verstehst Rita: Ich hatte innerhalb der ersten paar Wochen so *viel* mitgekriegt, mit dem ich mich *nie* zufrieden geben würde; mir war das also ziemlich *schnurz,* dass dieser Doktor mich einfach übersehen hatte. Er verschrieb Mama dann *Zäpfchen* und in vier Wochen solle sie wieder zur Untersuchung kommen. Aber *vier Tage* später, da hatte ich mich schon „aus dem Staub" gemacht; das Allerwichtigste von mir war also nicht mehr in Mamas *Gebärmutter. D*u weißt doch noch, Rita, wie das dann war, an jenem Samstag, gleich in der Früh, wie du und Papa gekommen seid, um Mama zu wecken?" „Ja, daaas weiß ich! Sie sagte: ‚Ich bitt euch, geht aus dem Zimmer, ich mag gar nicht die *Decke* hochschlagen, aus meinem Leib stinkt es wie nach *Verwesung*. Geht von mir. Geht!!!', hat sie gebettelt." Thimmy erzählte weiter: „Das war am *Samstag*. Noch am selben Tag war sie bei dem *Brillendoktor*, und *der* hat ihr für *Montag* eine Einweisung ins Spital geschrieben. Und *dort* hat man, was von mir noch *übrig* war, *ausgekratzt*. Aber Mama wusste es *noch immer* nicht. Der Arzt, der die Kürettage ausgeführt hatte, der war für ein paar Tage zum Ärztekongress in Deutschland. Mama durfte erst nach Hause, als er zurück war von dort. Und da erfuhr sie, was eigentlich los gewesen war. Und das, was er ihr wortwörtlich gesagt hat, nun, das weißt du ja, Rita!", endete Thimmy. Nun haben wir es also vernommen. Aber mir, der Interviewerin, brennt *eine* Frage gewaltig auf der Zunge: „Ich bin Interviewerin, Thimmy. Was sagst denn *du* zu den Zeitungsschlagzeilen über ‚mysteriösen' Baby-Tod?" Kalt heraus antwortet Thimmy:

„Diese Antwort ist schon angeklungen. Denken Sie darüber nach!" Ich schaue Thimmy kurz an, aber zum *Nachdenken* wäre wohl später auch Zeit genug. *Jetzt* hätte ich *endlich* die Chance, eine *weitere* brennende Frage anzubringen; man hat sie immer wieder an mich herangetragen; ich denke: Frag jetzt oder nie! Ich wende mich dem Alten zu und frage *ihn:* „Warum sind nach einem Schwangerschaftsabbruch so *viele* Frauen seelisch wie gebrochen, manche noch lange im Nachhinein, manche für ihr ganzes, weiteres Leben, gibt es darauf eine Antwort, mit *der* der Mensch leben kann?"

Drängend sehe ich dem Alten in die Augen. „Nun, Minika", beginnt er, „die Natur hat das Weib eingerichtet zur *Entbindung* zur bestimmten Reifezeit. Das beinhaltet gleichzeitig die Entbindung, also das Losmachen voneinander, von mindestens zwei Seelen, die ja bis dato sehr *stark* miteinander verbunden waren. Wie das Wort ABBRUCH eindeutig klarstellt, wird diese *Bindung abgebrochen*; die *physischen* Leiber sind mühelos voneinander zu trennen, doch der springende Punkt an der Sache ist: Die Ablösung von geistiger Bindung und Seelenbindung geschieht, in der Regel, *wesentlich* langsamer; beides ist dem *chirurgischen* Zugriff entzogen; auf diese schwierige Phase der Ablösung müsste hingewiesen werden in einem Beratungsgespräch, bevor der Termin für den chirurgischen Eingriff gebucht wird, übrigens sollte bereits in der Schule, im Sexualkunde-Unterricht, *darüber* informiert werden. *Das* ist die Ansicht von unserer Warte aus, Minika! Indessen: Bei euch redet man um den heißen Brei rum, faselt man von *Depressionen* und weiß der Kuckuck von was allem! Immerhin, Minika: Gute Therapeuten helfen gern, dass die Verarbeitung *jenes Traumas* nicht zu einem handfesten Problem *ausufert*. Denken Sie, dass ‚der Mensch' mit dieser *Erhellung leben* kann? Das *hoffen* wir wirklich. Wir *hoffen* das. Und *klärt* um *Gottes* willen eure *Teenager* auf: dass sie mit jedem einzelnen Alkoholmissbrauch oder Drogenmissbrauch nahezu unweigerlich einen *tief greifenden* Schaden für die *Wiege* ihrer eigenen Nachkommen *vorbereiten*! *Diese* Verantwortung müsst ihr ihnen ans Herz *legen*, schon in der Schule, schon im häuslichen Nest! Und *hört* endlich mit diesem scheinheiligen *Antizigaretten-Affentamtam* auf, das lege ich euch *Erwachsenen* ans Herz! Bei uns hier *liegen* die wahren *Ursachen* eurer Krebserkrankungen *auf*! Punkt. Basta."

Damit, absolut *entschieden*, beendet der *weise* Hüter seinen Vortrag und er rät mir sogleich freundschaftlich an: Wenn wir noch bei Tageslicht bei mir daheim zurück sein wollten, Rita und ich, so müssten wir jetzt *aufbrechen*. Ich stehe auf, Thimmy lässt Ritas Hände los. Ich hebe Rita von der Bank. Wir *brechen* auf; die vier Jungen und der Hüter begleiten uns bis zum Höhlenausgang. Ich bedanke mich für die Gastfreundschaft. Auch Rita. Sie umarmt Thimmy. „Gut, dann leb wohl!", sagt sie zu ihm, und dann *stürmen* die Jungen los, in die entgegengesetzte Richtung: woher sie anfangs *herbeigekommen* waren. Thimmy *dreht* sich noch einmal um nach Rita. Er *winkt* ihr noch einmal zum Abschied von ganz ferne. Der Alte *bringt* uns bis an die lichte Pforte zum irdischen Dunkelgang. Jetzt muss ich mich wieder ganz der Führung von Rita überlassen. Ich hoffe, wir sind bald wieder draußen im Schnee, vor der Burgruine.

6) Geradezu *willfährig* ließ Rita sich alsbald von mir huckepack *tragen*. Sie hielt sich an meinen Schultern fest: Wie es da fort ging durch Schnee und Eis, *darüber* übers verborgene Bächlein, immer leicht talab, im Abschneider über weiße Felder hinweg und endlich den verwaisten Rodelhang der Dorfkinder entlang, herein zu den ersten Häusern. Rita hatte mir sogar die befransten Zipfel meines Wolltuches über die Schultern herabgehängt, und dieses hatte mitgewippt, ständig, bei jedem Schritt und Tritt. Doch nun: Die Wintersonne stand uns bereits im Rücken, wo der Wald den Himmel berührt. In wenigen Minuten würde sie hinterm Schneewald absacken; daran ist man hier um diese Jahreszeit gewöhnt. Wir hatten die *Hauptgasse* soeben erreicht.

Ich blätterte im Telefonbuch. „Wo darf ich das Schafskleid ablegen, und wo dein Tuch, Nini?", fragte Rita, und auch: ob sie noch vier Äpfel bekommen könne, zum Mit-nach-Hause-Nehmen? Ich wies mit einer Hand nach dem Korb im Vorhaus, dort lehnte auch Ritas Fahrradsitz. „So! Herr Einöder geht also an kein Telefon!", wiederholte ich. „Legen Sie bitte nicht auf!", sagte ich der Gastwirtin zurück und trug ihr auf: „Bitte, *bestellen* Sie ihm: Er solle zack zack ans Kabel kommen, da ist jemand dran, der seine kleine *Rita* heute Vormittag entführt hat!!!" Wie die Wirtin im Moment entsetzt aufgekreischt hatte, stand für mich fest: *Gleich* würde der Präparator am Hörer sein. Ich übergab an Rita: Sie horchte, sie horchte noch immer, ihre Wangen glühten, sie wartete. Dann, übers ganze Gesichtlein jubelnd, wirbelte sie los: „Alles in Butter, Papi! Komm mich abholen! Von Frau Benedikt, na, die Frau, von der du *sonst* immer die Kaninchenfelle holst, ja: die schönen, dicken ..." Rita sagte weiters, sie werde ihn wieder ganz lieb haben. Und die Oma sowieso! Und gleich morgen früh, das müsse er sofort versprechen, da holen sie gemeinsam die Mama zurück nach Hause! Dann lugte Rita beim Telefonieren treuherzig grinsend zu mir herüber. Ich sah sie an, während ich meinen Mantel von der Stuhllehne weg an den Haken hängte. Rita hielt sich ein Nasenloch zu, als sie weiter vereinbarte: „Nein! Aussteigen *brauchst* du nicht! Du musst nur vor Ninis Haustüre ganz einfach *laut* hupen!" Und dann, als Rita auflegte, sagte sie lächelnd: „Nini, alles wird schön sein, wie früher." –

Himmel und Donnerwetter

Heute möchte Minika Benedikt alle Gernleserinnen, Gernleser und Zuhörer entführen zu einem *wunderbaren* Mann: Vielleicht sollte grade *er* der Letzte sein, dem dieses *undankbare* Geschick blühte? Man kann es nur *bedauern*: Dieser Geigenvirtuose durfte das *Glück* nicht finden in seiner Heimat Europa; in *Brasilien* soll es ihm *endlich* begegnet sein; möge es ihn *verwöhnen*: sein Leben lang. Doch einmal im Jahr, das lässt sich dieser Mensch nicht nehmen: Da kehrt er *zurück* aus der Ferne, für Tage; letztens: begleitet von einem *großartigen* Pianisten, einem Brasilianer. Der europäische Geiger, aber? Wenn *der* seine kleine Stradivari an den Hals legt: das schmale Kinn dicht am Seitenhalter, die Finger der Linken am Griffbrett: da auf den Saiten dann passiert etwas *Seltsames*; dann moduliert sein Bogen aus der Violine Töne hervor, so *lebendige*: Unweigerlich bekommt man das Gefühl, es kehrten tot geglaubte Genien für die Dauer eines Spieles ins Erdenleben zurück; darunter zum Beispiel: *Franz Schubert, Franz Liszt, Johannes Brahms*. Jugendlich und zerbrechlich wirkt der Geiger. Doch er ist sich seiner *glänzenden* Darbietungen offenkundig bewusst: Er *lebt* sie; er überzeugt; und das durch und durch. *Trotzdem* ist er genau, was er selber über andere Personen aus dem Reich der Musik-Künste zu *berichten* weiß; ja, das ist *er*: „Er ist einer der *bescheidensten* Menschen, die ich kenne."

Im kleinen, viereckigen *Schlosshof* ist niemand mehr; außer der Nachmittagssonne. Irgendwo im Stockwerk wird ein Streichinstrument laut; hinter der Balustrade; *vielleicht* kommt es vom offenen Fenster; es *klingt*, als flössen jetzt *zwei* eben noch als *unterschiedlich* zu erkennende Töne im Darüberstreichen zusammen, zu einem einzigen gemeinsamen Ton: Erst ein gemeinsamer *tiefer*, dann ein gemeinsamer: etwas *höher* tönend, zum Dritten: ein *etwas höher* klingender, als der Ton vorher; ein Streichinstrument wird *gestimmt*. Nur die *Sohlen* meiner Stöckelschuhe trappeln die breiten Sandsteinstufen hoch. Mit fliegendem Atem tripple ich über die

Bodenflächen der Balustrade hinweg; zaghaft öffne ich die Tür zum *Rittersaal*. Da ist kein Mensch mehr drinnen: Mit ausladendem, eisigem *Rachen* gähnt mir der offene Kamin entgegen; die riesige Ritter-Tafel in der Mitte eskortieren zu beiden Längsseiten schwarze, hohe Rückenlehnen; etwas an den Wänden ist in B*ayrisch*-K*aro* gemalt, in Blau-Weiß und *Gold*. Was es *darstellt*? Nur noch flüchtig streifen es meine Blicke, denn schon drücke ich die Türschnalle nieder zum Saal im *Renaissance-Stil*: Langsam, behutsam geht der hohe Türflügel auf, dass der *gewaltige* Holzplafond noch immer getragen wird: von kräftigen, antiken, an die Wände *gemalten* Säulen, das *sehe* ich kaum. Mir sticht etwas *ganz* anderes ins Auge: „Da muss ein *Wunder* geschehen sein!", denke ich, denn im Vorjahr waren von möglichen *hundertzehn* Sesseln vielleicht *dreiundvierzig* besetzt; hingegen heute (*ohne Schmarrn*!!!): *Kein* einziger Stuhl ist frei!

Ich sehe schon: *Wieder* einmal echtes Massel gehabt! Wohl verdanke ich das meinem dunkelblauen Stoffkleid, doch mehr noch: dem Schmuck-Set von Pierre Lang; ich weiß das vom Spiegel daheim: Wie diese Saphir-Ohrstecker pendeln und das Saphir-Armband *blitzt*, das wirkt einfach klasse! Und der viereckige kleine Halsausschnitt meines Kleides: der *zeigt*, wie bezaubernd das Collier *blinkert* mit seinen dunkelblauen Steinen. Olala! Schmuck muss also aus gutem Hause sein; *„echt"* muss er nicht sein; *sehen* Sie: Er *bringt* es fertig, von irgendwo einen *Sitzplatz* herbeizuzaubern, hier im *Schloss*, was kann eine Frau *überhaupt* Brillanteres *erwarten* von *Schmuck?* (Oh? Ah!)

Na bitte: Der Stuhl ist da! Ich *schiebe* nur noch einen Geldschein unters Tuch in den Sammelkorb; für die Künstler. Für den Stuhl *bedanke* ich mich mit hellem Lächeln und einem Augenaufschlag. Das Gastgeber-Ehepaar sitzt *auf* den Ehrenplätzen zur Saalmitte, mit gemessenen Schritten *tritt* die Dame des Schlosses nun ans Podium heran: Sie *begrüßt* mit kurzen, freundlichen Worten alle Sitzenden; kein unnötiges, kein geschniegeltes Wort *fällt* dabei, diese Frau ist die leibhaftige Selbstbeherrschung: *stattlich* der Gesamteindruck, *streng* die dunklen Schuhe, *unkompliziert* das steingrüne Trachtenkostüm, wo da *Weiblichkeit* wäre, *verleugnet* sie der geradlinige Schnitt nach Webe und Faden; und es *gelingt* ihm blendend. Zudem ist die Knotenfrisur der Schlossherrin grau gesträhnt und straff. Nichts an diesem *Äußeren deutet* auf weiches Frauentum oder Wärme hin. Bloß: Wer jetzt auf diese *Augen achten* möchte! Sie *leuchten* auf; das *sehe* ich: hier, aus Sitzreihe 10: Diese Augen *leuchten* auf, als die Dame den Namen des Meisters der Violine ankündigt; nein, niemand wird *unverdient* auf solche Art *verehrt*. Doch endlich: Bei der Nennung des brasilianischen Namens wird der Blick dieser Frau gelöster; doch wie es scheint: nicht minder *liebevoll* als vorhin. Alles *wartet*. Wann *kommen* die Musiker?

Die Anspannung *steigt*. Meine Blicke *huschen* hinweg über *Fensterglastafeln*, durch die sich jetzt *zeigt* – oooh: mir gegenüber ganz *rückwärts*, weit *hinter* den vollbesetzten Reihen, die dem Podium zugewandt sind, noch *etliche* Meter, nach *rückwärts* zu am *Ende* des Saales: *geht* die Tür auf, und durchs Fenster *flutet* prachtvoller Sonnenschein. Ich *schaue* noch *einmal* zur Gastgeberin hin, doch meine Hände *klatschen* schon kräftig ineinander, der Applaus *schwillt an* und *erfüllt* laut den *Saal*. Und dort: *Seite an Seite* kommen sie leichtfüßig *hergegangen*: Zwei sehr schlanke Gestalten, in einfachem, dunklen *Frack,* beide dunkelhaarig. Das eine, hier *unbekannte* Gesicht *erinnert* an die exotische Feinheit der Inder; doch ja: Dieser Mann ist aus Brasilien; *dieser* Mann: mit den Augen das Publikum *überfliegend*, nach einigen Verbeugungen setzt er sich am *Salonflügel* zurecht. Dass die *Violine* aber …? Dass die *Violine* in der Hand des Geigers eine *Stradivari* ist? Wie könnte jemand wie Ihre Minika Benedikt *das* erkennen? Schon gar von weitem! Und *WORAN* sollte *DAS* (piep!) zu *erkennen* sein?

Jetzt *blickt* der grazile Mann zu Boden: Als solle *niemand* in seine Augen *sehen*. Jedoch ein Sonnenstrahl *fällt* auf die kleine Geige, die er vorzeigt*: Der Meister *nennt* sie jetzt „Juwel ersten Ranges, das er selbst sich niemals hätte *kaufen* können", er spricht von *trefflichem* Material, von *gediegener Verarbeitung;* er sagt: Dies Instrument *erzeuge* unvergleichbar seelenvolle Töne; sie seien wuchtig und dabei hell und lieblich *zugleich*. Vor aller Augen sagt er *Dank* für dieses göttliche Geschenk; so einfach die *Worte auch gewählt* sind: Sie *täuschen* nicht hinweg darüber, wie tief die Menschenseele von Dankbarkeit *erschüttert* ist. Immer noch! Wir *hören*, *WER* diese prächtige Wundergabe *geschenkt* hat. Lautes Klatschen *brandet* darüber auf im Schloss-Saal. Ob Ihre Minika

Benedikt ein Programm hat? Selbstverständlich. Schon vor *vierzehn* Tagen habe ich eines bekommen und *aufbewahrt* habe ich es auch; gut; viel zu *gut* offenbar; sicher wird es *auftauchen*. Eines Tages. *Was* hat der Meister eben angesagt? Ich *merk* es mir keine Minute lang. Nein, Hans-Dampf in den Gassen klassischer Musik, der bin ich nicht. Stehend, den Körper aufrecht, ungezwungen, *hebt* der Meister sein Instrument *an* und den *Bogen*. Das Leichtgewicht seines Körpers *ruht* auf dem *linken* Fuß: Dieser scheint *gerade* vorwärts gesetzt die Spitze, mit der Violine in die gleiche Richtung zu *weisen*. Der *rechte* Schuh: vom *anderen* nur wenig entfernt, *zeigt* geringfügig auswärts. *Klavierklänge:* Schon *laufen* am Flügel behände Finger über die Tastenreihe. Leben fährt in die Stradivari: Die *führenden* Fingerspitzen am *Bogen liegen* eng aneinander. Und was *passiert:* Schon treten Farben des Tonreiches zutage; das Duo *dringt* in sie *ein:* die Meister *höre* ich lebendige Bilder *hineinmalen* in diesen *Saal:* In einen breitschultrigen Umhang gekleidet *sehe* ich Doktor Johannes Brahms *sitzen*, an einem Flügel: die Tasten *anschlagen* und Noten auf Papier *schreiben;* dieses Bild *fließt* über in eine Landschaft, *löst* sich auf darin*:* Tanz: im Freien, buntes, magyarisches Volk *tanzt* barfuß: auf sonnendürrer Wiese: einen verrückten, fröhlichen Tanz; er *fährt* ins Blut; er *geht* wild um ein *Hirtenfeuer* herum: der Csardas. Zottig ist der Hirtenhund; mitgerissen *jault* er. Vom Paprikaspiel der Zimbeln und Geigen *erzittert* die Steppe. Der Hund *bellt*. Weit ist die Ebene; endlos und blau der Himmel: *Dort* in der Ferne: schon leise dem *Abendblau* zugeneigt; ein erster Stern *steht* funkelnd auf. Wie toll *lodern, schlagen* die Flammen, gleich *brennt* der ganze Himmel. Und … STOPP!!! – Und angespannte *Stille*. Die Bilder *entfliehen*. Kühl ist es im stummen Renaissance-Saal. Doch da *setzt* anderes Feuer ein: Dieses Feuer *entspringt* etwa hundertzwölf Paaren begeisterter Hände. Das *prasselt*. Das *lodert*. Oh *Himmel,* sag einer! Was ist *das: MUSIK?*

Da *dröhnt* das Klavier auf. Der Bogen holt aus. Verzeihen Sie, bitte: Von Franz Liszts Musik *versteht* Ihre Minika gar nichts! Und *doch*: die *selbige* Wirkung: Ich *sehe* den Jungen sitzen: mit dunkelhaarigem Pagenkopf und weißen Kragen an einem Klavier, *sehe*: Er *geht auf* in ernsthaftem Fingerspiel; Töne *schwellen* auf und ab, *vielleicht* ist es sogar das Ries'sche Es-Dur-Konzert. Dann: der

Junge beim berühmten *Czerny*, am Klavier und bei *Salieri*: an Notenblättern. Jetzt umarmt ihn *Beethoven: ihn*, den Burschen mit dem Pagenkopf, öffentlich! Vor allen dortigen Konzertsaal-Besuchern. Und *dann* folgt ein steiniger Weg bis nach *Weimar:* Hier ist der Saal angerammelt voll; nur um – wenn auch nicht alles – *mitanhören* zu können, *stehen* Leute auf Sprossenleitern, die von außen her an offene Fenster *hergelehnt* wurden. Als Huldigung werden Liszt, dem Virtuosen, Ehrensäbel *überreicht*; und Damen *eilen* hin ans Glas, aus dem er eben *getrunken* hat: Sie *tauchen* die Zipfel ihrer Taschentüchlein ins Wasser, so *lange* da welches drinnen ist. *Sage* mir einer: *Wooo* findet da ein *Kampf* statt – zwischen *Klassizismus* und *Neuromantik; wiesooo* nicht *einfach:* EMP-FINDEN; weshalb *nicht* bloß HÖREN; *wozu* all das Deuteln, oh Welt sag: *Warum?* Ich *sehe* im Sonnenaufgang die Rebenhügel und die Weingärten von *Raiding erröten*. Wer das Wasser des Lebens *gekostet* hat, dem wird bald der Wein gar *sauer*. Allzu viel WEIN ... Und stumm! ist der Salonflügel.

Der andere Meister *setzt* die Violine ab? Wie könnte ich *anders:* als laut *applaudieren*. Ooooch, Schmarrn: Große Pause! *Warum* denn schon? *Was ist das, Musik?* Trotz der Steinplatten da im Schlosshof *wächst* neben dem leeren Zierbrunnenbecken ein dorniger Strauch. Ich *gebe* meiner Zigarette Feuer. *Qualme* vor mich hin. *Versuche* rauchige *Ringlein* zu *schicken* in den sonnigen Nachmittag; *windstill*, wie es hier ist, könnte das leicht *gelingen*. Ich *lasse* das Ringeln *bleiben* und *stöckle* gemächlich auf die Dornen zu. Mich *wundert* es nicht: *Keine* Blüte vorhanden? Oh nein, ich hab bloß nicht genau genug *hingesehen*. Da, in einer Achse *prunkt* ein Rosenkopf. Wie lieblich er ist: samten, in *lebhaftem* Rosa mit einer *Spur* Lachsrot; mit duftender, formschöner Krone. Wie vermag sie zu *leuchten*, zu *leben* überhaupt. Gerade *hier* ... Ende der Pause! Wo soll ich mit dem Stummel hin? *Einstecken* werde ich den, in meine Tasche. Und dann: Nichts wie zurück in den Konzertsaal! Der Meister der Stradivari *verkündet:* Jetzt *spielt* der Pianist solo: eine Schöpfung von *Franz Schubert*. Beinahe jedem *Kind* ist sie vertraut.

„*Hören* Sie schon: Wie es hinter Erlenbüschen heimelig *plätschert:* da *treibt* es und *drängt* es; plaudernd, geschwätzig; da sprudelt und *schnellt* es: behände und leicht; es gurgelt und *kollert* –

geschwinde und flüchtig – den *Schatten* dazwischen! *erspähen* Sie sicher: aufgeweckt, lebhaft *schießt* er durch die Strömung. Jetzt *blinkt* dort drüben der Silberleib auf: Schmeichelnd am Steine *hält* er kurz inne, zögert und *schießt* dann verkehrt herum fort: *springt* aus dem Spiegel, *taucht* darin unter, *kommt* dann ein zweites Mal daraus hervor – kühn, ungebunden *jagt* er aus dem Blickfeld, *rollt* es dann, gleichsam wie Perlen, dahin …" An diesem Vortrag haben Sie *erkannt,* dass dieser Mensch meisterhaft Klavier *spielt*? Braaavo Brasilien. Und *Sie*: Sie *wissen*, welches Stück es war? *Ja*!!! S*agen* Sie es ruhig laut! Sehr richtig! Es war: *DIE FORELLE! SIE* sind ein *himmlisches* Publikum! Und der Geigenvirtuose hat diesen Mann am Klavier also nicht vergeblich als Verbündeten mit *hierher gebracht.* Sie haben es soeben *genießen* können. Wenn das doch jedes hätte: *Jedes* Paar *Spielhände*, das zum Zuhören *einladet!* Waas *meinen* Sie? Die Konzertsäle wären stets ausverkauft. Ob es gleich *weitergeht?* Wollen wir dem Pianisten die *Verschnaufpause* gönnen; *hören* Sie bloß den Applaus! Aber jetzt:

Der zierlich wirkende Mann mit dem goldenen Streichbogen *kommt* herbei. *Wer* kann noch *klatschen*! *Wer* hält das in den Händen aus. Mein Gott, *sehen* Sie nur diese beiden; wie demutsvoll sie sich *verneigen.* Dass die Besten immer die Bescheidensten sind! Was *denkt* der *Himmel* sich dabei. Aha, es *geht* weiter: Nun wird wiederum die *Königin* aller Instrumente *zeigen*, wozu sie fähig ist, *Ihre Durchlaucht*: die Geige; unter den Händen ihres Bewunderers, wiederum: *Franz Schubert,* der dritte und vierte Satz einer *Sonate* ist *angesagt*: Was ist *herauszuhören*? Nein! *Ist* denn *das* die Möglichkeit: Auch SCHUBERT hatte was zu *lachen*!? Da *kann* man nur *sagen*: Gesegnetes Wien! „*Ein* Viertel, *zwei* Viertel, *drei* Viertel – Takt, takt, takt …" Kann das ein *WALZER* sein? Und Schubert sieht Wien tanzen; im *Geiste sieht* er es vor sich: *Wie* die Menschen *walzen* werden, fröhlich, in den Salons, in den Sälen und gleichfalls in Hinterhöfen … Der Meister *selber sitzt* im dunklen „*Liechtenthal*". Und der *Franz*, der *hat* den *Durchblick;* auch ohne seine runde Brille; er *braucht* sie zum *Schreiben*, zum *Lesen*, zum *Festmachen seiner Schöpfungen* auf ungeduldigem Papier. Zur Zeit des *Franz*, da kommt ES noch der *Ketzerei* gleich; deshalb *spricht* er nur mit Freunden darüber: über *Hellsehen*, über das *Ausführen* geordneter Handlungen und Bewegungen im Schlaf; es ist der positive *KANAL*, den er *angezapft* hat, um *unermüdlich* zu schöpfen *aus* dem Strom; ihm wurde er *zugängig*: durch *Fleiß*, durch *Gebet*; *Autosuggestion* und *Zwischenerfolge*.

Sagen *Sie* selber: *Wooo* aus dieser kleinen Stradivari *nimmt* der Geiger bloß die Bilder her! Sie *sehen*: Ihre Minika Benedikt hat Ihnen eingangs nicht zu *viel* versprochen. Der zarte Mann im schwarzen Frack, der ist: *Konzentration*; seine Augen verraten: nichts! *sieht* er, was im Rittersaal *vorhanden* ist; es hat ihm jetzt absolut egal zu sein, wie und wo die hundertzwölf Blicke nunmehr an ihm *hängen;* wichtig ist jetzt *einzig* der *Vortrag: Einfließen* muss der Virtuose darin mit seiner ganzen *Persönlichkeit*; auch nicht die *unbedeutendste* der Noten darf *überschlampt* werden; *Tausende* und *tausend* hat er im *Ohr*. Im *Gehirn*. Im *Herzen*. Im *Gemüt*. Und wäre das *Gehör* noch so *absolut*! Und die *Begabung* noch so *überragend*: Nur mit konsequentem, stundenlangem, alltäglichem *Fleiß* wird Können erreicht, das derartig *wirken* kann: Damit das *Damals* heute sichtbar wird auch im Saal des *Schlosses*: „Franz Schuberts Leben geht *keinen* stillen, ereignislosen Gang! Schubert lebt sein Leben. Bei Tag und bei Nacht. Individuell. *Lebendig* ist er mit allen seinen Sinnen: Er ist *Franz* und *Erlkönig* und *Kind* und schaurige *Sturmnacht*; sein Geist singt MIGNONLIEDER und *GESÄNGE aus OSSIAN*; Franz ist: *DER WANDERER,* der ständig vorwärts strebt, und der *RASTLOSEN LIEBE* ergeben ist auf Gedeihen und Verderben. Wer sind *DIE BEIDEN FREUNDE VON SALAMANCA* und *trägt* nicht *DER SPIEGELRITTER* in Wahrheit: runde Brillengläser und lockiges Haar? Der Hausherr *Schober*: Der *weiß* das! Auch der Dichter *Mayerhofer*! Und Vogl, der Hofopernsänger! Dem Herrn *Moritz von Schwind* sind die Vorzeichen sichtbar; und wie *das* diesen Maler *beflügelt*: Seine Gegenwart *hält* er auf zahllosen Bildern lebhaft *eingefangen*. Nicht von ungefähr *kommt* auch der Maler *Schnorr v. Karolsfeld* mit ihm hierher: zu Franz Schubert; und die Dichter *Bauernfeld und Feuchtersleben* fühlen sich gleichfalls sonnenwohl in *seiner* Umgebung. Also *bringt* dieser kleine Kreis scherzend und lachend die äußere Welt herein in Schuberts *Arbeitsmilieu*. In einer Zeitspanne von siebzehn ununterbrochenen *Arbeits-Stunden,* fast täglich, *lebt* Franz Schubert *Jahre; Jahrzehnte*; er *lebt* vergangene und zukünftige Epochen. *Schade*!!!, dass der gewaltige Herr *van Beet-*

hoven den Franzl erst so spät *kennen lernt*! Welch ein *Unsegen* für die Welt! Was *denkt* der Himmel sich dabei. Lange ist 's her, und *dies* ist das *Jetzt*: Die hohen Fenster im kühlen Konzertsaal *zeigen* noch immer: *Sonnenschein. Gucken* Sie nur, *wie* der Meister ihn ebenda führt: seinen *Bogen*; hat *dieser* mehr Kraft *jetzt* als im Aufwärtsstreichen? Gleich, ob der Meister ihn der ganzen Länge nach *einsetzt* oder ihn nur an einzelnen Teilen *gebraucht*. Sehen Sie: Kein *Zentimeter* der Bogenlänge wird da *vergeudet*. Und *daaas* ist der Zauber: Aus taktisch *klargemachten* Verhältnissen *tritt* wiederum der musikalische *Gedanke* lupenrein und lebensnahe *hervor*.

„Wenn schon der stehvermögende Herr Geheimrat von *GOETHE* die Ahnungen kaum verkraftet! *Aufkeimen* sie in ihm: als er den Beginn von *BEETHOVENS* fünfter Sinfonie anhört; sie *peitscht* ihm die Nerven auf, ihm: *Meister Goethe*. So, für alle sichtbar, *verlässt* er den Saal schon nach dem ersten Satz. No, und *wie* soll dann erst der junge, feinnervige Franz Schubert *dieses überwinden*: den *Tod* des wildhaarigen Genius Beethoven! Schubert Franz (Peter!), der *ahnt*, dass er selber ein Felsen ist im Reiche dessen, was man leichthin *MUSIK* nennt. Ein *Felsen,* jung: Hinter dem Sarg *geht* er her. Stumm. Es *reißt* ihm die Riemen locker, nacheinander: Alle, die er sich mit jedem Schaffenstag fester *herumgestrafft* hat, wie vormals der eiserne *Heinrich*. Die Trommeln des Himmels *röhren*. Es *hallert* ohrenbetäubend: Unwetter belagern die Stadt. Angsterregendes Knattern *rollt*, als müsse die Erde schier *brechen*. In Alt-Wien scheint die Welt dem Untergang geweiht. Trauerschwärze *brodelt* der Himmel. Grell *nimmt* alle Urenergie *Abschied* vom Giganten *Beethoven*. Alle Höhen *zittern* vor Erschütterung und Pein: Der *Stephansdom*, die Weinberge alle. Ganz Heiligenstadt *dröhnt*. Und ganz *Währing* … Es folgt: ein Musik-Thema, welches *lächelt*? Es ist einfach *herauszuhören:* Selten, aber *doch* noch dann und wann *lächelt* Franz Schubert. Worüber denn? Vielleicht darüber: Was Meister Beethoven noch vor dem Tode *sagte*, zum Franz, der bei ihm am Lager *gesessen* ist …" *Ausklingt* … dieses Lächeln: Die Stradivari *lässt* süß den letzten Ton *verebben*. Der Flügel *verstummt*. Zugabe!!! Zugabe!! Zugabe! So fordert der Beifall der sitzenden Menge. Nun, Sie *verstehen,* warum! Der zarte Mann mit der Wundergeige in der Hand *wischt* sich die wellige Strähne aus der erhitzten, feuchten Stirn. Er *verneigt* sich. Sein kinnlanges

Haar fällt, von rückwärts her, an den Backenknochen nun etwas vor ... Der Mann *weist* mit einer Hand hin zum Pianisten – Klatschen. *Klatschen.* Was werden die beiden Meister im Frack noch *aufbieten.* Was wird es sein. Ich habe die *Ansage* überhört! Es *klingt*: wie ein Abschieds-Bukett; wie Blumen *klingt* das! Eine bezaubernde, liebenswürdige Draufgabe ...

Und wie die Sonne jetzt *lacht* da draußen! Und hier im Renaissance-Saal: Applaus!!! Viel Applaus. Und – Schluss!!! Die Herren im Frack brauchen endlich Ruhe. Groß waren die *Leistungen.* Herrlich, in Ton und in „Bild", die *Begegnung* mit unsterblich gewordenen Schöpfungen und ihren Meistern ..., die sie ins Leben *riefen*, vor langer, langer Zeit. Nun – die Abschiedsworte sind *gesprochen.* Das Spiel ist für diesmal zu Ende. Sind wir doch froh, dass die Sonne noch immer *strahlt* vor den hohen Fenstern des Schlosses. Wunderbar ist es: zu *leben*, zu *atmen*, in unserer Zeit. Vielleicht *gehen* anschließend ein paar der Besucher irgendwo schön essen? Und vielleicht *geht* manch einer bald wieder zu einem *Konzert?*

Die Schar der Besucher *drängelt* sich am Ausgang des Rittersaales hinaus zur Balustrade. Vom Schlosshof *klingt* Lachen und Fröhlichsein herauf. Ich *brodele* nicht. Ich *trödele* nicht. Ich will heut bloß die Letzte sein, die fortgeht von hier. Huuuch, was sehe ich dort drüben!? Dort *gehen* am anderen Ende der Balustrade – Seite an Seite: die Meister!

Interviewen ist mein Beruf. Was soll ich nur *machen*: „ZUTRITT VERBOTEN!" Aha! Ich *verstehe* ... Ich muss einfach durch!!!

Manche Begebenheiten *hält* das Gedächtnis erstaunlich gut konserviert: Feurig *bleiben* sie in ihren Farben, lebendig und stets greifbar, als hätten sie sich gerade eben *zugetragen;* wer könnte Ähnliches nicht aus eigener Erfahrung *bestätigen.* In der Schatztruhe eines Menschenlebens *zählen* zu den unbezahlbarsten Kostbarkeiten solche Ereignisse: die alle Begriffe von Zeit – ungefragt über den Haufen *werfen.* Ihre Minika Benedikt hatte das Zugangs-Verbot also *missachtet:* Ich *stürmte* vorwärts; schon *hielten* die Herren ein im *Gehen. Sie* drehten sich um nach dem rasenden Gestampfe meiner Stöckel. Sie *guckten* einander an: *fragend* und überrascht, mir kam vor: Es *widerhallte* von meinem Laufschritt das ganze, still gewordene alte Schloss. Artig war ich *nicht* gewesen, aber glücklich! Bis zu den Schläfen hin *pochte* mir das Herz; kaum konnte ich *bremsen*, kaum sprechen vor lauter *Japsen* und vor *Aufregen* über diesen Sieg; ich war meinem spontan *angezielten* Interview umwerfend nahe: Bei dem Meister, der meine Muttersprache nicht spricht, *entschuldigte* ich mich für meinen Überfall: durch einen abbittenden Blick; dieses lautlose Vokabel ist allüberall dasselbe. Mit Worten hingegen *wendete* ich mich an *den Mann*, der seine Violine jetzt nicht dabei hatte. Und *sehen* Sie, daaas hatte ich nun vom *Überfallen*: Denkbar ungeschickt hatte ich mich *überpurzelt* bei meinem Auftakt; hammerhart hatte ich *herausgesprudelt*: Ich sei „Dichter", ob ich ein paar kurze Fragen *stellen* dürfe.

Guter Himmel! *Leiten* Sie niemals *so* ein Interview ein. Nun, diese Formverfehlung sollte mir auch *sofort* auf meine seelische Taschengeige *knallen*: „Wieso *nennen* Sie sich *Dichter*, wo Sie doch unverkennbar eine Frau sind", fragte mit zweifelndem Blick der Meister. Wenig zart besaitet für solcherlei Tonarten, *fiedelte ich retour*: Welchen Geschlechtes der Geist denn sein solle, und worin bei geistiger Arbeit der praktische Vorteil liege: zwischen männlich und weiblich zu *unterscheiden*? Ich *sah*: Für Sekunden *stutzte* der Meister. Er begann zu *schmunzeln*. Er *kratzte* sich mit der Meisterhand hinterm Ohr, dann *strählte* er mit den Fingern sein Nackenhaar nach rückwärts; und also *schlug* er mir folgenden Handel vor: „*Beantworten* Sie mir eine Frage, als Ausgleich gehe *ich* ein auf eine Frage, welche *Sie* stellen werden; passt das *so*?"

Ich *überlegte* sofort; das *klang* nach fairem Angebot; ich *nickte* bejahend. Und, wie Interviewer so *agieren*: zur ersten W-Frage *setzte* ich an. Jedoch: Noch einmal *ergriff* der Geiger das Wort; der Brasilianer indessen schien unentwegt aufmerksam abwechselnd unsere Gesichter zu *beobachten*. „*Was* war denn Ihr erster großer Erfolg?", wurde ich gefragt. „Und wer hat Sie *ausgebildet?*" Dieses war eine unmusikalische Frage; sie kam einem Paukenhieb auf mein Zwerchfell gleich; wie es aussah, hatte ich nur diese eine Möglichkeit: Unverstimmt, ehrlich und gerade heraus zu antworten!

„Meine *erste* gewaltige Niederlage war mein *erster* grandioser Erfolg", *gab* ich bekannt; damit sei meine Antwort *erledigt*, kurz und klar, meinte ich. Stattdessen, wie zur Vergrößerung seiner Ohrmuschel, *führte* der Mann seine gewölbte Meisterhand ans Ohr. Ich stand irgendwie mit beiden Schuhen sehr, sehr sicher auf der Leitung, für Sekunden. Dass des Mannes Gehör exzellent *funktionierte*, durfte ich *annehmen*, zweifelsfrei seit den Vorträgen von vorhin. Also musste ich seine Geste *interpretieren* als: „*Wenn*, dann etwas genauer!" Nun denn? Los also! Ich erzählte aus der Zeit, als ich siebzehn war und eine Fachschule *besuchte*: „… die Lehrerin, die wir in *Deutsch* hatten, war eine junge Frau; hübsch; blond meliertes Haar; aus gutem Hause *stammte* sie, und *trug* am liebsten schottisch-karierte Röcke. Schon ihr Vorname *bezeugte*, wie ihr Wesen war; es war spürbar, gesund, heil, unversehrt. Sie stellte uns eines Tages vor: MOZARTS REISE NACH PRAG; kann sein: von RILKE – diese *Reise* war eines von *vier* zur Auswahl stehenden Aufsatzthemen.

Kaum die ersten Striche *geschrieben*, war ich *hineingeschlittert* wie in eine leichte ‚Trance', *schrieb* meine paar Seiten durch in einem Guss; die Schreibe *las* sich dann vor: als wäre jedermann, der zuhören wollte, selber direkt *mitgekommen nach* Prag. Über Prag weiß ich so gut wie nichts; ich war nur irgendwie durch einen Kanal damit eins geworden im *Schreiben*. Meine Geschichte *endete* mit den einfachen Worten: ‚Der Meister hebt den Taktstock.' Ich *erinnere* mich genau: Die Lehrerin war sprachlos, als ich mit dem *Vorlesen* zu Ende war. Sie schüttelte eine Weile ihren hellen Wellenkopf und ebenso lange *guckten* stumm alle Mädchen der Klasse. Schließlich *fragte* die Lehrerin sehr scharf: ‚Von wo haben Sie das abgeschrieben, Minika! Diese Arbeit ist glatt hervorragend! Aber wer ist der *Urheber*! Woher *stammt* das!!!' Lauernd *sah* mir die Unversehrte in die Augen, und tief; mit einer Härte, die mir an dieser Person unglaublich vorkam. Ich *sah* offen zurück, standhaft, antwortete sozusagen ‚inwendig'. *Sprechen* konnte ich keinen Ton. Unmöglich. Doch die Unversehrte hatte meine stumme Rede *verstanden*. Endgültig *stand* da meine Sonne am Horizont; ein fixer, makelloser Stern: unverrückbar. Und zur *Weiterbildung* habe ich mir die gütigsten Lehrer *ausgesucht*: viele verschiedene. Von allen die Besten. Genügt das nun, Meister?" Der Musiker im Frack schien damit zufrieden, *quittierte* meine Aussage mit charmantem Lächeln. Doch, wie ich *auffahren* wollte mit meiner Anfrage, da *legte* er mir noch einmal eine Rutsche: *„Kennt* man denn Ihren Namen?", fragte er. „Bis Minika Benedikt sooo bekannt ist wie die gute Miss Marple, kann noch eine Ewigkeit flöten gehen! Aber: Darf ich nun? Gilt das?" Beide Hände *breitete* der Mann aus, *erhoben*, wie man *anweist*: Schieß los! Sein Freund aber *wechselte* das Standbein, *schaute, horchte*. „Bitte", forderte ich. „Erklären Sie mir kurz: *Wesen* und *Wirken* der Musik!"

Ich sah schon: Die Antwort war schwierig. Sogar die sehnigen Hände des Künstlers *sprachen* vom Überlegen: Im ständigen Wechsel *strich* eine Hand über den Rücken der anderen hinweg. Einige Male. Auch die wandernden Augen des Mannes *verrieten*, dass er um jedes einzelne Wort *rang*. „Wesen und Wirken?", begann er und *führte* aus: *„…* jedenfalls ist Musik eines der fruchtbarsten Phänomene. Zielorientiert eingesetzt, *ruft* sie Wunder ins Leben; und zwar: überall dort, wo sie von Menschen *angenommen* wird." Hoppla, hopp! Konnte ich das *fassen*? Dieser pauschale Tusch war mir zu steil! Ich bat um Unterbrechung und wiederholte*:* „Praktisch jeder Mensch könnte also von positiven Musikerlebnissen buchstäblich *profitieren*, habe ich das so richtig *verstanden*?"

Das Unerwartete *geschah* so plötzlich, dass ich gerade noch *sehen* konnte, wie der Meister mir *zunickte*: Eine hohe, graue Gangtür *ging* auf. Ziemlich langsam. Mein Herzschlag *flog*. Mich prestissimo in pfutschigato *aufzulösen* ging nicht. Zum Gang her *öffnete* sich die Tür, etwa zwanzig Schritte von uns entfernt. Ich *stand wie* in Sandstein *verwandelt*. Aus der Tür *trat* die Herrin dieses Schlosses; ganz so, wie ich sie vom *Sehen* zu Beginn des Konzertes *kennen gelernt* hatte. (So *ist* das Leben …) Der Schlossherr, seinem greisen Schritt entsprechend, *tauchte* hinterdrein auf, er war an der Tür *stehen* geblieben. Auf einem Gehstock sich stützend *wartete* er dort: ein großer Mensch mit würdevoll aufrechter Haltung in grünem Försterrock; weiß *strahlte* sein Haar und wohl wollend *blickten* die Augen. „Na, da sind ja endlich die Meister", rief mit freudestrahlendem Blick die Schlossfrau. „Wir haben schon alles nach Ihnen beiden abgesucht!" Sie kam auf die Herren im Frack zugegangen, *bat* sie rasch zum Essen zu *kommen* unter dem Hinweis: In gut eineinhalb Stunden müssten sie am Flughafen sein. Und *jetzt*: Mir *schwante* ein zurechtweisendes *Crescendo*, denn jetzt sah die Gastgeberin *mich* an. Sie *streckte* mir eine Grußhand entgegen und *fragte* rege interessiert: „Wer sind denn *Siiie*!" Die Milde dieser Hand *lähmte* mir völlig das Hirn. Mein Mund blieb zu. Der Meister *half* aus: „Diese Dame ist *nicht* Agatha Christie!", stellte er mich vor. Pfui Metronom, pfui-pfuif-pfui, wie war mir jetzt zumute! In fremdem Privatrevier *stand* ich, unerlaubt, uneingeladen! Was hatte ich nur wieder *angestellt*! Aber viel schlimmer: Welche Folgen könnte das nach sich ziehen!?

„Ich bitte vielmals um Vergebung", *presste* ich mezzoforte hervor, *machte* völlig automatisch einen bodentiefen Knicks, *schlug* genau so tief meine Augen nieder. Es war zu dumm: Eine inwendige Hitze *glühte* in mir auf, ich *spürte,* wie sie allegretto *hochstieg* in meine Wangen. Den Rücken voraus, im Retourgang, *entfernte* ich mich, *fragte*: Ob die Toreinfahrt noch offen stehe? Und *empfing* ein: „Ja, ist noch unverriegelt!" Also: Abschied. Erst nickte ich dem Herrn Grafen zu: Adieu! Schon *verneigte* ich mich in die Richtung, wo die beiden Meister im Frack sich vom Fleck *bewegten*. Endlich galt meine Geste der Dame vom Schloss; noch einmal *sah* ich ihre guten Augen vor mir; von selber *fragte* mein Mund: „Bitte, wann genau *starten* die Herren?" Es wurde auf Armbanduhren *geschaut*; ich erfuhr: Aus dem Schloss müssten die Herren fort: „… spätestens in *vierzig* Minuten!"

Endgültig *ging* ich davon, doch so, wie man normalerweise *geht*: Blick voraus. Zügig *spurtete* ich zum Stufenabgang, kam zur Hofmitte auf kurzem Umweg; mit Absicht: Der Rose musste ich unbedingt übers Haupt *streicheln*, einmal nur, presto *eilte* ich der Ausfahrt entgegen. Fort, über die starke Holzbrücke des Schloss-Wehrgrabens, immerzu weiter weg von der Stradivari, den Eindrücken aus alter Zeit und den Menschen im Schloss von heute. Schon *erreichte* ich die Riesentanne vor dem kleinen Haus. Ich *stellte* mich unter ihre silberblauen Fittiche und *atmete* jetzt genießerisch die Luft des sonnigen Frühabends in mich hinein. Donnerwetter, das waren Stunden gewesen: ein herrlicher, lehrreicher, wunderbarer Sonnen-Nachmittag voll Musik … Musik … Musik. Das Freudenspektakel der Hunde, als ich ins Haus *eintrat*, änderte nichts daran: Ich hatte von Musik noch immer nicht die Nase voll, bloß den schönen Schmuck *legte* ich ab, gleich als ich in die Stube *kam*; an den bäuerlichen Tisch *holte* ich ein Heftchen her:

Kurzbiografien – Zeilen, die etwas mehr als nichts *ausplaudern* über weltberühmt gewordene Meister. Unwillkürlich *schaute* ich nach der Stubenuhr hin; ihr Pendel *schlug* hin und her, ich hörte ihr lautes Ticken, ja und ich *dachte* noch: Also, um etwa 19 Uhr 45 werden die Herrn *abreisen*, jener: der weit und breit unübertroffen die Stradivari *spielen* kann und der seine alte Heimat für lange Zeit *verlässt*; ja, und sein Freund, der wundervolle Pianist; um Viertel vor acht. – Ich, Ihre Minika Benedikt, *entließ* dann meine zwei vierbeinigen Haushüter hinaus in den rückwärtigen, kleinen Garten, *stöckelte* zurück und *vertiefte* mich bald in die vorbereiteten Biografien. Etwas Denkwürdiges *passierte*. Ich könnte nicht sagen, warum es *geschah*:

Irgendetwas ... hatte mich *gelenkt:* Die Lebenslaufbahn der überragenden Musikgrößen *überflog* ich nur; mich *drängte* es, besonders darauf zu *achten,* in welchem Alter und woran sie aus dem Leben *geschieden* sind. Über Richard *Wagner* erfuhr ich: Furchtlos wie das Urbild SIEGFRIED hat auch *Wagner* selbst die zahlreichen „Mimen" seiner Epoche einfach glorreich *überrundet.* Einem Vermächtnis kam die Geschichte von *Robert Schumann* gleich; es *besagte*: „Möge in Zukunft kein Mensch mit seinen Kräften haushalten, nach dem *Heuersammahin-Rezept;* denn mächtig sind Geist und Wille; doch förderliche Pausen braucht das Gehäuslein, wo beide zu Gast sind."

Da *kraaachte* ein Donnern. Ich werde es nie *vergessen*: Überm Tisch das Lampenpendel *zitterte* regelrecht. Ich *hörte* Sirren und *sah* das Ding *wippen*. Mich *wunderte* das. Ich *stand* auf, *ging* ans Fenster und da: Grell *fuhr* ein neuer Strang im Zickzack durchs Dunkel; Sekunden darauf *rumorte* böses Donnern, es war längst nicht zu *überhören*: Um die Wette *kläfften* wutempört die Hunde – Gewitter sind ihnen verhasst. Ich *stöckelte* zum Schrank, *nahm* den gestrickten Umhang heraus, *warf* ihm mir um. Schrill *pfiff* ich die Hunde ins Haus. Ohne Unterbrechen *wüteten* sie weiter unterm globigen Küchentisch. Ich aber *ging* fort, durch das Vorhaus zum Vorgarten; ich *schaute* aus nach oben, schwer war der Himmel jetzt; prall verwuchert von *wallenden* Wolken, so weit ich auch *spähen* mochte. Rau *fuhr* ein Windstoß in die uralte Tanne; es *rauschte*; es *wogte* recht derb in den starken Ästen. Und Silbernadeln *regneten* auf mich herab. Es war nicht wie sonst, wenn es *wettert*. Und genau das *stachelte* meine Neugierde ungemein auf. Nun: Weit drüben, wo die dicken Wehrgraben-Mauern das Schloss-Areal *abgrenzen* vom übrigen Dorf, dort *ragt* alle paar Meter weit ein himmelhoher Pappelbaum auf: Eine schier endlos erscheinende Kette bilden diese grauen Riesen, jetzt: *dehnten* sie sich nach dem Wind. Jede neue Böe wurde wuchtiger, mutiger, ungestümer ... ledernes Blättergeraschel *beherrschte* die Minuten. Und wieder ein Blitzen, Krachen, Blitzen, Krachen ... Und wieder ... Und was *machte*, dort auf der einen Turmspitze, der ewig fliegende Engel? Der *blies* unbeeindruckt weiterhin in seine nie rostende Fanfare hinein, wetterwendisch war der nicht. Doch: Wie der Sturm jetzt *brauste* ... so *klingt* kein Schlummerlied. Alsdann *klatschen* schwer ein paar Tropfen auf die Straßendecke und damit *huschte* ich zurück ins Haus: Mein erster Weg war an den Kühlschrank; jeder Hund bekam einen Knochen spendiert; das ist der einzige Wetterzauber, der sie sofort *beruhigt*. Ich machte Licht an in der Stube; sollte es draußen *wettern*, meinetwegen! Unterm Lampenschirm, am guten Tisch, konnte ich getrost weiter*forschen*.

Dieses Musiker-Heftchen neuerlich geöffnet, voll Unschuld war mein Finger auf den Namen *Anton Bruckner* gefallen. Ich *spitzte* die Ohren nach dem Wetter, denn mir kam vor: Es *fiele* nun doch kein Regen. *Anton Bruckner* ... aber der Sturmwind *heulte* jetzt kläglich; er *greinte* recht zornig, immer rundherum, so als habe er sich *verfangen* im mächtigen Tannenbaum. Mir *fielen* jetzt ein: der *Abschied nehmende* Europäer mit der Stradivari und sein Freund aus Übersee; doch vielleicht bloß für den Teil einer Sekunde *dachte* ich daran, äußerst kurz nur: Denn eben im selben Augenblick, alles durchdringend kraaachte heftig ein Donner – irgendwo ..., sehr nahe ... und nun Schlag auf Schlag; ... entrüstet *blafften* die Hunde wild auf; ... perfekt war das Getümmel. – Ja und dann: war das elektronische Stubenlicht nicht mehr. Es war ganz einfach: aus.

„Es ist halt, wie es ist", dachte ich. Aus der Finsternis der Stubenecke *wandten* meine Augen sich den Fenstern dieses Raumes zu: Richtung Vorgarten. Aber da *erstaunte* ich vor Bewundern und vor Verwunderung: die sonst so klar geputzten Scheibengläser nahmen sich jetzt aus: wie *ausgefüllt* von sagenhaft-düsterem Glanz; jetzt: *leuchteten* sie grell auf: Es hatte *geblitzt*. Und es *krachte*.

Wann, seit ich *denken* konnte, hätte ich Scheu gehabt vor einem Gewitter: so gut wie niemals. Aber ist es erlaubt: sich zu *scheuen* vor etwas, das innerhalb von einhundert Jahren vielleicht ein einziges Mal vorkommt? Gleißend fuhr draußen ein Licht-Strang zwischen Himmel und Erde hin; die Stube war hell: wie noch niemals bei Tag. Und nun *frage* ich nicht *irgendwen*. Ich frage die Parapsychologen: *WARUM* **hing soeben mein Blick an der Wanduhr:** ... **dort fehlte der Stunde das** *Viertel* **auf ACHT.** –

Na schön! Mit dem Musik-Forschen war es ja nun für heute Essig. Ich *vertrollte* mich in die Küche: Sofort stürmten die zwei Vierbeiner mir entgegen; ich *tätschelte* ihre Hundewangen, *verwies* sie auf ihren Platz zu den Knochen zurück. Kaum *achtete* ich auf mein schönes Kleid; sondern über die Rückenanlehne der festen Sitzbank hinweg *knallte* ich mich auf die breite Fensterbank. Bewundernd und staunend *schaute* ich dem Wetter zu: Aus dem ehrwürdigen Nadeldach schien der Sturm alle dürren Zweiglein und Äste rigoros *herauszumustern*; staubtrocken *erschien* mir der Steinchenweg zu sein, auf dem die Reiser sich *ansammelten*. Es funkte pausenlos dort draußen, es *rumpelte* gewaltig hinterdrein. An meine Lehrer musste ich jetzt *denken*, und an die Nachmittags-Stunden im Schloss:

Oh ja: bezaubernde, musikalische Stunden, voller Sonnenschein hatte ich *erleben* dürfen, und jetzt: dieses hinreißende Gewitter. Ich musste vor allem an jene Lehrer *denken*, die mir das Erzählen *beigebracht* haben; nicht einmal ich selber könnte auch nur schätzungsweise *anführen*, wie viele es wirklich gewesen sein mögen; jedenfalls *dachten* oder *denken* dieselben fast genau so wie ich; aus einer Unmenge von Büchern *weiß* ich das mit aller Sicherheit; und während es *blitzte* und *donnerte*, *greinte* und *klagte*, trat mir jetzt eben sehr deutlich etwas ins Bewusstsein; nämlich dieses: Ganz selten sind jene „*Spinner*", die Achtung und Ehrfurcht haben vor allem Lebendigen; mag es vergangen, gegenwärtig oder zukünftig sein. Und plötzlich *drängte* sich mir eine weitere Überlegung auf; ihre Gewichtigkeit oder ihr Schwergewicht konnte mir zur Minute überhaupt nicht bekannt sein; das *quengelte, quengelte, quengelte*, sodass ich automatisch Folgendes zu *überlegen* begann: Wenn ich richtig informiert bin, dachte ich, so müssen Flugpassagiere eine halbe Stunde vor dem Zustieg in die Maschine am Flughafen etliche Formalitäten *abwickeln*, hmmm: eine halbe Stunde vor Abflug. Damit *beschränkte* sich mein Interesse wiederum auf das Wetter: Es *stürmte* weiter. Es *rauschte* bald sanfter, bald schärfer; das Wetter schien endlos zu *kreisen*, ganz irgendwo in der Nähe; die Blitze mochten von da ... von einem Punkt geradezu magisch aufgehalten werden ... das Krachen wollte und wollte nicht *abreißen*.

Es tat gut, hier zu *hocken*: Nahe den empfindsamen Hunden, sie *bearbeiteten* ihre Futterknochen, *knatschten* daran herum oder *raspelten* laut daran. Völlig *einfangen* ließen sich meine Augen von Sturm und Baum und Wolkentreiben, ich mochte gar nichts andres *tun* als schauen. Darüber *verrann* eine Zeit ... wie viel, war mir egal bei solchem Schauspiel; irgendwann aber wurden die Blitzlichter zurückhaltender; dumpfer *rollten* die Donner; auch der Sturm *hörte* sich etwas zahmer an. Auf einmal war mir feierlich zumut geworden; fast ein bisschen fromm; jedenfalls ich *bändelte* an mit dem Gedanken, dass ich die weiße Kerze *anzünden* und dann die Hausbibel *herbeiholen* möchte; andrerseits, ich wollte vom Schauspiel nichts *versäumen*, denn es war, als würde es sich schon bald *verlieren*; und wie oft *nimmt* man sich denn Zeit, ein Wetter zu *genießen* nach allen Regeln der Sinnes-Lust? Nicht lange, und die Nadelschwingen *bewegten* sich weniger und weniger, und endlich *stand* wohl die Tanne so da: blitz-sauber – und feierlich stumm. Zu *sehen* gab es nichts mehr: Völlig finster kam es mir vor und angenehm still. Das Wetter war vorüber. Der Europäer vielleicht schon auf der Abflug-Piste. Ich *tastete* nach meinem Feuerzeug: Es kugelte grundsätzlich irgendwo auf dem Küchentisch herum.

Meine Finger *fanden* das Feuerzeug über kurz oder lang, und ich konnte *losziehen* um den Ständer mit der weißen Kerze. Auch meine Bibel *fand* ich leicht; ich *nahm* sie und setzte mich bei mildem, wärmenden Schein an den Stubentisch. Noch war ich keineswegs drauf eingestellt, dass dieser Tag noch einmal eine packende Überraschung *aufbieten* würde. Es begann wieder völlig harmlos. Also nun: Gewisse Zufälligkeiten *bringen* mich schon lange nicht mehr aus der Fassung, deshalb *wunderte* es mich auch nicht, was mein *suchender* Daumen von alleine für eine Stelle *aufgefunden* hatte; was bei Kerzenlicht zu *lesen* war, war dieses:

„Es sind mancherlei Art von Stimmen ..."

Aber weiter *kam* ich nicht; jedoch den Finger, den drückte ich beharrlich auf die Bibelstelle. Denn soeben *stellte* sich überm Tisch der Lichtstrom wiederum ein: langsam, in die Elektronik-Spar-Röhre hinein. Ich *schaute*:

Wie die Wanduhr zeigte, war es acht Minuten nach 21 Uhr – Und jetzt *sah* ich: das 14. Kapitel aus dem 1. Korinther-Brief hatte ich *angepeilt*, und da den 10. Vers. Ich las nun noch einmal den Satz von Anbeginn an, wie es da heißt:

„Es sind mancherlei Art von Stimmen in der Welt,
und derselbigen ist keine undeutlich."

Die Schöne von Karte ELF

Sehr verehrte Gernleserinnen und Gernleser, wenn Sie wirklich Lust haben, einmal so einigermaßen „live" mitzuerleben, wie rund es manchmal in der sensitiven Dichterwerkstatt *rundgehen* kann, so werden Sie in dieser Emotions-Novelle ganz bestimmt auf Ihre Rechnung kommen: Auch hier wieder begann alles relativ harmlos; die Ankündigung der anschließenden Erzählung erfolgte nachts durch einen Traum; wenn Sie bitte Minika Benedikt jetzt einen Absatz lang begleiten möchten: zum sensitiven Kanal der nächtlichen Dichter-Rosse der neuen Zeit.

„Mittag: Sonne über einer Kleinstadt aus freundlichen, hellen Häusern; ich ging mit leichten Schritten über eine üppig bewachsene Weidwiese: Rechts von mir nahm ich Pferde wahr, Hengste, Stuten, ein Grauer und Tiere mit braunem Fell. In der rechten Hand bewegte ich eine lange, lange Laufleine; sie war vielleicht aus Trevira gemacht und schön rot, dieses Zeug. An der Leine, viele Meter mir voraus, tänzelte ein übermütiges, schönes Rösslein, grazil war sein Gang wie bei einer Stute, doch Hengst oder Stute, diese Frage stellte sich gar nicht; ein ganz außergewöhnliches Tier! Das war klar ersichtlich: Das Pferd an der Longe unterschied sich von allen, sein Fellchen leuchtete weithin in dunklem Himbeerrot und in einem Streublümchenmuster in Weiß und Vergissmeinnichtblau. Dieses außerordentliche Fell machte dieses Tier also unverwechselbar; und so galoppierte es, in heiterstem Übermut und völliger Freude eins mit der Welt, fort über die saftige Weide, und ich immer hinten dran an der Longe; zuweilen drehte es sich um nach mir, warf jubelnd seinen Kopf hoch, dass seine weiße Mähne nur so flog um den Kopf – der Kopf des Tieres kam mir eher rot-braun vor im Vergleich zum Himbeerrot des Pferdchenleibes."

… so war das bei den Dichterrossen.

Und ich schwöre Ihnen, meine Damen und Herrn: Ihre Minika Benedikt hatte nicht den leisesten Wind davon, was ab diesem Traum nächstens passieren würde.

Als Start legte ich behutsam los: Mit dem ersten Absatz zu dieser Erzählung, wie Sie gleich sehen werden, der erste handwerkliche Absatz, der war noch das Einfachste. Aber dann …

(Startender Absatz:) Es begab sich zu der Zeit, da viele Dichter ihrer Gegenwart schliefen; dort, zwischen zwei treuen Ufern, umgeben von bestürzender Dunkelheit, wälzte sich träge der Strom der Zeit dahin: Auf dem *einen* Ufer stand Liebe, und leuchtete, so hell sie konnte. Auf dem *anderen* Ufer stand Liebe, und leuchtete, so hell sie konnte. Eine der beiden war älter und starrsinnig. Eine der beiden war jünger und dynamisch. Über die reißenden Fluten aber regierte unumschränkt der Engel aller Finsternis; das Licht der beiden Liebenden konnte ihn nicht schmerzen; so grell leuchtete es nicht; das lag an der Demut der beiden Liebenden und an ihrer weltberühmten Bescheidenheit. Folglich rieb der Engel der Finsternis sich unaufhörlich die Hände; so sicher wähnte er sich, so erfolgsgewohnt war er, so vergnügt. Da ereilte ihn unerwartet der Tod. Es geschah urplötzlich: Durch den Reflex eines Lichtstrahles zu früher Morgenstunde.

So weit die in der Schreibstube beabsichtigte Einleitung; ab dieser Einleitung jedoch hatte unmerklich das quick-fidele Traum-Rösslein die Regie dieser Novelle beinhart übernommen; allein: Ihre Minika B. hatte die beinharte Tatsache bei weitem noch nicht überrissen. Und jetzt ziehen Sie sich, vorsorglich schon, rein gedanklich, warm an.

– 1) Kennen Sie die bezaubernden Zeichentrickfilme aus der Werkstatt WALT DISNEY? Dann wissen Sie bestimmt genau, mit welch unnachahmlicher Anmut CINDERELLA durch ihr schönes Märchen eilt.

Grade wollte ich los, um die Lampe über dem Tisch anzudrehen; der Kipp-Schalter ist aber drei Meter vom Tisch entfernt neben der Stubentür.

Ich ging also auf den Lichtschalter zu: ich, Ihre Minika Benedikt, hatte noch alle Tarotkarten in der Hand, bis auf diese eine, das war: die Nummer XI. Grade so viel Dämmerlicht war noch im Raum, dass man gut erkennen konnte: Die Nummer elf lag dort auf der Tischdecke, lag mit dem Blatt nach oben dort. Daneben, zugeklappt, ein vor Tagen gelesenes Taschenbuch. Ich kippe den Schalter an, die Leuchtstäbe der Electronic-Sparleuchte blinken auf, sie erfangen sich, nehmen an Helligkeit zu, ich schaue hin zum Tisch, sehe zu meinem Entsetzen: ... da greift aus der Karte ... eine Hand heraus, eine zierliche, schlanke ... sie schnappt das Buch, nimmt es hinein: mitten in die Karte elf.

Klar, das musste eine Täuschung gewesen sein! Doch das Buch lag nicht mehr an der Stelle auf der Tischdecke.

Da griff ich mir diese Tarotkarte und sah: DIE STÄRKE. Das Bildchen zeigte eine winzige, zarte Frau; sie war von Rosen umwunden, daneben: ein Löwe; Symbol für die Kraft der Liebe. Für gewöhnlich hielt die Zarte mit bloßen Händen der Bestie den Rachen auf. Jetzt aber saß der König der Tiere gesittet-aufrecht, still an seinem Platz. Die Rosenumwundene auf der Karte? Was *sie* machte? Was? Sie hielt klitzeklein mein Buch in ihrer Hand! Ich dachte: „Minika, jetzt gehst du zu Bett. Allerhöchste Zeit dafür."

Ich kam nicht bis zum Bett. Draußen, auf ihrem Nachtlager unterm Küchentisch, begannen wie verrückt meine beiden Hunde anzuschlagen; ihr siebenter Sinn hatte ihnen die Wesenheit meiner „Besucherin" offenbart; sie dulden keine Fremden im Hause. Als sie gar nicht still werden wollten, zückte ich vom Küchengestell den klobigen Nudelwalker, knurrte wie sie, fletschte die Zähne. Die Hunde verstanden augenblicklich: der „Leithund" ist gereizt! Winselnd vor Protest vertrollten sie sich letztlich gehorsam auf ihre Schlafplätze. Ich wollte jetzt ins Bett einsteigen! Aber da sah ich: das Licht! War ja noch an! Also: Zurück in die Pantoffel! Ich knipste den Schalter auf aus. Aber, was war da? Weshalb ging das Licht über dem Tisch nicht sofort aus?

Nicht nur, dass das Licht *nicht* ausging ... Ich bekam große Augen, immer noch größere ... „Duheiligerbimbam": Da *wuchs* sie auf, *wuchs* aus ihrer Karte heraus: der Zimmerdecke entgegen. Als wäre dieser Tisch Aladins Wunderlampe, steht sie auf einmal in Lebensgröße oben: auf meiner Tischdecke! Ja: sie! Die Rosenumwundene! Wer könnte da „maah" oder „määh" sagen? Wer?

Ich starrte sie bloß an, ohne kapieren zu können, wie schön sie war. Und dann auf einmal: rrrth! – sprang sie vom Tisch, auf den Boden herab, lächelte mir herein ins ungläubige Gesicht, und sie streckte mir ihre Hand entgegen. Was wollte sie??? Mitkommen sollte ich? Ja, wohin denn! Wohin! –

2) Ehrlich gesagt: Ich habe nicht die mindeste Ahnung, wo wir uns befinden; für diese Art von Dunkelheit sind *meine* Augen nicht geschaffen.

Es ist nicht nur diese Dunkelheit! Es gibt unsagbar vieles, auf das ich kein bisschen neugierig bin! Diese Dunkelheit ringsumher. Diese seltsame – nur die Aparte ist hell; ich wusste vom ersten Moment an: Sie ist ein Wesen des Lichtes. Weshalb stellt sie sich ausgerechnet hinter mich?! „Schau doch nur, Dichterin! Schon gewöhnen sich deine Augen daran!", entgegnete mir eine märchenmilde Stimme. Ich wende mich um, sehe: Von den alabasterfarbenen Wangen kullern ein paar Tränen. Die Hand der Zarten fasst die meine und weist damit in eine Ferne. Jetzt sehe auch *ich*, was dort los ist! Sehe den Strom der Zeit, und darüber mit weit ausgebreiteten Schwingen fliegt seine Majestät: der Engel der Finsternis. Die Rosenumwundene zeigt auf die beiden Ufer hin. Was soll da sein? Bitte, wo ist da was? Was will sie denn! Und dann erkenne ich diese Lichter im Dunkel: eines an diesem Ufer, eines am anderen.

„Wie kann man die beiden stärken?", fragt die STÄRKE. Wie kann man … Wie man waaas kann? Sie meinte wohl, dass ich irgendwie praktisch veranlagt sein könnte. „Man müsste eine Brücke über diesen Fluss schlagen!", antwortete ich.

„Eine Brücke? Eine Brücke! Und aus welchem Material?" Von verschiedenen Kanalzugängen sensitiver Natur hatte sie anscheinend überhaupt keine Kenntnis, so bot ich ihr es einfach an: „Kommen Sie mit, STÄRKE, in die Stube der Dichterkunst! Dort fällt immer wieder etwas Nützliches ein!"

3) Und alsdann, wer kann sagen, wie ich das je werde aufarbeiten können, da waren wir im Moment bei mir in der Stube, als wäre das ein Klacks. „Darf ich ein bisschen ausruhen – auf Ihrem Bett?", fragte sie artig. So tadellos frisch gewaschen wie sie aussah? Nun, meinetwegen! Sie legte sorgfältig ihr Rosengewinde ab; auf dem Platz, just auf demselben, wohin ich eigentlich vor Minuten mein Kleid ablegen wollte! Nun, mir stand der Verstand ohnehin, also rückte ich mir einen Schemel herbei und setzte mich darauf nieder: *neben* meinem Bett und *angekleidet*. Und die STÄRKE lag hingegossen dort, wo am liebsten Minika Benedikt gewesen wäre. Ach was! „Nun? Fällt Ihnen was ein?", fragte die STÄRKE. Der Solar-

plexus meldete ebenfalls: „No Signal im Betriebssystem!" Na bumm ...

Mich zipfte das Ganze an! Mir fiel auch nichts ein!!! Wir schwiegen beide. Ich denke, ich wollte im Aufrechtsitzen grade wegdösen, denn ich kannte mich gar nicht aus, als sie mich anrief mit den Worten: „He, hallo, Dichterin! Machen Sie *Musik* an, vielleicht fällt dann dabei etwas Brauchbares ein!" Ah ja: Bewegung!!! Ja, das konnte mir jetzt gut tun. „Mir raucht ja schon der Kopf vom Nachdenken!", behauptete ich, und fragte dann: „Bevorzugen Sie Amerikaner? Oder etwas in Deutsch?" „Was haben Sie grade zufällig in der Hand?" „Das ist eine Aufnahme mit Ivo Robic!" „– Morgen –?" „Ja, STÄRKE! Der Schlager: MORGEN!" „Dann also los, Dichterin! Aber wir beide, wir müssen es noch *heute Nacht* schaffen!" Schaffen? Schaffen? Ich war ja doch längst geschafft! Sie hatte ganzen Tag über nichts anderes getan, als mit dem Papierlöwen getändelt! Mir aber wogen alle Gliedmaßen Zentner – vom Tagewerk! „Drehen Sie doch etwas lauter auf!", forderte sie mit unwiderstehlicher Süße. Ich gäääähnte furchtbar laut und hielt ihrer Forderung entgegen: „Auf dem Lande, da macht man nachts nicht solchen Radau!"

Vielleicht durch die Musik? Plötzlich, von Sekunde zu Sekunde, wurde ich frischer ..., fit. Und die Stimme von Ivo Robic sang: „... sind wir heut auch arm und klein, aber morgen ... morgen ...!"

„Morgen, morgen, morgen!", muckte die STÄRKE plötzlich auf, aber es klang fröhlich! Und sie griff nach dem Buch, das ja nun wieder vorhanden war!

„Hat dieses Buch Sie traurig gemacht?", fragte ich. „Ja, dieses Buch!" „Und was ist, wenn Sie Entgegnungen darauf als Bausteine verwenden?"

Die STÄRKE fuhr jubelnd aus dem Liegen auf mich zu und drückte mir völlig unzart einen dicken Schmatz auf meine Stirn, und dann schrie sie völlig entzückt: „Ich wusste es ja, Sie sind ein Goldschatz!" „Na bravo, wie sie bloß einen so hundemüden! Schatz wie Minika Benedikt aufreißen konnte", dachte ich. –

Aber die STÄRKE fasste mit sanften Händen nach meinem Kinn und sagte: „Kopf hoch! Sie holen jetzt Papier an Ihre Maschine und ich diktiere Ihnen, okay, Minika?" Sie lächelte wie ein

Kind. – Nun … und waaas hätten Sie, liebe Gernleser, an meiner Stelle getan? –

4) Noch nie tat eines Menschen Auge einen Blick in meine Stube, ohne sich unverkennbar darüber zu wundern, wozu eine halbe Portion wie ich ein derartig hohes Bett benötigt – mein Bett ist achtzig Zentimeter hoch – sein Vorbild ist von rumänischen Hirten abgeschaut, aus einem alten Kalender. Die STÄRKE nahm sich auf dieser Liege aus wie eine Göttin im Wolkenbett; jetzt aber glitt sie davon herab – umwerfend grazil! –, auf den knorrigen Bretterboden hernieder; das seidige Tuchzeug ihres Gewandes bauschte sich in fließenden Falten um ihre Füßchen und schmiegte sich ansonsten auf den derb rustikalen Untergrund. Die STÄRKE erfasste meine Hand, zog mich vom Schemel – ich dachte noch: Wie hat sie mich jetzt zum Niederknien gebracht, wo sie doch keine Kraft dabei angewendet hat; ich hatte nichts Zwingendes gespürt. Die Klänge von Ivo Robics MORGEN tönten soeben im Finale!

Minika Benedikt kniete also; die herrlich schöne Wesenheit stand neben mir und ordnete mir einfach an: „Minika, Sie sprechen nur ‚das AMEN' mit!" Ä-hej, nur das AMEN? Minika wusste ja gar nicht, worum es hier ging!

„Augenblick, Süße", unterbrach ich, „wollen wir zuvor eines klarstellen! Ich bin weiß Gott gerne bereit, auf der Schreibmaschine für Ihren Brückenbau Goldsteine anzusammeln! Aus meinen Schreibblättern können Sie sie gerne entnehmen! Aber ich werde zu hundert Prozent ungemütlich, falls Sie von mir wollen, dass ich sie in Ihrer Novelle zitiere; Sie können von mir einiges verlangen; aber so wahnsinnig, dass ich mir selbst beruflich die Kehle durchschneide! So wahnsinnig bin ich wieder nicht! Sind wir uns über diese Tatsache einig, STÄRKE?" Meine Rechte streckte ich zum Handeinschlag hin; das Wesen schlug ein.

Das Gebet der STÄRKE gliederte sich in wenige, sehr zweckentsprechende, unmissverständliche Sätze; am Schluss hieß es da präzise: „… und fertig sei die Goldene Brücke noch heute Nacht! AMEN."

„AMEN!" Ja. Warum denn eigentlich nicht?

Endlich setzte ich mich an die Schreibmaschine und nahm gottergeben aus der Stärke Mund ein Stunden andauerndes Diktat entgegen: die STÄRKE heizte mir einen Goldstein nach dem andern hin, was weiß ich, wohin sie tonnen- und tonnenweise hin entschwanden! Trotz allem darf ich den ersten Brücken-Grundstein hier zitieren:

„**Grundstein 1:** Entgegnung für Seite 24 … des gegenständlichen Taschenbuches: Die PARAPSYCHOLOGIE ist vor allem aufrichtig und mutig. – Wir hoffen dringend, dass sie, Gott sei Lob und Dank, den Menschen „erneuert"! Sie anerkennt jedermanns Bestreben: als selbst denkendes Individuum in Zukunft sein Leben zur Ehre des Schöpfers zu gestalten; solcher Gottesdienst ist Vorrecht jeder einzelnen Seele, und geht daher … sicherlich nicht! (Taschenbuchtext *wörtlich* zitiert:) … „an der Psyche vorbei". – (ENDE)

Tschinn-trara! Sie hatte schon einiges am Kasten: die STÄRKE.

5) „Uufff, war es das endlich!", fragte ich, als die schöne Zarte wie fröhlich durch die Stube zu laufen begann; sie wickelte ihren Rosenschmuck vom Kleid ab, schwenkte ihn wirbelnd durch die Luft, sie strahlte vor Übermut, und plötzlich: sackt ihr die Kinnlade in Entsetzen herunter. –

„Bitte!", flehe ich, da mir bei ihrem Gesichtsausdruck Böses schwant, „Bitte STÄRKE, was ist denn jetzt wiederum los!?" „Was ist, fragen Sie? Dieses ist „los": Im tragenden Punkt des Brückenbogens *fehlt* einer: Dort fehlt ein leuchtender Baustein!" Die STÄRKE wischt sich eine kleine Träne aus den Augen. „Also nein!", flehe ich sie an, „machen Sie mich jetzt nicht schwach." –

Du liebe Zeit! Nun rauchte mir der Kopf ganz wirklich. Die Schöne guckte, wie tief besorgt, stumm nach irgendwo aus, was weiß ich, wohin. – „Hmhm", räusperte ich mich, „… also STÄRKE: Minika hat da vielleicht etwas, das Ihnen dienen könnte." „Ein Goldstück?", fragte sie sofort begeistert. „Tja vielleicht, jedenfalls stammt es aus meiner Feder, egal, ob Sie mich einen Schatz nennen oder wie vorhin: einen Goldschatz!" – „Schreiben Sie's hin!", befahl sie ohne Zucken. – So schrieb ich es hin. –

Mit dem Tippen fertig, guckte ich nach der STÄRKE: Ihrem Gesicht stand jetzt ein bisschen eine Mischung aus Müdigkeit und Harm eingeschrieben. Nach dieser Schwerarbeit, die sich die Zarte mit den Goldsteinen vorhin angetan hatte, wunderte es mich fast gar nicht: War ich vor Tagen doch selber tief betroffen gewesen, und traurig darüber: welche Irrwege selbst Liebe zu laufen imstande sein kann; Minika Benedikt kannte sie doch all zu gut: die gedruckten Worte des Taschenbuch-Autoren; er ist eine Persönlichkeit, vor deren Kämpferherz ich mich achtungsvoll verbeuge!

Ans Interviewen gewohnt, wollte ich denn wissen, was jetzt mit den Goldsteinen passieren würde. Sie erklärte, deren Transport ginge jetzt automatisch vor sich, etwa so: wie ein Personal-Computer ein auf die Festplatte gespeichertes Dokument auf eine Diskette im Laufwerk hinüberladet. Ah ja! Wenn die STÄRKE es so zu handhaben wusste, mir sollte es recht sein. –

„Und wo bleibt Ihr Goldstück, Minika, hm?" Ich gab ihr zu bedenken, dass es in Wahrheit ein Geschenk an Menschen sei, die gerne ein schönes Lesebuch lesen; und da hatte ich dieses Geschenk ja bitte schön:

Auf der A 2

Mein Fußweg ist der Straßenrand: Der Sturm peitscht Regen übers Land, er fegt als Reinemacherherde: dass der Asphalt gewaschen werde; er pfeift – verbiss'ner noch als kalt – und schwemmt mit Scheffeln den Asphalt: jagt Böen hin über die Piste –, als ob er um die Namen wüsste, die unverhofft im Ungewissen vor kurzem hier – ihr Leben ließen. Ich kämpfe an gegen den Wind – die Augen fast vom Regen blind, frag' ich, ob sich das Wandern lohnt, ob hier der alte Gott noch wohnt? Brutal! Wie einsam es hier ist! Und wie man diese Öde m i s s t : „Keinmenschkeinfahrzeugweitundbreit?" AUTOSTRASSENEINSAMKEIT.

„Das haut also hin und ab damit, sofort!", sagte die Stärke; ob ich ihr helfen würde, ihre Rosen umzuhängen; und dann könnten wir uns das Ergebnis gemeinsam ansehen. –

„Besitzen Sie zufällig ein Fernglas, Dichterin?" – „Ein Fernglas? Ich? Eine Taschenlampe werde ich mitnehmen! Ein Fernglas? Nee, habe ich leider nicht. Aber ich habe zufällig ein Spiegelteleskop: 200-fache Vergrößerung, Brennweite 1000 Millimeter, 5-fach Reflexsucher, Stundenkreiseinteilung, Deklinations-Feineinstellung, genügt Ihnen das?" – „Passt ganz prima! Wo ist es?" „Moment!" –

Von der Steckdose noch den Kassettenrekorder abgezogen; dann steckte ich die Taschenfunzel in meinen Kleidersäckel, packte dieses Ding auf Stelzen, und schon hatte mich die zauberhafte

STÄRKE an ihrer liebenden Hand und wir waren: rrrth!, fort aus meiner guten Stube. – Tja! – „Aha", dachte ich, „sooo weit kanns also kommen: wenn's Dichter-Rösslein jubelnd springt." –

6) „Wo darf ich denn *aufstellen*, STÄRKE?" „Gerade da, wo Sie stehen! Verhalten Sie sich so unauffällig, wie Sie können; ich brauche Sie zu meiner Deckung! Augen! – hat der dunkle Engel! Augen, empfindlicher als jeder irdische Nachtadler! Er könnte mein Licht entdecken, Dichterin! Los! Rasch! Stellen Sie ein!" – „Gigantisch! So etwas kann einem ja tatsächlich nur eine Frau einbrocken!", dachte ich unwillkürlich; weder wusste ich: *wo* ich stehe, noch sah ich kaum: die eigene Hand vor Augen! – Und dazu: *dieses* Kommando! – Gegen eine gewisse Art von Fraulichkeit kommt man ganz einfach nicht an. –

„Was ist! Haben Sie's?", zischelte die STÄRKE. „Ob ich was habe?" „Ob Sie die Brücke bereits sehen können!" „Eine Brücke? – Welche Brücke, zum Kuckuck!" „Der Engel! Können Sie den sehen, Minika?" „Ich sehe Schwarz! Wenn Sie *das* meinen, STÄR...", aber jetzt! Aber dann!!! Mein Lebtag habe ich nicht dermaßen gezittert; solange ich denken kann, nicht. Was für ein Wesen dort in der Ferne! „Ich dachte, was ein echter Dichter ist, der kennt keine Furcht! Schlottern Sie, Minika?" Echt! Ich konnte vor Furcht kaum die Lippen auseinander bringen. Ich flüsterte, so gut ich konnte: „Haben Sie eine Ahnung, Röslein-rot! Bi..., bi..., bitte, helfen Sie mir!" „Oh, was seid ihr Menschen für ein seltsames Pack: Da habt ihr die STÄRKE im Rücken und macht euch wegen jeder Geringfügigkeit gleich in die Ho...!" Wuuuschhh! Da sah ich den mächtigen Engel stromaufwärts fliegen: geradewegs auf unsere Richtung zu. War das eine überwältigende Schönheit! –

Wer, außer Michelangelo Buonarotti, hätte dieses Bild in schwarzem Marmor zu wiederholen vermocht: ebenmäßig und vollendet, wie bei Michelangelos David, schienen mir diese Züge ..., diese Augen ..., dieses Kinn ..., diese Wangen: eine Majestät aus Fleisch gewordenem schwarzem Marmor! Die Augen waren zur Höhe gerichtet, wer weiß, zu welchen Teilen des Universums; seine Flügel waren schlicht ein unnachahmliches Meisterwerk, wie es durchaus nur der Herr der Heerscharen entworfen haben konnte; dem halblangen Lockenhaar fehlte jede Bewegung;

wie das Antlitz sich ausnahm: hatte es keine Mimik vorzuweisen; vielleicht war es versteinert, seitdem der Mächtige vom Allmächtigen sich getrennt hatte. –

„Ich, ich, ich … wünschte, das wäre bloß ein Traum!", wisperte ich über meine Schulter hinweg nach hintenzu.

„Bitte, können Sie nicht still sein! Sie *verpassen* noch das Wichtigste!", konterte die STÄRKE sofort; es klang überhaupt nicht lieblich. –

Nun, wenn ich nichts sagen sollte? Wie wollte dieses hoffärtige Frauenzimmer dann durch meine Linse spähen! –

„Ich höre Ihre Gedanken! Ich sehe besser als jede Optik, die Sie mir beschaffen könnten! Bleiben Sie stuuur dran, es muss gleich so weit sein!" –

„Tzh! Gleich so weit? – Wie weit!", dachte ich.

Immerhin: Zum Umfallen müde war ich; ich meine, dass der Dichter mit der Welt seine liebe Not hat, das wussten ja schon hunderte vor mir! Aber diejenigen, die kannte heute wenigstens jedermann! Wie sollte ich mich wach halten! Wie!? –

„Denken Sie – an Ivo Robic!", empfahl mir die STÄRKE im Flüsterton. Na gut dann: Dieses ‚Morgen' hatte ich noch genau im Ohr!

Den alten Schlager … ich hörte ihn wieder. Inwendig einfach. Irgendwie. Aber sehen: Der Strom wälzte sich. Die Uferlichtlein dort waren an Ort und Stelle. Aber sonst? Der Engel ließ sich ruhig tragen von seinen mächtigen Schwingen: glitt durch das Dunkel voran, stromabwärts – und da …! Jäh hob ein purpurroter Leuchtstreifen sich aus dem Horizont! Schoss auf: wie ein athletischer Schwimmer, der aus dem Wasser taucht, und da …!!! Hej! Die Brücke: Gold, Gold, Gold!!! Und jetzt: Wie ein Blitzlicht aus ewigen Fernen – bricht sich an einer einzigen! Stelle – ein Sonnenstrahl! Der Engel, der Engel!!! „STÄRKE!!! Den hat es aber gotterbärmlich erwischt!" Nach allen Richtungen hin schlägt er wild um sich: mit Riesenschwingen, mit schwarzen Marmorfüßen, Marmorarmen; doch kein Orkan peitscht die sämigen Fluten des Flusses auf; wild wirbeln die Flügel um sich! Beide Hände jetzt: stromaufwärts vorausgestreckt; die Augen: mörderisch verbrannt, verätzt, verschweißt, so jagt der Elendgewordene, in Todespein verstrickt, an meinem Teleskop-Blickfeld vorüber, rast: stromaufwärts hinfort ... Ist nicht mehr: zu sehen; und plötzlich herrscht weltall'sche Stille – die sämige Strömung – dort in der Ferne – glättet sich. „Sehen Sie, wie friedvoll der Strom nun weiterdrängt: nach vorne?" –

Höher rückte die Sonne und immer noch höher. Bis der ganze Brückenbogen endgültig in Licht und Glorie dastand: Sinne überwältigend, ur-herrlich, strahlte es ab von allen Spiegelsteinen. –
 „Kommen Sie!", sagte lächelnd die STÄRKE, „wir kehren jetzt heim: in Ihre Stube; und hoffentlich freut diese *Tatsache* ... Sie ... und alle Gernleser!
 Minika ..., heute ... **ist:** ... MORGEN!!" –

Sonnenseiten einer langen Nacht

„In der Großstadt mit der Ankunft eines Eilzuges zu *rechnen* ..., auf solche Weise: Als ich die Freundin *treffen* sollte, für Augenblicke einen Bruder *gewann* und zugleich mit einer bewundernswürdigen Person *bekannt* wurde, die vor kurzem verstorben war ... Ein *Geschenk*, eine kleine musikalische Kostbarkeit, *lässt* die Bilder immer wieder neu *aufleben;* humorvolle Bilderfolgen und gegenteilige ... Nein, so wird Minika Benedikt nie wieder auf einen Zug *warten!*"

SONNENSEITEN EINER LANGEN NACHT

Die *zweite* Stunde *saß* ich jetzt schon bei einem Tee/Milch am Tisch. Hier *stört* keiner den andern, mit dieser Empfehlung hatte Helga wirklich Recht: Als Geräuschkulisse hatte der Barmann Evergreens laufen lassen, die Songs *rieselten* einfach, vielleicht weil ich vom gestrigen Abspielen die heiß geliebten Lieder der erblühten Zarah Leander noch im Ohr hatte, doch beim Zeitunglesen war ich ohnedies mittelschwer *abgelenkt* von allem hier. – Indessen hatte die Brille das vierte Ottakringer; die Aktenmappe den fünften Jägermeister, die dunkelblaue Weste war eine Zeit an der Theke *gestanden*, dann war sie mir irgendwie aus dem Blickfeld geflutscht ..., vielleicht schon *gegangen*. – Die Musik *lief, lief, lief* ..., während ich die Zeitung *las*, bloß als mir ein Duett aus WEST SIDE-STORY auffiel, zückte ich rasch aus der Tasche meinen Notizblock – sicher hätte ich früher *schalten* können, aber sonst ...

Meine Freundin Helga, diese Zusage galt als absolut sicher, war gewiss um 17 Uhr 50 aus Salzburg abgefahren, so war klar, um 21 Uhr würde sie bestimmt in Wien ankommen, und vom Bahnhof bis hierher – der war schräg gegenüber, also konnte ich noch lesen – bis 21 Uhr waren es nur noch vierundzwanzig Minuten. Ja, was *stand* denn heute in der Zeitung, wenn ich es ungefähr übermitteln darf: Da hatte – aha, ein weiblicher Mensch – mehr als vierzig Jahre seines Lebens durch eine ... meereswogende Hass-Liebe auf die Seelen anderer Leute entsorgt; doch vor allem muss dabei ein phänomenales Kunststück gelungen sein! So weit ich entnehmen konnte, war wegen dieses phänomenalen Kunststücks! ... der Nobelpreis für Literatur *zugeteilt* worden. Ich *hoffe*, dass ich jetzt richtig *interpretiere*:

Die Presse präsentierte durch Fotos, was (ohne Wackeln) *Kern* dieser Sache war. *Kern* der Sache war zweifelsfrei eine hoch *spannende* Rätselfrage, nämlich diese: „Wie *schafft* das diese Frau nach so vielen Jahren ‚Galle speiender Hass-Liebe', noch mit *Siebenundfünfzig* so berückend wunderbar *auszusehen!?*" Wirklich bei aller Liebe: Irgendwo *stand* da irgendjemand quasi „fix engagiert" auf der Seife ... Ich selber, ganz offen: Ich dachte bitte nicht dran, mir was zu denken. – Meine geografischen Grund-Kenntnisse verdanke ich ohnehin dem einstigen Gassenhauer von Vico Torriani. Jetzt hatte ich die schönste aller Chancen, sie mithilfe eines Hits von Rex Gildo zu aktualisieren: „New York liegt am Atlantik, Athen am Mittelmeer ... Nobelpreis liegt in *Österreich*, und *das* liegt mir sehr ... Hossa!! Hossa!! Hossa!!" – Sie sehen also die Auswirkung, *wenn* ich schon einmal Zeitung lese! Anschließend las ich: „Chaos rund um die deutsche Rechtschreibreform!" Ganz klar: Da kannst du nur meschugge werden, wirklich!

Als der Barmann ausrief: „Eine Frau Benedikt! ... zum *Telefon!*", ist mir richtig die Zeitung runtergefallen. Hochgeschreckt von der Sorge: „Wird *doch* nichts *passiert* sein!", hastete ich an leeren Sitzabteilen vorüber, fasste dann die Strippe ... Erst kam ich eine halbe Minute nicht zu Wort ..., dann fragte ich *hier*: „Sag mir, *hast* du sie noch alle!" Aus dem Hintergrund *dort* scholl Hüttenlachen mehrstimmig durcheinander. Helga selber aber *trompetete*: „Gell, bist aber nicht eingeschnappt, sodann: Wien, Punkt Mitternacht!, und eine Minute später dort im Lokal. Na sicher, bei dir am Tisch!", ein zart fühlendes Rumms! Und *aufgelegt* war. – Ich: eingeschnappt! War ich das? Nennt man es so?

Möge mir jeder *verzeihen*, was jetzo *passierte* (die Nobelpreisträgerin vor allem); da saß ich, so wie: jetzt erst recht, an der nächsten Zeitung, also wissen Sie: Das Denken hatte ich mir untersagt, und „eingeschnappt" *sollte* ich nicht sein ... Zwangsläufig? Bei der *nächsten* Zeitung war dann die so genannte Spontan-Begegnung: mit meinem kleinen „Grünen", dem ich schon *ewig* nicht begegnet bin. – Denn stellen Sie sich das Bild bitte vor, als Kind hab ich es mir ausgemalt: der kleine grüne Papagei ist aus Holz, er sitzt auf einer kleinen Hand-Ratsche, die auch aus Holz gemacht ist; und schon als Kind fiel es mir heftig auf, wenn die kleine Ratsche anfing, sich um die eigene Achse zu werkeln; es dauerte nicht lange, da wusste ich, dass die meisten Menschen so eine Ratsche im Hirn drinnen haben. Dem meinigen Holz-Vieh bin ich dann ziemlich bald mit dem Fuß drauf gestiegen, bis es schwieg; kurz gesagt: Mein kleiner Papagei – das wusste ich also gar nicht –, dass es den noch gibt. Solchermaßen unbefleckt, nichts denkend und kaum eingeschnappt, studierte ich die nächste Zeitschrift.

Sie erlauben, dass Minika B. wieder dolmetschen darf: Aha, der Familienname der Nobelpreisträgerin bedeutet also quasi „nicht Hirsch und nicht Kalb". Wissen Sie, diese Erhellung beruhigte mich ungeheuerlich. In dem Moment, wo ich so enorm beruhigt war, da fand dann die Spontan-Begegnung statt, *ganz* spontan: So ruhig wie mir war, musste ich in den Kanal abgerutscht sein, wo die kleinen Papagei-Ratschen der Zeitungsleser deponiert sind: alle werkelten sich raaasant um ihre kleinen Achsen. Den meinigen kannte ich aus der Menge sofort heraus, aber dieses Monster-Spektakel muss man sich *live* vorstellen, bitte! –

Eben in diesem Kreuzfeuer der Holz-Papageien, da schob sich ein dunkelblauer Strickarm – mitten vor das Spektakel-Bild. Und jemand sagte mir viel zu nahe ins Ohr: „Nicht ärgern, kleine Schwester, die Erde hat so viele fassbare Wunder auf Lager! Da ist ganz frischer Tee für Sie!" – Meine Entgegnung war nicht … Zarah Leanders: „Merci, mon ami …" –

„Hab wirklich schon witzigere Maschen gehört, Bruder! Hat denn die ‚Stunde der einsamen Wölfe' schon eingesetzt?", fletschte ich. Meine Augen krochen den Strickärmel hoch, zu blöd, dass sie sich gleich in die Wolle kriegten, mit einem Blick, der wohl tuend lächelte, während der bärtige Mund antwortete: „Sie können ihr entrinnen. Bis wann müssen Sie hier zurück sein?" –

2) Der Marsch – mit ihm – durch die schneefreie, abendliche Winterluft hatte mir gut getan; trotz der rund hundertzwanzig Stufen am Ende; nur das Allernotwendigste hatte ich über mich

erzählt, auch dass mein Name „Minika" sei und dass mir seit gestern Lieder von Zarah Leander durchs Hirn geisterten. Im Austausch dafür war ich darauf vorbereitet worden, dass der Mann eine Chaotenbude bewohne. – Noch in dem Augenblick, wo er mir aus dem Mantel half und Licht anmachte, dachte ich: „Was ist bitte eine Chaotenbude!"

Ich hörte leises Brummen, tippte auf einen kleinen Elektromotor und sah vor mir in zunehmender Beleuchtung ein, durch wenige Wohnmöbel, heimelig gestaltetes, kleines Atelier: voller Bücher und Vitrinen, in denen jetzt Neonröhren aufflackerten; es mochten da hunderte getrocknete Pflanzen ausgestellt sein. Die Pflanzen: einzeln zwischen je zwei Glastäfelchen verschanzt; außerdem: in Kunstharz eingegossene „Frischpflanzen"; wie der erste Blick vermuten ließ, waren *alle* Stücke in lateinischer Sprache *beschriftet*. Ein wahres Pech, so was! Pech für Minika Benedikt! –

„Eine Wucht ist Ihre Sammlung! Sind Sie Botaniker?!", wollte ich wissen. „Magister, Forscher ... suchen Sie sich was aus! Aber darf ich die Notizen sehen, die Sie in der Bar gemacht haben?" Auch wenn mich diese Frage geringfügig irritiert hatte: Ich kramte den Block aus der Umhängetasche, händigte ihn aus; denn warum nicht, es standen da bloß ein paar harmlose Zeilen hingeschleudert. –

„Wie kann er so lange daran lesen!", dachte ich, denn es war: als beginne er damit immer neu von vorne; dabei spielte ein Lächeln um seine Augen, ein Anflug von Herzenswärme vielleicht. Ich kam nicht klar damit; er schien sich jetzt in Gedanken zu versenken, dieser Mensch. Dass jemand wie er single leben sollte, leuchtete mir immer weniger ein, je länger ich ihn beobachtete: Sein dunkles, stark naturgewelltes Haar war super geschnitten, auch das Gesichtshaar penibel gestutzt, die Zähne, wie sein Lächeln zeigte, erschienen mir fast Neid erweckend weiß und von natürlicher Reihung. – Vielleicht hatte die *Nase* den Damen der Schöpfung nicht imponiert? Sobald Ausdruck in dieses Gesicht kam, sah man den schmalen Zinken gar nicht mehr. –

„Und – Minika ist Ihr Name!" Dieses überspätete Echo dürfte das Ende seiner Zettelforschung gewesen sein, denn er reichte den Block an mich zurück. Mit leicht wippenden Schritten, so als *überlege* er irgendetwas, *ging* er auf eine Vitrine zu: Vorsichtig griff er eines der Täfelchen heraus, kehrte zurück und *gab* es mir in die Hand. – Es rutschte aus mir heraus: „Sie stehen alleine in der Welt, Magister?" Der Mann, in schwungvoller Abdrehung begriffen, stoppte; für *einen* Moment senkte er den Blick zu Boden und antwortete: „Meine Mutter …" Er hatte also eine Mutter? Schon wollte ich fragen. Da schwenkten die Augen des Magisters direkt herüber zu meinen. Ich erschauderte darüber, wie ernst ihr Ausdruck plötzlich wirkte. „… sie starb. Am Tag der Heiligen Drei Könige", endete er. Ich senkte meinen Kopf und rechnete: Das musste *sieben* Wochen her sein! Da bin ich aber saftig ins Fettnäpfchen getrampelt!

Beschämt stieß ich hervor: „Verzeihung. Das tut mir sehr Leid für Sie." „Das muss es nicht! Gar nicht! Mein Pflänzchen war eine Siegerin!", konterte der Magister. Wendig schwang er sich an einen der Bücherstöße heran und hatte mir auch schon völlig den gestrickten Rücken zugewendet. Im Moment verstand ich überhaupt nichts. Ich rutschte ab, binnen Sekunden, und sagte resignierend: „Tja, immer dasselbe: wie es der Psalm 103 in Vers 15 verrät." Der Botaniker drehte sich blitzartig um, wandte mir ein strahlendes Gesicht zu, war mit einem Satz direkt vor mir und fasste mich an beiden Schultern. „*Genau*! ‚Der Mensch ist in seinem Leben wie Gras!', das kennen Sie?!", jubelte er los und stampfte mit einem Schuh auf. Der Boden erbebte. Diese Situation hemmte meinen Verstand. Sie übermannte mich. „Wir mögen uns einfach, die Bibel und ich!", spuckte ich trocken aus. Jetzt sah der Mann mich an, als sei mit *mir* etwas nicht in Ordnung, vielmehr, als habe ich ihn soeben belogen oder betrogen. Wie würde Zahra Leanders Lied sich ausdrücken: „… so wie ich hier stehe, so bin ich nun eben …" – *Warum* nahm er mir das nicht ab! Durfte ich das auf mir *sitzen* lassen? „Wer weiß", dachte ich, „vielleicht *kapiert* er!"

„Es ist total einfach! Wenn Sie meine Geschichte nicht zu doof finden, dann sollen Sie erfahren, wie ich zu dieser Behauptung komme, Magister!" Was *nun* … in seinen Augen stand: Das interessierte mich nicht mehr!

Ich erzählte jetzt aufrichtig frei heraus:

„Magister, eines Tages hab ich ein Herzlein geschenkt bekommen, das ist zuckerlrosa; nichts Aufregendes; eine selbstklebende

Vignette, mit in weiß gehaltener Aufschrift: ICH MAG DICH! Ob er mir verraten könne, wooo man so etwas hinklebe, fragte ich. Als keine Antwortet kam, setzte ich fort: Meine kleine Hausbibel sei das Erstbeste gewesen, das mir damals in die Hand gefallen sei; also habe ihr vorderer Deckel dafür gerade stehen müssen, dass ich das Herzchen würdig wo anbringe. Und dort klebe es seither, und es sei nichts Verkehrtes daran, weil es so *ist*, dass ich meine Bibel gern hab! „Aber so oft ich seitdem auf ihren Buchdeckel sehe, da sagt sie ganz locker zu mir: ‚ICH MAG DICH!'"

Schweigend und ernst, wie der Mann mich nun ansah, fragte ich: „Ist das *Blödsinn*?" „Das ist ganz irre *wundervoll*!!!", jauchzte der Mensch los, packte mich an der linken Hand, drehte mich herum, einmal, zweimal, dreimal … um mich selber, fast wie beim Rock'n-Roll-Tanzen. Doch wer würde schon so etwas! tanzen mit einem Glastäfelchen in einer Hand? Mich wunderte, dass ich es vor Schreck nicht hatte fallen lassen. Als ich mich fing, musste auch ich auf einmal lachen, das alles war doch zu blöde! Ich wagte nun zu sticheln: „Alles schön und gut, Bruder! Trotzdem weiß ich noch immer nicht, wie Sie heißen!" Nun wieder völlig Magister, verbeugte er sich vor mir, und antwortete: „Im vollsten Ernst: Ich heiße Ernst!" – Und dann hatte es mich … Und ihn kriegte es auch … Wir kringelten uns die Vitrine entlang vor Lachen, das Wasser musste aus den Augen kommen! Mit einer Salve quetschte ich hervor: „Wahnsinn! – Ernst???" Und wiederum war es reines Benzin auf offene Flammen.

3) „Sie wohnen doch auf dem Lande, Minika?" Ich wurde hellhörig. Er fragte: „*Kennen* Sie zufällig den Wiesenpimpernell?" Kurz guckte ich den Magister an, und irgendwo in meinem Kopf blitzte ein Zusammenhang auf. Der Botaniker zeigte auf die Tafel in meiner Hand. Die Tafel half mir nicht weiter. Ich schaute in die Luft, zur Decke hoch … wooo war ich dieser Bezeichnung schon einmal begegnet? Irgendwo. Wo denn bloß?, strengte ich mich an. Da fiel's mir ein: In Alexander Schöppners BAYRISCHEn SAGEN …, da war das gewesen! –

Tja, was hatte ich gelesen. Ich warf dem Kenner meine Vermutung einfach zu: „*Dieses* Kraut soll vor langer Zeit die Pest ausgerottet haben! Kann das sein?" „Diese Fähigkeit traue *ich* ihm tatsächlich zu!", gab er unumwunden zurück.

Als er jetzt abermals – nun jedoch wie ein Wiesen-Esel – ins Lachen ausbrach, da krachten in mir zwei Gegensätze stürmisch zusammen: sein *Lächeln*, die Sekunde am Tee in der Bar, und plötzlich … das wiehernde Grautier. –

Wie verhielt sich denn das mit der Pest; die Überlieferungen schildern dieses Drama etwa so: „Kein Lebendes war sicher vor dem nimmersatten Mordrachen des schwarzen Todes; er graste Dörfer leer und graste blühende Städte zu schaurigen Öden ab. Ein Unterschied zwischen Ständen aller Art war ihm unbekannt." Und darüber *konnte* einer lachen! – Ich war froh, dass schon Alexander Schöppner einmal über die Pest nachgedacht hatte, so brauchte ich es nicht tun; Sie wissen, seit meinem Debakel, nach fast zwei Stunden mit der Serie ewig gleich lautender Zeitungsartikeln, hatte ich das hilfreiche Mitdenken quasi auf null reduziert.

Schön langsam war mir dieser Samstag eine *echte* Herausforderung! Ich gedachte nicht, mir was zu denken; nach einer mir von 19 Uhr bis 24 Uhr zumutbaren Wartezeit mit Zeitungsunterhaltung sollte ich nicht eingeschnappt …, *nicht* eingeschnappt sein, aber bitte: „… recht sonnig!", und jetzt erlaubte ein studierter Mensch, sich über die Pest kaputtzuwiehern. –

„Stress lass nach!", betete ich, und es sah aus, als könne mir nur ein Lied der begnadeten Zarah Leander aus der Hochspannung herunterhelfen. Wenn selbst ein Magister zum Esel werden mochte, musste man also festlegen: Auch davon geht die Welt nicht unter!" – Denn, wie die Welt heute weiß, dieses Kunststück *schaffte* nicht einmal die Pest.

4) Als das Wiehern endete und er aus meiner Mimik lesen konnte, was er mich von ferne kann, wirkte er ziemlich erschrocken. Wie wurscht mir das war. Wie eingefroren behielt ich meinen Gesichtsausdruck bei. Stimmt doch! Nachdenken musste er selber! Vielleicht hatte er es getan: „Sie haben mich scheinbar komplett missverstanden, Minika", griff er zu seiner Entschuldigung, „und das werde ich Ihnen auf der Stelle beweisen: Kommen Sie, *lesen* Sie ab, was da drauf steht: auf dem Taferl in Ihrer Hand!"

Ich grollte: „Minika *kann* kein Latein!" Doch er fuchtelte beschwichtigend ab; diese zwei Worte herunterzulesen sei wahrlich nicht *viel* verlangt, meinte er, dabei lächelte er wieder dieses gemütvolle Lächeln – es war wirklich eine Waffe.

„Pinpinella saxifraga", las ich laut, es klang wie deutschsprachiges Lateinisch. Meinem Kopf war es reindeutsches Botaniker-Latein. Abgelesen hatte ich es jedenfalls! Jetzt forderte er auf: „Kommen Sie, ich meine, es ist besser, wir setzen uns!"

Ob ich rauchen dürfe, fragte ich, der Magister nickte erlaubend. Aus der Tasche kramte ich die kleine Packung hervor; die Österreicher kennen die Aufdrucke. Auf der Packung, die ich!!! *bezahlt* hatte, stand etwas *sehr* Sinnvolles, warten Sie bitte einmal – also so genau weiß ich es jetzt gerade nicht mehr, aber es stand da: „Idioten sterben früher." Oder aber: „Blödheit kann tödlich sein." Wie gesagt, eine Zumutung dieser Art stand auf meinem Päckchen gedruckt. Der Magister schien meinen suchenden Blick nach einem Aschenbecher bemerkt zu haben: Er zog die Weste aus, schupfte sie von sich, rollte die zwei Fauteuiles an eine der beiden Auslagen heran, krempelte seine weißen Hemdsärmel hoch und langte mit einer Konservenbüchse von oben hinein in die Vitrine. –

Es war keine! – *Vitrine*: Von hier ging also der Brummton aus: Dass es sich dabei um ein Aquarium handeln könnte? In seiner Bauweise gleich wie die Schaukästen, war mir das entgangen; erst beim näheren Hinsehen erkannte das Auge einzelne aufsteigende Luftbläschen. Jetzt nicht mehr: Denn der Magister drehte den Sprudel auf „Turbo-Stärke" um. – Er stellte die wenig wasserbefüllte Dose zu meinen Füßen ab und kniete hin. „Hier: Ihr Aschenbecher!", grinste er. Er griff mir sachte das „Bic" aus der Hand und spendete mir Feuer. –

„Hören Sie her, Minika! Der *BESTIMMUNGS-SCHLÜSSEL* für Grünlandpflanzen. Dieser sachkundige Schlüssel sagt uns *einiges* über die *Kleine Pimpinella*. Doch zuvor *denken* Sie vielleicht gleich zurück an das Bibelzitat von eingangs: *Der Mensch ist ein seinem Leben wie ... na? Wie was!"* Also *dieses* konnte ich erinnern, *grade* noch. Grade noch! Aber sonst?

„Wollen Sie mir als Assistentin beistehen?", fragte er wieder lächelnd! Prompt ging ich ihm auf den Leim. – „... wir übertragen nun gemeinsam die Aussage dieser *Grünlandbeschreibung.*

Ich wiederhole: Wir übertragen jetzt die Fachkunde-Aussagen auf die geistigen *Bodenzustände* Europas, präzisieren wir sie auf den Zeitbogen von 1980 bis Ende 2004. Und jetzt werden Sie, Minika, mir assistieren, und zwar, indem sie an passender Stelle das Wort ‚zumeist' einflechten." – He! Heu! So was *Beschissenes* sollte ich wirklich tun! So kopflos, wie ich war ... Rein *gefühlsmechanisch* keimte mir *kurz* auf: *Das* kann ja eine Gaudi werden.

Der Mann *blätterte* seine grasgrüne Fach-Broschüre auf, stieß mit dem Finger auf die Zeile, woraus er vortragen wollte. „Und?", fragte er, mit welchem *Wort* ich also *assistieren* würde. Wie dressiert antwortete ich: „An *richtiger* Stelle, zwischen *Klammer auf – Klammer zu*, sage ich: ‚zumeist'!" Er meinte: „Gut, so weit!" Und wir fingen im Duett das Herunterlesen an. Der *Botaniker* startete:

„Die Kleine Pimpinella: ... wir *finden* sie vorwiegend in sonnigen ..., trockenen, („*zumeist!*") ... kalkhaltigen („*zumeist!*") ... Magerrasen („*zumeist!*"), Magerwiesen, Magerweiden (zumeist!")

„Haaalt und stopp! Vorläufig", unterbrach er mich. Jetzt war ich echt blockiert. „Ist Ihnen der Witz *aufgegangen*, Minika?"

Wie er mich das fragte! So freudestrahlend von irgendwas überzeugt, da sah ich exakt nur *eines*: Der sah also zum *Fressen* süß aus, wenn er lachte! Aber bei mir *klemmte* sein Witz. ... ohne Denken, rein gefühlsmäßig! Wenn *dieser* Vergleich mit Europas *geistigen* Nährbodenverhältnissen übereinstimmen sollte, dann war das *ganz* bestimmt nicht ulkig.

Ich dachte nichts, ich überlegte: Dann mussten die Betreuer sich aber ab sofort ordentlich in ihre gut dotierten Riemen legen, zur Bodenverbesserung! Aber bitte, was will man schon von einem Botaniker für Gedankengänge erwarten, doch andrerseits: Wenn *er* über Pflanzen nichts weiß? Ja, wer dann!

„Die Belehrung ist *schon* zu Ende, kleine Schwester! Soll ich einen Tee zubereiten? Für Sie einen *mit* Milch, und ich einen *ohne* –! Einverstanden?"

Ob er Tee aufgießen sollte? Mein Bedarf an Flüssigkeit nickte begeistert, und hirnlos musste ich mir innerlich eingestehen: einfach fantastisch, wie dieser Mensch lächeln konnte, wo er doch so stinknormal aussah! –

Ich schaute ausgeschaltet in den Wasserspudel hinein, sah durchs Aquariumglas mit, wie *er* Wasser auf einen Kocher stellte, und dann: kurz in einer Lade nebenan, durch Papier stöberte; mein Zusehen gab mir ein: Wenn dieser Bruder! – *kein* Wölfchen ist, dann ...

Durchs bewegte Wasser gesehen, den vorigen Satz kaum zu Ende gedacht, vielleicht eine Sekunde, fühlte ich das wohl bekannte Brennen im Bereich des Solarplexus ... dann war ich (so der Volksmund) wie weg vom Fenster, andersrum: Ich war auf einem mentalen Internet online, und zwar: Es *überlagerte* diesmal nicht „Bild über Bild", sondern ich empfing alles pur in Stereo; dabei war mir deutlich: als sei in sanfter Weise der „Film" im Magister-Atelier etwas „in den Hintergrund" gerückt und statisch stehen geblieben. Stehen geblieben oder auch nicht, denn so halb und halb blieb mir der Magister in seiner Beschäftigung voll gegenwärtig, nur fehlte mir in dieser Hinsicht wirklich total „der Ton". – Hingegen herrschte auf dem mentalen Internet-Sender eine derart gewaltige Betonung der einzelnen Anliegen, dass die gediegene Schriftsteller-Werkstatt die *emotional* dementsprechenden Satzzeichen nicht kennt. – Nach bestem Wissen und Gewissen, (von solcher Präzision: wie man auch einen Traum wiedergeben kann –) möchte ich hier übermitteln, welche Art Botschaft dabei durchkam:

„... Pardon, Presserat/Germany und Austria: ... *schwenken* wir zurück auf den Festspielsommer zweitausendundvier ... das Trommelwirbeln fuhr durch alle Presse ... sozusagen; hier die Aufzählungen: ... eindeutig schwarzmagisch *ausgerichtetes* ... so genanntes ... Neu-Inszenieren von *Leben beschützenden* Titanenschöpfungen ... Eine wohl gemeinte SOS-Empfehlung ... an die Adresse, wie angedeutet, sorglos agierender Ultra-Pseudo-Kreativen:

Hüüüten Sie sich jemanden zu derartigen ultra-cool gemeinten Experimenten zu *verführen*. Und mögen Sie für sich selbst auf der Hut sein: In dem Sinne, dass Sie sich nicht ein bitteres Eigen-Los *einschießen* ... Leute wie Sie sind bestens bedient, wenn Sie den Botschaften Ihrer Schlaf-Träume uneingeschränkt Ihr Zutrauen offen halten ... Um die Durchsage an Sie mit dem berühmten Abschiedswort des hervorragenden Pfarrers Fliege zu beenden: „Passen Sie gut auf sich und Ihre kreativen *Ressourcen* auf!" –

Und jetzt an die Adressen vom jeweiligen Presse-Rat: Erlauben Sie im Fachjargon der Botaniker Ihnen zum gelungenen Kulturschutz zu gratulieren … Man hat die Wirbel-Trommel der Presse sehr wohl verstanden … Sie haben Ihrer Zeit damit einen sehr geglückten Ehren-Dienst erwiesen … quer durch alle Bevölkerung … Staaten weit … rund um die Welt: „… *Achtung, Achtung, Achtung … Moor und morastähnlicher Nährbodeneinbruch …*"

Dafür eine aufrichtige Wertschätzung und großen Dank an alle Mitwirkenden." –

Rasch war der mentale Internet-Anschluss abgebrochen. – … und ich fühlte mich innerlich bei weitem frischer als zuvor …, Minika war wieder ganz zurück im richtigen Film, wie der Volksmund so sagt …, alles wie vordem: der Sprudel sprudelte wieder, und es war wieder da, wie der Schritt des Atelierinhabers klingt: Er kam, aus der Kochecke retour, schritt direkt auf mich zu, seinen Blick hatte er auf ein kaum raschelndes Papier in seiner Hand gerichtet;

Über Schritt-Distanz reichte er das Blatt zu mir her: „Ein Brief von Pimperl! Bloß, damit Sie ihre *Handschrift* sehen!" – Diesen Bogen nahm ich an, sah die Schrift: Kurrent, sauber …, zügig; die Anrede oben lautete: „Lieber Ernst, mein gutes Kind!" – Wenn *diese Anrede stimmte,* überlegte ich; konnte es denn möglich sein, dass dieser Magister ein „gutes Kind" sein könnte?, dass er gar kein Wölfchen war? – Ich konnte mich nicht mehr bezwingen. Es schippelte mich diese Frage: „Sie hatten also ein ‚Pflänzchen' oder ein ‚Pimperl', wie Sie Ihre werte Mutter zu nennen beliebten. Aber: Sie haben auch eine Frau? Oder wenigstens eine Freundin?"

Er setzte sich und sagte: Natürlich! habe er eine Frau, und was für eine; sie und er mögen einander sehr; sie lebten bloß teilweise örtlich getrennt voneinander, denn im *gemeinsamen* Hause sei wohl für sein umfangreiches Pflanzen-Chaos nicht ganz der ideale Ort; und am Wochenende sei er für gewöhnlich gar nicht in der Stadt; nur diesmal ausnahmsweise: Seine Madonna sei an diesem Wochenende fort zu einem Seminar, ganz in der Nähe bei Linz; und komme morgen von dort zurück; er berichtete, *sie* sei Versicherungs-Kauffrau, recht erfolgreich. – Zum Abschluss dieser Aufklärung, die mir *bedenkenlos* einleuchtete, erfuhr ich, dass hier in diesem Hause die Wiege des Herrn Magister gestanden habe, vor gut siebenundvierzig Jahren, allerdings im Parterre. – So war ich über ihn recht gut im Bilde. –

Mittlerweile war es 22 Uhr 05 geworden, und ich überschlug: Nicht einmal mehr zwei Stunden …, dann *kommt* Helga an mit dem Zug. – Er registrierte, wie ich nach der Uhr hinsah, und begann wieder zu erzählen, fast wie vorher: Schlag auf Schlag:

„Pimperl" habe die Großstadt nie gemocht, die Großeltern hätten auf dem Lande eine Wirtschaft besessen und seine Mutter wäre das älteste von insgesamt sieben Kindern gewesen, eins davon sei tot geboren worden. Als Pimperl starb, war sie im einundsiebzigsten Lebensjahr gestanden; der Magister endete mit folgender Aussage: „Nach ihrem Ende hat mir der Arzt erklärt: diese Frau habe eine endlos lange Nacht durchleben müssen; es war eine sehr lange Nacht. – Minika, diese Nacht ist verdammt lange gewesen!" –

Da ich nun schon Stunden so nichts denkend zubrachte, fragte ich etwas taktbehindert: „Erklären Sie mir, Magister: Was ist das für ein ur-kindischer Kosename! Dieses Wort: ‚Pimperl'!" –

Nicht im Gehirn! Nein: In den Ohren *störte* mich diese Bezeichnung gewaltig! Vielmehr: Sie wurmte! – mich im Ohr. „Pimperl", wie klingt denn das? –

„Diesen Namen?", fragte er gelassen, „Diesen Namen? Den hat sie selber erfunden oder irgendwo aufgeschnappt, ihr gefiel er ganz einfach: Kaum, dass ich andere Worte aus unsrer Sprache kannte, hörte ich ihn schon, etwa wenn ihr ein abgebranntes Streichholz zu Boden fiel, schon hieß es: ‚Na, ich bin doch ein Pimperl!' – … und irgendwann, sehr bald, ist dieser *Name* einfach an ihr hängen geblieben!" –

Ich biss mich nun auf die Fingernägel, drehte mich ab, guckte in den Wassersprudel hinein, schaute zu, wie die Bläschen zur Höhe wirbelten. – Plötzlich leuchtete der Verdacht in mir auf, dieser Mensch könnte allen Ernstes „ein gutes Kind" gewesen sein.

Vielleicht war es das, was man eine Ahnung nennt: … Jeden Augenblick konnte sie zu nichts … zerplatzen. –

Als er eben wieder sein Lächeln anwerfen wollte, kam in mir wieder die *Interview*-Fragerin zum Vorschein, ich fragte einfach: „War es etwa sehschwach oder gar *blind*, Ihr Pflänzchen?" – „Gott sei Dank, nein! Blind war sie nicht! Im *Gegenteil*! Ganz im *Gegenteil*!, sie hatte einen *Spiegel* – um die Ecke!" – „Einen … waaas hat sie gehabt …, Magister?" – „Pimperl hatte einen *Spiegel* – um ihre Ecke!" –

Nachdem ich vorher schon (als er so eselig lachte), mich „geirrt" hatte, gestand ich ihm offen ein, heute sei mein intelligenz-freier Abend, ich verstehe mit keiner Silbe: *wovon* er rede; … doch er *antwortete*, er wolle mir jetzt etwas *zeigen*, das im Augenblick *viel* wichtiger sei; … dabei solle ich das Denken sehr gern unterlassen und stattdessen: sehr scharf auf meine eigenen Augen aufmerken!, denn diese – das könne er sich gut vorstellen – würden mir in wenigen Sekunden *übergehen*, und sodann solle ich ihm ja nicht mit der zwecklosen Anwandlung daherkommen: … dass *er* daran schuld sei! –

Ich war idiotensicher: D*ieser* Mensch konnte Minika Benedikt nicht mehr aus der Ruhe bringen! –

Er streckte mir ein Buch – geöffnet – direkt vor die Nase: Darin sah ich einen *Zettel* eingeklebt, der war fast von der Größe wie die Buchseiten; … diesen Zettel *überflog* ich, beim zweiten Mal *rasten* die Augen drüber, irgendwie fieberhaft! – Als ich wieder Worte fand, waren es diese: „Ja bist du noch zu retten! Sie haben mich *beobachtet*! … an den Zeitungen, was unterstehen Sie sich, mich bei so etwas Intimen! wie *Zeitunglesen* zu beobachten: hier *stehen* fast *dieselben* Textstellen …" – (Mensch, war ich wild auf diesen Mann!) „Das stimmt!!!", fuhr er mir in meine Entrüstung, und fegte sie mit einem einzigen Lächeln kaputt: „Ja eben! … Deswegen!"

Er berichtete mir, sein Pflänzchen habe dieses Lied bei ihm damals aus dem Radio gehört und dann immer wieder die Melodie *gesummt*, „… bis Mama mir eines Tages eingestanden hat: Sie hatte diesen Text für sich *notiert* … auf gut Österreichisch, eben so einfach, wie ihr Gehör dieses Lied aufgefangen hatte …, und genau so stand es da zu lesen (Achtung!:) … der s ä Pläis for as …, ä Taim end ä Pläis for as … Sam-hau! … Sam-de-i! … Sam-wöhr!" – Und dann, Minika, nachdem sie mir diesen Zettel zeigte, da sagte ich ihr, was ihre Notiz hier in sprachlichem Schrift-Deutsch! bedeutete. Da gibt mir Pimperl zur Antwort: ‚Das weiß ich ja selber … ich *weiß* das … das brauchst du mir nicht aufzuschreiben, Ernst!' Was immer auch ich sie fragen mochte, wie sie diesen Code der ihr absolut fremden Sprache geknackt hatte, *dieses* Geheimnis konnte … konnte und konnte ich nicht ergründen!"

Dass Power-Emotion imstande ist, sich jemandem ... von selbst ... zu übersetzen, war für Minika Benedikt längst ein alter Hut, (so wahr, wie „die Erde" keine! Scheibe, sondern eine Kugel ist –) ... und ich *sah* es ja selbst: ... in Kurrentschrift war der eingeklebte Wisch datiert mit 13. Oktober 1982. –

Jetzt *las* ich diese Zeilen noch einmal ..., still, für mich: „*There's a place for us, a time and a place for us ...* " – „... da ist ein Ort für uns, eine Zeit und ein Platz für uns ..." – Und dann erfing ich mich langsam aus meiner Entrüstung, ... und ich sagte es laut: „Das ist dieser Power-*Emotion*s-Song: ... in dem Tony und Maria ...", der Magister redete meinen begonnenen Satz zu Ende: „Genau", sagte er, „die beiden drücken darin ihre Sehnsucht aus; ... die Sehnsucht nach einem Land, wo sie ohne Angst leben können!"

Er schwieg. Ich las weiter: „... *Somehow! ... Someday! ... Somewhere!*" = „... irgendwie, irgendwann, irgendwo!" – jeder gesprochene Ton war hier im Augenblick zu viel.

Ich hielt den Druck nicht aus:

So an die zwei Stunden hatte ich Zeitung gelesen, dann hatte Helga mich sozusagen ersucht, dass ich diese Lese-Episode um drei weitere Stunden verlängere, ohne im Geringsten darüber eingeschnappt zu sein; bald hernach hatte der Magister gelacht wie ein ... und mir war nicht aufgegangen, warum;

... wie ein artig dressiertes Meerkätzchen hatte ich dem Vortragenden *assistiert,* ... nichts ahnend war ich unmittelbar in den Stereo-*Kanal* eingerastet, und zuletzt hatte dieser Nichtwolf die Stirn, mir seine unglaubliche Taktlosigkeit mittels einer harmlosen Indizie unwiderlegbar zu beweisen: er hatte mich tatsächlich aus dem Hinterhalt beim Zeitunglesen *beobachtet.* –

Aus dem Sitz fuhr ich hoch, schon hing die Tasche über meiner Schulter, ich schnappte vom Haken an der Tür meinen Mantel herunter, auch der Magister war in der Sekunde hoch vom Sitz – seine Augen brannten in irgendetwas, als er sich mir entgegenstellte, an der Tür; ... der Tee sei endlich fertig, meinte er. – Ich fletschte ihn an: „Lassen Sie mich *sofort* hinaus!" –

Im Stiegenabsatz hallten Minika Benedikts Stöckel-Schritte, ein glutroter Knopf leuchtete mir entgegen aus tiefschwarzer Finsternis, ich trabte darauf zu. Unaufhaltsam. ... die Wiener Mariahilferstraße hat tausend Sonnen. Auch bei Nacht. –

5) „Hab ich Ihnen wehgetan, Minika? Bitte sagen Sie, was Sie von mir denken! Reden Sie! Dann komme ich mit und sperre das Tor für Sie auf, obwohl: Dieser Gedanke *gefällt* mir nicht, die nächtliche Großstadtstraße ist kein Kindergarten." – Seit meinem fordernden Knopfdruck …, nun bei Licht hatte ich nicht einmal noch den Stiegenabgang erreicht; … das bärtige Gesicht lugte am Türrahmen hervor; … sein zaghaft angesetztes Lächeln ging mir jetzt wirklich wo vorbei; was wollte der Mann hören? Ob er mir was getan hatte? Ob er mir was? – Der Blick am braunen Rahmen blieb standhaft zwingend und arglos. – „Magister, ich *denke*, von dem, was ich eben über Sie dachte, geht die Welt nicht unter; verzeihen Sie mir bitte." – Erst als er mir den Tee an den Sitz herreichte und gleich darauf in Lachen ausbrach, erholte ich mich, atmete auf und stimmte ein ins Lachen; doch auf meinen Tee aufzupassen vergaß ich nicht, in keinem Augenblick; dieser Tee durfte nicht überschwappen; jeder Tropfen war viel zu kostbar. –

6) „Minika, ich habe einen Querschnitt da: … durch die *WEST-SIDE-STORY*; eine Kassette – wollen Sie die in aller Ruhe anhören? Oder haben Sie einen anderen Vorschlag für die nächste gute Stunde?" – Am liebsten wäre ich vor Freude aufgesprungen und hätte mich blindlings für diese Kassette entschieden …

Ich guckte ins Aquarium hinein, es war bezaubernd: Die Pflanzen nahe dem Sprudel räkelten sich wiegend … bald vor, bald abschweifend, wie im Tanze; fast wie träumend; dabei streckten sie hundert zarte Arme aus nach der Höhe, sie reckten sich, schmiegten sich darein in den Aufwärtswirbel; der Odem aber, ein unabdingbarer Teil ihres Pflanzenlebens, er strömte unentwegt hervor aus tiefsten Schichten; möglich, dass die Wurzeln sie gerade noch erahnten; dieser Odem, er quirlte empor in luftigen Spiralen, in silberhellen Wirbeln; perlend, wallend, ununterbrochen drängte er dem Horizont über dem Wasser zu, der Leben fördernden Lichtquelle entgegen; noch im entferntesten Winkel wurde mitgetanzt; vielleicht demutsvoller in den Bewegungen, doch ersichtlich voller Anmut. – Plötzlich hatte ich mich entschieden:

„Magister, ich wäre Ihnen dankbar, wenn Sie mir erklären könnten …, was das ist: ‚ein Spiegel um die Ecke'!" –

Der Magister, auf seinem Fauteuil sitzend, schlug die schiefergrauen Hosenbeine übereinander, lehnte sich an der Armlehne auf, stützte sein Gesicht ab zwischen dem Daumen und den anderen Fingern der einen Hand. Lächelnd sagte er: „Im Fachausdruck heißt es natürlich nicht! ‚Spiegel um die Ecke ... '" Man nenne es da ASW; und diese sei einfach ein großartiges Darlehen der Natur an den Menschen; jeder sei damit begabt; einer mehr, einer weniger; je nachdem, ob sie entfaltet oder vernachlässigt worden sei. – Und übrigens: Aus allen Pflanzengattungen herausgepickt, wären die Kleinen Pimpinellen dieser Erde ... merk!-würdig auffällig damit gesegnet. Der Botaniker meinte, man könne sich nur an den Kopf greifen, warum diese sattsam erwiesene, weithin bekannte Tatsache nicht längst zum allgemeinen Wohle ausgewertet werde und die Pioniere auf diesem Forschungsgebiet nicht mit aller nur erdenklichen Hilfestellung unterstützt werden. –

Im Beisein des Botanikers nahm ich mir kein Blatt vor den Mund; ich fragte, ob denn solche Unterlassung nicht eine ungeheure Sauerei wäre. – Das sei es ganz bestimmt, antwortete er, aber ich müsse es nicht so benennen; erstens töne das nicht fein, und zum großen Glück lerne die Welt mit jedem Tag eine ganze Menge wirklich Brauchbares dazu ...

„ASW ... sehen Sie, Minika: Zu einem Teil ist dieses Phänomen vergleichbar mit dem, was dem Autofahrer an einer Straßenecke hilft, die er nicht einsehen kann: Wäre da nicht der Spiegel montiert, wie vom Gesetzgeber verordnet, so käme man an solcher Stelle ganz leicht in Teufels Küche. Denn auch das wunderbarste Menschenauge kann gezielt nur in eine einzige Richtung schauen; der Spiegel aber – konvex, konkav oder plan – gewährt Einblick zur Straße, zu der ihm sonst der Zublick unmöglich wäre; Karascho, kleine Schwester?" – Ich antwortete: „Na klar, karascho!"; zwar kann ich nicht Russisch, aber solche Spiegel kennt fast jedermann. Das stimmt doch! Oder nicht? – Der Magister schlug das Buch auf, in dem da der Zettel eingeklebt war. – Jetzt sah ich zwei Fotos; eines in schwarz-weiß: Darauf eine umwerfend hübsche, junge Frau mit dunklem Haar; frisiert in der schmeichelnden Haarmode der Vierzigerjahre; am anderen Bild: unverkennbar dieselbe Dame, nur wesentlich zarter als auf dem Jugendbild, und das Haar ... wie vom Leben champagnerweiß gebleicht. – „Ihre Mutter war sehr schön!", sagte ich. „Sie war schön. Und sie war bescheiden, Minika." „Sie hat sich vom Leben nicht geholt, was sie haben wollte; meinen Sie das damit, Magister?" Er sagte: „*Ganz* im Gegenteil!", und *hier* sei ihr Erfolgsrezept eingeschrieben. –

„Nun, was sagen Sie zu meinem Pflänzchen, Minika?", fragte der Magister. Kopfschüttelnd las ich … und bereits zum dritten Male das „Vorwort" dieses handgeschriebenen Buches; endlich musste ich fragen: „Sagten Sie nicht, Ihre Mutter wäre ein bescheidener Mensch gewesen?" „Haben Sie mir denn zugehört?", kam es zurück; und der Mann zählte auf: Nicht nur bescheiden, auch geradeaus und selbstsicher, und mit einem Hausverstand begnadet, an dessen praktischem Nutzen partout nicht zu rütteln war; es habe einst viele Menschen gegeben, die diesem Vorzug rückhaltlos ihre wertvollsten Güter zur Verwaltung anvertrauten. –

„Nun gut", dachte ich, dem Denken zurückgegeben, „weshalb soll ein bescheidener Mensch denn nicht all diese Tugenden in sich vereinigen? Und wie sollte es zugehen, dass ausgerechnet ein solcher Mensch keine Wünsche auf dem Herzen hätte!" Ich las das „Rezept", dieses „Vorwort", noch einmal: „Was du dir vornimmst, das lässt er dir gelingen; und das Licht wird auf deinem Weg scheinen. – (Hiob, 22/28)." –

7) Ich weiß nicht, warum der Zufall es so wollte; unwillkürlich musste ich das Buch in meiner Hand herumgedreht haben. Ich merkte es dadurch, dass mir das Blatt mit dem „Vorwort" jetzt abging und stattdessen ein Blatt vor mir war: Es war durch einen Strich längs geteilt wie die Seite eines Vokabelheftes; ich las die ersten paar Zeilen und sagte dann zum Magister: „Das sind mit *Sicherheit*: Traumsymbole und ihre Aufschlüsselung!" – Der Mann im Fauteuil fuhr aus seiner Gelassenheit hoch, wie völlig aus seiner Fassung, und befahl: „Sagen Sie das noch einmal! Ich will es mit meinen eigenen Ohren hören, laut und vernehmlich!" – Ich fand nichts Erschreckendes an meiner Aufdeckung und wiederholte: „Es geht hier um Telepathie, und dies sind eindeutig Traumsymbole und daneben geschrieben deren Aufschlüsselung!" – Zu dem, was im Moment einsetzte, fehlte mir jeglicher Plan: Der Mann führte sich auf, als lege ein kleiner Junge los in der Rolle des großen Indianers im Freudentanz; bloß, dass ich keine Trommel hörte und kein „Uggah! Uggah!", wie es im Kinofilm gelegentlich heißt. – Und wie das Lächeln dabei strahlte, befand sich mein Herr

„Bruder" in einem Zustand, in dem man gewöhnlich sagt: „Ich möchte die ganze Welt umarmen!" Ehrlich: Ihre Minika hatte keinen Tau, was da passiert sein könnte; ich hatte nichts weiter gesagt als das, worüber ich genau Bescheid wusste. Mir kam vor, sein Anfall flaute ab: Der Botaniker kehrte langsam auf den Teppich zurück; ganz genau wollte ich erfahren, was jetzt los war! –

Das Frage-Antwort-Spiel sollte anders verlaufen, als ich erwartet hatte. „Können Sie Griechisch, Minika?" Ich antwortete, ich sei gewissermaßen strohdumm, also ich könne nicht nur *nicht* Russisch. Lateinisch? Nein! Und schon gar kein Griechisch. „Sie wissen aber, was das Wort ‚Telepathie' bedeutet?" „Magister, es bedeutet so viel wie ‚Fern-erfahren' oder ‚Fern-erleiden', glaube ich!" Da schnappte der Botaniker sein grasgrünes Büchlein und zeigte auf die letzte Zeile unter „Pimpinella saxifraga", zu Deutsch: „Kleine Bibernelle", da stand *schwarz* auf *weiß*: „... sie ist ein Magerkeits- und Trockenheitsanzeiger." – Die zwei *Hauptworte* waren zudem fett gedruckt; dick und fett und schwarz.

Ich konnte mir nicht helfen: Irgendetwas störte mich bei all diesen Zusammenhängen. Ich hakte ein beim Spruch aus dem Buche Hiob: „Magister, ich möchte Sie nicht kränken, aber Sie sagten etwas von einer verdammt langen Nacht, die Ihre Mutter durchleben musste; ich frage Sie: Hat sie möglicherweise an einem religiösen Wahn oder kirchlichen Wahn zu leiden gehabt?" – Ich sollte gleich sehen, dass es ihm leicht war, was ich vermutete, zu widerlegen. Er langte nach dem handgeschriebenen Buch und zeigte auf ein paar Gebete hin; darüber hinaus fand sich im Buche nichts dergleichen; es hieß da sehr schlicht: „Tischgebete: ‚Segne Vater diese Speise, uns zur Kraft und Dir zum Preise.' oder ‚Alle guten Gaben, alles was wir haben, kommt, oh Gott, von dir, Dank sei dir dafür.' ‚Komm, Herr Jesus, sei unser Gast, und segne, was du uns bescheret hast.' Tischgebete nach dem Essen: ‚Wir wollen danken.' ‚Lieber Gott, für Speis und Trank – sag ich dir herzlich Lob und Dank.' ‚Danket dem Herrn, denn er ist freundlich, und seine Güte währt ewiglich. Amen.'" –

8) „Minika, wir werden aufbrechen, ich bringe Sie mit dem Auto zum Bahnhof, doch jetzt eben noch die Frage: Bevor *Sie* in die Bar kamen, hatte *ich* die Zeitungen dort studiert; haben Sie eine persönliche Meinung zur deutschen Rechtschreibreform?" –

Ich antwortete, dass im Punkt Rechtschreibreform meine Meinung für niemanden relevant sein würde; auch davon würde die Welt nicht untergehen: zu meiner Schulzeit sei ich in Deutsch stets unter den Besten gewesen, heute zähle ich (ohne Scheiß) zur breiten Masse der „sowieso Aussterbenden";

… und von der Zeitung her, auch jetzt! noch aufgekratzt, verfiel ich in meinen ganz alltäglichen, markanten Interviewer-Umgangston:

„Ich sehe es so, Magister: Wenn ein Schulkind 1990 das Wort „Roßscheiße" zu lesen bekam, war für das Kind die bildhafte Gedankenverknüpfung sofort und automatisch hergestellt; wogegen heute, falls man ‚Rossscheiße' schreiben muss: das also würde die Pädagogen verpflichten, dass sie zuvor ein Pferde-Dia an die Klassenwand werfen, denn nur so kann es die gesamte Schulklasse *erfassen*: die drei ‚s' = ‚sss' kommen den Pferden nicht vorne, sondern hinten raus!

Ehrlich: Ich *geniere* mich, dass ich das Wort ‚genieren' gebrauche; noch schlimmer geht es mir mit dem wundervollen Wort ‚Charme', denn jetzt kann man schreiben ‚Scharm'; und dass es dem bayrischen und österreichischen Ausdruck ‚Schmarrn' schon optisch sehr gelungen *gleicht*, zeigt eigentlich schon von sich aus … Schwer begeistert war ich jedenfalls, dass ich lesen konnte: Diese Schreib-Reform lässt Berge von Staatsschulden und Türme von Arbeitslosenraten bis aufs Bröselchen zusammenschmelzen; damit aus! – mit der Sache, Magister. –

Wieder diese typische Geste, wenn mich wer was fragt, und Minika Benedikt antwortet: Auch der Magister kratzte sich (er unterm Bart …, andere am Kopf …, hätte er mich fragen müssen? Nun *hatte* er es eben …) – Und er drängte jetzt: Es sind noch fünfunddreißig Minuten hin, bis der Zug kommt; wenn schrittgemütlich Zeit wäre zum Fahren, so könnten wir auch im Wagen noch weiterreden. –

Ich stand auf, nahm die Tasche, ging zum Mantel. Startklar hatte ich schon die Hand an der Türschnalle, als der Magister anscheinend vom Regal mit den Kassetten auf seine Strickweste zusprang. – Die von Minika benutzte Teeschale stand leer auf der Lehne des Fauteuils. Dem Aquarium winkte ich zu: „Lebe wohl!"

9) Während ich selbst schon in die Nacht vor dem Tor hinausgetreten war, steckte der Botaniker den Schlüssel außen ins Schloss, fand meine Augen und sagte: „Vor ihrem Tod hat sie sich zweimal bei mir abgemeldet, Minika!" – Er drehte den Schlüssel herum und wies mit einer Hand in die Richtung, wo es zu seinem Auto gehen musste. „Das erste Mal sagte sie es mir direkt ins Gesicht; das war am 16. November gewesen, an einem Freitag; ich erinnere mich auch besonders deshalb an das Datum, weil wir uns handfest stritten." „Sie haben sich mit Ihrem Pflänzchen handfest gestritten?" Der Magister sagte: Streit käme auch unter Liebenden vor, und mit Sicherheit dann, wenn eines davon etwas wünsche, was das andere ihm unmöglich erfüllen könne. Er offenbarte mir: Die Mutter habe einen direkten Draht zu einer Dimension gehabt, einen Draht zu einer belebten Bilderwelt im Jenseits; ein heißer Draht, wie ihn zahllose Menschen hätten; bloß ihm ginge der ab, aber er habe genau verstanden, und zwar intuitiv verstanden, wohin der Draht führte, und welche Verbindungen sie damit pflegte. – Er erzählte im Weitergehen: „Wie ein Blitz niederschlägt aus heiterem Himmel, sagte sie plötzlich: ‚Bitte Ernst, nimm mich mit!' Ich schrie sie an, so zärtlich und so wild, wie das Messer schürte, das mich in die Seele schnitt: ‚Verdammt noch einmal!', sagte ich, ‚du sollst dich nicht vor mir *demütigen*, warum tust du mir das an! Ich *kann* dir dein Zuhause nie wiederbeschaffen! Dein Elternhaus nie mehr wieder aus dem Boden stampfen! Ich *kann* deine Mutter und deinen Vater nicht ins Leben zurückholen und nicht deinen Bruder und nicht deine Schwestern!!! Dieses Zuhause ist nicht mehr von dieser Welt, Mama!!!' –

Sie stand vor mir: aufrecht und unschuldig wie ein Kind, das nichts Böses gesagt oder getan hatte. Mein Wutausbruch war an ihrer Unerschütterbarkeit abgeprallt und mir steckten die Brocken von Tränen der Ohnmacht schon hart in der Kehle. Doch die Klinge stach noch einmal zu: ‚Bitte Ernst, nimm mich mit.'

Minika, ich fummelte an den Blumen herum, die ich vorhin in Pflänzchens Vase gesteckt hatte. Ich sagte *kein* Wort mehr … Sie war es, die die Stille zwischen uns unterbrach! Sie sagte es, als wäre es eine sachliche Feststellung: ‚Gut, Ernst.' Dann bedeutet es: ‚Ich werde jetzt bald sterben; wahrscheinlich muss ich vorher noch ins Krankenhaus; dann erschrick nicht!'" –

10) In einer der Nebenstraßen bestieg der Botaniker dann einen mittelkaffeebraunen Wagen, einen noch metallic-schimmernden Volvo älteren Baujahres. Da ich mir den Sitz wählen durfte, entschloss ich mich „hinten" zu sitzen. „Darf ich Sie interviewen, Magister?", fragte ich. „Von mir aus!", sagte er. Ich begann: „Warum denken Sie, dass am 16. November eine Abmeldung stattgefunden haben könnte?" – Der Magister, eben dabei, mit prüfenden Blicken die Stellung des Innenspiegels einzurichten, guckte durch diesen zu mir nach hinten. „Schade!", sagte er, „ich kann's Ihnen jetzt nicht mehr *zeigen*, Minika; im Buch wurde die letzte Eintragung an diesem Tag vorgenommen; und da findet sich der Spruch aus Hiob noch einmal." „Ich glaube Ihnen, Magister", entgegnete ich. – Der Wagen fuhr an, ruhig, zügig, aber nicht eilig; man hörte Schotterknirschen, aber kein Steinchen irgendwo knallen. Alle beleuchtete Welt schien zu schlafen, außer uns zwei Menschen und dem schnurrenden, braunen Volvo. – „Und: *Musste* Sie ins Krankenhaus? Wenn ja: wann und warum?"

„Es war Anfang Dezember; ich telefonierte mit ihr, da sagte sie: Sie liege zu Bett, weil sie einen Schlaganfall gehabt habe. Erschrocken habe ich dann gleich mit der Oberschwester telefoniert; die sagte, alles sei wie gewöhnlich; Pimperl sei fest auf zwei Beinen; nach außen hin sei alles bestens. – Als ich am Sonntag dann zu ihr kam, war sie im Bett; eine ganz außergewöhnliche Situation; seit Jahrzehnten hatte ich sie nicht krank oder eben im Bett gefunden: Wir konnten zusammen plaudern. Alles: ... lachen, reden! Überhaupt schien eine furchtbare! Last von ihr genommen. Sie sagte mir: Der rechte Fuß und die rechte Hand wären ihr wie tot. Ich spürte plötzlich: Wenn da im Gehirn etwas passiert ist, so war offensichtlich auch der Kanal zum Großteil verschüttet, der ihr bisher, wenn ich so sagen darf: die geistigen ‚Bodenzustände' (wie vorher ausgeführt) signalisiert hatte." – „Und wie lange hatte ihr diese Zuleitung zu schaffen gemacht, Magister?" „Es waren rund sechsunddreißig Jahre; die gesamte zweite Hälfte ihres Lebens; sie hat furchtbar darunter gelitten; doch auf einmal, wie gesagt, war das vorüber. Da die Ärzte im Krankenhaus ‚nichts finden' konnten, auch offenbar kein Schlaganfall ‚nachgewiesen werden konnte', durfte Pflänzchen nach fünf Tagen wieder zurück ins Heim." – „Und wie geschah die endgültige Abmeldung, Magister?"

„Am Morgen des 6. Jänner, Minika, hatte ich einen Traum: und zwar herrschte im ganzen Altenwohnheim helle Aufregung, als ich da soeben aufkreuzte; in voller Panik sagte man mir: Mutter sei abgehauen, spurlos verschwunden! Auf ihrem Tisch fand ich eine Nachricht, die sie da hinterlegt hatte; die war in Hieroglyphen geschrieben; außer mir wusste offenbar niemand, was die Zeichen bedeuten; und plötzlich ... traf ich mit Pflänzchen zusammen auf einer saftig grünen Wiese; es war, als wollten wir zusammen spazieren gehen; sie aber sagte: ‚Heute, Ernst, müssen wir einen anderen Weg gehen als sonst ... ' – es sei der direkte Steig zu ihrer neuen Wohnstätte; ab heute wohne sie nicht mehr da, von wo aus sie losgegangen sei. In der Ferne lag der Hof ihrer Eltern; so weit ich erkennen konnte, war das kleine Anwesen – um und auf – wie am ursprünglichen Ort neu erbaut. Und das war's eigentlich. Im Erwachen wusste ich, wie viel die Uhr denn geschlagen hat." – „Ja was spricht denn die Uhr jetzt, Magister?" „Noch neunzehn Minuten auf Mitternacht!" –

Ich war grade scharf am Nachdenken, denn irgendetwas fehlte noch in dem Mosaik, um ein rundes Bild abzugeben; darum fragte ich: „Wie kam Pflänzchen dazu, einen Schlüssel für Traumsymbole anzulegen, Magister?" – Keine Ahnung, warum er jetzt gegen jedes Gebot die Hupe drückte: die Hupe dröhnte ohrenbetäubend; viel zu unerlaubt für diese Stunde. – „Aber, aber, Herr Magister!", tadelte ich; doch er? Der Spiegel zeigte es mir – er lächelte übers ganze Gesicht, strahlte vor Wonne, als er antwortete: „Das ist ja gerade das Bombige! Das ist eben der Clou, Minika! Sie wusste nicht, dass es so etwas ist, was sie da niedergeschrieben hatte! Sie hat naiv aufnotiert, was ihr auch bei vollem Wachsein zugeronnen kam; sie gab sich in Spalte zwo selber Rechenschaft darüber: was es in der ‚Übersetzung' zu bedeuten hat!" –

„Es ist schon dasselbe seit tausenden Jahren, nur darf es um Gottes willen niemand *erfahren*! Magister, was hat sie denn studiert, ich meine in ihrer Jugend; war sie besonders gebildet, Ihre Frau Mutter?" „Pimperl ... sie hat nie viel gelesen; höchstens einmal ein Sonntagsblättchen, und natürlich die Post, die sie bekam. Und sie *liebte* alles, was lebendig war. Wenn sie mir *schrieb*, in jeder Woche, stand dabei: Grüße mir die und jene, und: ‚ … alle Menschen, die guten Willens sind und waren'." –

Mich völlig zurücklehnend, schloss ich als Fahrgast Minika meine Augen und hörte dem Magister nur noch zu:

11) „Hast du es wirklich fertig gekriegt, mein Pimperl!!!" – Der inwendige Aufschrei schneidet Ernst durch Seele und Gehirn. Er ist gar nicht fähig, richtig einzutreten. Nicht sofort. In der halb offenen Tür steht er … gebannt. Das Wunder verlöschenden Lebens unmittelbar vor Augen. Da liegt es, sein Pflänzchen: Offen sind die blauen Augen, aber sie laufen im Kreise, es atmet schwer, rasant; die saubere Zudecke hebt und senkt sich in kräftigen Stößen; auf und nieder, wie es im schmalen Stängelchen pumpt. Fürs Leben viel zu gewaltig. Links und rechts die zarten Blätter … ragen nur im Ansatz aus der Decke. Das Blütchen aber ist weiß; wie heller Käse im Gesicht, wie Champagner um die Stirn, bis herab zum offenen Haarschweif an der einen Seite. Alles im Zimmerchen schimmert; wie durch indirektes Weißlicht erhellt. – Ernst wüsste nicht zu sagen: … geht es von der kleinen Gestalt alleine aus oder auch von den hellen Wänden, oder speist fortwährend eins das andere. Dabei ist es ein lebendiger Wohnraum, nicht wie im Spital, sondern mit warmem Holz und warmen Farbtönen eingerichtet; auch brennt keine Lampe, kein Lämpchen und dafür, dass es erst dreizehn Uhr ist, zeigt sich der Tag vor dem großen Fenster reichlich mieselsüchtig und garstig trübe; und dennoch ist dieses Licht da. Eindeutig! –

Endlich tritt der Mann ein und schließt leise die Tür; er stellt seine Aktentasche am Fußende des Bettes hin, bewegt sich – um leise Schritte bemüht – und spricht in Pimperls Angesicht: „Ich bin es! Erkennst du? Hörst du! … Ernst!" – Da halten die Augen im Lauf inne, als sähen sie Ernst direkt an; doch das ist es nicht; sie sehen durch Ernst hindurch; wer weiß, wohin. – Da neigt er sich über's Pflänzchen und küsst es lange auf die Stirn. Er weiß: Es ist das letzte Mal. – Dann richtet er sich auf, wie zum Spaziergang, er erzählt vom Brief, den Pimperls jüngerer Bruder für sie mitgegeben hat, und er erzählt vom Apfelsaft, den sie so gerne hatte. Im Stehen liest er den Brief vor; was ihm da nicht zusagt, lässt er aus. Er holt einen höheren Stuhl herbei und tauscht ihn gegen den am Bette aus. Er wird das Gefühl nicht los: Was um ihn *herum* in der Luft zu spüren ist, das ist viel mehr vom lebenden Pimperl als die kindgleiche Mutter, die im geblümten Nachthemd auf dem Pfad zu neuem Leben ist; es ist ihm, als sähe sie ihm zu, nicht vom Bett aus … bloß …, von wo dann. –

Aber Ernst mag nicht in die Luft sprechen. Das widerstrebt dem Mann. Zum Pflänzchen im Bett, dahin mag er reden. Wie der kleine Körper pumpt. Immer gleichmäßig. Und dann setzt etwas ein; … sieht aus: wie eine Presswehe – wie es die Menschenpflanze ans Licht der Welt presst, so presst es ihr am Ende das Seelchen aus dem verweslichen Leib. – Ernst wird nicht weinen. Man weint nicht auf einem Spaziergang. Er wird Pflänzchen loslassen. – *„Dein* Wille geschehe! Dein *eigener* Wille, Pimperl", betet er, und ist dabei stumm. – Und dann spricht er …, denn niemand hört es außer ihr: "Vergiss nicht, weiterhin zu beten! Hörst du …? Das musst du mir versprechen: dass du es tust! Für *alle* Menschen. Und mach keine Ausnahme dabei! Mama …, hörst du?" – Und wieder halten die Augen im Laufen an. Ernst wagt es nicht, eine Hand aus der Zudecke zu nehmen, um diese Hand zu streicheln. Das wäre kein Loslassen. Er streichelt immer wieder, dort, wo die Zudecke verrät: Das linke Blättchen liegt hier darunter! –

Dann legt er seinen braunhaarigen Kopf am Bettrand auf, am Bettzeug, nahe der Frau, die ihn vorzeiten geboren hat. Und er streichelt … streichelt … ohne Pause … immerfort. – "Er weidet dich … auf grüner Au … und führt dich ans frische Wasser", denkt der Ernst. Und denkt es immer wieder. Und: *„Dein* Wille geschehe!", denkt er. Und das rasende Pumpen hämmert die Sekunden durch den Nachmittag. So wird es 16 Uhr 45. – Auf einmal, Ernst begreift es gar nicht sofort, wird das Pumpen träger. – Ernst sieht: Die bis vorhin noch angespannt erscheinenden Gesichtszüge lösen sich; der linke Fuß: Seit Jahren hat er ein ständig auftauchendes Zucken gezeigt! … Er hat es plötzlich eingestellt. Abgestellt. – Aber es ist nicht der Tod. – "Hab keine Angst, Pimperl, ich geh nicht fort; ich hole Wasser!", sagt Ernst und steht vom Stuhl auf. Soeben ist ihm aufgefallen, wie *kalt* es ist im Zimmerchen; ja: der Heizkörper ist eisig …, die Fensterflügel: gegeneinander verstrebt … offen gelassen. – Dass er das nicht früher bemerkt hat, *das* ärgert ihn. Ihm klappern jetzt die Zähne vor Kälte. Wenn es die 14 Grad hat im Zimmer; ja, wenn …! –

Der Mann schließt das Fenster und dreht den Hahn des Heizkörpers voll auf. Er greift unter die Decke, nach Pflänzchens Füßen: Kein Wunder, die sind kalt. Und dünn ist die Decke. Er holt warmes Wasser.

Ernst krempelt seine Ärmel hoch, stellt Pimperls Waschschüssel ins Becken unter dem Wasserhahn. Hier, auf dieser Etagere, hat das Glas gestanden, ihr Lieblingstrinkglas: ein geschliffenes, dünnwandiges Gefäß, das in jener Nacht mit markerschütterndem Knacks! – in Scherben ging: In der Nacht, als der ältere ihrer zwei Brüder verstarb. – Dieser Glasbruch, der hat ihr Furcht gemacht; bis Ernst die Todesnachricht überbracht und gesagt hatte, so eine Abmeldung komme selbst in den besten Familien vor, und das sei kein Grund zum Fürchten. – Pimperl hatte die Scherben für ihr Kind als Corpus Delicti aufbewahrt. – Damals. Vor gut drei Jahren. Aber sonst war sie mit allem alleine fertig geworden; mit all den fürchterlichen Bodenzuständen, die ihr Leben zur Hölle machten. Ja – Ernst wäscht Pimperls Füße mit handwarmem Wasser. Mit seinen nackten Händen tut er es. – Und was soll das: Während er es tut, fällt es ihm ein, erinnert ihn an die Handlung, die der Heiland damals, vor Ostern, an seinen Jüngern vollzog. – „Es ist gut, Herr!", spricht Ernst in Gedanken „dass du mir gerade *jetzt* so deutlich in den Sinn kommst, Herr, deine Wege sind wunderbar! Aber gib mir Obacht auf Pimperl, damit sie sich in Ewigkeit nie wieder für so ein Leben hergibt. Du weißt, was sie unverschuldet erduldet hat. Im Übrigen danke ich dir, Herr ... für alles!" Es ist geradeaus 17 Uhr. Da öffnet eben jemand die Tür. – Vom Gang herein fällt ein Lichtstrahl. Direkt! – trifft er die weiße Blüte. – Da stößt der Presslufthammer noch zweimal kräftig zu. Hintereinander. – In der atemlosen Pause, zwischen beiden Stößen, blinkt ein Siegeslächeln um den Mund auf und verkündet: „Das Tau ist ab, ich bin am Ziel!" –

12) „Es ist so weit, Minika! Aussteigen! In zwei Minuten kommt der Zug! Soll ich in die Bar mitkommen oder wollen Sie vor dem Eingang warten?" – Nach „Bar" war mir jetzt wahrlich nicht zumute. Am liebsten wäre ich jetzt daheim gewesen, an meiner Schreibmaschine, oder sonst wo, wo ich wirklich zu Hause bin. – Aber Helga musste kommen ..., jeden Augenblick! Ich bedankte mich noch beim Botaniker für den Tee und für die Stunden, die er mir

geschenkt hatte, und wünschte ihm alles Gute; als er mir dasselbe wünschte, sagte er: „Und halten Sie in Zukunft die Augen offen!" – Lachen mussten wir auch noch, denn als ich sagte: „Ich weiß ab heute –", da fiel der Magister ins Zitat ein, wie ausgemacht, und wir sagten es, fast wie ... fast wie aus einem Munde: „Die Welt hat so viele fassbare Wunder auf Lager!" – Und wie im Extrem-Zeitraffer liefen vor Minika Benedikts innerem Auge die wichtigsten Wunder ab, die mir als Interviewerin begegnet waren: die sieben Abende mit einem Fremden, die Kinder von Salem, das Geheimnis der Rosen, Kraft und Macht und Herrlichkeit, SPIEL mit offenen Karten, das Herz der Felder, ein Engel flog nach Harlem, der merkwürdige Spiegel der Madame Herzl, Ausflug mit Rita, Himmel und Donnerwetter, die Schöne von Karte ELF und soeben die kleine Story einer wahrhaft beachtlichen Frau. –

Schon sah ich Helga winken: mit einer Hand, in der anderen ihr Gepäck. Ich winkte ihr zurück, weit mit den Armen ausschwenkend: halloo!, und wir gingen ihr ein Stückchen weit entgegen. – „Eine hübsche Freundin, Ihre Helga!", sagte der Magister, verneigte sich vor ihr, gab ihr die Hand, wünschte uns eine gute Nacht und entschwirrte. – Helga wollte grade von ihrem Hüttenurlaub zu berichten anfangen. – Ich sagte: „Bitte sei mir nicht bös, aber das war schon eine lange Nacht, und mich interessiert momentan überhaupt nichts mehr! Ich will jetzt nur noch heimfahren. Wir können ja morgen telefonieren, ich fahr jetzt heim." –

Wir stöckelten zu meinem gelben Opel-City: Ich stieg ein, und Helga meinte, das sei doch Blödsinn: Jetzt noch neunzig Kilometer zu rumpeln, wo ich doch komfortabel bei ihr übernachten könne! – „Da kommt dein *Begleiter* zurück, schau, Minika!", raunte sie plötzlich laut. – Ich stieg vor Überraschung aus. – Er stand einfach vor mir, grinste mir ins Gesicht, drückte mir einen Kuss auf die Stirn und ein Etwas in die Hand, Katastrophe, war der süß! Und er sagte nur: „Tschüss dann!", und war eine Wolke, die mit dem braunen Volvo verschwand. In der Hand hielt ich eine Kassette: „Waaas? Der Querschnitt durch die *WEST-SIDE-STORY*!!!" – Wer sollte das fassen? Was war mir geschehen? Ich war überfordert. Total. – „Ooooha!", rief Helga aus, und schaute noch immer in die Richtung, in welcher der „Blitz" verschwunden war. „Also jetzt geht mir natürlich ein Licht auf! Eijeijeijei! Na, darum *inte-*

ressiert dich heute nichts mehr!" – „Prima, wenn alles sonnenklar ist!", sagte ich, legte den Sicherheitsgurt um, startete, kurbelte die Scheibe herunter, lächelte Helga an, legte den Gang ein, gab Gas und fragte: „Na und? – Eingeschnappt?"

Wilrun
Das Kind der hunderttausend Bücher

Ingrid-Barbarina Hoffmann
vorm. Hauptmann

Wieviel BUCH braucht der Mensch, um wie ein Mensch leben zu können?
Und wieviel LIED?
WILRUN – Seite für Seite spannend, zeichnet dieses Buch das Porträt einer traumhaft guten Partnerschaft.

ISBN 3-902324-90-2 · Format 13,5 x 21,5 cm · 232 Seiten · € 18,90

Glutaugen
Gabriela Joham

Vier eigenständige Geschichten vereint Gabriela Joham in ihrem Erzählband „Glutaugen". Allesamt sind sie Lebensbilder, skizzieren in knappem Stil das Leben von gänzlich verschiedenen Personen, die eine Gemeinsamkeit haben: Sie alle sind auf der Suche nach einem erfüllten Leben. Viele Details bleiben dabei offen, Details, die jeder Leser für sich ausgestalten kann. So stecken diese Geschichten voller Entwicklungsimpulse und Ansätze für ein lebendigeres Lebensgefühl. Dabei sind sie lang genug, um sich zu vertiefen, aber kurz genug, um die Essenz zu vertragen.

ISBN 3-902324-95-3 · Format 13,5 x 21,5 cm · 244 Seiten · € 14,90